往事如歌

秦玉河◎著

中国文史出版社

图书在版编目（CIP）数据

往事如歌 / 秦玉河著. -- 北京：中国文史出版社，
2024. 8.

ISBN 978-7-5205-4743-7

Ⅰ . I247.5

中国国家版本馆CIP数据核字第2024AN8127号

责任编辑：方云虎

封面设计：江　风

出版发行：**中国文史出版社**

社　　址：北京市海淀区西八里庄路69号　　　邮编：100142

电　　话：010-81136630

印　　装：廊坊市海涛印刷有限公司

经　　销：全国新华书店

开　　本：710毫米×1000毫米　　1/16

印　　张：23

字　　数：400千字

版　　次：2025年3月北京第1版

印　　次：2025年3月第1次印刷

定　　价：79.00元

目 录

梦回前王

天地之间有杆秤，那秤砣就是老百姓。

——题记

一

一条弯弯曲曲的乡间土路，时而通上大道，时而又拐下小路，那路很长很长。

我在这条土路上走啊走，却怎么也走不到头。我加快脚步，终于走到了路的尽头。

路的尽头，是一个小村庄，好多人在门外迎接我。第一个人是个鬓发皆白的老头，他紧抓着我的手不放，甚是激动地说：这不是小秦吗？你怎么才来呀！这些年，你到哪里去了，怎么再不来了呢？我想你啊……

他说起话来没完，一位80多岁的老太太推开了他，站到了我面前，老太太抓抓我的手，又摸摸我的脸，感慨万千地说道：老喽，眼见老喽，小秦。

我回老太太话道：60挂零了，能不老吗？虽然回答她话，我却不认得她：你是……我问她。

怎么，你不认识我了？我是老王家你王大娘啊，我还给你说过媳妇呢。

老王家是谁？我的媳妇是她给我说的吗？忘了，我不记得了。

这时，一俊美苗条身材的姑娘隔着人，偷觑了我一眼，娇羞地跑去了。

老太太指着跑去的姑娘推了我一把道：就是她啊，你媳妇啊，还不快去追。

我撒腿朝美丽的姑娘追去，一边追一边喊：等等我！等等我！

让谁等等你啊？老伴儿推了推我，说：你把被子都蹬掉了。

我从梦中醒来，没回老伴儿话，却再也睡不着了。我极力地回想着梦中的情景，回想着那个紧抓住我手不放的老头和那个自称老王家的王大娘，还有那跑去的俊美的姑娘。啊，想起来了，我想起来了，那老王家不是我当年在本县大张公社前王村驻村的王大娘吗？那个俊姑娘姓赵，叫赵秀梅，王大娘曾把她给我介绍过，可……

思绪把我带回了当年我当工作队员在大张公社前王村驻村时的一幕幕往事中。

二

那是一九七六年冬天，我有幸被公社选拔参加了地区和县里组织的"农业学大寨"工作队，成了一名村里同龄青年都羡慕的工作队员。

　　说实话，我能当上工作队员，首先得谢谢公社的团委尚书记，更要感谢我的同村40多名青年团员们。工作队员，就是县和公社选拔培养的基层干部苗子，条件是有文化，在村里表现积极的小青年。但实际上，能参加工作队的，大都是大队的年轻支书。像我，一个出身老实巴交的、农民的儿子，虽然是高中生，是回乡知识青年，能参加工作队，纯属偶然，也是幸运。

　　我村，在全公社，属于落后村，是出了名的。每年每季的农业生产，我村总是拖后腿，常挨公社的批评。村里的光棍子特别多，不好说媳妇。外村人曾说：宁可放着闺女不嫁，也不和这个村做亲家。

　　每年，公社都派脱产干部驻俺村。

　　那年立秋一开始，公社派团委尚书记驻俺村督促生产。

　　尚书记一进村，支书给他安排了住处，是一家才盖好还没住的三间新房。尚书记进村的第二天，便找到我，叫我抱着被子和他去做伴。他常去公社开会，主要是让我给他看家。我是村团支书，是尚书记亲自提名的。尚书记把我叫到他的住处，在夜晚昏黄的煤油灯下，和我敞开心扉地畅谈了半宿，谈村里的事。他和我商量，如何把我村的工作搞上去，特别是今年三秋工作，可别再在全公社倒数第一了。

　　我一个算不上村干部的团支书，能有什么法子呢？

　　尚书记问我：你村两个队，每队有多少能干活的牛啊？

　　我说：不多。我在前队，前队只有三头能干活的牛，一部双铧犁，去了拉犁耕地的，耢地的就没有牲口了，只有用人拉耧耢地了。

　　尚书记说：你想想，算算你村18～35岁的男女青年，有多少人？

　　我从村西头到村东头，从前街到后街，扳着手指头挨个数了个遍，回尚书记话：有40多人。

　　尚书记两手一拍道：好，牲口少，人不少，用人使锨翻地，咱组织个青年团员突击队，分两个小队，前队一个，后队一个，你任突击队队长。

　　天亮后，尚书记找了村支书，定下了这事。

　　晚上，在村学校的教室里，召开了青年团员大会。尚书记在会上讲了话。讲到最后，尚书记语调铿锵起来：咱小靳庄的青年团员们，个个长得不矮，人人有鼻子有眼，哪个都是一蹬三转、三榔头打不倒的汉子，我就不信改变不了咱小靳庄的臭名，我就不信大姑娘相不上咱，不愿意这样窝囊下去的站起来，干个样给别村看看，给公社党委看看，给咱养着大闺女的丈母娘看看。

　　尚书记的话，是一场精彩的动员报告。各个群情激昂，人人遥相呼应，大有跃跃欲试，即刻想下田大干一场的势头。

次日出工，没等生产队上地的钟声敲响，我吹响了嘟噜哨，哨声余音未落，几十号男女青年都扛着锨，来到了尚书记住房外。尚书记让两个生产队的队长，给本队突击队员分了翻地的面积。

我带前队的一组朝田间拥去。

人的精神头有了，干劲就上来了。不知后队是啥情况，我们前队突击队人人都把褂子脱了，男青年大都光着脊梁，热汗直淌，都拼力地用脚蹬锨，不停歇地翻地，整整一个上午，连歇都没歇一会儿。

收工时，我用脚步量了量，竟翻了近10亩地。

这大大加快了我村秋种生产的进度，尚书记向公社刘书记做了汇报。第二天，刘书记骑车来我村查看，说我村开创了历史先河。晌午，尚书记留刘书记在村里吃饭，并让我作陪。饭很简单，一盘炖白菜，一盘炒扁豆。我向父亲要了仅有的3元钱，买了瓶二锅头。吃着饭，我只觉得我的脚底生疼，疼得几乎不敢着地，我不时伸手摸脚。尚书记问：你的脚怎么了？我说：脚底板上起了个大泡。尚书记关切地说：下午再翻地时悠着点儿。刘书记表扬我说：小伙子，好样的，注意身体。

那年，我村里获得公社秋种工作先进单位，得了奖状。

秋种工作完后，尚书记对我说：县里公社里要组织工作队，他向刘书记推荐了我。

三

我在县里培训了7天，就开始上任。我被分派到本县大张公社前王大队，驻前王工作组。工作组共有5名队员，组长是小宋，退伍军人，副组长姓王，叫王小芳，是我高中同学。上学时我俩是前后桌。还有小修、小刘，都是一个公社的。高中时，王小芳是我们班的班花，是不是校花我不敢说，因为我生性腼腆，向来是不敢正眼细看任何一名女同学的。小芳是班长追求的目标，但小芳看不上他。小芳对我有没有想法，我不敢朝那方面想。小芳对我特别好，特别关切，同学们也都看出来了。记得一次刚打了预备铃，同学们都坐在教室里静候老师来上课。我桌后的杨猛突然大声喊道：哎呀！虱子，秦玉河身上有虱子，都爬到棉袄外面来了，快看啊，哈哈……

嘿嘿……

笑啥，笑啥笑，王小芳突然站起来，冲起哄的同学大声吼道，有虱子又怎么了，谁不长虱子啊！我也有虱子，咱班里谁敢说他没有虱子？不信脱下衣服来看看。王小芳的话把起哄的都镇住了，嘲笑声瞬间哑了，我羞臊得无地自容，半天不敢抬起头来。

有一天，我感冒了，发烧躺在宿舍里，吃不下在家拿来的高粱面饼子。小芳自己拿细票让伙房的师傅擀了面条，做了碗葱花炝面条。她把面条盛到自己的饭盒里，端到男生宿舍门口，让一男同学端给了我。同学们都说王小芳看上我了，看上我这爱好文学并且已在省报发表过文章的才子了。可我不敢往这方面想，因为我家和王小芳家比起来，可以说是天上地下，相差太远了。小芳的父亲，是公社的脱产干部；我的父亲，是一个庄户农民。小芳家有五间大瓦房，另有偏房、饭屋、院墙、院门，我家只有三间土坯房，房顶没瓦，一下雨就漏。我家吃了上顿没下顿，常有揭不开锅借粮的情况。这样的条件，我有什么本钱有什么资格谈情说爱呢？小芳是班花，我和小芳，是癞蛤蟆与天鹅，我很自卑。

王小芳，对我确实一往情深。学校里上晚自习，我是点汽灯的。有一天晚上，正上着自习，汽灯气不足了，呼呼冒起火来，火苗直往挂汽灯的房梁上蹿，同学们有的害怕地看着我，有的蹿出了教室。我不顾一切地踩着凳子，又踩上桌子，举手将汽灯摘了下来，忍着烫手的灯提把，把汽灯提到教室外。我的手烫起了白泡，同学们围着我唏嘘不已、手足无措。王小芳跑到学校卫生室，为我买来了烫伤膏，并亲手敷在我的伤处。

高中二年修业期满，临离校的头天晚上，下着雪花，那是入冬来的第一场雪，雪随下随化，地上有了水洼，王小芳把我叫到老师的办公室房后，从怀里掏出一个红塑料皮儿笔记本，赠予我。我接过笔记本说了句你等等，撒腿朝教室跑去。我也准备了一个笔记本，想送给她，又有点犹豫。我跑进教室从书包里拿出笔记本朝外跑，跑到王小芳跟前，把笔记本赠给了她。我在笔记本的扉页上写的是：赠给王小芳同学。落款是：同学秦玉河。

当我回到教室，打开她赠我的笔记本看的时候，我懊悔了。她在赠我的笔记本的扉页上写的是，赠给：我最亲密的战友河。落款只有一个字：芳。

我手捧着她送我的笔记本，想去追她，追上她，把我送她的笔记本要回来，重新写上赠言，赠给：我最最亲密的战友芳，落款写一个字：河。

我跑出教室不远，又止住了脚步，忽然想到，我不配这样做，人家干部出身的班花，我配吗？我能让人家幸福吗？

四

从我家到大张公社前王村，有30多里地，我没有自行车，前去上任那天，我是背着被子走着去的。我还未去过前王，路不熟，一路走一路打听。

当我路过一个村庄大街，欲向一帮站在街上说话的人问道时，一男的问我：又出河工了吗？你这是上哪里去修河啊？

我说：我不是去修河。一妇女接话道，是去大张中学念书的吧？

我回答：我不是去念书。

那你这是背着被子干什么去啊？

我说：我是去大张公社前王驻村，我是工作队员。

工作队员？工作队员有走着的吗？这么远的路。

我匆匆加快了脚步，没回话。我家穷啊，我没有自行车啊。

不过，几十里地的路程，对于20刚出头的我来说，也算不了什么，累不着我，用不了三个钟头，我一定能到达驻村地。

我骑着车子，撵了你好一会儿了，才撵上你。我身后传来熟悉的声音。我回头一看，是小芳，小芳骑着车子，驮着被子，撵上我了。

放车子上吧。小芳下了车，让我把被子放到她自行车上。

我不好意思地说道：不用了，你头里走吧。

怎么，驮你的被子，怕沾上你穷气呀？放上来。小芳有些急，拿话刺激我。

我只好把被子放到了她的被子上面。两个人的被子，放一辆自行车的后架上，摞得老高，推起车来有些摇晃。我说：这样行吗，你还能骑吗？

小芳说：不能骑就走着，一块儿走着。

我说：那怎么行，让你有车也走着。

走着有啥，念书时，我家离学校二十多里远，每个星期不都是走着。

见小芳意已决，我说：那把车给我，我推着。

这还差不多。小芳把车给了我。我推着车，和小芳一块儿走着。一路上，小芳话不少，我话不多。说着，打听着道，天近晌午时，我俩到了。

五

在紧傍铁路下的几个村庄中，我和小芳找到了前王村。村不大，看方圆，和我村差不多大小。大概村干部接到了上级通知，从支书到队长，全体大小队干部早已等候在村口，他们在迎接我们。首先上前接我车子的，是一体态微胖的青年男子，30来岁，他一边接过我手中的车子，一边自我介绍说：我姓胡，叫胡希广，是前王村的民兵连长兼治保主任。接着，朝村里走，他把村干部一一做了介绍，通过他的介绍，我了解到，支书姓王，叫王之宝。前王有两个生产队，前队和后队，分别设有队长和副队长。

胡希广推着车带路，领我和小芳进了一个有院墙没院门，用篱笆当院门的院内，院内三间北屋，两个明间，一个里间，里间里有三张单人床，我们工作组有三名男队员，这是给我们三名男队员安排的住处，宋组长和小修已到了，已把被子放在了床上，我把被子放到了最后一张床上。接下来胡主任又带小芳出了院，走进对门的一个院中，这是为两位女队员安排的住处。

晌午，社员们收工的时候，我们全体工作队员也都到齐了。午饭是在支书家吃的，是为我们接风的饭。大小队干部全部作陪，一桌坐不下，支书、副支书和胡主任同我们工作队员一桌，其他小队干部一桌。招待很是丰盛，炖的有鸡，有肉，有炸藕、炸葱花鸡蛋丸子、炸香椿芽，有粉条、豆腐、白菜。说实话，这是我生来第一次受到这样的招待，那鸡、那肉、那油炸的香味儿，是我在家轻易吃不到的，就是过年，我家也不曾这么丰盛过。

胡主任负责倒酒，当到我面前时，我捂着酒杯说我不喝酒。胡主任不信：么不喝呀，来来，满上满上。我说：我真不喝，我还从来没喝过酒。胡主任劝道：满上，少喝点。我捂着酒杯不放。支书替我解了围，小秦真不喝，希广你就别勉强了。

胡希广满完了酒，接着分烟，分烟时我接了，我吸烟。我常熬夜写作，早早养成了抽烟的习惯。

饭后，村干部们带领我们全体工作队员围村转了转，又出村围各队的地转了转。转了两个多小时，给我印象最深的，是这个村牲口棚都在村外，都有一个大院，有院墙有大门，比我村的牲口棚强多了。生产队的犁耙、扫帚、扬场锨等生产用具都在这大院里放着。前队喂牲口的是一瘸子老头，他独身一人，长年住在这大院进去门口旁侧的一间小屋里。

小屋离村庄很远，他显得有些孤独，我不由对他产生一股怜悯之情。

六

中午饭是村里管的，此后就由我们工作组自己开伙了。在我们三个男队员住的两间明房内，村里准备了烧炭的炉子，用风箱吹风的那种，有一个大铁锅，有蒸馍蒸窝窝的笼屉，有煤炭。粮食需要我们自备。工作队员每人每月18元生活补贴和18斤粮票。宋组长安排：小秦你骑上我的自行车，去粮所打面去吧，晚上我们好开伙做饭。我们几个再和村里干部商量下晚上开大小队干部会。

我骑上组长的自行车，去了公社粮所。粮所不远，和我们驻的村只一里多地。我来到粮所，打粮食的人排了长长的队，老百姓打的粮食，细粮不多，大都是地瓜干，有少部分玉米面。

我排在了队伍的最后边。

我朝开单据的窗口望去，排到我这，至少得半个小时。

靠近窗口的瘦高个男人回头看见了我，他赶紧跑过来，问我：你是驻前王村工作队的吧？我说：是啊。他说：咱俩换换位置，你上前面占我的号吧，我在后边排着。我说：马上就到你了，哪能让你再等呢？快去吧，再有两个就是你了。但他不容分说，生拉硬扯把我推向前去，他站到了最后边。

我还想推让，窗口里传出下一个还打不打了的声音。有人也掺和道：怎着，你打不打啊？

瘦高个子又推了我一把，说：快去呀小秦。我只好把钱和粮票递进窗口，要二十斤小麦面，二十斤玉米面。开单据的从窗口里又传出一句话：工作队的不用排号，只要报哪个工作组就行。

不用排号，先他人打粮，我第一次受到这样的待遇。

和我换号的那瘦高个子，过后我才打听到，他是前王村人，姓汪，名叫汪吉昌。单身，常偷跑出去拆修风箱。

七

我打回了小麦面和玉米面，已快天黑了。

组长说：咱们做什么饭呢？蒸馒头已来不及了，没发酵的酵子，你俩谁会蒸窝窝啊？组长问小刘和小芳。小刘说：俺没蒸过，俺不会。小芳说：我会，我蒸。谁拉炉子烧火呢？组长问我和小修。小修说：我烧火吧。小修在家不曾拉炉子烧过火，他把一把麦秸点着，放进炉子里，接着就铲上了炭，然后猛劲拉风箱，拉了好一会儿，光冒烟，引不着炭，熏得做窝窝的小芳直掉眼泪。小芳说小修，你拉过炉子吗？你不行，换换，换小秦吧。我替过小修，把他放进炉子里的炭和没着的麦秸全扒出来，重又点燃了一把麦秸，放进炉膛里，等麦秸着起大火，铲上炭，慢慢拉炉子，一刹那炭引着了。小芳说小修，你看看人家小秦，学着点儿。一旁的小刘接话道：就是，小修你不知趣儿，你不看看谁蒸窝窝，喜欢谁拉炉子。

小芳白了小刘一眼：闭上你乌鸦嘴。

就这样，小芳蒸窝窝，我拉炉子烧火，就像一家人过日子。小刘又丢了句：小芳小秦，一个蒸窝窝，一个烧火，真像，真像……

小芳红脸道：乌鸦嘴、乌鸦嘴。

八

晚饭后，工作组召开第一次全体大小队干部会，就在我们三个男队员住的外间屋里。会议的内容，是商量当前生产。时至隆冬，两个生产队除了上河的民工，在家的社员农活也不少，像拾掇检修农具，修补浇地的水阳沟，给冬小麦上冬肥。上冬肥，一是队里牲口拉的粪尿掺杂着柴草沤的土杂肥，再就是各家各户的厕所，都需要派人挖出来，用粪桶挑到麦田里，再用粪勺顺着麦眼浇洒，这在当时，是上等的肥料。

为了抓好冬季生产，也为了让社员们认识驻村工作组的同志，会议决定第二天下午召开全村社员大会，并定下大会发言的人，一个是社员代表，另一个工作组代表。村干部商量，村里由本村联中的民办教师石玉柱发言。

支书对宋组长说：宋组长，会上你得讲讲话啊。组长说：称不上讲话，我简单说两句就行。支书又说，工作组得有个发言的，谁发言呢？宋组长说：小秦吧。组长的话，我必须服从。再说，写个发言稿，我不发怵。

次日下午，吃过午饭后，前王两个队的钟声相继敲响，接着听到两个队队长的喊话声：社员们都注意了，听到钟声马上到后大街开会，开会了！

在社员们眼里，工作队就是干部，是官儿，这天的大会，集合相当迅速，全村男男女女，不大会儿就到齐了。

支书主持会议，他首先向社员们一一介绍了工作队成员的名字，接着讲了冬季生产事宜。最后宣布，下面由工作组宋组长讲话。

宋组长讲话很简短，他讲道：我们工作组，主要是来协助村干部抓革命促生产的，也是向村干部和社员们来学习的，我希望社员们可别拿我们工作队当官儿，我们不是官儿。

宋组长简短的话讲完后，接着是村民代表石玉柱发言。石玉柱不愧是中学语文教师，他写的发言稿，用词连篇，语句畅顺，但他的发言，口号的话多，切合实际的少。

下面由工作组代表小秦发言。

掌声不是太热烈。

我站起来，走到摆在会场前的桌子前，抬头望了望全体干部社员，社员们在望着我。不知怎的，这时的我，竟有些胆怯。我发言的主要内容，是激励社员们积极出工，搞好本村生产，多打粮食，只有多打粮食，才有饱饭吃。草，不分社会主义和资本主义的。苗，也不分社会主义和资本主义的。草和苗，都是从土地里长出来的，地里播上种子，就会长出禾苗，同时，也会长出草来，把草除了，禾苗才会旺盛，否则，不除去草，草就和苗一起长，甚至草比苗长得旺盛，会把苗遮住，出现草荒，草荒的地能打粮食吗？能多打粮食吗？那种宁要社会主义的草，不要资本主义的苗的说法，是极其荒谬的。实践，才是检验真理的唯一标准。

我的发言结束了，掌声比前面热烈了许多。

会后，我把我的这篇发言稿寄给了县广播电台，县广播电台连播了三天。

九

接连有好几个社员来工作组，反映他村撒猪撒羊啃麦苗的现象很严重，有的麦苗被猪拱得都露出根了。要求工作组管管这事。

宋组长说：这事得管，一定得管。我村每年冬天也出现这种现象，气得队长常骂。队长是个倔脾气，见刹不住，用大镢头将在地里啃麦苗的一头猪打死了，才管事了，再无撒猪撒羊的了。组长打发走了社员，叫着我和小芳去了支书家，找支书商量这事。支书说：这事每年都有，可刹不住。

我插话说：罚钱，贴告知，人都要脸面的。

组长说：我看这样行，再发现撒猪撒羊啃青的，罚款5元，张榜公布，让众人皆知。支书说：就这么办。

当天，支书买来纸笔墨汁，由我执笔，写了两张告知，分别张贴在两个队集合社员出工的、挂着钟的大树下。告知的内容是：广大社员注意，经工作组和大队党支部研究决定，再有撒猪撒羊啃青的，罚款5元，张贴告知。如有重犯，加倍罚款。落款是：前王大队党支部和驻前王大队工作组。

第二天，组长叫我和小修起了个大早，吩咐小芳和小刘在家做饭。三个男队员冒着刺骨的冷风下了地。组长说：到地里看看去，看看还有没有猪羊啃青的，贴出的告知起作用了没有？

我随组长和小修在麦田间的小路上走着，查看着。前队的麦田里很寂静，没发现什么。当我们来到后队麦田的时候，远远看见一头大白母猪在地里拱。

这是谁的猪啊，这么大，贴出的告知没看见吗？还是不当回事？小修说。

走，给它撵家去，看看是谁的。组长说。

我仨把猪撵出了麦田，猪往村里跑去。我仨在后紧追。

大白母猪跑进村，钻进了一个用石磨挡圈门的圈里。我仨一起将被猪拱开的石磨挡好圈门，然后在圈旁寻看离圈最近的住家。咦——这不是我们曾来过几次的支书的家吗，猪是他家的。

组长敲响了支书的院门。支书开了门。组长问支书：你没把猪圈门挡好，是吧？

支书打了个愣怔，这个熊猪，爱拱圈，昨晚临睡觉前，我还特意又挡了挡石磨。

组长说：作为当干部的，你得带好头啊，赶紧想法子把圈门挡好了。

支书羞愧地说：再挡不住，我买个铁链子拴住它。

我仨回到工作组，没等组长吩咐，我想铺开纸拿笔写告知。

组长说：先别写，这事得慎重些，先和支书商量一下，经过他的同意，以免影响他在村里的威信。

我说：不是有句古话，王子犯法，与庶民同罪吗？

组长看了我一眼，说：你呀小秦，还是个学生。

正说着，支书来了，支书进门将5元钱交给组长说：按告知办，我先交上罚款，告知我写不了，就让小秦代笔吧。组长从支书手里接过钱道：钱工作组先替村代存，以后交由你村里支配。你是个称职的支部书记，工作组多有得罪了，望见谅。

支书说：王子犯法，与庶民同罪，况且，我不是王子，我是前王的带头人，只有当干部的按制度办，群众才服。宋组长你不用客气，该怎么办就怎么办。

那好，小秦，你写告知吧。组长吩咐我说。

我提笔很快写完了告知。内容是：今天早晨，发现王之宝的猪在地里啃麦苗，经大队党支部与工作组研究决定，给予王之宝罚款5元，特此告知。

×××× 年 × 月 × 日　前王大队党支部

驻前王大队工作组

这一招很见效，前王撒猪撒羊现象从此再没有发现。

十

我们驻前王工作组，5人，人不少，却没具体任务，名义上是协助村干部抓革命促生产，实际上，具体生产事宜，还是村里说了算，村干部安排。比如分派农活，这是队长的事。入了冬，除了上大河的，就是在本公社修小河的，村里干活的，大都是妇女了。年轻的妇女，队里有一副业，就是用棒子皮编小辫，再把编成的小辫订成方块儿的地毯。稍大年龄的妇女帮着大车装车运肥。还有一挖各户厕所的活，谁都不愿意干，这活脏，臭，不知为什么，前队队长却把这活派给一个长得挺俊的年轻媳妇。年轻媳妇的男人上河不在家，听说是个大老实之人。年轻媳妇挑着粪桶往地里走，低着头，羞红着脸，她不敢看人。

组长把我四个工作队员分了工，我和小芳管前队，小修和小刘管后队。小刘拿话刺儿我和小芳说：还是组长会分工，小秦、小王可不能分开，嘿嘿……

小芳捶了小刘一下，让她闭嘴。

这天，上地的钟声响过，社员们都下地后，我和小芳想到地里转转。

在一块空旷的麦田里，我和小芳远远听见有一妇女在哭。她正是挖厕所的年轻媳妇。她哭啥呢？我和小芳朝地里走去，走到她身边一看，她正坐在地里的一口井沿上哭。年轻的媳妇明睁大眼，白皙的面容，她大概嫌这活脏，不愿意干才哭的吧？我想。我不由问她道：嫂子，你怎么了，为什么哭啊？

年轻媳妇不肯说，我让小芳凑近她，我躲在一旁，年轻媳妇哭着向小芳说出了她的不幸。

原来，队长胡宝江看上了她，趁她男人不在家，专派她挖厕所这活，并且要她先去挖队长家的厕所，去年她去他家挖厕所，一进了他家，他就把她抱进了屋去……

今年，队长又派她干这活，说今天上午必须先挖他家的厕所。年轻媳妇吃了亏，也不敢给自己男人说，她怕传出去臭了自己的名声，丢人。但她又不甘忍受屈辱，她想跳进这井里了断了自己。听了年轻媳妇的哭诉，我气愤难平，我想，我要解救她。我首先安慰她道：嫂子，别怕他，我替你出气，我是工作队员。年轻媳妇说：他让俺上午挖他家的厕所，一会儿会来找俺的。

我想了想说：你这样，你跟着我和小王去工作组，就说是工作组叫你去的，去挖工作组的厕所。

工作组的厕所有什么可挖的呢，我们才来不几天，连半桶也挖不满啊。我将她挑到工作组的粪桶里倒进了两多半桶水，叫她快晌午时才下了地，她送地里这一趟，回来就到了收工的时候了。我这样做的目的，是为了等去公社参加工作大队各驻村工作组长会议的组长回来，我好把这事汇报给组长，让组长拿主意解救年轻媳妇。

晌午，组长开会一进门，我便把此事告诉了他。

组长听了，很是气愤，但组长细细一想，有所为难地说：这种事我们怎么管呢？又没有证据。闹不好，会惹出乱子来的。

这事得慎重。组长说。

我说：组长你放心，我会慎重的。下午，队长对年轻媳妇说：上午工作队让你去挖他们的厕所，下午必须先去挖我的。

年轻媳妇跑来找我，我当即安慰她说：你照常去，我在一旁瞧着，你进了他家，他如果对你非礼，你就大声喊，我会救你的。

果然不出所料，年轻媳妇进了他家不一会儿，就传出年轻媳妇的哭喊声：不，不，流氓……

我"咣当"一脚踹开了胡宝江的门，见胡宝江正使劲拖着年轻媳妇往屋里拽，年轻媳妇的衣服已被撕扯开，露出了胸膛。

住手，胡宝江！我断喝一声，胡宝江吓了一跳，他松开手，冲我连连作揖道：不是不是，小秦，我是和她闹着玩儿呢。

这是闹着玩儿吗？你身为一队之长，欺辱良家妇女，走，跟我见宋组长去！

胡宝江蔫了，小秦我错了，我错了，再不敢了……

不行，你必须跟我去见宋组长！可不管我怎么说，他赖着不动。年轻媳妇已跑了出去。

我转身出了他院，回工作组向组长作了汇报。

组长气黄了脸，走，找王支书去，撤他！

我随组长找到支书家，支书说：胡宝江刚来过了，他说他不干了，辞职。不干正好，他这人脾气暴躁，开会派活常带脏字骂人，作风又不正派，早有传闻，只是没抓住他的把柄，小秦办了件好事，他不干正好。

十一

胡宝江辞了职，也是工作组和前王大队党支部的决定。支书接着提出了前队队长人选，由副队长张宝华接替，副队长暂时空缺。

这事做得好。从人们集合出工时的面部表情上能看得出来。但小芳直埋怨我说：你虽然做了件好事，但得罪了人，以后小心那人找你闹别扭。

我说我不怕，大不了我背着被窝回家，再当社员去。

小芳说我：你呀，啥都好，就是犟。

我和小芳在上地的道上正说着话，忽然，一中年妇女跑到我俩跟前，抓住我的手，非常激动地说：谢谢你了小秦，你救了俺儿媳妇，救了俺家，你的大恩大德，俺全家永世不忘。走，走走，你俩上我家去，我给包饺子去。她说着，不等我回话，她又指着村头一家还没有一人高的院墙说：那就是我家，你一打听老王家，就是我家。

我从王大娘手里抽出手，婉言谢她说：不了，不去了，王大娘，你的心意我领了，我们工作队有规定，是不能吃老百姓请的。这是我在县里培训时县委书记再三强调的。

那，我给你说个媳妇吧，你找媳妇了吗？她不容我回话接着说：俺村老赵家的秀梅长得可俊了，是俺庄最俊的闺女。王小芳立刻接话道：大娘，他已定了亲了。

唉，晚了，我想成全一段好姻缘，可惜晚了。

我没有话回答好心的大娘，还有多嘴的王小芳。我定的亲在哪呢？

十二

接任前队队长的，是副队长张宝华。张宝华是庄稼地的行家里手，他能吃透各季节的各项农活。也能知人派活，脾气也随和。但他很受前任队长的挤压。好差事没他的，派活发号施令没他的。而得罪人的事，前任队长却都让他去干。比如每年出河工，带着民工上河，再有如果得知公社开会很有可能批评前王前队，这样的会，都叫张宝华去开。

今年冬天，上大河的由副支书兼大队长带队去了。上小河的，胡宝江又让张宝华带前队上了河。

张宝华带队上小河是本公社任务，当天来回返，不住工地。我作为工作队员，分管前队，也常到小河上去看看，有时也帮修河的社员拉拉车、装装锨。

这天，公社黄副书记到河上检查，当黄书记来到前王修河的河段上时，黄书记问张宝华道，你村的汪吉昌又出去拆修风箱了吗？

张宝华张张嘴，低头没回答上来。

黄书记生气说：公社强调多少回了，你村仍有在外流窜的，你这队长是怎么当的，我限你三天，把他弄回来，不然，我撤你的职。

我上前替张宝华解释道：黄书记，这不全怪张宝华队长，是我们工作组工作没做好。这事我听张宝华说过，他汪吉昌是带胳膊带腿的，就是拿眼看着他，能看他哪个时辰啊？

黄书记批评我道：你不说我也知道，别说了你。

十三

我的庄和小刘的庄靠着，昨天，小刘有事请假回家了一趟。回来一进门就对我说：小秦，告诉你件事。

我问她：什么事啊？

小刘面容异样，气喘吁吁地说：你庄死人了。

我一惊，谁死了？

曲友志。

啊，我大惊道，他怎么死了？

曲友志才三十来岁啊，他是我村副团支书，是最积极的青年团员。几个月前，村里组织的青年突击队，他是副队长，带领后队青年翻地，干得非常积极，一面青年突击队先进红旗，曾三次被他队夺得，插在他们用人深翻土地的地块上，最后算夺红旗的次数，和我带领的队扳了个平。他怎么会死了呢？

怎么死的？我问小刘。

喝药死的。

啊？我又一大惊，他为什么喝药啊？

说什么的也有，我也说不清楚。小刘说。

不行，我得回家看看去，曲友志曾是我的得力助手，是我同村同龄人，我俩曾同甘共苦过。不，不是同甘，只是共苦过。

我回工作组向组长请了假，拔腿朝老家奔去。

走出庄不远，小芳骑车追上了我，给你车子。我顾不得谢她，接过车子往家疾驶而去。

十四

庄里乱成了一锅粥。哭的叫的，七嘴八舌议论的，叹息的，指责的，我进了村，没人搁睬我。我跟随人流直接朝队长家走去。

队长一家人，已人去屋空。屋内炕上，停躺着曲友志的尸体。

在打听了他人后，我得知了曲友志喝药死的经过。

曲友志最近几天断顿了，家里揭不开锅了。他上有满头白发的老母亲，下有三个未成年的孩子，大的10岁，最小的才几个月，一家六口六张嘴，眼巴巴地望着他，指望他弄来吃的，填饱饥肠辘辘的肚子。在万般无奈的情况下，曲友志出庄借了十几元钱，去北乡里买了一袋子花生，上锅炒了，几个孩子眼睛都盯着刚出锅的喷香的花生，但曲友志一粒囫囵个的花生也没给孩子吃，只是将筛出的还没长成个的秕花生纽纽给孩子留下。次日一早他背着花生拿着秤去了集上。他没敢在集镇里人多处出摊，而是在集头不显眼处出了摊。他只摆放几捧花生，那袋子里的花生，他藏在了身后，并用棉袄盖着。可还是被查住了，连花生带秤全部没收了。

事情传到村里，传进驻我村工作组的耳朵里，过完秋后，尚书记就回公社了，我村也进驻了工作组。工作组即刻作出决定，让队长通知曲友志游街，并给曲友志糊了顶大高帽子，上写投机倒把分子曲友志。

曲友志在大街上自己敲着锣，一边围着庄转，一边自己喊，我叫曲友志，我不务正业，我搞投机倒把……

曲友志游了一晌午街，回到家里，见媳妇和孩子正为他担心，也在为吃的愁得没法子。恰在这时，队长来了，队长告诉他，说工作组说下午接着让他游街。

队长撂下话走了，曲友志望望走去的队长，又望望大眼瞪小眼瞪着他的老婆孩子，大有叫天天不应，喊地地不灵的心情在往上涌，他绝望了，恼了。他撒腿跑了出去，跑到生产队的破仓库前，俯身趴下，伸手从门下仓库门里的旁边摸出了半瓶农药，一口喝了下去，还未走到家，人就不行了。老婆孩子的号啕痛哭毋庸赘述，最心疼的，是曲友志花白头发的老母亲，老母亲声泪俱下，不知哪来的劲，她拉来队上的拉车子，拉着儿子的尸体去了队长家，把儿子的尸体停放在了队长的炕上。

队长一家吓跑了。

我已泪眼模糊，听完人们的叙述，心潮难以平静，我想去工作组细了解一下，但工作组已被公社调去开会。

我在家住了一宿，夜里翻来覆去难以入睡。我同情曲友志，惋惜曲友志，曲友志上高中时，因父亲病故，接着母亲大病，没毕业就回了家，高中没念完。我想，如果尚书记驻我村时让他做伴，如果刘书记也看到了他脚上的泡，我这名工作队员很有可能就是他的。我这名工作队员，是踩着他脚上的泡上去的，是踩着全村40多名青年团员们脚上的泡上去的。

我是在自责吗？

夜，已很深了。突然，外头传来"咕咕喵，咕咕喵"的夜猫子瘆人的叫声。接着，又传来一苍老的呼天抢地的哭声，我儿来，于永路（队长的名）来，还我儿来，于永路来，于永路来，还我儿来……

这分不清是唤儿还是呼人的哭喊，在小村的夜晚久久回响。小村的夜晚啊，是那么瘆人、那么凄凉。

十五

第二天，曲友志的尸体被强行火化，因他是自己喝药死的。

下午下葬，我加入送葬的人群。曲友志的妻子哭得令人心肝欲碎。他的老母亲疯了般拄着根棍子追赶着儿子的灵柩，几次跌倒在地。众乡亲抬着曲友志的灵柩加快脚步往坟上紧走，抬胳膊抹眼泪的，出声啜泣的，我的两眼始终是模糊的。

回工作队的路上，给曲友志送葬的场景，仍不时在我面前浮现。

队友们都很关心这事，都向我打听事情的缘由。我向队友们述说了曲友志喝药的经过。

首先发话的是组长，组长深呼了口气说：我们工作队员，算不上官儿，只是上级培养的基层干部苗子。可在社员们眼里，工作队员就是官儿，我们不能拿自己当官儿，村里的事还是以村干部为主，我们应遇事遵从村干部，做任何决定都要慎重，不能莽撞。

组长说着，特意看了我一眼，又看了小芳一眼，我们工作队男女队员之间，要保持正当关系，昨天，我去大队开会，大队长提名通报批评了后王一男队员和一女队员发生不正当关系，责令写深刻检讨。

我低了头，偷觑了小芳一眼，小芳也低了头。

小秦在吗？这时，村联中教师石玉柱忽然来了，来找我。

我说：在啊，你找我？

石玉柱说：小秦，我下周结婚，想让你帮我几天忙行吗？

我说：什么忙啊？

石玉柱说：我想让你替我代几天课。

我说：这个恐怕不行，我又没当过老师，我教得了学生吗？

石玉柱说：你的文化程度我知道，我已向校长介绍了你，校长说只要你同意就行。

不行不行，我教不了，别误人子弟。我推辞他道。

石玉柱解说道：没事啊，你保准能行。再说，课我已上完了，你只是看着学生上自习就行。

那，我答应你，也得俺们组长批准才行。

组长说：眼下工作已不太忙了，再有半个月就放年假了，工作组只是写总结汇报了，我本打算让你写，这样你去吧，总结我自己写。

十六

我随石玉柱来到村联中，认识了校长，认识了办公室的老师们。石玉柱把他上课的教科书和一摞复习题给了我，完后向校长打了招呼就走了。

石玉柱走后，校长特意向我介绍了石玉柱所教的班的情况，校长说：这个班，是个差班，就是升学无大希望的班，都是学习比较差的学生，其中有些破罐子破摔的，这个班，不指望他们出成绩，好歹熬下两年，发毕业证走人。你只要看着他们不打不乱不出事就行。

我抱着课本上第一节课，早打了预备铃了，快班的学生早已都坐在教室里等老师来上课了，可我所代课的石玉柱班的学生，仍像一窝蜂似的在教室外玩。见我过来，才嚷嚷着往教室跑，有几个歪着脑袋直瞧着我走到了门口，才从我身旁挤进教室。

我走上讲台，教室里仍没安静下来，室内尘土飞扬，我望着一个个乱兴未消的面孔，有的用不屑的眼神看着我，有的目光怪异地朝我瞪着，有的甚至和同桌正掰手腕。班长已喊了起立了，全班学生却没一起站起来，有的极不情愿，有的欠了欠屁股，有的根本没动窝。我想着急，可我看到，有好多学生却在焦急地望着我，时而拿眼瞪只欠屁股不站起来的同学。从他们的眼神里，我觉得出，他们是不满那些同学的，是体贴和尊重老师的，是有渴求知识的欲望。从他们的穿戴上，我看得出，他们家庭出身一定不是很好，起码是不富有的。这不由使我想起了我的童年，想起了我第一天上学的情景。我不禁可怜起他们来，我同情他们。我觉得，我开始念书时，与他们是那么相似、那么相近。我忽然感觉到了我肩上的责任重大，我绝不能只看着他们不出事就行。

可这节课怎么上呢？按照常规能上得下去吗？我简短调整了下思绪，放下课本，朝讲台前走了几步，与同学生拉近了些距离，我说：同学们，想听听我第一天是怎么念书的吗?

听,听,好多学生立刻应道,实际上是想听稀奇。

我向学生讲了我念书的故事。

我八岁那年,到上学的年龄了。母亲赶了个集,在供销社里买了块便宜布头、一支铅笔、一块橡皮。回家后用那块布头为我缝了个书包,我高兴得直跳,我要上学了,我要上学了。

入学那天,父亲送我去见老师。老师正记人名,轮到我时,老师问,叫什么名?我说:秦玉河。老师又问,出身什么成分?

我不知道,父亲打了个愣,声音不太响亮地接话说:贫农。

老师说:好了,旁边等着去吧,一会儿派桌,大人可以走了。

父亲走了。我随其他孩子不知等了多长时间,老师一吹口哨,都集合起来,按大小个排队,派桌。

当老师派我和胜利同桌时,胜利突然说:老师,他家是地主,我爸爸说:不让我和地主的孩子同桌。

老师朝我瞪着眼说:你爹不是说是贫农吗?不老实,去,一边站着去。我是在姥姥家出生的,姥爷家是富农,可我爹家是贫农。

我正想快些派到,一下子从头凉到脚,十分不情愿地列到队的一边,眼睁睁地看着所有的同伴都派到了桌,进教室去了。

老师站到讲台上说:下面,我念名,念到名的站起来。

老师开始念名。

最后老师问,还有没念到名的吗?所有人的名字都念了,唯独没念我的名。还在门外站着的我,不由一脚迈进教室,说:老师,我呢?

老师这才朝教室最后头墙角的一张空桌说:你坐在那里吧。

老师接着说:下面同学们随便活动活动,吹哨时进来上课。

当上课的哨声响起,我正想随大溜往教室里拥时,老师忽然叫住我说:你,站住,过来。

我来到老师身边。

老师将一张折叠好的纸递给我说:你去跑一趟,把这封信交给中心校的李校长。

我虽然第一天上学,但从心底里知道,老师的话就是圣旨。我不由分说接过信,转身朝后刘跑去。可我长这么大,一个人从未去过后刘,好在知道庄后头那条道就是通后刘的道,而且就一条道。

我朝后刘跑着走着,走着跑着。跑累了,走一会儿当歇歇,歇一会儿再跑。我想快些把信送到李校长手中，好回来上课。

我终于跑到了后刘西街的街头。可中心校在哪里呢？李校长是谁呢？我问一个走道的，走道的说：他也不知道，他不是这街上的。我又问正在扫门前卫生的大娘，大娘说：什么中心校啊，不就是公社驻地的学校吗？

我说：老师说中心校有个李校长。

大娘说：噢，对了，就是公社驻地的学校，在尽东头，再往北拐。我朝大街的尽东头跑起来。跑着跑着，突然，一只大花狗汪汪地叫着，从身侧蹿过来，吓得我加快了脚步急跑。但我跑狗也跑，还可劲撵我，没几步就撵上了我，我因害怕变了声地喊它，可它还是一口咬住了我的脚踝。就在大花狗还想对我下口的时候，一个手拿铁锨的大爷跑过来，老远一挥铁锨，狗惊叫着跑了。大爷站到我跟前问：咬着了吗，孩子？

我撸起裤腿一看，几个牙印往外渗着血，疼得我头上直冒汗。

大爷说：孩子，遇到狗撵，别跑，你越跑它越撵，哈腰，一哈腰它会害怕，就不撵了。

我不知大爷姓甚名谁，真是个好人！

忍着疼，我总算找到了中心校，找到了李校长，把被我攥得有些汗湿的信纸交给了他。

李校长接过信，看着我满脸汗水，说：这个王老师啊，自己懒得来，叫个孩子跑这么远，咋放心。李校长随后说：没事了孩子，回去时慢点儿跑，别跌倒了。

我心急地返回学校。

学校教室门已锁，放学了。

我只好回家。

父亲收工正放着工具，看见我问：你怎么才回家？不是早就放学了吗？

不等我回答，母亲接着问我说：今天学的啥？

我抚摩了一下还在作疼的脚踝，对母亲说：没，没学啥。

父亲皱起眉头问：没学啥？不是学的ɑ、o、e吗？别的孩子走着道还念呢。

母亲似信非信地叫我靠近她身边说：来，我写个字你念念。说着，捡起根小草棍在地上写了个ɑ，问我，念啥？

我说：不认得。

娘又写了个e，这个认得吗？

我摇摇头，不认得。

爹火了，狠狠地照我腚上打了一巴掌，头一天上学你就不好好念，说着，父亲又使劲儿拧我的耳朵。我想挣脱父亲的大手，用力往外挣扎，一下子绊倒在门槛上，被狗咬伤的脚踝，正好碰在上面，剧烈的疼痛，使我大哭起来。

母亲看到了我的伤处，问我是怎么伤的。

我向母亲述说了上午上学的经过。

母亲的泪啊，接着就下来了。

父亲长叹了一声，蹲在地上大口大口地抽起旱烟来。

母亲用盐水为我冲洗着被狗咬的脚踝，泪水滴在盆子里，又被母亲掺和着盐水，撩拨在我的伤口上。

我的故事讲完了，教室里安静了，几乎是鸦雀无声了，从学生们的眼神里，我看到了学生们都在为我鸣不平，哪有这样的老师啊，那个老师不配当老师。老师，原来你和我们一样，是被人瞧不起的学生啊！

教室里的气氛变了，变得都爱听我说话了，都想对我道一道心声。

有的说：我也想发奋学习，可自从连着两次考得不好，被调到慢班里，就泄气了。有的说：老师说我，我这户的老鼠尾巴，打一百棒槌，也到不了大处，我见了老师就来气。有的说：今年考高中俺只差两分，俺想再复习，可俺爹说：俺是个闺女家，念不念的没大用处，俺又回校复习分在差班里，是俺爹找的校长……

我说：有一个人，初中考试曾不及格，可后来通过自己发奋努力，成了著名的科学家。同学们哪，人穷了被人瞧不起，人在人下，那不是人啊，咱们大都是农村出生的，农家子弟只有念书才有好的出路，莫辜负了我们的爹娘顶严寒冒酷暑，汗滴如雨在家干活，把我们送到这风吹不着、雨淋不着的教室里，他们对我们，充满着希望啊……

我敢说：这是我的一次动员报告，这是改变这个班命运的一堂课。

学生的积极性上来了，快班的学生预备铃响后往教室里跑，慢班的学生预备铃前已在教室里读书了。快班的学生下了晚自习被撵出教室走了，慢班的学生被撵走后又偷偷地回到教室再学。

我把课本、备课本带到教室里，每晚都陪学生一起上自习，这样，学生有不会的题可以及时问我，我不会的题再去向别的老师请教。

几天的代课结束了，石玉柱结完了婚，回到学校上课，当他听说这几天他班学生的学习劲头大变样了时，紧紧握住我的手，感动地说：我说小秦你能行吧，谢谢你了，我请客，一定请客。

毕业升学时，这个班三名学生考上高中，只比快班少考了三人。这是我后来听说的。

十七

几天后，工作队放了年假。

要求工作队员初五回归驻村，具体时间没定，只要初五到就行，至于上午下午没做规定。我没有自行车，走着，我是初五早饭后就回驻队的。我来到前王时，还不到晌午，其他队员都还没到。

晌午，我正自己准备开伙做饭，张宝华来了，进门就拽着我去他家，走、走，小秦，上我家去，我请你一顿儿。

我不去，我说：工作队员不能吃请，是有规定的。张宝华说：啥规定不规定的，我又不是请你酒席，只是吃顿便饭。他个头比我高，力气头也比我大，我敌不过他，被他硬拽去了他家。

张宝华家里，一共4口人，他，他妻子，他母亲，和他才几岁的儿子。张宝华领我进了他的里屋，摞下门帘，他几岁的小男孩儿却透过门帘边上的缝缝往里瞧我。

说实话，张宝华招待我的饭菜并不丰盛，一盘过年炸的藕盒，一碗水熬鸡蛋。这水熬鸡蛋，我家来客也常做，因鸡蛋少，油炒鸡蛋炒不出数，水熬鸡蛋出数。他招待我还有两碗菜，一碗白菜豆腐粉条，一碗粉条豆腐白菜。几个小白面馍馍，个数多的干粮是玉米面窝窝。

张宝华拿出从代销社也不知是买来的还是赊来的一瓶酒，刚想打开，我阻止他道，别破瓶儿了，我不喝酒。张宝华说：什么不喝啊，你嫌酒孬啊？我说我真不喝酒，再好的酒我也不喝，我不能喝。他仍要让，我说：你再让就显得我虚了。咱吃饭，吃饭。

张宝华只好放下酒，陪我吃饭。他拿筷子指着藕盒让我：吃这个，吃这个。我筷子刚伸向藕盒，门帘被掀开了缝，他小儿子直望着我的筷子，望着我筷子下的藕盒，直咽唾沫。我说张宝华，给孩子拨出点去。张宝华说：你别管了，外屋里有，随即他又对儿子说：去，跟你奶奶和你娘吃饭去。可张宝华再次让我夹藕盒时，门帘又被他小儿子掀开了。我不由起身到外屋一看，外屋的锅台上的饭菜，是高粱面窝窝和一碟水萝卜咸菜。我走回里屋，将整盘藕盒端起，端到外屋，说：孩子，吃吧。张宝华却又把藕盒端了回来，只是给儿子拨了两小块儿。

张宝华面带羞涩地说：实在没啥可招待你，小秦。

我说：宝华叔你这就见外了，我家还不如你家呢。

吃，吃这个啊，小秦。他仍让我。我只好夹起一块儿藕盒，但还未放进嘴里，眼睛先湿了。

十八

初五报到，初六公社召开各村大小队干部和驻村工作组全体队员会议，主要是布置春季生产，派河工，为返青小麦划锄。会上，书记特别强调了一个问题，要求各大队、各工作组，严格控制外出流窜人员。那时，各村都有不踏实在农村劳动的，特别一到出河工时，有的就窜出去了，当时，对这类人员，有一名词，叫盲流。

前王一切工作还好，安排恰当，上河的上河，在家给麦田划锄的划锄，浇返青水的，拾掇犁具准备春耕的，各项农活均已落实到位。

工作队员是不参加生产劳动的，只是围地转转、看看，检查检查干活的情况。

这天，我独自一人围着前队的地里转了转，转到了牲口大院前，我想进去看看。一进大院，一股火烧柴草的烟味儿扑进鼻子，我往牲口棚里一瞧，烟是从牲口棚里冒出来的。我进了牲口棚，只见喂牲口的瘸子老头正用两块砖支着一个小铁锅在做饭。

我问道：大爷，做啥饭啊？

老头抬头回答我说：做得黏粥，好多天了光喝黏粥。又说，你叫我李田兴就行。

我说：怎么只喝黏粥啊，不做点儿干粮吗？

他说：做干粮吃不下，嗓子里长了个小疙瘩，就是喝黏粥，一咽，就疼。

我不由担心地说他，嗓子疼没看看去吗？

他说：想去看，可无儿无女，我怕万一是不好的病，回不来了。

你这院中没其他人吗？我问他。

没有，我独门独户。

我同情他的境况，担心他的病情，不假思索地说道：大爷，我陪你去看看吧，去济南看看。他抬头看着我，不太相信地说：你是工作队，你能陪我去看病？

能啊大爷，你等等我，我给组长请个假，只要组长批准，我就陪你去。

我回到工作组，向组长说了这事，组长说：行行，我们工作组，就是为老百姓办事的，你去吧小秦。如果真是不好的病，先别告诉他，有的一说那病，立刻吓得不能走道了。

我说：是。

第二天，我陪李田兴坐上了去济南的火车。下车后通过向人打听又坐了公交来到了省立医院，我给他挂了专家门诊。叫到号，医生头戴一亮光刺眼的镜子，叫李田兴张大嘴，又用一压舌片压住李田兴的舌头，一看便道，没事，炎症，不过，得做个小手术。

我问医生：大夫，这需要住院吗？

专家说：不用，手术后就可以回去。

这太好了，交上了费用，一会儿，李田兴便被推进了手术室。接着出来一名护士，问道，谁是李田兴的家属啊？

我立即答道：我是。

护士说：签个字。说着递给我一份协议书。

我接过来，在上面签上了我的名。

护士说：不行，得签上与患者的亲属关系。

这，我与李田兴是什么关系呢？我正犹豫着，护士催促道：快点儿，里边等着手术呢。

救人如救命，再不容得我犹豫不决，我提笔写上了这样的亲属关系：儿子，秦玉河。

十九

三个月后。

组长去公社参加各村支部书记和驻村工作组组长会议，回来向我们传达了这样一件事，说前王村的汪吉昌在山西一收容所被拘留了，通知地方政府去带他回来。组长的话还未落地，民兵连连长兼治保主任胡希广来了，胡希广说：村里决定让他去山西带汪吉昌，但他想找个伴去，想让工作组派个人随他去。

组长说：谁去呢？组长看着我和小修说：你和小修是男的，小刘和小芳是女的，她俩去是不适合的，只有我和小修，二去一。组长想了想说：小秦去吧。胡希广说：正合我意，我就是想叫小秦和我去。

我和胡连长坐上了去山西的火车。是趟慢车，到了时已是午后了。收容汪吉昌的地点离山西省城还有很远，还须坐车，且下了火车还得坐汽车。怕是当天到不了了，我和胡连长便在省城住了下来，住的旅店正靠着剧院，吃过晚饭，胡连长说我，咱看戏去啊，小秦。

我最爱看戏了，特别是几出样板戏，像《红灯记》《沙家浜》里的唱词，我大都能唱下来。可我担心票贵，我没带多少钱，这月发的18元钱的补助，我给家里留了10元，自己还有8元，而已花了3元生活费。

胡希广说：我带着钱呢，咱是给村里办事，不用你花钱。

好在票不算贵，5毛。那晚的戏，演的啥我不得而知，因我和胡希广入座时，戏早开演了，至今使我记忆犹新的是，有一段唱词，我终生难忘：

手拿碟儿敲起来

小曲儿好唱口难开……

汽车在凸凹不平的山道上东倒西歪地行驶着。山路的两旁，全是陡峭的高山，时而在悬崖峭壁间穿过。颠簸了很长时间，终于到了，汽车在山间一大门前停了下来。

这儿，就是山西某某收容所。

我和胡连长下了车，就朝大门走。

站住！干什么的？提枪站岗的哨兵拦住了我俩。胡希广从衣袋里掏出了证明信，递给站岗的。站岗的看后说了三个字，进去吧。

在一间办公室里，收容所的负责人接见了我俩。负责人看完信后，走出办公室，朝不远处正抡大锤砸石头的一伙人喊了声，汪吉昌！

汪吉昌猛不丁打了个愣怔，停下手里的大锤，回头朝负责人高喊了声，到！

负责人又大声道：跑步！

汪吉昌立刻跑步朝办公室奔来，报告政府，汪吉昌到。

负责人对汪吉昌道，你老家来人带你了，记着，回去好好参加生产劳动，再别到处流窜了。

是，政府。汪吉昌给负责人敬了个礼。

负责人说我和胡连长，可以带他走了。

汪吉昌这才抬头看见了我们，他看了看胡连长，又看了看我，回宿舍背了被子，跟我和胡连长出了收容所。

二十

回到前王的当天晚上，工作组全体队员和全体大小队干部在工作组召开会议，召开教育汪吉昌的会议。

汪吉昌是胆战心惊地来到工作组的。他呆愣着眼，看看这个，又看看那个，一双手不知怎么放才好。我拿了个方凳放到他面前，说：坐下吧。

汪吉昌试着在方凳上坐了下来。

汪吉昌！胡希广猛地一声怒吼，你给我站起来！

汪吉昌立即站起来。

跪上去！胡希广命令的口气吼汪吉昌，跪到凳子上去。

汪吉昌双膝跪在方凳上。

我叫你再窜！胡希广朝汪吉昌腚上飞起一脚，凳子"咣当"倒了，汪吉昌随即摔倒在地，他趴在了地上，两颗门牙被磕了下来，嘴里流出了血。

汪吉昌满嘴滴滴着血，战战兢兢地从地上爬起来，胡希广将凳子竖起，道：再跪上去！

汪吉昌抖着双腿又跪在了方凳上。我……胡希广又要飞起脚，就在这一刹那，不知哪来的勇气，我再也控制不住自己的愤怒，脱口大喊了声：胡希广！

胡希广飞起的脚放了下来，他不解地拿眼瞪着我：小秦你？

你太过分了！我对胡希广说。

胡希广对我太不满了，他甩下一句：好好，小秦，从今前王的治保我不管了，你小秦管吧。说完扬长而去。

那晚的会，不欢而散。

支书说：散会吧，今晚的会散了吧。

村干部们都散去了。

汪吉昌没走，汪吉昌扑通跪在了我的脚下，谢谢你小秦，谢谢你了，恩人啊！呜呜哭了起来。大滴的泪水，掺和着他嘴里流出的血水，直往下淌。

起来，起来，大叔。我扶着汪吉昌起来，可我的两眼湿润了……

二十一

汪吉昌走后，组长对我一顿狠批。组长说：我也对胡希广的做法气愤，可小秦你不该在全体村干部和咱工作队面前让胡希广下不了台，你太冲动了，冲动是魔鬼，这以后会对我们在前王的工作不利。

组长特别叮嘱我，以后遇事可别再年轻气盛了。

但我不怕，我对组长说：大不了我背起被子走人，回老家当我的社员去。

二十二

时间过得真快，转眼几个月又过去了。三秋工作开始了。

这天，组长去公社开会回来，对我说：公社要办《三秋战报》，问工作队有写文章写得好的吗？找名《三秋战报》的编辑，我说我们工作组有，曾在省报发表过文章。公社尹秘书当即拍板道：好，你通知他，下午就来找我。

办小报，我并不怵头，在学校里时，我就是办黑板报的，还办过手抄小报，把同学们的优秀作文，手抄下来，发全校师生。老师常表扬我。

下午，我来到公社，找到了尹秘书，尹秘书给我和办公室临时工小鲁安排了一间办公室，备有笔墨纸砚，刻印的钢板。

小鲁写得一手好字，他管刻印，我管编辑文稿，我俩商量，打算本周就出第一期小报。稿件不缺，因公社给各村和驻各村工作队下达有任务，三天必须给《三秋战报》送一篇稿子。内容是三秋各村的生产安排、工作进度、好人好事等。

仅两天，就收到十几篇稿子，多数是驻村工作组送来的，一期小报排不下。

我和小鲁商量，第一期一版刊登书记在全社三届大会上的讲话，二版发我进前王时的发言，三版、四版登下面的来稿。

我正编辑着来稿，驻后王的工作组组长来了，他送来一篇他亲手写的文章，是一篇报道，笑着对我说：老同学，我的稿子，望登头条。我说：好好，只要稿好，我一定排头条。

他走后，我迅即打开他的稿子认真地看起来，可越看越觉得不是那回事，最后，我把他的稿子放一边了。

第一期《三秋战报》出刊了，下发到了各村各工作组。人们对《三秋战报》有何评价，我还未曾得知。但老同学带着气找我来了，怎么？老同学的稿子不够水平吗？

我对老同学解释说：你的稿子语言很简练，语句很通畅，可是，可是有点不符合实际呀！

老同学急了：怎么不符合实际？

我说：据我所了解，全社三秋工作才开始不久，秋收大都还未完结，可你写的稿子，说后王大队干群干劲大，三秋快，……目前，后王秋种工作已近尾声。后王秋种插耱了吗？

他不服地辩解道：报道稿哪有不超前的，你不能太较真了吧。

我说：我们要讲真话。

打住！老同学甩手而去。

二十三

秋收秋种两个月后，工作组驻村已满一年，到了撤离的时候了。

临撤离的头天晚上，村里又盛情招待了我们，像刚进村时一样，村干部全体到场，很是热情，菜肴很是丰盛。

村干部们要求我们留下宝贵意见，提出对前王今后工作的建议，或有什么设想。组长代表我们工作组，向村干部和全村社员一年来对工作组的大力支持和生活上以及其他方面的热情照顾，表示感谢，并要求大小队领导指出我们工作上的不足。

其他队员都嬉笑着，喝着酒吃着菜，寒暄着依依惜别的话。只有我低着头，我回想着在前王的这一年中，数我得罪的人多，我得罪了两个人，一个是前队的队长，另一个是治保主任。前队的前任队长不干了，不在场，可是，治保主任胡希广在场，他就坐在我的身旁。我时刻准备着，准备着他给我提意见，或很有可能说我走不出庄的话。但是令我想不到的是，胡希广不但啥都没说，啥意见也没给我提，反而一次次给我加开水，他连让了几次给我倒酒，支书替我解了围，不让他给我满酒了。他除了给我满水就是给我让烟，并一次次地给我点烟。我试探地想向他道歉，尽释前嫌，我说道：胡主任，我年轻，那次是一时冲动，望你海涵。

哎，胡希广面带喜色地站了起来，紧紧握住我的手，态度诚恳地说道：小秦，这话远了，说实在的，当时我确实挺恨你，可过后我一细思量，我真的谢谢你小秦，你离汪吉昌远着呢，你能在前王待几天啊，可我，我和汪吉昌是百年不遇的老庄乡啊，你给我敲了警钟，那是我一辈子的教训，你放心小秦，以后，我知道我会怎样当好一名村干部了，我要对得起庄乡兄弟爷们儿，谢谢你了小秦，谢谢！我万万没想到他能这样对待我一时的冲动，我感动得几乎掉下泪来，谢谢你胡主任，不怪就好，不怪就好。

次日为我们送行，胡希广上前首先为我推着车，我是事先从亲戚家借来自行车驮被子的。

村干部们，还有好多社员们，直送我们出庄，有的抹着眼泪和我们依依惜别，再来啊，宋组长、小秦、小……

再见了前王。

再见了众乡亲！

二十四

你翻过来调过去的，这是怎么着，睡不着了？老伴儿推了我一把，把我从回忆中推醒。

我没回老伴儿话。

是的，这一宿我没睡着，我一直在回想当年在前王驻队时的情景。时光如梭，转眼一晃，距今已40多年了。40多年我再没去过前王。也没见到过前王的人。这一梦，还真有些思念前王，思念前王的村，思念前王的人。如今，前王也大变样了吧，也富起来了吧，张宝华的儿子早已结婚生子了吧，他孩子还为一盘藕盒咽唾沫吗？老王家王大娘还健在不？如果健在的话，已80开外了吧。

我想去前王看看。

反正我已退休了，闲着没事。不知前王人还认得我吗？50岁以下的人是不可能认识我的。可我又一想，我得罪的那队长见了我会怎么样呢？他如果不让我进庄，或让我出不了庄呢？管他呢，身正不怕影子斜。去一趟，去转一圈儿，碰到有认出我的就寒暄几句，没认出我的没说话的也没事。我自己有车，轿车，就当是一次短途旅游吧。

早饭后，我给老伴儿打了声招呼，驱车朝前王开去。从县城到前王30多里地，我开车不快，在宽阔平坦的柏油公路上沉住气地行驶着。

不到10点，我的车已近前王，透过车窗，我清晰地望到了前王，前王变喽，大变样喽，原来家家户户的土坯房，全变成了二层小楼，一家一栋小楼，一家一个小院，再找不到过去前王村的样子了。村庄四周绿树参天，路旁鲜花争艳。

我开车来到了村口，村口上一大帮人在嬉笑说话，地上摊着一挂长长的鞭炮。

今儿前王有娶媳妇的？我心里立刻这样想。

来客了，快接客。不等我的车停下，有人高喊道。接着，跑过来几个人围住了我的车。我下了车，刚想说我不是来随人情的，一胸前戴着红花的上岁数的老头一把抓住了我的手，小秦，这不是小秦吗？

是汪吉昌大叔，我也认出他来了。我笑着紧握着他的手，问他，谁家娶媳妇儿啊，大叔？

汪吉昌一仰头，自豪地说道，谁家娶媳妇我戴着红花呀，我，我娶孙子媳妇。

啊，汪吉昌娶孙子媳妇？我不解地想起，我在前王驻队时，他已快40的年龄了，还是光棍儿一条，他什么时候成亲的，什么时候有了儿又有了孙子，已娶孙子媳妇了？

汪吉昌大概看出了我的不解，满脸欣喜地向我说道：托小秦你的福，你离开前王的第三年，村里分了地，我娶了媳妇，还带了个儿来，别看儿子不是亲的，但可孝顺我了，我给他娶了媳妇，孙子是我抱着背着当马被他骑着长大的，哈哈……汪吉昌说着笑着，话止不住，今天我汪吉昌大喜，又逢贵人驾到，真是双喜临门，我这喜酒，小秦你是上座人。快，希广，汪吉昌说着，朝一旁的胡希广一招手，快安排小秦坐上席，记着，上座。胡希广也老了，他领我往村里走着，他说他已退了村干部的职位，但他从那次以后，一改粗暴的工作态度，和蔼可亲，实心实意，不辞辛苦地为社员们办事，他在庄里的威信，越来越高。他退了后，村民仍选他为村红白理事会会长。

我为他感到荣幸。

胡希广把我领进了村中的饭店里，前王靠铁路，村前就是车站，又紧靠镇上街道，因而庄里开着一家大众酒店。

赶上了前王有娶媳妇的，而且汪吉昌是那样的盛情，那样的不容我推辞，我只好在上席上入了座。由于我的到来，上席重又作了安排，陪我坐一桌的，有老支书，有前后队的老队长，有退休的石玉柱校长，石玉柱后来转了正，提了校长。

入乡随俗，我掏出100元钱，要胡希广代我付上账，胡希广不接，哎，小秦，哪能收你的钱呢？不信我问问汪吉昌去。

我说：别问他，我可不愿意落个白吃。胡希广笑了，好好，听你的，我去。

酒场上，这个的问话还没说完，那个又接上了话茬儿。

老支书问我：小秦，几十年一直没见你，也没听到你的音信，听说宋组长后来升到了局长，你最后啥职啊？

我回答：我一辈子与仕途无缘，一辈子孩子王，当了几十年的中学语文教师。

老支书说：教师好啊，现在教师可吃香了，工资又高。你退了休一个月拿多少钱啊？

我说：七千多。

同行石玉柱接话道：秦老师你教过的学生，最有出息的是什么职位？

这话问得我有些难以回答，我觉得有点儿别扭，老师教的学生，只有有职位的才算有出息吗？但我没驳他面，还是回答了他：我教的学生，有当市长的，有当团长的，有当董事长的。

石玉柱朝我伸出大拇指道：佩服你秦老师，有这样的学生，你一定会感到很自豪吧。

我说：自豪。但最使我感到自豪的，不是当市长、当团长、当董事长的，最让我感到自豪的，是一名这样的学生，他出身农民，因父母都有病，他初中没念完就退学了，回家挑起了家庭的重担。他骑一辆脚蹬三轮，收废品。第一次见了我，离老远他就紧蹬三轮跑开了。第二次他和我正迎了个面对面，他想躲已来不及了，但红了脸低了头，不说话。

我问他：你见了老师咋想躲哩，是老师有对不住你的地方吗？

他急忙回答道：不是不是，老师，学生不才，给老师丢脸了。

我的心一震，收废品有什么丢人的呢？只要能挣钱，能养家，能致富就是好工作。我听说有的收废品的，有上百万的存款。

他这才抬起头来，向我深深鞠了个躬说：是，老师。我收废品，也买楼房了。

这就是出息啊。

一个月后，我又见到了他，是在公园里。这次他没收废品，他用残疾人坐的助力车推着他的父亲，在逛公园。老远看到我，就紧推着他父亲到我跟前，叫了声老师。我问他，今儿没去收废品啊？

他说：俺爹偏瘫不能走道了，他在楼上待不住，嫌闷得慌，想出来转转，我就不去收废品了，每天推着俺爹逛逛公园，看看景色。

好样的，百善孝为先。从未有过的欣慰涌上心头，我为有这样的学生而骄傲。

二十五

敬酒了。

汪吉昌举着酒杯，他儿子提着酒瓶，孙子在身后跟着。爷儿仁来到了桌前。

全席的人都站起来，迎接敬酒。

汪吉昌高举着酒杯，首先敬我。来，小秦，先干为敬，我先干了，言毕一满杯酒一口闷进了肚里。

他儿子接着为他斟满杯。

小秦，你，怎着，汪吉昌让我。

我说：我不喝酒，大叔，你别让我了，谢谢。

那不行，今天我这酒，你必须得喝。你不能驳我面子，让我表达对你的心意。说着，他又顾自干了一杯。小秦，你起码得喝一个，只一杯，一杯。他双手举杯，大有我不喝他不愿意的意思。

老支书为我解围说：吉昌，小秦不喝酒，喝的白开水，你就别为难他了。

不行，老支书啊，汪吉昌眼里有了泪水，我的恩人啊！儿子，孙子，咱爷儿仁跪下。爷儿仁齐刷刷地跪了下来，跪在了桌前。小秦，恩人啊，说着，他一手举着酒杯，一手指了指他口里镶上的两颗假牙，要不是你，当时死的心我都有了啊！

我还能说什么呢？我听说过，当天的新郎官儿，文官见了下轿，武官见了下马，可我老秦，何德何能，让一位崭新笔挺西服的新郎官为我跪着敬酒呢？我再也抑制不住激动的心情，但我实在不能喝酒，我端起面前那半杯已凉了的白开水，让人给我兑上了热的，探身向前，和汪吉昌碰了杯道：大叔，老秦实在不能喝酒，请容我以白开水代酒，回敬你老人家。说完，我将那杯白开水一饮而尽，杯中，有我滴落的泪水。

我醉了，我虽然一滴酒也未沾，但我醉了，是心底里醉了。我是怎么出前王的，是怎么上了车的，我都不知道。我只是觉得，我被人簇拥着，握着手，再握着手。我上车了，仍有人的头探进车窗，和我握手，和我道别，嘱我路上慢点开啊。

我的车徐徐启动了，80多岁的老王家王大娘为挤上前和我话别，我的车轱辘险些轧着她的脚尖儿，我竟连句道歉的话都没说。

此刻，我的思绪走了神了，我在想，一个人，为官几十载，退休后，当他再回到他曾管辖过的百姓们中间，会受到怎样的接见？他头里走，身后会有怎样的评价？说直白些，传进他耳内的，是赞美声还是怨骂声……

近水楼台

昨天晚上，大嗓子付军跑十多里地看了场电影，累得不轻。

十多里地，要是骑电动车去，不算个道，但那时没有电动车。要是骑自行车去，也不算远，可那时农村里的自行车，比现在的宝马还少，大都没有自行车，付军没有自行车。付军上道，都是用步量，走着。走十多里地，对小伙子来说，也算不了什么，也累不着。但付军不行，付军虽然年轻，他才二十出头，正青春年华，可是付军体格不行，付军有气管炎，一要走道多了，走的时间长了，特别是走得急了，付军就气喘，就喘得上不来气。本来，林强找他去看电影，他娘不让他去，他娘说，你去行吗？十好几里地呢，这么远的道，你不知道你的体力吗？看累着你啊。他爹也说他，你穷掺和啥，再呼哧呼哧喘起来憋得慌，我可不管你，我可没钱给你拿药。

爹娘的话哪能挡得住付军呢？别说是十几里地，就是道再远点儿，一说看电影，也挡不住付军。那年，付军听说城里演电影《卖花姑娘》，而且不是在影院里演，是在广场上演，不拿钱，付军顾不得自己有气管炎，找上他的好伙伴儿林强，吃了晌午饭就跑着去城里，看电影去了。到县城30多里地，付军和林强跑一会儿走一会儿，走一会儿当歇歇，歇一会儿再跑，他俩跑了三个来小时，付军跑得上气不接下气地喘，但付军说他不累，一点也不累。跑到城里，还没天黑呢。付军和林强看完了电影，十点了，再回家就不行了，累了，也困了，就在火车站的票房子里过了一夜。

那次看电影，付军高兴了老长时间。

昨天下午，付军在地里干着活，听说后刘有电影，付军激动得不得了，一说有电影来精神了，干活也有劲儿了，但他没心思干活了，干不下去了。付军最爱看电影了，电影是付军最希冀的精神食粮。农村里，演电影的时候不多，一年也就一回两回的，公社的电影队，围着全公社各村转，但不是天天转。付军看电影，不但自己村来演电影看，四邻八乡的村有电影也去看。去后刘十四五里远，来回三十来里地，付军走得急，不急行吗，都走得很急，急着到后刘，怕晚了占不着好地方，离银幕远，还怕去晚了赶不上电影开演，看不到开头，看不到完整的电影。去时走得急，回来也不慢，付军看完了电影，随人流回家，同样走得很急。付军就开始喘上了，他一喘嗓子呼哧呼哧的，就像拉风箱。付军喘是喘，但付军很高兴、很快乐。

付军一边走着、喘着，一边和林强议论着电影里的情景，付军说，今晚演的电影真好，你看那个小胖子多可爱啊。"又喝到家乡水了。"付军学着电影里的人说话道。就好像付军自己也喝到家乡的水那么甘甜一样。林强说，没看够，我有一泡尿憋不住了，去小解，有一个地方没着落，那个师长穿着呢子大衣，站到坦克上讲话，没捞着听。付军说，那个师长，真有个师长的样，讲话很厉害，听口音不是咱山东人，人家南方人说话，受听。林强说，明天晚上去哪庄演啊？怎么散场时演电影的没广播呢。以前村里演电影，散场时放映员都要广播一下，明天晚上到××村演。可是今天晚上没广播。付军说，明天晚上去大李庄演，我听身旁大刘村的人说的。林强说，咱明天晚上再去大李庄看啊。付军呼哧着嗓子说，不去了，我不能去了，到大李庄更远了，二十多里地呢。林强说，你不去，我连个做伴儿的也没有，我个人去就不带劲儿了。哎——付军忽然想到了什么似的，说，你爱看电影，我也爱看电影，庄人都爱看电影，要是有钱，盖个电影院就好了，那样的话，就不用跑老远了，就能天天看电影了。林强说，做梦呢，你能盖得起电影院？盖个电影院得多少钱啊，你知道，电影院可不是像咱家的房子，又高大，又宽敞，里头还得有——有什么来？一个台阶一个台阶的？付军说，那叫阶梯，影院剧院里都有阶梯。从前头到后头，一个阶梯一个阶梯的，一个阶梯比一个阶梯高，为的是前面的挡不住后面的视线。林强说，是啊，就是这样的房子，你盖得起吗？付军说，我盖不起，但是我见过，城里的电影院，就是这样的。我听人说，公社里正筹备建这样的大会厅呢，也是电影院，两用。林强说，盼着吧，公社里有了电影院就好了，咱去公社不远，才几里地。哎——付军忽然又想起什么说，咱和公社电影队队长说说，包他几场电影不行吗？林强说，怎么个包法，在哪里演啊？付军说，就是拿钱包电影，来咱村演啊。林强说，你有钱吗？付军说，没钱啊。林强说，没钱怎么包啊？付军说，卖票啊，卖了票，不就有钱了吗？林强说，卖票，就得检票，咱村又没有宽房大屋，又没有高墙大院，在哪儿演呢，在大街上，在亮场子演电影，怎么检票？付军说，咱村学校的院子不是挺大吗？全村就数学校的院子大，而且，学校西面是高墙，前面是户家的高房，东面是邻居，有墙，只有一处豁口，是进出的地方，虽然没门，但可以把守，在那里检票。林强说，亏你想得出，人家学校里能让你放电影吗？人家老师同意吗？付军说，咱又不是白天占学校的地方，是晚上，晚上学校里放学了。林强说，我觉得不可能行，老师不同意。付军说，咱问问，和老师商量商量。林强说，就是老师同意，咱包电影这事，还怕有影响。付军说，什么影响。林强说，别让人说咱为了挣钱。付军说，咱包电影虽然卖票，但不是为了挣钱，是为了咱村人看电影，丰富群众的业余生活。卖票，是为了给电影队上的赁费钱，片子钱。林强说，那，一张电影票卖多少钱呢？付军说，学校的院里能着多少人？林强想了想，说，五六百人吧，银幕前后根底下不能看，得有空地，还有搬椅子坐着的，占空间大，这样，估计也就招四五百人，最多不超过500人。付军说，按450人算，咱问问电影队上，演一场多少钱，然后再定票价。

　　第二天，一大早，付军和林强就来到了公社大院，付军向人打听电影队在哪，那人朝紧挨大门口旁的一间屋指了指，没说话。付军和林强敲了敲门，谁啊？随着话音，门开了，一个比他俩大的青年小伙儿笑着说，嗯？你俩怎么来了，有事啊？小伙儿是电影队的放映员，叫三友，三友和付军、林强是一个庄的。三友高中毕业在家干了两年活，他爱好文艺，吹拉弹唱样样都会，在学校里时是文艺队的队长，都说三友这辈子吃不了庄稼饭了，三友有才啊。公社成立电影队，就指名把三友招上来了。三友兄弟五个，都不好说媳妇，老大成的是后婚，老二说了个瘸子，老三到现在还没定亲呢。三友是老四，也三十好几了，三友不好说媳妇，不是小伙不行，是家里穷，是三友的庄穷，外村有人曾说这样的话，宁可放着闺女不嫁，也不和这个庄成亲。话说多了。三友当上了电影队的放映员，天天在外头跑，围着全公社转，公社的几十个村庄都转遍了，全公社的几十个村庄里，大人小孩都知道电影队上有个三友。有爱看电影的，就少不了和三友套近乎，掏出烟来给三友抽，并且给三友点着。有的搬着椅子看电影，就把椅子和三友换换，换过三友的小凳子头自己坐，让三友坐他的椅子。有些女的也和三友套近乎，眼神朝三友看，看三友大高个子，看三友不下田间干活，不受风吹日晒，白面书生似的。嘻嘻，今天晚上演啥电影啊？明明早知道演啥电影了，还问，不是多余问，是想和三友说话。三友头不抬，手不停，安排着电影机子，回话，《地道战》。噢，嘻嘻，问话的又看三友几眼，恋恋不舍地离开了。没走多远，一边望着瞅着三友哩。这个人就是长得像电影演员似的大闺女俊花。俊花才十九，俊花爱看电影，三友来俊花村演电影和在俊花的邻村演电影，俊花都去看，俊花为了看电影占个好地方，离放映机近点儿，这样看电影不用歪头斜眼，俊花常不吃饭就来占地方，要是在邻庄演，俊花就提前说给三友，哎，明天给我占个好地方啊。三友当然愿意帮她占地方了，谁不愿意接近美女。俊花看电影多了，一来二去，就相上三友了。后来俊花再到邻村看电影，就不用拿座机了，三友就给她准备着了，三友说演电影的村的招待人说，给我搬个长凳子放机子前。招待人说，给你搬个椅子坐着不舒坦吗？搬长凳子干啥，你一个人。长了，就知道了，噢，椅子坐不开，还有你对象呢。哪是对象啊，俊花她爹娘不同意，不同意俊花跟三友处对象，嫌三友年龄大，嫌三友家太穷，嫌三友兄弟们多。俊花爹娘不让俊花再找三友看电影了，说俊花，再看电影，离他远点儿。但是俊花不听，俊花还是和三友坐一个座机上看电影，有时去较远的庄看电影，俊花干脆连家也不回了，和三友同宿了，三友在哪村演电影，哪村管住。俊花娘知道了这事，就骂俊花，不要脸，就把俊花关在家里，不让她出门。可是关不住，俊花爬墙出去，又去看电影，又和三友一起住下了。爹想把俊花的腿敲折，但晚了，生米成熟饭了，俊花怀孕了。俊花出嫁，不是出嫁，是俊花个人跑三友家去的。爹娘什么也没陪送，俊花嫁了好几年，爹娘不上门儿。

三友演电影，说了个小媳妇，俊媳妇。

三友见一个庄的付军和林强来找他，很高兴，想提壶去打开水。付军没让他去，付军说，别提水去了，不渴，俺俩和你说个话就走。三友说，有什么事说吧。付军说，问你个事，电影片子能上外赁吗？三友说，能啊，我们电影队演电影，都是在县电影公司赁的片子。你问这个干什么？付军说，我和林强想包几场电影。三友说，在哪里演啊？付军说，在咱庄。三友说，演电影，一晚上行，我可以把咱村排的号和别的村调换一下，这个不用拿钱，但是连演几晚上不行，得上交片子费，钱谁出呢？付军说，我和林强想卖票，拿赁费钱。三友说，卖票，咱村有四周挡住人的院子吗？付军说，有，学校的院子就行。三友想了想，说，学校院里是行。付军说，一个片儿，一晚上多少钱啊？三友说，不论晚上，论场，一场40块钱。又说，你俩打算卖多少钱一张电影票呢？付军看了一眼林强，林强说，你说吧。付军说，学校院里能着400多人，按满场算，一张票一毛钱，能售40多块钱，就够片子钱了。三友说，一毛钱，不多不多，可是你俩基本没赚头啊。付军说，我俩就不是为了赚钱，都好看电影，活泛庄里的文艺生活，当做点儿好事吧，为全庄。三友说，好啊，你俩这事想得不孬，我全力支持，我管每天上电影公司跑片子。

事情谈妥了。

付军和林强要往回走，三友说，晌午别走了，在我这儿吃了饭再走吧。付军说，不了，回去还得上学校，和老师商量这事，如果老师同意，明天晚上就开始演。告别了三友，付军和林强加快步子往家赶，付军不顾喘得上不来气，呼哧呼哧的，恨不能早点儿把事办成了。两个人赶回村，直接上了学校。学校里，老师正在上课，付军一脚教室门里，一脚教室门外，向里探头，想和老师说话。老师朝他摆摆手，示意他不要进来。付军只好退出教室，在外面等着。等了有十几分钟，学生下了课，老师才走出教室迎接他俩。老师姓尚，名有文，是民办教师，本村人，没工资，村里给他记长工分儿。尚老师40多岁年纪了，小学三年级没毕业，他教书纯属偶然，那天，他吃了早饭扛着锨在生产队的钟下，等队长派活下地，队长说，你别上地干活了，你去教小孩儿们吧，咱村的老师不干了，小孩儿们一星期没人上课了。尚有文说，我教得了吗？队长说，么教不了啊，看着他们不哭不乱就行啊。尚有文就回家放下锨，上学校里来了。小孩儿们一见老师来了，有老师了，可高兴了，高兴得直拍巴掌欢迎他，噢——有老师了，老师来喽——有的说，么老师啊，他叫狗那。有的立即制止说，人家是老师了，来教咱，还叫人家小名。尚有文也不嫌叫他小名，笑着，被学生拥进教室。村里的学校就这一个教室，三间，两个年级，一年级和二年级，两个年级在一个教室里上课，叫复式。尚有文说，咱上课啊，怎么上呢？有学生说，老师，你一个年级一个年级地上，原先老师上课，都是先给二年级布置作业，再给一年级上课。尚有文说，好，先给二年级布置作业，布置什么作业呢？二年级的学生就乱嚷嚷开了，老师老师，写字。老师老师，算题。尚有文打着手势说，好了好了，写字吧，不能出声，得秘密地写。有学生纠正说，老师，不叫秘密写，叫默写。尚有文说，好，默写。尚有文接着给一年级上课。尚有文问一年级的，你们该上哪一课了？一学生站起来说，我们该上"金黄的稻子望不到边，雪白的棉花堆成山"这一课了。尚有文就教这一课。尚有文先领读，教学生读课文，又教学生字。棉花的棉是个生字，尚有文教这个生字，说，我念一声跟着我念一声，都跟着念啊。棉，摸一安棉，娘花的棉。学生都跟着念，棉，摸一安棉，娘花的棉。学生上午学了这个字，下午有人笑话尚有文说，这是什么老师啊，棉花的棉教成娘的娘了。

但是，尚老师教书是认真的，尚老师教书可认真了。尚老师家早饭晚，他怕耽误给学生上课，每天晚上就做熟了黏粥，舀到暖壶里，第二天早晨起来，掰上块干粮，倒上暖壶里的热黏粥，吃了就往学校跑。学生放学，尚老师都是千叮咛万嘱咐，对学生要求很严，都紧着回家啊，谁也不能在道上乱，谁乱，我会算，回来我治他。一次，一调皮生放学回家，走出学校老远了，回头看看没人，抓起一把土想和同学玩乱。同学说，别乱别乱，看叫老师治咱。调皮生说，老师又没跟着，看不见，治谁呀。可是下午一进学校，就被尚老师批评道，你放学时想乱是吧。调皮生一吐舌头，心想神了，回家对家长说，俺们老师会算。家长说，他会算个屁呀，他每天放学在一旁偷看着你们回家。

尚老师教过付军和林强，付军和林强都是尚老师的学生。尚老师见学生来找他，问付军和林强说，你俩有事啊？进办公室说。付军和林强跟着尚老师进了办公室。办公室在教室东头的一间，和教室通着，一间屋子，很是简陋，一张办公桌，条桌，桌上井然有序地摞着学生的作业本、教本、笔、墨水。一张小方凳，靠北墙一张小床，有被褥。尚老师有时晚上在学校办公，晚了在学校住。尚老师把付军和林强领进办公室，让他俩在床上坐下，问，你俩什么事？付军说，尚老师，你是我的老师，你教过我两年，你特别关照我这个有气管炎的学生，上体育课都是嘱咐我，悠着点儿，别跑得太急了。有一次我感冒了，喘得上不来气，是你背着送我回的家。付军还要说尚老师的好处，尚老师不让他说了，说，当老师的，就得关心学生，学生的事，就是老师的事啊。是啊，老师，学生就是有事和你商量，付军借着尚老师这话引入了正题。尚老师说，有事就说嘛，不要拐弯抹角的。付军呼啦了一下嗓子说，老师，你知道，现在秋后不忙了，地里的活少了，人们一闲下来更不如干活，寂寞得慌，也没个玩儿头，电影一年来不了一回两回的，我和林强想为村里办件好事，丰富群众的业余生活，你得支持啊，尚老师。尚老师说，为村里办好事，中啊，我可是支持了，你俩想办什么事啊？付军说，我俩想包几场电影，在咱村演。尚老师说，包几场电影，这得拿钱吧？你俩有钱吗？付军说，没钱，卖票。尚老师眉头一皱，卖票，卖钱，这是好事？付军说，只卖出够赁片子费就行，俺俩一分不挣。尚老师心里轻松了些，说，卖票演电影有地方吗？付军看看林强，又看着尚老师说，这不是愁着没场地呢，来和老师商量。尚老师说，我也没宽房大屋深宅大院啊。付军说，尚老师，全庄数着学校院子大，又有院墙能挡人，能不能……尚老师立刻截话道，不行、不行、不行，学校是干啥的，学校是学生上课学习的地方，是严肃安静的地方，哪能容什么人来乱乱腾腾的呢？付军说，不是，老师，上课是白天上，演电影是晚上演，晚上学生都放了学了，不碍事的。尚老师沉了沉，说，虽然不影响学生上课，但演一晚上电影，校园里一定很乱，卫生是个事。付军说，这个老师放心，电影散了场，我们会随着打扫，保证打扫得干干净净、一尘不染。

尚老师勉强同意了。

付军和林强向尚老师道过谢，离了办公室，出了教室，两个人环视起校园来。学校共有五间房，坐北朝南，中间三间是教室，东头一间是老师的办公室，西头一间是厨房，里面有炉子，有锅灶，是老师做饭的屋。有公办老师在这里教过，公办教师是远处的，吃住在校。后来公办教师调走了，换成个人庄的民办老师了，不在学校里吃了，厨房就闲下来了，成了放杂物的地方。学校原来南北很长，有60多米，有三户宅基那么长。前年大朋盖房没宅基，找村里要解决不了，大朋就在学校前盖了房，尚老师阻挡不让他盖，尚老师说，你一盖房，占了三分之一校院，学生活动地方就小了，活动不开了，再说，你又是在教室前里盖，把教室堵了，还叫个学校吗？大朋说，学校本来占的就是我祖上的老宅子，我盖房又安排不了，没地盖，我的两间小趴趴屋快倒了，再下雨不敢在里头住了，老师你当行行好，高抬贵手吧。是啊，多年来，农村里，说是宅基不是私人财产，归国家所有，集体统一安排，可实际上，哪家哪户不是占的他老爷爷老奶奶老祖宗置下的宅基，有宅基的盖房不难，没宅基的盖房很难。说走了嘴了。尚老师看大朋没地盖房，也挺为难的，就没有很挡。主要的是，尚老师知道，学校总在庄里头和民房靠着，也不是个事，几个村正联合在一起，要选地盖中心小学呢。尚老师没阻挡，大朋的房就盖起来了。大朋盖了三间，五间宽的宅基盖了三间。大朋的房盖起来后，学校的地方就没那么宽大了，也没以前敞亮了。学生进出学校，也不畅通了。以前顺大道一拐，就是学校场地，可以成帮结队地向教室走，也不拥挤，大朋的房一堵，只有从大朋的西房山墙上走了。大朋的西房山墙和学校的西墙，中间是五六米的豁口。是学生进出学校唯一的通道了。付军和林强在学校里演电影，想的就是在这里检票。

付军和林强来到豁口前，用脚步量了步量，说，不行，太宽，检票不好检，得堵一堵。林强说，用什么堵呢？付军说，我家有两扇大门，两米多高，一扇宽下里有一米半。把大门横着一堵，能堵三米，豁口还剩两米来宽。林强说，两米还是太宽，检票口最好一米以内，越窄了越好检。付军说，再用什么堵上一米多呢？林强说，要不，把我的角门卸下来，挡上。付军说，你家的角门正安着，卸下来怎么关门啊？林强说，关门不关门的吧，我家又没什么可被人偷的东西。两个人商量定了。付军又问林强说，明天，票价多少钱一张呢？林强说，不是说好了，一毛钱一张吗？付军说，明天可能卖不出片子钱来。林强说，怎么，你是说没发广告，知道的人不多，来看电影的人少是吗？付军说，不是，就是不发广告，电影的大喇叭一响，也都知道了，附近庄里也不少来人。不是卖票少，是第一天晚上得有一部分不拿钱的票，红票。林强说，也是，第一天晚上，一家得给他两张红票。付军说，学校东邻和良家，给他两张，得多给他几张。和良事多，他喜静，他常到学里闹，嫌小孩儿们吵得心慌，他曾和尚老师嚷过，嫌尚老师管学生不严，天天吵吵嚷嚷的，可吵死他了。林强说，那就多给他几张，堵住他的嘴，别让他挑事。付军说，还有学校的前邻大朋，也得多给他几张红票，安抚四邻，四邻不挑事，电影好演。林强说，还有尚老师，村干部，也多发几张，得有他们的支持。付军说，是啊，这样你算算，光红票得多少张，100张不够吧，就是按满场450人算，也就卖300来张票钱，30来块钱，连片子费也不够。林强说，要不，明晚第一场一毛五一张票？付军说，第一晚一毛五，第二天晚上按多少钱？还按一毛五？还是减成一毛？按一毛五有余头，别人会说咱图赚钱。减成一毛，会说咱没正价，一晚上一变。林强有些为难地说，那怎么办呢？付军说，按一毛吧，每晚都是这个价，不变。至于头一晚上，卖不出片子钱再说。林强说，谁卖票啊？付军说，你体格棒，你检票，我管卖票，可以吧？林强说，可以。

说着话，付军和林强离开学校，不觉已晌午了，学生放学了，从他俩身旁蹦蹦跳跳地往家窜。咱也回家吧，回家吃饭，吃了饭我找你去，付军说着，和林强分了手。

　　回到家，付军吃着饭又寻思，他想找人给三友捎信去，说准备好了，叫三友明天晚上来开演。但又一想，捎信怕办不利索，不如再跑一趟，亲自找三友去说。下午，付军和林强就又找了三友去。找到三友，让三友准备片子，顺便从三友那里带回了电影票，给三友要了部分红票。第二天下午学生放了学，付军和林强用小拉车先把付军家的两扇大门拉到学校豁口旁，又把林强家的角门卸下拉了来，在大朋的房墙和学校的西墙之间的地上，挖了一锹头多深的小沟，两个人费了好大劲抬着大门，门转轴的一边下进沟里，填土埋实，大门两面都用木头顶上，又用铁丝把顶大门的木头头上和大门拧紧，完了，付军用手推了推大门，纹丝不动，又用脚踹了踹大门，基本纹丝不动，好了，牢固了，付军说。付军大口喘了一会儿气，和林强用同样的方法，把林强的两扇角门堵上，豁口就不大了，半米多点儿，进一个人痛快，进两个人挤，过不去。

　　安排好了检票口，付军和林强开始分头围着庄发红票，发完红票，太阳快落山了，这时，三友赶着毛驴车，拉着电影杆子和银幕等来了。付军和林强帮着三友把电影杆抬进校园，竖起来埋上，把银幕拉上，把电影机子搬到桌子上，桌子是学校的桌子，是付军提前和尚老师说好了的，放学时尚老师给搬到教室外面来的。最后，剩下发电机了，三友问付军说，把发电机安在哪里呢？付军说，安在院内墙根下不行吗？三友说，离银幕太近，发电机一响，声音很大，影响看电影，还是离远点儿好。付军说，安到墙西里，电线能够到了吗？三友看了看说，够到了，把线从墙头上甩过来。付军和林强帮着三友，抬着发电机，安到了墙洞里。三友说，好了，你俩忙去吧，卖票也到时候了。付军在豁口前，几米开外，放了一张小桌，一把椅子，桌上放上两个书包，一个书包里是电影票，一个书包是空的，准备盛钱。付军还没坐下，就有陆陆续续地来看电影的人了，有的搬着椅子，有的扛着凳子，有的拿着小板杌，还有的提着马扎，大人少，孩子多，不买票，直接往里进。守在门口检票的林强挡住说，站住，干什么去？小孩儿们说，进去放座杌，占地方去。以前村里来电影，小孩儿们都是这样，提前占地方。可是这次不行，林强不让进，林强说，买票去，不买票不能进。小孩儿们就像泄了气的皮球，一下子蔫儿了。有的站在那里愣住了，有的搬着座杌离开了，有的朝付军身边走去。

　　付军这边，有人开始买票了，问，多少钱一张票啊？付军说，一毛。来一张，递上钱，接了票，走了。我要两张。我也两张……付军开始忙了。小孩儿也要票吗？有人问。付军说，要，够一米二就要，不够一米二不要。有大人领孩子到桌前，手摁了摁孩子脑袋，小孩儿挺机灵，头一缩，腰一弓，矮了不少。大人说，他不够一米二，不要票吧？付军一看，说，直起身来，量量，桌上有一小棍儿，立在桌上正好一米二，是付军提前备好的。小孩儿只好直起身，往桌前站，一量，明显比小棍儿高。付军说，他没一米二吗？看着他一米二超了哩。大人拉下脸，掏钱买着票，说，论得这么死啊，很不悦地夺过票，扯着小孩儿走了。

电机响了，电影就要开演了。

可是，付军卖的票不是很多。林强检票，进场的人不少，拿钱买票的不多，拿红票的不少。大朋一个人手里就拿着一沓红票。他身后跟着一大溜人，有大朋他岳母娘，有大朋他舅，还有大朋他表兄弟，两姨兄弟，等。大朋他岳母娘和大朋他舅，是大朋叫来的，叫来看电影的，大朋是赶着牛车把他岳母娘叫来的。大朋叫来的看电影的人多，却花钱买票的不多，他一分钱也没花，一张票也没买，大朋手里的票，全是红票，是付军送给他的，还有几张，是他给付军要的，才给这么几张票吗？多给两张。付军说，给你多少，这个你一家人看电影就不用花钱了。大朋说，花钱？你在我房子旁演电影，吵得我耳朵"嗡嗡"的不说，看电影的人解手，一定会在我院墙根儿下解，尿臊我，我不找你的事就便宜你了。付军一想，也是，就又给了大朋几张。

大朋领着人进去了，学校的东邻和良也来了，和良领来的人也不少，也是七大姑八大姨的亲戚家，和良这些亲戚，和良没去叫，是听说和良庄里有电影，自己来的，一来没直接进场，先上和良家来了，来拿个座杌，谁出庄看电影带座杌呢。和良说，来得正好，我这儿还有几张红票呢，一人一张分了，全分了，来的人正好，却没了和良自己的票了。和良说，没事，我再给他们要一张，就是不拿票他们也不会不让我看电影。和良领着的亲戚都进去了，最后和良自己也要进，林强不让他进，票呢？林强问他。嘿嘿，票不票的吧，不看是谁。谁也不行，给你红票了，你给了别人，你得买票去。和良说，行啊，不让进我不看了，回去睡觉去，你演电影可得小点儿声啊，大了吵得我睡不着，别怪我找你。林强挠挠头皮，行行，你进去吧。和良进去了。后边也有没买票的跟着往里挤。挤进半边身子了。被林强拽回来。拽我干啥？那人想着，他为什么进去了？一猛子又一挤，挤进去了。接着，有票的和没票的，都往里挤开了。噢——乱了，乱了，管不住了，冲啊——

林强挡不住了，无奈，生气不检了。

这晚的电影，卖了不到200张票，还没卖20块钱，幸亏三友没让付军和林强他俩准备酒菜管饭，三友说，在自己庄里演电影，管什么饭啊，我去自己家吃吧。其实三友想回自己家吃饭，还有一个主要原因，三友是想和俊花多亲热一会儿。

头一场电影赔了，连片子钱也没卖出来。而且，把付军和林强累得够呛，他俩昨天，从晌午到晚上，两顿饭都没顾得上吃。电影散场后，他俩又忙了半个多小时，拿扫帚把校园打扫干净，已半宿多了。这一夜付军没睡着，连合眼也没合眼，他在想电影没演好的事，昨晚没卖多少票，检票没检住，是因他没想到，林强一个人检票，哪能行呢？起码得两个人啊。天不亮，付军就起来了，找了林强去，商量第二天接着演电影的事。林强很窝囊，很懊悔，林强说，怨我，全怨我，没检住票。付军说，不全怨你，一个人检票太单，今天咱增加一个人，找个体格棒的，能压住阵的。林强说，我看力军行，力军身大力不亏，往检票口一站，像半截塔一样。付军说，就叫他，叫他给帮帮忙，他也好事。付军找到力军一说，力军满口应道，行，我帮着检票，我就不信检不住，看我的，瞧好吧。

付军和林强，还有力军，都提前吃了晚饭，天不黑就吃了饭。林强说，今天还发红票吗？付军说，还尽发红票哩，不发了。林强说，一张也不发了？付军说，一张也不发了。

不发红票了，买票的人肯定多，付军早早地摆上桌子，坐到桌前准备卖票。刚坐下，大朋来了，大朋大着嗓门儿问付军说，今天怎么没发红票啊？付军说，今天不发红票了。大朋说，谁也不给红票了吗？付军说，谁也不给了。大朋说，一张也不给了吗？付军说，一张也不发了。大朋急了，你说，你们成半宿的在人家房后咕咕噔噔的，不拿吵嚷费，连张红票也不给，怎么不上你家房后里演去，在这里吵人。付军说，以前村里来电影，不都是在这里演，靠着你的房吗？大朋说，以前是以前，你们是你们，一样吗？付军说，怎么不一样，演电影不都有动静吗？大朋脸一黑，你们啊，你们光认钱，一点人情味儿也没有。嘟囔着走了。

大朋走了，和良来了，和良说，不发红票我不怪，我娘70了，有心脏病，动静一大，受不了，犯了病谁负责？付军说，你娘别看70了，谁说她有心脏病，邻庄好几里地远有电影，你娘还跑着去看呢。和良嘿嘿笑了，给一张，就给我娘一张，行不行？付军说，不行，一张票才一毛钱，你没钱我给你一毛钱，说着，想掏衣兜，别别，和良脸一红，我有这一毛钱，我值这一毛钱。走了。

付军这边不拿钱不给票，林强那边没票不让进。有人想，昨晚是挤进去的，还想不拿票往里挤，刚一上前，被力军用身子严严地挡住，一搡，说，买票去！力军说话嗓门大，看人瞪着眼，有威。唉，买票去，不买票是进不去了，围在检票口的人不情愿地买票去了。不买票进不去了，又说了一句。

也有不买票能看电影的。和良一家人就能看，不给他红票，他不拿钱买票也能看。这不，和良一家人都在看电影呢，不过，不是来学校院里看，而是在自己家里看。电影的银幕老高，东西方向演，西面是正面，东面是反面。一般看电影在正面看。但反面也能看，看电影的人多了，正面看不好看不到了，就在反面看。和良一家就是在反面看。银幕的反面正对着他家，和良搬了椅子，放到他的猪棚子上，扶他老母亲上到猪棚子上，坐在椅子上看，和良在一边护着他娘，别倒了，摔下来。和良他娘身体真好，这么大岁数了，也不害怕，看得很带劲儿呢。和良的墙头上，朝西探着一个脑袋，和良的亲戚们又来看电影了，和良说，没红票了，也别买票了，踩着凳子，攀着墙头看吧。

还有大朋也没买票，也在看电影呢。大朋过日子很细，他是炒菜连油也舍不得放的主，为省灯油，晚上连灯都不点，吃饭在当天月亮地里吃。大朋只买了两张票，只给他岳母和他舅买了票，他让媳妇送岳母和舅到后院里看电影，送去后再回来，回来和他一起上房，上房上去看电影。他媳妇不干，宁可不看，也不上房上去看。大朋自己爬到了房上，还有来的几个亲戚，大朋让他们也上了房，在房上朝后看，朝下看，看电影。大朋坐在房脊上，抽着烟，看着电影，很是潇洒自在。有个半大孩子见大朋在房上看电影，不买票，也是好奇，就号召大朋下来开开门，要上大朋家去，上大朋的房上看电影去。大朋不理他，孩子一号起来没完，大朋生气下了房，想揍他，你号么号。孩子伸手从衣兜里掏出半盒一毛找（9分钱一盒）的烟卷儿，是偷的他爹的，递给了大朋，求大朋让他上他房上去。大朋爱抽烟，一见烟，笑了，才半盒吗？上来吧。孩子一蹦老高，爬到大朋的房上看电影去了。

今天晚上看电影的人多，卖的票也比昨天晚上多。但是，没带钱来的，不想买票的人仍然不少。有人认为昨天晚上检票没检住，乱套了，没拿票看了电影，寻思今天晚上也不一定能检住，还想瞅空往里挤。在检票口站着，瞅着，检票口围了不少人，没拿票，随时想往里挤。

这时，林强他娘来了，林强他娘没拿票，林强说他娘，给你钱，你个人买票去，娘。力军说，不分谁吗？闪开身，让林强他娘进。林强说，不行啊，都买的票。力军说，穷耿直，进去吧。说着，拽了林强娘一把，把林强他娘推了进去。力军让不拿票的林强娘进去了，有知道是林强他娘的，有不知道的，不知道的就说话了，怎么？检票还分人吗？还分亲伯后爷爷吗？进，咱也进。说着硬往里进。力军一把拽住道，想硬闯吗，敢！一推，那人被推出老远，急了，上来要和力军抓架。力军哪里让他，抓住他两手一拧，那人疼得叫开了，打人吗？打人了！打人了！这一喊，乱了，有人就往里拥，林强挡不住。力军松开那人，过来检场，忽然，一块砖头投在力军的头上，立刻，力军头上起了个大疙瘩，直往外渗血。林强说，你先别检了，快看看头去吧。力军说，没事，就是死，我也要把场检住。力军"噢——"一口，"谁再挤挤试试！"这一嗓子管用，镇住了，没人挤了。

电影好歹演完了。

又是一个不眠之夜。付军和林强，还有力军，都没睡觉。他仨商量，第三天电影还能不能演下去。林强说，算了吧，别演了，再演，看出事。付军说，能出什么事？演，怎么不演，只是咱再商量商量检票秩序的事。林强说，怎么商量，还有什么好法保证不闹事呢？检票松了不行，严了也不行，你说怎么办？付军说，检票检得还是不严，越不严越肯出事，越严了越不出事。力军愧疚地说，怪我，怪我让婶子不拿票进去。可是，电影是你俩包的，你俩的亲娘老子也……付军截话说，对，亲娘老子也不行，事就少了，就好检票了。这样吧，明晚我和力军检票，林强你卖票。另外，我和公社派出所李干警是同学，我找他一趟，让他给帮帮忙，下了班来看电影，顺便给维持维持秩序？林强说，就算派出所来人，没人敢闹事了，也挡不住有人不买票看电影。像和良家，和良的亲戚家，还有大朋家。付军想了想，说，不让他看，不买票谁也不让他看，不能让这伙人占了便宜卖乖。林强说，人家不进校院，在自己家里看，你挡得住吗？付军说，怎么挡不住啊，只要挡就挡住了。电影队上，不是有和白色的银幕一般大的黑布吗？给三友说，让他把银幕反面遮上黑布，和良那边就看不见了。大朋那边，叫三友在大朋墙后立上高杆子，杆子上安上两个闪光灯，灯一照，大朋通过灯光往下看耀眼，没法看。

商量好了，晚上也都按他仨商量的办了。奇怪的是，他仨把银幕反面遮住了，和良在自己家在反面看不见电影了，和良没来找。原因是和良不愿意亲戚攀着他的墙头看电影了，他的墙头，被扒下好几块砖来。大朋也没找，大朋他家里骂大朋，你爬房上去看电影，屋里头房顶上直掉土，把苇箔都踩坏了，再浪到房脊上看电影，就把梯子搬了，不让你下来了，让你老到上面。

今晚关键是检票。付军想，只要把住检票口，把严了，把死了，啥事都不会有。

付军亲自检票，他和力军在窄窄的检票处一边一个，先检票，再放行。没票谁也别寻思往里进，大人小孩儿一样待，亲娘老子也不行。看电影的一见这阵势，派出所的人也来回转，就死了往里挤的心了，都抢着买票去了，抢着买票进去占好地方。往里进的秩序也很好，井然有序。只是，有一个小孩儿不拿票想从力军的胯下钻过去。力军一把提起来，提到一边去。

林强他娘来了，林强他娘先给了力军票。力军说，进去吧婶子。

付军他娘他爹也来了，没拿票，付军说，票呢，娘？娘说，什么票啊，我是你亲娘，这几天打单碗儿做给你吃做给你喝的，还不够票钱啊。付军说，娘啊，今天定死了的，任何人不拿票也不让进。付军他爹上前一步说，好好，给你钱。说着，掏出工资本，付军他爹是退休工人，给你，值一张票钱吧？付军说，爹，今天晚上，你就是给我俩工资本，也不让你进，你个人必须买票去。爹气得，你包电影，让我买票，掉价！丢人！走，一拽付军他娘，走，不看了。

付军被爹娘抢白得上不来气儿，气管炎又犯了，胸口直憋得慌。

电影就要开演了。尚老师来了，走得很急，到检票口，林强不想让老师进，但又不好意思直说，林强说，老师你……尚老师很是着急地说，天黑了，冷了，找不着褂子了，我进去看看，下午放学时落到教室里了吗？这——林强本想说，今晚没票谁也不让进，但又一想尚老师是学校的老师，他和付军占学校院演电影，全凭尚老师支持呢，于是开口说道，找褂子去啊，那你进去吧老师。

尚老师进去后，林强对付军说，尚老师是进去找褂子吗，没准儿是进去看电影吧？付军说，瞎猜疑啥呢，咱俩都是尚老师的学生，自己的老师什么性格还不知道啊。正说着，尚老师一边往身上穿着褂子，出来了。付军问老师道，找着褂子了老师？尚老师说，找着了，说着，掏出钱，朝付军递着说，给我张电影票。付军不好意思地说，老师，你刚才既然已经进去了，直接看电影就是了，再出来补张票，不值当的。尚老师说，这是什么话，你和林强为丰富村人的文化生活，不图赚钱甚至赔钱，黑白操持，我这当老师的，为人师表，绝不能近水楼台先得月啊。

"谢谢您老师，对学生的工作给予最好的支持！"付军深深地向尚老师鞠了一躬，接了钱，递给尚老师票。

尚老师接过票，笑着冲付军点点头，进场看电影去了。

泣血的青春

一

小店子村的国财主膝下无儿，只有一千金，名叫美娜，小名小美。美娜这名真没错起了，人们都说：人家国财主的闺女，又白又俊，甭说模样有多好看了，单看那冰肌玉臂，指如葱白儿，胳膊似藕瓜儿，一掐一包水。谁掐过？不知道。

美娜生在财主的家庭，大户人家的千金，衣食无忧，成天漾着笑，笑是自然笑，笑不露齿。只有一事，渐渐袭上少女的心头，美娜年方一十八岁，还没婚配，但媒人已挤折门框。国财主夫妻应接不暇，一时不知怎么应对。

登门提亲的，给美娜介绍的，虽然都是些大户人家，富家子弟，有比国财主还财主的，有官宦之家的公子，但国财主一时都难以应允。不是提亲的提的家庭和郎君国财主不如意，是国财主有他自己的小算盘。国财主虽人称财主，其实也并不多么富有。家里总是存放着一缸红谷子，一缸棒子（玉米），一缸麦子。这几缸粮食，都是放到下来新粮食才吃。接着又存上新的。国财主一年365天，多数是吃粗粮，棒子面饼子，小米面窝头。吃细粮食的时候少，只有过年过节时，过秋过麦时，才舍得蒸锅馍，做锅包子。

国财主有十几亩薄田，一挂大车，木头的滑轱辘大车，一头大黄犍子牛，拉车。国财主在四外八庄不算大户，可在小店子村却是富有人家。国财主的小算盘打的，正是他这十几亩地，一挂大车，一头牛。这车这牛，他夫妻老了得有人继承。倘若把小美娜许嫁他乡，他这家产撇给谁呢？国财主寻思，能招个养老女婿，就好了。不但他这家产物业用不挂心了，而且他老两口还能守着闺女过。国财主拿小美如掌上明珠，往外嫁，他舍不得，不放心。

可国财主的这一想法一给媒人说，媒人都回男头话说：门都没有。有钱有势的人家，谁把公子倒插门，更不用说改名换姓了。

国财主为小美娜的婚事寻思不下。

美娜的心思和爹娘的心思差不多。美娜也舍不下爹娘。美娜对上门给她提的那些富家子弟，公子贵哥，还没有钟情的。但美娜心里，想的还有和国财主不一样的，招不招养老女婿，她想得不多。18岁花季少女的心中，情窦初开，她有了自己心上人似的，她看上了一个人，她觉得这个人真好。

这个人姓侯，叫侯振东。是国财主家的扛活的，短工。逢到过秋过麦大忙的时候，国财主就雇人，帮着拔麦子，刨棒秸，拉车运粪运庄稼。每季少时干个把月，长时干两三个月。国财主常雇的短工就是侯振东。

侯振东，本村人，20虚岁。小伙子膀阔胳膊粗，干活有力气，也舍得下力，吃饭不挑不拣，很得国财主喜欢。

侯振东在国财主家扛活，中午大都是不回家吃的，都由美娜把饭送到地里。美娜给侯振东送饭，一手提着燎壶，燎壶里盛着白开水；一手挎着篮子，篮子里盛着小米面饼子，葱花咸菜；或是单饼，咸鸡蛋。美娜每次都看着侯振东在地头上吃饭。美娜看侯振东吃饭，很是羡慕。侯振东那饭吃的，巴掌大的小米面饼子，侯振东一口下去，一个月牙，再一口下去，一个马叉。侯振东吃单饼咸鸡蛋更让美娜眼馋。美娜把鸡蛋剥了皮，递给侯振东，侯振东扯起一张单饼，接了鸡蛋，用单饼卷起，手一攥，一口能下去少半。侯振东吃一顿饭，美娜能吃两天。

能吃就能干。侯振东拔麦子，一天能拔二亩地。

侯振东给国财主拔麦子时，国财主夫妻也上地干活，也拔麦子。国财主在头里拔麦子，国财主妻子在后边捆麦子。

侯振东在头里拔麦子，美娜在后边捆麦子。

侯振东干活很急很顺利，他哈腰两手一拢，一攥，往怀里一使劲儿，一大堆麦子便被拔了起来。接着侯振东两手掐着麦子，抬起一只脚，抡起麦子往脚上一摔，麦根儿上的泥土便搕打下来了。侯振东在头里搕打麦根儿上的泥土，尘土常飞溅到美娜身上、脸上。

今年侯振东在国财主家拔麦子，也是这样搕打麦根儿，土溅到了美娜的眼里了，美娜"呀"的一声。侯振东回头一看，心跳立刻加快起来。他一眼看到，美娜撩起衣襟擦眼，露出了雪白的肚皮来，还有肚脐都露出来了。侯振东心怦怦地跳着，望着美娜，一时间没挪开眼神。美娜擦完眼撂下衣襟，见侯振东正望着她，脸腾地红了，红到了耳根。

侯振东见美娜看见了他在看她，脸也红了，心也不跳了，他手握拳头狠捶了自己的脑袋一下，心里责怪自己，干啥呢？干活。

侯振东更加起劲地拔起麦子来。

美娜在一阵脸红之后，却无心捆麦子了。她想起奶奶活着时，曾说过的话，奶奶说：女人的身子，被第一个男人看到，这辈子，女人就是那男人的人了。

美娜对奶奶的话虽然似信非信，但侯振东干活好，人好，如果有人给她提亲侯振东的话，她愿意。

拔完麦子，侯振东便套上车拉麦子。

侯振东装车，美娜在车上踩车。侯振东用铁叉叉起一捆麦子，"嗖"地撇到车上，美娜在车上接住，往车上码，码得四面整齐，老高。车装得越来越高，美娜在高处接麦捆，一接一摇晃，直晃得美娜常倒在车上，或晃趴在车上。一天，美娜踩车时，车装够高了，再不能装了，就在侯振东撇给她绳子，要刹车时，美娜接绳子一晃，没站稳，"奶呀"一声头朝下倒栽了下来。侯振东一个箭步奔到车下，伸开双臂接住了美娜。

好悬！侯振东紧抱住美娜说。

美娜吓了一跳，有惊无险。她很感激侯振东，眼里差点儿掉出泪来。

侯振东还在抱着她。直抱得美娜一股幸福的滋味涌上心头。她深情地望了一眼侯振东，侯振东也正望着。年轻人身体的初次异性接触，犹如火石碰火镰，旋即碰撞出火花。美娜是多么愿意侯振东抱着她，就这样地抱着她啊。

但是，侯振东抱着她，只一刹，侯振东便把美娜放了下来，放到了地上，并扶美娜站稳了脚。

没事吧，吓一跳是吧？侯振东问美娜。

美娜没回侯振东话。她有些失望，也有些怨气，身子你也看到了，也抱了，怎么，你看不上俺吗？

美娜低了头，直到侯振东煞好了车，催她，走啊，回走啊。

美娜抑制不住地开了口，她低着头问侯振东道，俺，俺配不上你吗？

美娜这话，侯振东打了个愣怔，沉了一会儿，侯振东才若有所悟地说：不、不，你想哪去了。你是东家的千金，你这么美，可我，我只是你家的扛活的。

美娜打断了侯振东的话说，俺不嫌你是扛活的。

侯振东紧跟道：不，不是这样的，你听我说，现在日本鬼子侵略中国，兵荒马乱的，我说不定哪天遭不测，你这么漂亮，一定会找到比我好的。

你说什么？美娜瞪大了眼睛问侯振东说：你说什么你说不定哪天遭不测？

侯振东打岔道，晌午了，回走吧。

侯振东和美娜装车的情景，全被国财主看到了。晌午了，国财主见美娜和侯振东去地里拉麦子还没回家，他想上地里来看看，莫不是翻了车了？国财主想。国财主刚来到地里，正看到美娜从车上掉下来侯振东抱住了她。美娜和侯振东的对话，国财主全听到了，他很庆幸小美从车上掉下来没摔着，他也很感激侯振东救了他的小美。侯振东抱住小美一点儿也没歪心眼儿，这更使国财主打心里看好侯振东。国财主想，他的家产，他的小美，托付给侯振东，他放心。侯振东是他心里寻思的合适女婿。国财主想，等过了秋，托个中间人，成全这门亲事。

可是，过完了秋，地里活少了，天也冷了，国财主叫人给侯振东提亲时，侯振东却没在家，说上城南给人扛活去了。侯振东少年丧父，娘改嫁。侯振东没跟娘去，他是个孤儿。

二

国财主有一个俊姑娘，全村人都知道，四外八庄都知道。土匪头子祈占山也知道了。祈占山托媒提亲来了。

来给祈占山提亲的是一媒婆，姓胡。胡媒婆带着酒，带着肉，带着活鸡，进门咧着丝瓜瓢子大嘴，哈哈哈，我说国财主家的，哪辈子修了福了，生了个美貌似花的仙女儿，就凭这么俊的千金，也保你老夫老妻，嘻，言重了，你两口子岁数不大，不该加个老字，你说是吧。还是这样称呼你吧，带个老字显得对你尊重。瞧我这嘴，说走了嘴了，我是说哪家公子贵哥把花仙娶进门子，不拿着当祖奶奶供着、敬着、疼着、爱着。更别说了，民团祈团长看上咱美娜了，祈团长手下几十号人，几十条家伙，啊，说家伙不妥，是几十杆自家造，在咱这方圆谁不供着，谁人敢惹，从今往后，怕是国财主你，一跺脚四街都颤动了吹，哈哈哈……

胡媒婆说得唾沫星子乱飞，国财主好不容易才插上话，胡婆婆你听了，你说的可把舍下小美娜捧上天了，这祈团长也确实威风，可惜了，小美她没这福气啊，小女已许了人了。

胡媒婆大嘴一撇，啧啧，一点风也没觉得刮，鲜花咋就有主了呢。是哪家府上贵公子啊，说来听听，也好给祈团长回话。国财主稍沉了片刻，声不太响亮地回胡媒婆道，不瞒胡婆婆说，我国玉金（国财主名）不孝，无后为大。小女实在高攀不得，为祖上不断香火，也为了我夫妻二人老了有所依靠，已许配舍下扛活的侯振东了。

啊哈！天下多少门庭，哪家不比你家那扛活的强一二百倍，你国财主叫鬼使了章法了不是，愣把朵鲜花往牛粪上插，不可，不可。胡媒婆一脸的朵颐。

国财主叹了口气说：唉，你不说这也是小美的命呢，小美没个兄弟哥哥的，许了高门大户，有个食言差错，男人给她气受，谁给她撑腰。再说了，破家值万贯，我这地、这车、这牛，继承给谁呢？许了侯振东，他家无牵挂，我寻思着，他能倒插我们，我也能守着小女过不是？

胡媒婆猛然收住笑容，脸夯拉得老长，拿眼紧盯着国财主追了句，国当家的，你这话可不是说着玩儿的，可当真？可是钉子入了木了？

国财主说：当真，钉子入了木了。

胡媒婆提起肉，拎起鸡，往外走。一脚门槛里，一脚门槛外时，又回头补了句话，你的美娜，怕是你自家做不得主了吆。你是知道，祈大团长的为人，祈大团长的性格脾气，祈大团长一阴险，可是够十八个人尿透棉裤的。

三

胡媒婆说的这祈大团长，就是店子街上的土匪头子祈占山。祈占山，40多岁了，已娶了三房太太了。大太太、二太太，刚纳了第三房。说纳，太文明了，太抬举他了，是祈占山抢的穷苦人家的民女，才16岁。

祈占山手下有三十几个土匪，30多杆枪，修有深宅大院，院外有围墙，围墙外有壕沟，壕沟里水很深。祈占山的围子，是平民绝不能也绝不敢进入的。祈占山的名声正如胡媒婆所说：他横行乡里，独霸一方。他手下的那30多个弟兄，用祈占山的话说，各个不是好惹的主，各个不是吃软饭的，各个吃喝嫖赌、偷鸡摸狗、敲诈勒索，什么吃大户抢大户，白刀子进去红刀子出来，什么伤天害理、杀人掠夺，都能干出来。在十里八乡，就是方圆二三十里，闻听祈占山之名，人人都惧怕七分。

祈占山听手下人说，小店子庄有一美人，才18岁，18岁美人，嫩着呢，他立刻动了心。随即差人叫来胡媒婆，带上重礼，前去小店子庄提亲。这是祈占山惯用的手法。这叫先礼后兵，用祈占山的话说就是，我祈占山可不是不仁不义之人。你若无情，那就别怪我不义了。

祈占山一听胡媒婆前去求亲遭到拒绝，一叉腰道，奶奶的，非叫俺亲自跑一趟不成。

祈占山带着十几个弟兄，只有祈占山自己称他那帮土匪弟兄，骑着高头大马耀武扬威进了小店子庄儿，进了国财主家。

老岳在上，小婿有礼了。祈占山两手抱拳，佯装笑脸向国财主躬身道。

国财主早知祈占山的为人，又见祈占山这阵势，心已凉了半截。但他还是央求地深施一礼对祈占山道，祈大团长容贱民言听，小女确实已许了人了。

祈占山一脸阴险道，哪家野骡子，敢与我祈某人争夫人，活腻歪了不是。老丈给小婿说说，我见识见识他。不等国财主答话，祈占山又装出一副笑容对国财主说，国掌柜，千金随了我，你还有什么不如意的吗？我保你二老吃香的、喝辣的，你那几亩薄田，干脆接济穷棒子算了。

国财主仍不应允道，祈大团长您听我说，有道是好马不配二鞍，一女不许二主，谁叫我有眼无珠，也是挂小女心切，早许了人了呢。我姓国的给祈大团长赔不是了。

老混账也！祈占山火了，敬酒不吃吃罚酒，怪不得为婿不敬了。来呀，给我带小娘子回围宅。说着扔到国财主脸前几根金条。

祈占山一声令下，立刻有几个土匪进了里屋，连拽带拖，架出了美娜。

美娜并不惧怕，前年日本鬼子进村，国财主叫她藏到地窖子里去，美娜没听爹的，是福不是祸，是祸躲不过，这年头，说不定什么时候身遭不测。这是美娜听侯振东说过的话。美娜被土匪拖拽着往外走，她伸不出手反抗，但她往地上坠着身子，嘴里破口大骂，放开我，土匪，强盗，放开我，土匪，呸！美娜朝祈占山脸上啐了口唾沫。

然而，年仅18岁的弱小女子，哪敌得过一帮面目狰狞的匪徒，美娜被拖出屋门。

求求祈大团长，求求祈大团长了！国财主夫妻磕头如捣蒜，央求着祈占山。祈占山的人性早已叫狗吃了，他毫不同情也毫不可怜比他弱的，除非鬼遇恶人，比如在日本鬼子面前。这是后话。放我小美娜！国财主急了，他豁上了，他扑上前，双手使劲抱住了祈占山的腿。国财主夫人也豁出去了，她连命都不要了，她凑近祈占山，"啪"朝祈占山脸上一巴掌，你个损阴德的，我把你祖宗，放开我闺女，放开我小美娜。土匪，强……国财主夫人还想凑前扇祈占山，祈占山提起国夫人，像提小鸡似的，一扔老远。接着，祈占山抬腿朝国财主脊背上狠狠地踹了一脚，国财主"啊"的一声松了手，趴在了地上，动弹不得了。

小美娜就这样，落入了祈占山贼手。

四

祈占山又要娶媳妇了。一连几日，祈占山的围子里，张灯结彩，杀猪宰鸡，喽啰们咋咋呼呼、吆五喝六，在为祈占山的喜事做准备，在庆贺大当家第四次婚礼。不是第四次了，究竟是第几次了，鬼知道。

祈占山这次要大贺，要大摆宴席。祈占山说：美娜这小美人，是他见过的美人中最美的，他的前几位夫人简直没法比。祈占山还没有靠过美娜身，他一抢来美娜，就想对美娜非礼。美娜不愧是大户人家的千金，她临危毫不胆怯。为瞅机会脱身，美娜对祈占山说：要我从你，也得明门正娶，不然，我宁死不从。

祈占山大嘴一咧，好好好，是是是，小娘子说的极是，你黄花之身，我一定让你随心。

祈占山的喜宴定在腊月初十，这天是店子大集。祈占山想把他的第四房太太展示给众人看。集上人多，看热闹的多。

祈占山的围子修在店子大集的北首，出了围子大门不到百米就是赶集的大街。

四邻八乡的人都知道了祈占山又要娶媳妇的事。离店子街二十里外，县城北二十里堡，有一日本鬼子据点，据点里驻着十几名日本鬼子，为首的小队长叫田川二郎。祈占山娶花媳妇的事，鬼子小队长田川二郎也知道了。田川二郎哈哈大笑道，哈哈，吆西！看美人去。田川二郎也早想教训教训祈占山，给祈占山点颜色看看。前几日，田川二郎的部下，两个日本鬼子赶店子集买菜，为争抢一个猪头，和祈占山翻了脸，祈占山倚仗是坐地虎，扇了一个日本兵一巴掌。日本兵想动枪，祈占山一挥手，十几个土匪立刻把两个日本鬼子围了起来，并且各个端着家伙，祈占山端着手里的盒子炮，那阵势，把两个鬼子镇住了。两个日本兵回据点给田川二郎一学舌，田川二郎哇哇大叫，暴跳如雷。若不是他的顶头上司次川大郎给了他两个嘴巴子，愚蠢，小不忍则乱大谋！他当即就要带着全体鬼子和几十个伪军来店子灭了祈占山。祈占山虽面上投靠了皇军，可这个蠢猪竟敢扇皇军的脸，这使大日本帝国军人颜面扫地。

田川二郎闻听祈占山要娶花媳妇，他想前来蹭顿酒喝，他还想见识见识祈占山抢来的美人。

话说到了腊月初十。早饭后，田川二郎骑着马，挎着东洋刀，带领十多个鬼子，和几十个伪军，一路尘土飞扬，直扑店子大集而来。

祈占山还蒙在鼓里，还不知道前来给他贺喜的，还有日本鬼子。

祈占山雇了两棚吹鼓手，在大集深处，在赶集的人密集的地方，集中，扎了两个大棚，两棚吹的，对着脸地吹，那腮帮子鼓的，比蛤蟆肚子还大。你这边挺直腰杆吹，他那边站到凳子上吹，对面一看，"嗖"跳上了大桌子吹。"呜哇哇，呜哇哇，呜呜呜呜呜哇哇……"

"哇哇哇哇呜哇哇，呜呜呜呜哇哇哇哇……"

赶集的人们，有些是没多少事要办的，主要是来看祈占山娶媳妇的，是来看祈占山雇的两棚吹的是怎么吹的，哪边吹得好，哪边把哪边比下去了。比下去了的一方吹的是拿不到赏钱的，而且，以后雇的人会少了，或没人雇了。两棚吹的这劲头、这场景，连好多来赶集办事的人也吸引过来了，忘却了赶集，都朝吹的拥了过来。人群越聚越多、越聚越密，把两个大棚围得水泄不通。

祈占山穿戴一新，胸戴大红花，身着大红袍，头戴大礼帽，祈占山时而在人群前，拱手抱拳，时而跳上桌子抱拳拱手。

祈占山旁边，几个土匪一人架着美娜一条胳膊，看不到美娜的面容，美娜的头上，盖着遮到胸的红绸布。

"叭——"集外一声枪响。

"叭，叭叭。"集镇里接连响起了枪声。

鬼子来了——

鬼子来了，快跑啊。赶集的人群，看热闹的人群，喊着、跑着，朝集外慌忙地跑着。

"叭！"鬼子的枪又响了，良民的不杀，跑的死了死了的！日本鬼子端着枪，朝着往集外跑的人群恫吓着。有人没止住朝集外跑的脚步，被鬼子一枪打倒了。

人们只好都停住了脚步。

停下来的人，所有的人，都要接受日本鬼子的检查。小孩、妇女除外。锅锅腰的、七老八十的老头除外。身强力壮男人都像过筛子一样，一个挨一个搜身，验手面。手面上没有老茧的，鬼子认为，不是庄稼人，不是干活的良民。这些人极有可能是土八路，还有身上带着刀枪的，比如祈占山的匪兵，全部给五花大绑了起来。

祈占山听到枪响，闻听日本兵来了，并且已绑了他十几个弟兄，他深知那集上他扇了日本兵的耳光，得罪了鬼子，鬼子今天来，十有八九是冲着他来的。他手下虽然也有家伙，但他的家伙，大都是土造，打野鸡还行，和日本人对着干，他不是对手。日本兵手里的武器，都是打连发子弹的。祈占山慌不择路，也顾不得他抢来的四房太太了，他匆忙带着身边的二十来个匪兵，撒丫子朝街外跑去。

"叭叭——"祈占山身后几名弟兄中了鬼子的枪，倒下了。祈占山一甩手里盒子炮，"啪"撂倒了一个鬼子，趁机蹿出了大街。

花姑娘的，漂亮。有两个鬼子看见了新娘，一把掀开了美娜头上的盖头，淫笑着伸手要摸美娜的脸。

八嘎！田川二郎斥退了日本兵，托起美娜的下巴，往美娜脸上凑着，花姑娘的，你的，我的，拜花灯。

"呸！"美娜朝田川二郎脸上啐了一口。她极力地在两个鬼子手里挣扎着。

烈女的好。田川二郎夜猫子似的笑着，朝鬼子一挥手，吆西！给烈女的，开开眼界。

鬼子架着美娜朝街外走去。

放开我，放开我！鬼子、强盗！美娜挣扎着、怒骂着。但一切无济于事，她几乎脚不沾地地被鬼子架着，架出了街外，出了集口，又朝离街半里多地的一片树行子走去。

这是一片梨树行子。时至隆冬，梨树的叶子早已凋零，一棵棵梨树，光秃秃地立在凛冽的寒风中，发出阵阵凄凉的呜咽。

就在这片梨树行子里，每一棵梨树下，都绑着三五个人。这些被绑在梨树上的人，就是日本鬼子以为是干八路的人，或者是祈占山的人。被绑的，有近百人。

鬼子在梨树行的四周，架起了机枪。

四周，不远一个鬼子，端着带刺刀的枪。还有给日本鬼子当走狗的卖国贼伪军。

机枪准备，田川二郎号了一声。

被绑在梨树上的人，有的怒目瞪着鬼子，有的低下了头。有的高昂着头，挺着胸，破口大骂，日本鬼子，我把你祖宗十八代！

小日本，滚出中国去！滚出中国去！

滚……

杀，田川二郎一挥东洋刀。

"嗒嗒嗒，嗒嗒嗒嗒……"

棵棵梨树上，流淌下殷红的鲜血。

梨树下，鲜血摊摊。

梨树啊，你可见证，日本鬼子侵略中国，你是血的烙印，你是血的见证！

好可怜，这近百个鲜活的生命，除了十几个是祈占山的匪徒，全是手无寸铁的无辜百姓，就这样，惨死在日本鬼子罪恶的枪声里。

五

这一切，被两个鬼子紧抓着胳膊的美娜，从头到尾，看在眼里，记在心里。她没有眼泪了，她的心里在流血。

枪声停了下来。田川二郎凑到美娜脸前，吆西，美人，跟我回去洞房花烛。哈哈哈，哈哈哈哈……

美娜猛地挣开鬼子的手，一把抓住了一个鬼子带刺刀的枪，她想用鬼子的刺刀了结自己的生命。

还我小美娜，还我的小美娜啊……这时，国财主夫妻忽然奔了上来。国财主夫妻哭着喊着，要上前救小美娜。但是啊，国财主夫妻的到来，不但没救了自己的小美，反而给了鬼子田川二郎机会。田川二郎本来一见美人抓住了上刺刀的枪，把刺刀尖儿对准了自己的胸口，田川二郎一时间不知怎么办是好，他真怕小美人自尽。国财主夫妻的到来，又给了他机会。哈哈哈，田川二郎又笑起来，烈女的好，我先送你高堂给你带路。说着挥起刀，对准了国财主夫妻。

不——怕爹娘遭残杀，美娜松开了抓着鬼子刺刀的双手。接着，美娜再次被鬼子拧住了胳膊。

美娜被扔上了田川二郎的马，马撒蹄而去。

国财主夫人晕厥了过去，倒在了地上。

国财主跌跌撞撞地上前撵着跑着，跑着撵着，倒了。声音不大，但发自心底里，日本鬼子，滚出中国去，滚……

六

次日夜晚，侯振东家里。

十几名青壮年男子，分别坐在板凳上、炕沿上。他们刚从店子大街上用石灰水刷写标语回来。

侯振东没念过书，他认识的几个字，是跟美娜学的，在美娜家扛活，同美娜一块干活时学的。在座的人中，有一个人有文化，是私塾学校的李老师。标语是李老师为主，侯振东带领着写的。其中，有不少是侯振东写的。侯振东的字虽不太规范，但很有力，写的字特大。店子街是大集，集上聚集的人多，日本鬼子也常来店子街上抢掠。

为发动广大人民群众，觉醒起来、组织起来、行动起来，联合一心，共同抗日，侯振东受组织委托，受县抗日大队派遣，回店子区，回家乡开展发动组织工作。县委任命侯振东为店子区区长。侯振东之所以担此重任，这与他参加抗战最早、抗日最积极有直接关系。日本鬼子一开始侵略中国，占领了本县，侯振东就参加了县第一批抗日组织，他和一帮有为的青年，秘密集会，发展了大批爱国志士。不到一年，他们已有了几百人的抗日县大队。已破坏鬼子军车三辆，截获枪支上百，弹药近千枚。侯振东腰里的那把二十响，就是在一次阻击战中，侯振东从一鬼子头目手里夺得的。组织上作为奖励，把二十响给了侯振东。

侯振东在国财主家扛活时，对美娜说的一句话，我说不定哪天身遭不测，他的意思，是自己的一切，已交给了抗日，自己随时准备为抗日献出生命，他想万一那样，他怕对不住美娜。

昨天店子大集上，日寇残忍的暴行，激怒了县抗日大队的每一个队员，队员们个个怒火中烧、义愤填膺，好多战士哭了，嘴唇都咬出了血。都纷纷要求和敌人拼了，为惨死的同胞报仇。县抗日大队队长抑制着满腔怒火，手攥拳头咔咔直响。大队长没同意战士们的请战要求，大队长话语铿锵地说：仇，血海深仇，一定叫小日本加倍偿还。但眼下，敌强我弱，我们还不宜和鬼子硬拼。当下，我们的主要任务，还是广泛发动群众，抓紧组织，扩大武装力量。城南我们的武装，已有了大的进展，已有了我们的根据地，日本鬼子已不敢轻易进城南猖狂。而城北，店子区一带，我们的力量还不够壮大，才只有二十几人的区小队，振东同志，你这次回到家乡，主要的任务是做好发动工作，扩大武装力量，抓住机会给敌人以打击。使鬼子知道我们的力量。至于武器，需群策群力，就是多一些土枪土炮，也是目前我们所急需的。

就这样，侯振东带着组织的重托，回来了。国财主托人给侯振东提亲时，人说去城南给人扛活去了，那是侯振东对外说的假话。其实，他在国财主家扛着活，已参加了县抗日大队，入了党了。

侯振东以给财主家扛活为掩护，秘密地开展着革命活动。

侯振东回到家乡，回到小店子庄，当天夜里便召集他的区小队队员，商量抗日的事，商量武器的事。侯振东和他的队员们，做的第一件事是：乱敌军心，扬我国威。他们趁黑夜来到了店子街，四街都用白石灰水刷写上了标语。标语的内容是：

日本鬼子，滚出中国去！

抗战的一天来到了！

杀一个鬼子者，名垂千古！

写完了标语，回到侯振东家，已半夜了。侯振东又和区小队员们商量，想法打击一下敌人。

侯区长，你说怎么干吧，俺们听你的。说话的是立春，立春苦大仇深，前天，鬼子喋血梨行，他的父亲去赶集，就因为腰疼得半年多了不能下地干活，手上的老茧退掉了，被鬼子……立春父亲是瞪着双眼死的，多颗子弹，穿透了父亲的头部。如若侯振东命令上战场，他第一个冲锋在前。

谷雨接话说：我能发展几个。李老师说：我做学生的工作，动员有骨气的一些家长参加区小队。

谷雨又说：人好动员，关键是组织强大了，缺少武器。现在我们二三十人，只十几杆枪，还都是些装火药打沙子的土枪。

侯振东说：有了人，组织壮大了，武器再想法。

李老师说：听说有一学生家长会造打兔子的猎枪，我秘密问一下。

好，好了，时间不早了，大家回去打个盹吧。三天后，鸡叫两遍，在我这儿集合。

七

三天后，鸡刚刚叫过两遍，立春、谷雨、李老师等十几名区小队骨干，便悄悄地来到了侯振东家。

月亮天，屋里沉着灯。

说说吧，都有啥收获。侯振东开言道。

立春说：我动员了八人，都很可靠，其中有六人，我们曾先后一块外出要过饭。

谷雨说：我发动了五人，都是我的光腚子爷们儿，都不怕脑袋搬家。不就是头掉了碗大个疤嘛。

李老师说：我问好了，那学生家长说，只要弄到钢管儿，造枪算他的。

李老师话刚落地，在外放哨的大牛忽然进了屋，递给侯振东一个字条。

侯振东接过纸条，点着灯一看，上面写着：鬼已知，速撤。落款没有署名，只画了一只鹰的图案。

侯振东看完字条，稍沉，问大牛道，谁送的？

大牛说：是邻村在鬼子据点做饭的范老头。

谷雨说：范老头给鬼子做饭，他送的信可信吗？

侯振东说：可信，绝对可信。范老头给鬼子做饭，是被逼去的。范老头是厨长，做得一手好菜，鬼子用枪逼着他去时，范老头宁死不肯。鬼子刺刀放在了范老头妻子的脖子上，他如不去，连他妻子一块杀头。范老头在万般无奈的情况下，才去的。一去时，范老头不好好做菜，做的菜无滋无味儿，田川二郎挥刀吓唬他，说他不好好效忠皇军，范老头回田川二郎话说，鬼子兵不会买菜，买的菜他不会做，从来没做过。田川二郎就让范老头自己出来买菜。一开始时，有鬼子跟着，时间长了，鬼子就不跟着他了，这老头是个良民，皇军的信任，田川二郎说。

所以我想，范老头是可靠的。再说……侯振东忽然怔住，没再说。

事不迟疑，撤，快！侯振东吩咐大家说。但是晚了，院门已响起梆梆的砸门声。

撤已来不及了，侯振东果断发话道，我把敌人引开，立春、谷雨你带大家速撤。

立春说：不，侯区长，我引开敌人，你带大伙撤。

侯振东朝立春一挥手道，我是区长，听我的！

侯振东说着，从腰间抽出二十响，几步飞至院墙下，"噌"攀上墙头，"叭叭"朝院门外打了两枪。接着一跳落入墙外，"叭叭"又是两枪。

八路越墙跑了，追，追！鬼子呜里哇啦叫着，开枪朝墙外追去。

来呀，小日本儿，"叭——"侯振东边跑边喊，再一枪。

"嘟嘟嘟——嘟嘟嘟嘟……"鬼子的枪声猛烈起来，飞子儿从侯振东的身左身右头上脚下擦过。侯振东忽左忽右跑着，躲着敌人的子弹。一颗飞子儿擦着侯振东的头皮"嗖"地飞了过去。

敌人追得凶猛，侯振东为了诱惑敌人，故意和敌人拉不长距离。直到侯振东估计战士们已安全撤离了，他才加快了步子。他紧跑一阵，跑进了一小夹道里。跑进夹道里侯振东步子更快地朝夹道口跑，他想跑出夹道口，夹道口几米远就是村外。侯振东正跑着，对面突然射过来一梭子子弹——夹道口处也围过来了鬼子。

侯振东腹背受敌，他急中生智，纵身一跃，攀上一面墙头，跳入院内。这墙这院，是侯振东最熟悉的人家——国财主的家。

国财主早听到村子里接连不断的枪响，本来就很警觉，忽然又听到有人越墙跳入他院内，连忙出屋一看，一眼认出是侯振东，国财主即刻明白了一切。快，快进屋振东。国财主压低声音抓着侯振东的衣角往屋里领。

侯振东随国财主进了屋。

"梆梆，梆梆梆……"国财主的院门被砸得梆梆响。

不行，我得出去，侯振东抬脚要往外走。

国财主一把拽住他，找死啊，出得去吗？

侯振东说：我不能连累你呀。

"梆梆梆梆……"院门越来越被砸得声大，砸得越急。

国财主一把摘下侯振东的帽子，戴在自己头上，接着说侯振东，把你棉袄扒给我，快！

侯振东不干，不行，东家，我不能……

国财主不容侯振东分说，撕开了侯振东的棉袄，穿到自己身上，他按了下侯振东的肩头，道了声，记着，救小美娜，拜托了！说着，大步奔出屋门，牛栏里牵出了他那头心爱的大黄犍子，爬上牛背，一拍牛颈，牛朝院门走去。至院门口，国财主猛地抽开门闩，手握刀子照牛腚上捅了一刀，大黄犍子疼痛受惊，奋蹄冲出院门急蹿而去。

土八路的跑了，追。敌人朝大黄犍子鸣响着枪，朝大黄犍子追着。子弹像密集的雨点，打在大黄犍子腚上、腹上、腿上，也打在国财主身上。

大黄犍子倒下了，还有年过半百的国财主，也倒下了，倒在了血泊里。

八

隆冬，夜晚的田野，寒气袭人，冷风刺骨。

就在野外的一条壕沟里，侯振东和他的区小队战士们，人人咬牙切齿，个个撕心裂肺般痛。特别是侯振东，他手握拳头直擂自己的脑袋，他是那样地责怪自己，他指责自己，他认为是他害了国财主，害了拿他一点也不当下人待的东家。国财主的重托，他牢牢地烙在了心底。眼下，他只有化悲痛为力量，攒劲打鬼子。

现在，侯振东向队友们说：人民群众发动起来了，我们区抗日小队已发展壮大有八十多人，县大队任命我们为店子区抗日中队。接下来，我们最需要的，就是武器。日本鬼子有洋枪洋炮，我们全中队只有十几杆枪，这十几杆枪，大都是自己造，土枪猎枪。就我们的装备，还不能直面和鬼子交战，只能出其不备，打他个措手不及。我已联系到了一部分钢管儿，到手后，由李老师叫那个学生家长赶制。

立春说：自制土枪的火药，药芯子，我会配，一硝二黄三木炭。

立春正说着，侯振东忽然摆手示意他，"嘘——"只听负责放哨的大牛凑过来说，远处来了个黑影。

人们搭眼朝黑影望去，黑影已离侯振东他们不远了，越来越近了，但看不清黑影的脸。

有人说，莫不是鬼子发现我们了，我过去收拾了他。

侯振东摆手制止道，慢，来人只有一个，等近了再作决定。

黑影径直走了过来，还差几步就走到侯振东他们跟前了，谷雨"噌"越出沟沿，一手搂住了来人，一手捂住他的嘴，厉声喝道，什么人，干什么的？谷雨仔细一看，是范老头，是你？随之松了手。

范老头也不答言，伸手递给侯振东一张字条，才说话道，我不便久留，走了。

侯振东接过字条，叫人围成圈儿遮着，划了根火柴一看，纸条上写着，明天上午鬼运枪弹，路经郭家屯。落款还是一只鹰的图案。侯振东看完了字条，目送着消失在黑暗中的范老头，向战士们道，郭家屯离县城较远，是一个偏僻的小庄儿，鬼子可能吸取了半年前的教训，半年前日本兵从县城往城西据点运枪弹，走的是大路，直路，被我县大队截了。这次，想耍滑头。大家做好准备，明天打劫，迎接鬼子给我们送礼。

九

天刚蒙蒙亮，侯振东和他的中队战士们，十几杆打猎的长枪都包上了火药芯子，枪膛里装足了沙子，侯振东那把二十响，也装弹上膛。还有李老师从学生家长那里提来的两包炸药，不知谁书包里提着几挂火鞭。手里没枪的，都握着长短不等的刀。谷雨手里紧攥着的，是一把剁猪骨头的大砍刀，刚磨了刃。

战士们隐蔽在郭家屯村外道旁的沟里，沟里长满了荒草，荒草半人多高，虽已干枯，但人趴在枯草里，路人很难发现。

过了很久，没等到什么。连一个走道的人也没看见。在这兵荒马乱的年月，但凡没有要紧的事谁会出门，擅自上路呢？

日上中天了，还没动静。谷雨有些沉不住气了，谷雨附在侯振东一侧小声道，范老头送的信儿准吗？怎么还不见鬼子影儿呢？

侯振东按了下谷雨探高了的身子说：心急吃不了热豆腐，耐心。

又等了一个时辰。

快要晌午了的时候，两个日本兵骑着马走来。两个日本鬼子两匹马，走得不快，

蹄声"嘚嘚"的就像是寻常没急事一样走来

两匹马后老远，再什么也看不到了。那马走到离侯振东近了，马后面也看不到什么。

谷雨嘴贴在侯振东耳上说：哪是运枪弹的啊，马上什么也没有啊。

立春也悄声说：两个鬼子肩上都有枪，这不是吗？动手吧侯区长。

侯振东摆摆手道，放过去。

放过去？谷雨心急地想大声说话，侯振东一把捂住了他的嘴。两个日本鬼子两匹马"嘚嘚"地走过去了。走老远了，谷雨很惋惜，想埋怨侯振东，刚张嘴，远处驰来一辆马车，马车上五六个鬼子。赶车的鬼子打马如飞。

车上有东西，立春说。

侯振东吩咐道，我引开敌人，立春、谷雨带人截车。

近了，鬼子的马车离侯振东近了，只有几十米距离了。

"叭，叭叭——"侯振东甩手举枪，赶车的鬼子栽下车去。侯振东紧接着跃出壕沟朝远处跑去。

八嘎，杀，车上的鬼子一边跳车，一边朝侯振东扫射，"嗒嗒嗒，嗒嗒嗒嗒……"

"叭，叭叭——"侯振东边跑，边甩手向身后开火。

车上，两个鬼子没动，端枪瞪眼愣怔着四周，并不时地漫无目的打一梭子子弹。

李老师将一包炸药点着长长的火引，可劲甩了出去，甩在了离马车几米远处，一战士点燃了几挂火鞭扔到鬼子车下。炸药"轰"的声响了，火鞭"噼里啪啦"也响了。两个鬼子慌了，朝炸药和火鞭响处扫射起来，"嗒嗒嗒，嗒嗒嗒……"

趁这空儿，谷雨挺身跃出壕沟，几步跨到车下，挥手就是一砍刀，一个鬼子"哇"的一声弯下腰抚腿，另一个鬼子发现了谷雨，别过枪口要射击，几十名区中队战士已紧紧围住了他，有的扣动了猎枪的扳机，有的抡刀可劲地砍。鬼子枪膛里的子弹还没派上用场，就效忠天皇去了。

立春一挥手，战士们三下五除二，眨眼把车上的麻袋，还有几个木头箱子搬了下来。

"嘟嘟嘟嘟……"蓦地，十里地处田川二郎的据点方向，传来密集的枪声，夹杂着呜里哇啦的号叫。

追赶侯振东的敌人也醒悟过来，掉头朝马车前急蹿。

立春把麻袋用刀劈开，把枪支让战士们提了，箱子让人扛着，顺着沟跑开了。跑着跑着，拐了弯儿，接着还是在沟里跑。

那车，谷雨朝马腔上猛砍了一刀，马"咴咴"叫着，顺大道疾驰而去。

谷雨说：来而不往非礼也，不能全留下，给你点压盒的（马和车）。

✢

这次，共截获鬼子日本造二十余支，子弹五百多发，更可喜的是，还有一挺歪把子机枪，子弹两箱。

店子区抗日中队名声大振。

侯振东大名使日本鬼子闻风胆寒。

田川二郎大怒了，他像一头咬人不着的疯狗，围着他的东洋刀转圈，挨个冲着他的武士扇脸。

包围小店子，捉拿侯振东，田川二郎从县城调来一小队鬼子补充了兵力，加上他尚未效忠天皇的十来个残余，总共有十七个鬼子，外加几十个伪军，田川二郎号叫道，他要血洗小店子庄儿，要剿灭店子区中队，要活捉侯振东，要零剥侯振东的皮。

夜很深了，几百口人的小店子村，已进入了梦乡。虽然村人都带着几分警戒，可每一个夜晚都担惊受怕，日复一日、夜复一夜，总有困急了的时候，日本鬼子，就是趁这时候，突袭小店子庄来了，小店子村在神不知鬼不觉的深夜，被日本鬼子包围起来了。

"铛——"一声刺耳的锣响，划破寂静的村庄。

"铛，铛铛。"一汉奸一边使劲地敲着锣，一边张大公鸭嗓子高喊着，喂，小店子庄儿的老乡们注意了，都听着啊，都到前当街集合，男的女的，老的少的，大人孩伢儿，都去，一个不落。不准往外跑啊，谁跑枪毙他，"铛，铛……"

全村的男女老少，被挨家搜寻着，用枪逼着，一个不落地赶到了前大街上。

被赶到大街的，其中有侯振东，有立春，有好几个区中队队员。

日本鬼子在大街上，在人群四周，点起了火堆，鬼子手里和许多汉奸手里，举着火把。

人群前面架起了机枪。

田川二郎摸着胯上的东洋刀，呜里哇啦了一阵，叫唤完了，一汉奸学着田川二郎话说：皇军说了，今天是捉拿侯振东来的，良民的大大的不杀。谁要说出侯振东，大大有赏。

人群一阵骚动。但没有人说话。

田川二郎号了一声。

汉奸接着道，说吧。

人群鸦雀无声。

"嗨——"田川二郎又号了一口。

汉奸道，说不说？

没人答言。

杀，田川二郎一挥刀，机枪响了，"嗒嗒嗒……"十几个村人倒下了。

侯振东几欲挣脱立春和两个队员紧拽着他的手，想站出来，想告诉田川二郎，我就是侯振东。可立春和两个队员死死地拽住他不撒手。眼看着十多个村人倒下了，侯振东再抑制不住了，他下狠手把立春的手往里掰，立春的手快要被他掰折了。这时机枪停了，田川二郎一挥手，一个女人被架着胳膊提了上来。那女人头发散乱，衣着不整。鬼子把火把举到了女人脸前，人们一眼认出，是国财主的千金，是美娜，是小美。此时的小美，虽面容憔悴、满眼泪痕，但仍不失天生丽质，仍是那样的秀气。她的娇颜，更加使人疼惜，更加使人怜爱。

田川二郎托起美娜的下巴，许诺她道，你，小店子村的，侯振东的，你的认的，认出来，放了你，给你自由。

美娜迟疑了片刻，抬头对田川二郎道，你说话当真？

田川二郎咧开大嘴，哈哈，大日本帝国皇军，用你们中国和尚的话说：出家人不打诳语，说吧。

美娜说：好吧，我指给你看。

吆西。田川二郎即刻让两个鬼子举着火把，推搡着美娜走进了人群。侯振东的，哪个。田川二郎让美娜指认侯振东是谁。

美娜望着人群，她的目光，从前到后，从左到右，几乎在每一个小店子村人的脸上掠过。

他的，是不是侯振东？田川二郎指着一体格健壮的小伙子说。

美娜摇了摇头。

鬼子搡着美娜，继续在人群里走着、看着。

田川二郎不但看美娜落在每一个村人脸上的眼神，而且更瞅美娜的目光落在每一个脸上的村人的眼神，和被美娜看到的人的面部表情。

侯振东看到了美娜。

美娜也看到了侯振东。

立春见此情景，暗暗做好了给美娜一巴掌的准备。立春想，只要这个财主的小姐敢指认侯振东，他就立即扇她一记响亮的耳光。怕死鬼，瞎眼了吧你，立春想对美娜说。

侯振东身旁的一名区中队员，也攒足了劲，也想豁出去，坚决保护侯区长。如果美娜把侯区长指给鬼子，他先掐死美娜，然后再和鬼子拼了，杀一个够本，杀两个赚一个。

美娜挨个看着村人，小店子村，是生她养她的故乡，是她最最熟悉的父老乡亲，她不认得谁啊。可是今天，她却是那样陌生，那样没有记忆。不，是她心里，是她心底里陌生。亲爱的叔叔伯伯，大娘婶婶，哥哥弟弟，姐姐妹妹，请原谅小女子吧，请饶恕我的无礼，请别怪我六亲不认，我不认得你们，你们都很陌生，我谁也不认识您。

美娜走到了侯振东面前。

侯振东面不改色，镇定自若。

美娜像看其他村人一样，表情依旧，目光呆滞。

他就是侯振东！是吧。田川二郎忽然紧盯着美娜的眼，又紧盯着侯振东说。

美娜似乎没听见田川二郎大声狼嚎。

是不是？田川二郎抓住了美娜的衣领，再次喊道。

他不是。美娜走过了侯振东面前，接着往前走。

你的，不说实话。田川二郎往回将了美娜一把，唬她道。

说实话，说实话你信吗？美娜声音大了。

说！田川二郎手抓住了胯上的刀柄。

美娜说：侯振东是店子区抗日队长，早跑了。

胡说，皇军半夜突袭小店子，除我之外，任何人不知，小店子连小猫、小狗都没放出村，侯振东怎么会跑了？

美娜说：侯振东家，你去了吗？

田川二郎说：侯振东家橱子砸了，炕捣塌了，锅头扒了，就剩挖地三尺了。

美娜心里忽然一亮，冲田川二郎说：就在地下。

你说什么？

美娜说：侯振东家有地窖。

搜，侯振东地窖的搜。田川二郎迅即带着鬼子去了侯振东家。

美娜真把侯振东的地窖指出来了，指给了鬼子。就在一堆柴草垛下。敌人掀了草堆，露出地窖口来，那是侯振东父母双全时，挖的盛地瓜的窖子。

你，下去。田川二郎指一日本兵。

日本兵朝地窖里探了探头，里面，下面一片漆黑，阴暗潮湿，日本兵不敢下，指一汉奸，你下去。

汉奸更不敢下，太，太君，我，我害怕。

下去。日本兵踹了汉奸一脚。汉奸趴在窖子口，声音发颤地朝下喊，侯振东，快出来吧，出来吧，你跑不了了。快……

下去。日本兵又踹了汉奸一脚。汉奸腿哆嗦着往下滑。下到半截又停住了，不敢下了。

日本兵用枪托子捣在汉奸的肩上，汉奸出溜到了窨子底。

看见了吗，有人吗？田川二郎在上面问。

太君，里面漆黑，什么也看不见啊。

给他火把，田川二郎说日本兵。

日本兵递给汉奸一火把，汉奸拿火把照着，往里瞅，没看见人，却见一条长虫冲他扬起头爬过来。汉奸"奶呀"一声扔了火把，一个急纵身攀上窨子来。

田川二郎听汉奸不是好声，急命往上蹿，以为看见侯振东了呢，刚想命令往下放火放柴火烧，大街上突然响起了急剧的枪声，并且听见鬼子和汉奸的叫喊，县大队来了，八路县大队来了……

田川二郎惊恐地带着他的黄皮和汉奸们，朝外追去。

大街上枪声响成一片。

是的，是我县抗日大队来了，来解救小店子村人，解救侯振东来了。县大队集中兵力，突袭敌阵，把二十多个鬼子和几十个伪军打得晕了头，顾不得抓侯振东了，抱头鼠窜了。不幸的是，美娜仍没逃出虎口，她被田川二郎又拎到了马背上。

十一

田川二郎偷鸡不成，这次偷袭小店子村，又有两名大日本帝国武士丧命，惹怒了次川大郎。次川大郎调田川二郎前去挨训，次川大郎一见田川二郎，"啪啪"就给了他两耳光。

"嗨！"田川二郎被抽得蒙蒙的，但不敢向顶头上司顶撞，只有并齐双腿，大声回"嗨"！

次川大郎"啪啪"又给了他两巴掌，迷恋美色，坏我大事，有辱天皇栽培，红颜祸水，红颜祸水呀，懂吗，懂吗，懂吗？

"嗨！"田川二郎恍然大悟。他心甘情愿地接受次川大郎训诫。

快快地，把那祸水，次川大郎做了个挥刀狠劈的动作，嗯，你的明白？

明白，是，明白。田川二郎倒退到门口，才转了身，离开了次川大郎。

田川二郎回到据点，咬着牙，面目狰狞地笑了，哈哈——小美人，祸水，祸水，今儿把你泼出去。

这回，田川二郎要下毒手了。他自从在店子集抢来小美人，一直还没得手。他接连的失利，失职，他店子大集报复祈占山，抢美人，葬送了两个大日本皇军，次川大郎臭骂了他一通；他枪支弹药被截，死了三个兵，次川大郎差点刀劈了他；他夜袭小店村，不但没抓到侯振东，还损了两名武士，次川大郎直抽得他脸肿得像发面馍。这对于十几岁就接受天皇训教的他，简直就是对天皇天大的不孝不忠。这是他一直未占小美人便宜的主要原因。还有就是他一近小美人的身，小美人便抽出锋利的剪子，对准自己的胸口，要死给他看。这个为效忠天皇曾发誓终身不近酒色，杀人不眨眼的侵略者，正是出于这些，还未对抢来的美人施暴。但他想把小美人长期留在他的据点里，他准许美人只要不出据点，可以随处走、随处去，他是想让他的武士们看到美人提神，以慰军心。

田川二郎今天挨了次川大郎的巴掌，挨了次川大郎的臭骂，他要对美娜下狠手了。他想先占了她的便宜，然后再执行次川大郎的"嗯"。

田川二郎令鬼子把美娜架进了他的寝室，田川二郎朝鬼子使了个眼色，两个鬼子一个抓住美娜的双手，一个在美娜身上从上到下乱摸了起来。鬼子从美娜身上抽出了一把锋利的剪子。

田川二郎朝鬼子一挥手，两个鬼子退了出去。

哈哈哈，田川二郎一声狞笑，朝美娜走近。

美娜往后倒退着，眼瞪着这个畜生逼近。

田川二郎一把抓住了美娜，刺啦撕开了美娜的上衣，抱起美娜扔到了床上，很快扒下了自己的黄皮。

美娜拼尽全力挣扎着，骂着，畜生，强盗，畜生……但弱小的女子，哪里抵得过这个矬个子胖猪，田川二郎扑在了美娜身上。美娜的泪泉涌般淌下来，美娜不由埋怨起生她养她的爹娘来，爹，娘啊，为什么把我生得这么俊，为什么啊？田川二郎俯首想啃美娜的脸，他的鲇鱼胡刚触到美娜的脸上，美娜猛地一只手抓住了田川二郎的头发，一只手朝田川二郎的一只眼抠去。美娜那是使了多大的劲啊，长长的手指甲，一下子竟把野兽的眼珠子抠了出来。

"啊——啊——"田川二郎狼嚎般怪叫着，一只手捂眼，一只手……美娜惨死在了这个侵略者的东洋刀下。

田川二郎怪叫着，号来日本鬼子，把美娜的尸体悬挂在了他的据点门口。

十二

侯振东悲痛至极，泪如泉涌。东家啊，恕我无能，没救了你的小美。我对不起你，小美被鬼子残害，是为我而惹怒了田川二郎。那天，小美要不是为了救我，她不会站在我的面前了，是那样的从容陌生，鬼子从她脸上，从她的表情上，丝毫没有看出破绽。小美要不是为了我，她不会把鬼子引开，把鬼子引入我家，她是在麻痹鬼子。小美的举动，给县大队前来救援赢得了时间，要不是小美拖住鬼子，要不是县大队赶来，我侯振东就是有天大的本事，我几个区中队战士就是和敌人拼了，也无济于事，也救不了全小店子人，鬼子是要血洗小店子来的。

小美的惨死，最伤心最心痛的，是侯振东。侯振东指责着自己，他感到，作为区长的他，作为区抗日中队队长的他，有着重大的、不可推卸的责任。

救小美，一定要救小美，一定要把小美的尸身救回来。还是在田野上那道壕沟里，侯振东、立春、谷雨、李老师和区中队的全体战士，在召开紧急会议，在商量救小美尸身的事。侯振东首先发话道，不惜一切代价，一定救回小美！

立春道，就是和鬼子同归于尽，也要把小美救回来！

对，救小美。队员们异口同声，都同意。

有人小声对侯振东道，这一阵子，敌人防备肯定很严，正无处捉拿你和区中队的人，鬼子把小美的尸身悬挂在据点门外，这是有目的的，这是诱饵，这关头，救小美，岂是易事，切不可为了一女人尸体，再搭上……

住嘴！侯振东怒目瞪了说话的人一眼，九死一生，孤注一掷，也要救小美，我意已决。

救，必须救。立春插话道，今晚，我们不是商量救不救小美的事，是商量怎么救，如何救的事。

怎么救啊，谷雨手握大砍刀，砍刀在夜空里一舞，这么救，血债一定叫鬼子血还。

李老师说：与敌人交手，我们已不是一开始的时候了，现在我们有鬼子奉送的二十多条日本造，还有一挺歪把子，县大队还给我们补充了手榴弹。我们要考虑的，是什么时候动手，从鬼子据点什么地方入手。我看，只能夜袭，而且兵分两路，一路引诱麻痹敌人，一路出其不备，用最麻利的动作，救出小美。

对，侯振东说：立春你辛苦一次，去县大队跑一趟，把我们的打算汇报给县抗日大队长，捎我话说，请求支援。

好的。立春刚想起身走，放哨的大牛跑过来向侯振东说：侯区长，忘告诉你了，今儿天一擦黑时，我庄跟祈占山干杂团的黑大个子找我说，祈占山说，我们救小美不，打鬼子不，要是的话，祈占山也参加。

侯振东稍一思索，对大牛道，你回祈占山的人话说，参加打鬼子，我们欢迎，不过这事得向县大队汇报后再答复他。正好，立春你去县大队把这事一同汇报一下。

立春两条大长腿，雅号飞毛腿，他去县大队连夜赶了回来，告诉侯振东说：县大队同意我们的行动，事不宜迟，明晚鸡叫第一声，夜袭鬼子据点，救出小美，顺手的话，一并把鬼子据点端了。县大队派两个中队，作战最勇猛的两个中队，准时支援我们。县大队强攻敌人据点正门，诱敌出炮楼，让我们趁机从侧面或背面，攻入据点。立春稍喘了口气接着说：县大队同意祈占山参与这次行动，但不能依靠他们，只能作为辅助。

十三

祈占山是快天明了接到侯振东给他的回话的。祈占山一听，县抗日大队同意他参加救美娜，打鬼子，随手抽出了盒子炮，打他奶奶的小日本鬼子。世上恨有两大，一是杀父之仇，二是夺妻之恨。小鬼子你个狗日的，俺要不报这夺媳之恨，俺就不是爹娘养的。他虽然抢了美娜，还没入洞房，但他认为，美娜已是他的人了，是他的四太太了。那天他喜宴上，他没想到鬼子会来，鬼子给了他个冷不防，他手下虽然也有三十多个弟兄，三十几支长枪，但弟兄们没在一起，都被他分散开了，忙准备酒席的，忙迎接客人的，忙安排吹的，再说了，他那帮弟兄，是些乌合之众，大都是图吃图喝、好嫖好赌才跟着他干的二郎混，一旦动真格的，玩枪舞刀时，一个个就软棉花捏的了。那天鬼子一进店子街，枪一响，有的就挠丫子了，真他妈树倒猢狲散，大难临头各自飞。也包括他自己，祈占山也骂自己，那天，他不是也顾不得小美人了，只带着十多个弟兄窜了吗？

祈占山窜出老远，有一二十里地，见鬼子也没追他，才停了下来。他喘息了好几天，打听鬼子早走了，没事了，才回来，回到了他的围宅。然而，他的围宅已被鬼子洗劫一空，他的大太太、二太太、三太太也不知了去向。他听说，他的几个太太那天都被鬼子……祈占山恨得牙根疼。他重整旗鼓另开张，又召集人马。这回他召集弟兄有一个条件，能玩枪的，会舞刀的，刀架脖子不眨眼的，他才收用。祈占山很快又召集起二十多人，有过人命的，有带着枪来跟着他入伙的。祈占山不知从哪里，竟弄来一门土炮，土炮打不远，是用药捻子引火的，打沙子的。但百米距离，还是有杀伤力的。祈占山试过，百米处有一帮家雀，土炮"轰"的一声响，一帮家雀只飞了一个。

祈占山召集弟兄们说，这回是打日本鬼子，玩儿命，谁他妈临阵遛趟子，我先毙了他。

十四

初八二十三，半宿月亮天。这天是腊月二十，月亮还没出来，又是个阴天。天漆黑漆黑的，对脸看不清模样。老天作美，正适合敌强我弱作战。

晚饭后，等了两个时辰，估摸鸡快叫了，侯振东带领区中队全体战士，悄无声息地摸进了鬼子据点。在离鬼子据点不到二百米处，停了下来。这儿，有一片红檩条地，红檩条是野生的，数人高。红檩条的叶子虽然大都落了，没膝的荒草，有红檩条挺着，还密密丛丛地立着，战士们就在这片红檩条地里，隐蔽下来。

"喔喔喔——"随着远处村子里一声鸡叫，鬼子据点门处传来"叭"的一声枪响。

"打！"

"嘟嘟嘟……"

"嗒嗒嗒嗒……"县大队主力开火了。

杀，还有一只眼的田川二郎狼嚎着，指挥着一半的鬼子和大部分伪军，直扑据点门杀来。田川二郎早预料到侯振东会来突袭，会来救小美人的尸身。他把重点兵力都集中在据点门上，今晚他要剿灭店子区中队，他要活捉侯振东。侯振东，死的活的都要，田川二郎命令。

"嗒嗒嗒……"

"突突突……"

县大队的枪声，和敌人的枪声，交织在一起。

打着打着，县大队的枪声稀了。枪声渐渐远了。

追——活捉侯振东。田川二郎开了据点大门。

上！侯振东跃出红檩条地，飞速朝鬼子据点墙下驰去。战士们在他后面紧跟。侯振东奔到了鬼子据点墙外的围沟边，沟里的水已结了冰。

"嘟嘟嘟嘟……"炮楼上，朝四周架着机枪的鬼子发现了侯振东，瞬间猛烈地朝侯振东扫射起来。

侯振东一个滚翻，下到沟里，冰溜滑，脚下一使劲，身子一前倾，滑到了沟那沿儿。

敌人的扫射更急、更密。朝着四个方向的四挺机枪，全部掉过头来，全部对准了侯振东。

战士们被敌人的机枪扫射得俯下身来。

侯振东朝立春一挥手，一努嘴，立春会意地提起歪把子机枪，往旁侧跑了几十米，挺身端枪朝鬼子的机枪扫了一梭子，鬼子的一挺机枪哑了。鬼子的机枪掉头朝立春扫射过来。

侯振东大步跨到鬼子据点墙下，示意两名战士蹲下，他踩到俩战士的肩膀上，伸手想够墙头，但墙头太高，还差一大截够不着。有几个战士俯下身，让驮侯振东的两名战士踩到了他们肩上。侯振东够着墙头了，攀着墙头一纵，越上了围墙。紧接着，战士们先后越上了围墙。

那边，立春的歪把子和敌人的机枪还在对射。

离立春不远，"轰"一声炮响，敌人又一挺机枪哑了，炮声是祈占山打的。祈占山本想接着打第二炮，装上药捻子，却打不响了。祈占山骂道，奶奶的，么熊炮啊。

田川二郎听到炮声，知道上当了，中了侯振东调虎离山计了。掉头杀回据点。他一边命鬼子保据点大门，一边朝侯振东杀来。

杀——

"嗒嗒嗒……"鬼子的子弹，密集地朝区中队打过来。

"叭叭，"侯振东甩手打出一梭子，击倒了一个鬼子。这时，炮楼上鬼子的机枪也呜呜响着扑了上来。

立春也已攀上了鬼子据点，他从敌人机枪后击毙了一个鬼子。立春本想击毙最后一使机枪的鬼子，但立春的歪把子里没有子弹了。最后一个打机枪的鬼子，哇哇大叫着朝侯振东打得更凶。战士们被鬼子的机枪封住了前冲的道路。谷雨猫腰往旁边一闪，摸到了鬼子身后，举起大砍刀劈了过去，偏了点儿，只劈掉了鬼子半边耳朵。鬼子恶狼似的回枪对准了谷雨，谷雨肩头脖颈中弹，他手里的大砍刀使不上劲了。这时，一黑影突然从身后抱住了鬼子，鬼子手里的机枪施展不开，哈腰从裤腿里抽出匕首，一刀扎进了黑影的脊背。侯振东一枪结果了鬼子的狗命。立春奔过去捡起鬼子的机枪。

田川二郎带领七八个鬼子和一支伪军，同区中队战士，面对面交上了火。

立春手端机枪挺身朝田川二郎秋风扫落叶般猛射，又有几个鬼子被我区中队击毙。

那股伪军有的吓破了胆，举起手来。有的躲到了角落里。

区中队战士主要只对付几个鬼子，战斗就好打了。

祈占山从田川二郎身后杀了过来。

田川二郎顾头顾不得尾了。

可是这个刀染中国人民鲜血的侵略者并不服输，他双手举着东洋刀，冲侯振东扑了过来。杀——田川二郎扑近了侯振东。

放下武器！侯振东拨弄着手中的二十响，声不大，却威震敌胆地命田川二郎道。

田川二郎仍朝侯振东扑着。

"啪！"侯振东一枪打在田川二郎的一只手腕上，田川二郎松了一只手，但一只手握着刀，对准了自己的腹部。

放下武器！"啪！"侯振东又一枪，田川二郎手中的刀落在了地上。

侯振东上前几步，伸出一只脚一钩，一只手抓起田川二郎的东洋刀。

我代表小美，代表中国人民！侯振东言毕手起刀落，田川二郎脑袋落地。

这次战斗，多亏了县抗日大队，县抗日大队派来支援的两个中队，在把田川二郎引出狼窝，激战了一阵后，驻在县城的鬼子增援田川二郎来了，与我两个中队战士迎了个照面，在我县两个骨干中队战士的狙击下，死伤很大，无心恋战，狼狈回城了。

战斗结束后，侯振东和队员们收拾牺牲的战友的遗体时，发现范老头后胸还淌着血，但他仍死死地抱着鬼子的腿。

十五

故事已近尾声。

需补叙几句的是，新中国成立后，身为副团级的侯振东，专程回到家乡，回到小店子村，亲手为范老头、为小美立了碑。

范老头的碑文是：革命战士范保国（范老头名）之墓。

小美的碑上，没有碑文，只刻着一只鹰的图案。

那图案，是侯振东抱住从车上倒栽下来的小美时，侯振东深情地看了一眼小美，他清楚地看到，小美的脖颈上，有一鹰形胎记。

甄 慧 香

夜晚，一辆警车风驰电掣般朝小甄庄开去。

警车驶至村头，熄了火，灭了灯。紧接着，从车上下来三个年轻的警官，三个警官步伐矫健地闪进了村庄，在一冒手多高的小院前止住了脚步。警官们先是探头朝院内望了望，院内大概拉着窗帘，灯光显得有些暗淡。

三个警官没有叫门，动作敏捷地纵身一跃，攀上墙头，轻快地落入院内。

"吱"的一声，警官一把推开了虚掩的屋门，"别动！"厉声朝麻将桌旁的四个女人喝道。

四个搓麻将的女人惊呆了，桌上的麻将和零散的钱币醒目地摆在警官面前。

一女人大着胆子向警官辩解道，俺们是来着玩儿的，不是赢钱。

警官指着桌子上的钱道，不是赢钱这是什么？

女人道，俺们不是玩儿大的，一把只一块钱。

一块钱每人面前摆着几百块钱吗？一块钱也是赌博，罚款，一人一千。

大胆的女人还想抵赖，俺没钱。

没钱拘留，走！

别别，俺认罚，认罚。

谁是窝主啊？警官问道。

——我，一高个子女人手打着战有些口吃地回答。

你先交上罚款。警官先罚她道。

高个子女人乖乖地交上了罚款。

接下来，警官分别给另三个女人开了罚款单。

三个女人只好乖乖地回家取款。

回家拿钱的有一名叫婷婷的女人，两腿直发软，她最怕她的男人了，她更怕回家向她的男人要钱。因为她的男人把钱把得太紧了，她每向她男人要一块钱，她男人都要问问干什么花。今天晚上她出来打麻将，是白天她趁男人不在家，偷卖了几袋子麦子，一晚上快输光了。这回，这顿揍是跑不了了，她想。她是硬着头皮把罚款单交给男人的。

男人懂法，强压住怒火，从贴身的衣兜里掏出钱来，这是他在建筑工地上干了四天的工钱，因为干活回到家累得不愿意动弹，这钱还没有往橱柜里放。男人掏出钱，一张一张地捻，捻够了1000元后，手里还剩下一张半。那半张是50元的钱。

男人拿着钱给警官送去，返回来"啪啪"！照女人脸上就是两巴掌。我叫你不过日子，我叫你再赌，"啪啪！"又是两巴掌。

"奶呀——"女人疼痛难忍地哭了，边哭边求饶，俺不了，俺不了，你打死我吧，"奶呀——"

"啪啪！"

"奶呀——俺不了。"

男人抽打女人的"啪啪"声，和女人狼嚎怪叫的哭喊声，传进了前院。传进了前院养鸭专业户甄慧香的耳朵里。甄慧香刚同丈夫一起，给鸭子上完了料，丈夫守着鸭棚，让她回家打个盹，两口人倒替着睡一觉。甄慧香进门刚想和衣躺下，忽然听见后院传来打骂声和哭声，她立刻意识到，后邻两口人又打仗了，婷婷嫂子又挨揍了。不用问，她准是又去打麻将了。甄慧香知道，近来村里打麻将成风，她曾找支书说过这事，支书说：这事我在大喇叭里说了多少回了，就是不能彻底止住。打麻将的都是些妇女，你是妇女主任，你得多操心，一定要制止住。甄慧香曾多个夜晚围着庄转过，查看过，只要发现有打麻将的，她就立刻制止。但她搞着养殖，时间和精力是有限的，这也算不了什么，她宁可把鸭棚交给丈夫一人受累，她腾出时间几乎每晚围着庄转。可仍有人半宿以后又偷着赌，她为这事很是着急。

"啪啪！"后邻男人还在打他的女人。

"奶呀——你打死我吧，呜呜……"

别打了！甄慧香双手抓住了男人有力的大手，二哥哥，你哪能下狠手往死里打嫂子啊。

你别管，这回打死她我也不解恨。男人蒲扇似的大手一下子从甄慧香双手里抽出来，抢起巴掌又要朝女人脸上扇。

住手！二哥哥，你这是家暴，犯法，懂吗？甄慧香挺身挡在男人身前，大声喝道，再打我替嫂子报警！

慧香你别管，这回我就是坐禁闭，也饶她不了。

甄慧香一手推着男人，一手护着女人，二哥哥，你把嫂子交给我吧，我教育她，我保证她再不赌了。

你？你能保证她不赌了？男人不太相信地看着甄慧香说。

能，我保证她以后再也不赌了。她要是再赌你找我，甄慧香冲男人打包票说。

男人的手撂了下来，气稍消了些。甄慧香拉住女人的手对男人说：二哥哥，今晚让嫂子去我家睡吧，正好你兄弟在鸭棚不在家。

说着，不等男人答话，甄慧香便拽着女人出了屋，朝自己家走去。

这一夜，甄慧香和婷婷都没合眼。

婷婷没合眼，是因脸被男人打肿了，疼痛难忍；甄慧香没合眼，是因她除了劝解婷婷嫂子别哭了，更主要的，甄慧香在想，如何使村里搓麻将的戒了，不再赌了。甄慧香翻来覆去睡不着，她想到，这个村的男人们，大都外出打工，而这个村的女人们，特别是40多岁的女人，大多数是不出去打工挣钱的。因这个村的地多，一人平均5亩多地，一般的户家，就有20多亩地，有的户多达40多亩，每亩地除去种地的成本，一亩地纯收入多时能有一千好几百块钱，这和一个女人在外打工挣的差不多，甚至比外出打工收入还多。再说，现在种地，不同于以前，省事多了，轻松多了，机种机收，过秋过麦，三五天完活。其余时间光玩儿。玩儿啥呢？看电视俗了，除了玩儿手机就是打扑克，来麻将。一开始时来着玩儿，不来输赢钱的，玩着玩着也俗了，觉得没意思了，就开始了赢钱，先是一毛两毛，后是一块两块。一块两块玩儿不过瘾了，就玩儿起了大的，玩儿到10块有时到20块了。

小甄庄搓麻将成风了。

甄慧香整整一夜没有合眼。她想，这事一定得管住。快天明时，她忽然想出了一个计策，组织妇女们晚上跳舞，跳广场舞，广场舞城市里早已大兴了。

天明后，甄慧香把这一计策向支书作了汇报。支书说：这主意好，跳广场舞还能丰富群众的文化生活。娘们儿家的事，你看着办。甄慧香便买了个小录音机，天一擦黑，便在大喇叭里号召全村妇女都到大街上开会。只要无特殊情况，人人必须参加。

妇女们到齐后，甄慧香向大家说明了集合的目的，要大家学跳广场舞。

跳广场舞，在农村，还是个新鲜事，好奇心促使这个离城偏远的小乡村的女人们一下子来了精气神，见过的没见过的，会跳的不会跳的，都伴随着录音机里的音乐，蹦啊跳啊扭起来了。说实在的，这是漫长的夜晚被憋闷坏了的表现。好多女人虽然打麻将有瘾，那是无所事事憋闷的，女人们也都知道，搓麻将那是赌博，犯法，再说，打麻将没有常胜将军，互相问起来，谁赢了钱，都说赢什么啊赢，头天赢了，第二天接着输了。

跳舞不但能打发时间，还能消食健身，比打麻将强多了，都说这是个极好的娱乐，都说甄慧香为村里又办了件好事。

这一晚，大街上蹦蹦跶跶、嘻嘻哈哈、叽叽喳喳，热闹非凡。直到夜很深了，女人们还不肯回家。

接下来，每晚一吃了饭，女人们便都往大街上跑，有人见甄慧香还没到场，便跑去甄慧香家拿录音机。

为了教全村妇女们跳广场舞，甄慧香把鸭棚的活全推给了丈夫，她半夜从大街上回家后，又打开电脑，用心地学着电脑上的广场舞蹈。学会了一节，第二天晚上就教女人们一节。

小甄庄的妇女跳广场舞的消息传出了四外八庄，许多邻村的妇女也纷纷跑来凑热闹。小甄庄跳广场舞的人多了起来。小甄庄的妇女跳广场舞的消息传进了镇政府。传进了镇文化站站长的耳朵里。镇文化站站长晚上来小甄庄，在一旁看了一曲舞蹈，在女人们换音乐的时候，站长来到甄慧香面前，表扬了甄慧香一番后道，怎么还用小录音机啊，镇上给你村的大音箱呢，为什么不用啊？

甄慧香不知情地说：镇上什么时候给的俺村大音箱啊？

文化站站长说：好几天了，你村支书驮回来的。

甄慧香听了，第二天就找了支书去。大叔，镇上是给了音箱了吗？

甄慧香问支书说。

支书说：啊，是给音箱了。

甄慧香说：跳舞的人多了，正好用着。在哪呢？

支书说：镇上给音箱是过年搞文化活动用的，现在不过年不过节的，用得着大音箱吗？

甄慧香说：镇上给音箱不就是跳广场舞用的吗？

不等支书再说话，支书他爹开口道，你用大音箱腌臜俺啊，看俺热闹啊。

甄慧香不解地说：大爷爷，你这话从何说起啊，俺们妇女跳舞放音响，是丰富村人的精神生活，是乡村文明建设，怎么是腌臜你，看你热闹呢？

支书爹说：俺孙子刚离了婚，俺一家人什么心思啊，你们又唱又蹦又跳的，就在俺房前里，不是看俺热闹是啥？

甄慧香恍然大悟道：对不起，大爷爷，俺们不在你房前跳了，到后街去跳，这样行了吧？

不行！这音箱不过年谁也不能用！支书他爹把话说死了道。

甄慧香说：大爷爷，我是来找支书，来找大叔要音箱，这是我们村干部的事。

支书他爹加大了嗓门道，我不管你是村干部的事，还是村民的事，我说了就算了，不行就是不行！

支书他爹说话为啥这般硬气，因他儿是支书，他是支书他爹。支书最听他爹的了。因为这个支书不是当官儿的料。他这个支书，是拾了个支书，或者说是转让了个支书。读者千万别见怪，这支书还有拾的转让的吗？有啊。支书姓徐，名友平，小甄庄原来的支书，是徐友平的叔兄弟，前任支书工作还算可以，但应了那句英雄难过美人关，和本村一脸蛋儿好看的小媳妇相上了好，在闹得全村都知道了的时候，撇下"糟糠"之妻，舍下一双儿女，远走高飞了。用村人的话说，就是带着人家的娘们儿窜了。在临走前，把村里的工作交代给了他的叔伯兄弟徐友平，徐友平还不是党员，他是先任支书后入党。

徐友平是个小肚鸡肠的人，心如针鼻儿大，斤斤计较，同他爹脾气性格一样，人有九个好对他，他认为应该，人有一个不好对他，他翻脸不认人。

徐友平不会办事，但总想办大事。他上任办的第一件事，就办砸了，就传出了四外八庄。

徐友平办的第一件事是当陪娶。他伴新郎陪娶的媳妇就是甄慧香。

徐友平不能喝酒，不能喝酒的也有当陪娶的，这本不算什么。可是在甄慧香娘家他入了上座后，陪客的一给他满酒，他捂着酒杯说了句不在行的话，他说：别来这一套，我没这恶习。他这一句话，激怒了众陪客的，认为他没上过大席，上不了大席。就都不重视他了，不拿他当贵客待了。有拿话激他的，不会喝酒你来干什么，有要弄他的，来来，咱们吃菜。又说他，吃菜你也没这恶习吧，就不让你了，别动筷子了。

徐友平一看陪席的都要他，一举杯道，谁说我不喝酒，来，满上。

原来你喝酒啊，有这恶习啊，好好，满上满上。

来，端吧？

端，徐友平一仰脖，酒杯干了。

满上满上。

来，我敬你一个。

徐友平又一仰脖，干了。

来呀，我也没这恶习，敬你俩。

徐友平连干了俩。

多喽，徐友平喝多喽，醉了，大醉了，醉到桌子底下去了。他不知道自己是来干什么的了，早忘了娶媳妇定的回去时间了。

徐友平是被人架到车上拉回来的。

他当的这陪娶，娶回媳妇时已12点多了。在农村，娶媳妇回来过了12点是一大忌，这会对新郎新娘一辈子不好，也有的说会再娶第二任媳妇的，这说法准否，无从考证，但庄户人有事图吉利，这是人人都信的事。

甄慧香的老公公最相信众人言，他心急得到了嗓子眼儿，犯了心脏病，孙子媳妇进洞房,他进了病房。

换人!换陪上席的!甄慧香的叔公公气愤地对管事的说。

甄慧香的叔公公说的要换得陪上席的人,是说的徐友平他爹。自从徐友平当上支书后,在庄里形成了一个不成文的规矩,无论谁家有红白喜事,陪上席的都有徐友平他爹。

这回甄慧香进小甄庄,早已说好了,徐友平他爹陪上席,陪送客(方言念kèi)席。徐友平他爹也早已穿戴一新,只等着管事的亲自来请他赴宴,可等到了午饭过后了,还不见人来请他。他寻思管事的把他忘了呢,有人去看新媳妇回来,正碰见他。他问,娶媳妇的还没回来吗,还没开席吗?

人说,早开完席了,人那送客都走了。

徐友平他爹一听火冒三丈,暴跳如雷,好,好,拿窝窝头不当干粮是吧,我老虎不发威拿我当病猫是吧,火棒棍子还有大头小尾呢,你媳妇娶家来了是吧,你还娶媳妇吧,不娶媳妇了,你还死人吧,还用办公人吧?走着瞧。

就这样,徐友平和甄慧香,一个支书,一个村主任,矛盾自甄慧香一嫁进小甄庄就开始了。甄慧香嫁进小甄庄的第二年,甄慧香的老公公因病去世。庄里老了人是需要村里安排人帮忙料理后事的,比如派人到亲戚家报丧、派人去火化、安排人刨坟,这一般由支书出马,亲自安排。

甄慧香的老公公咽气后,院中人就赶紧去叫支书,支书大概已知道了甄慧香老公公去世的信儿,一听见院门响,徐友平他爹朝徐友平一使眼色,徐友平几步闪进了里屋里,藏了起来。甄慧香院中人进门找支书,徐友平他爹应道,出去了,没在家。

上哪去了?来人问。

不知道。徐友平他爹答。

甄慧香的院中人走了,徐友平从里屋里出来了。

没请来支书,丧事不能开办。甄慧香一家只有号啕大哭。哭老人去世,哭得罪过徐友平,徐友平难请。

甄慧香的老公公是上午咽的气,直等到下午天快黑了,徐友平还没来。

走,甄慧香的公公说甄慧香的丈夫,咱爷俩去请你大叔。

甄慧香的公公和甄慧香的丈夫,戴着白孝帽子,扎着白搭布,满脸泪水地来到徐友平家,进门扑通跪下,给,先给徐友平他爹,给大爷爷磕了三个响头。

徐友平终于下了山。

徐友平和甄慧香不和,还与甄慧香的为人有关,甄慧香在村里的威信,高过徐友平。

甄慧香嫁进小甄庄的第三年,村委会换届,甄慧香几乎以全票,被村民选举为村主任。因甄慧香为小甄庄办了大事了。甄慧香在娘家就是养鸭专业户，她承包了娘家村一废弃的湾坑子地，拉土垫平后建起了养鸭棚，建起了三个养鸭大棚，一个棚一批能上一万只鸭子，一年能养六批，好时候一批纯挣十几万，发了财。

甄慧香出嫁时，娘家没陪送她钱财，没陪送她汽车家电，而是把三个养鸭大棚陪送给她，让她进了婆家继续养鸭。甄慧香的娘家和婆家庄靠着庄，地连着地。

甄慧香成了小甄庄的媳妇了，还用着娘家村的土地。徐友平曾找过甄慧香娘家村的支书，喝着酒，徐友平对甄慧香娘家支书说，你村的土地承包给外村，也承包给咱几亩如何？

甄慧香娘家支书是干啥的，一言就听出了徐友平话里有话，一蹾酒杯道，我说徐友平啊徐友平，亏你也是一村之首，你是来借刀杀人的吧，也就你能办出这事来了，我办不到，也决不办。我承包给甄慧香的涝洼坑地，合同是30年不变，人家才包了8年，嫁出去的闺女怎么了，她嫁出去也是我靳庄人，谁要是敢欺负她，我绝不让他。

徐友平讨了个没趣儿，回来了。

不久村村通公路第二次重铺，由第一次的柏油路面改铺为水泥砂石混凝土路面。上级的政策是路面只通到各村村头，村内不管，如村内要铺大街的话，费用由村里出。

为使小甄庄的村内大街也铺上混凝土，甄慧香问徐友平说：大叔，咱村村内铺吗？

徐友平说：钱呢？

甄慧香说：需要多少钱？

徐友平说：5万。

甄慧香说：好，5万我拿。

小甄庄的村内，硬化了街道，村民们无不拍手称快。

但徐友平在外村人朝他竖大拇指，夸赞甄慧香真是你庄的好媳妇时，说：甄慧香出钱铺大街，是为了她自己，她养鸭子好出进车。

次年，线改，甄慧香又出钱给村里安上了路灯。甄慧香同徐友平商量说：逢年过节时，和村里无论谁家有事时，村里都开亮路灯。甄慧香的这一举动，在周围邻村，又引起强烈反响。每当村里的路灯亮起来的时候，大人小孩出来玩儿的就特别多，这给跳广场舞的女人们，更是一个鼓励，几百瓦的大节能灯亮光闪闪，如同白昼，女人们的舞姿更加带劲、更加潇洒。就连一些上了岁数的老爷们儿们，也跟着跳啊扭啊，毫不怕出丑，越是出丑越欢喜，蹦得越欢。

进了腊月门，就是年了，为了让村民们欢欢喜喜、亮亮堂堂过大年，甄慧香找到徐友平说：大叔，我看，现在就把路灯开开吧。

徐友平说：没电费了。

甄慧香说：我拿。甄慧香就拨通了供电所的电话，微信转账1000元。

片儿区的电工说：你村电卡里还有钱呢，还有不少呢，还有900多块呢。

甄慧香说：交上吧，再交上1000。

有了电费了，小甄庄的路灯通宵亮了起来。第一天夜里，路灯亮了一宿。

第二天白天，亮了一天。

第三天白天，路灯又亮了一天。

甄慧香找到徐友平问，大叔，路灯怎么白天也亮着啊？

徐友平说：嘻，忘了，忘拉闸了。

过完年，镇文化站站长来小甄庄找到甄慧香说：让小甄庄的广场舞代表全镇上县里参加会演。

代表全镇去县里会演，那得好好准备准备，着实排练排练。甄慧香想，平时镇上给的大音箱不让用，过春节了，又要到县里演出，该把大音箱拿出来让用了吧。甄慧香就找了徐友平去。

大叔，过年了，十四又去县里代表镇上会演，能用大音箱了吧？

徐友平沉了半天，极不情愿地说：音箱不在我这儿。

甄慧香说：在哪呢？

徐友平：在傻蛋家。

徐友平说的傻蛋，姓尤，名福，小名叫蛋子。大名小名都是他爹给他起的。傻蛋是庄人给他起的外号。说他傻，他真有点儿不大精神。比如他爹在时，哄他去拔草，说：蛋子，你拔草去吧，回来我给你沏白糖水喝。傻蛋背起筐就拔草去了，大热的晌午头，也不穿褂子，光着脊梁，汗淌得脊梁发亮，一会儿就拔回一筐草来。他爹给他沏上一碗白糖水，傻蛋一气喝干，嘿嘿嘿嘿地笑着，就像得到最大的奖赏似的。再比如有人叫他帮着推磨，说：傻蛋，你要是帮我把磨推完，我给你两块蛋儿蛋儿糖吃。傻蛋抱起磨棍拼劲地推起磨来，累得呼哧呼哧直喘，就为了俩糖蛋儿蛋儿。

傻蛋有他爹时没享过福，吃饼子就咸菜，也常断顿。没了他爹了，傻蛋也上了岁数了，他真应了他爹给他起的名，尤（有）福了，国家给他盖了新房，办了低保，一个月七八百元钱，也不种地了，常喝个小酒，还常买块猪脸子肉，吃了玩儿，玩儿了吃。

甄慧香来傻蛋家拿音箱，一进他门，傻蛋正开着音箱，跷着二郎腿，听戏呢。唱的是亲家母，你坐下，咱俩说说知心话……

甄慧香进屋对傻蛋说：尤福，你先别听了，俺们用音箱。

傻蛋"噌"站起来，啥，你用音箱？支书说：他不批准，谁都别用。

甄慧香说：支书批了，允许俺们用。说着，想上前搬音箱。

敢动，我剁你！傻蛋一手拿起菜刀，冲甄慧香举了起来。

甄慧香吓了一跳，赶紧躲出屋门，想再找徐友平去。

甄慧香去找徐友平的工夫，喧喧嚷嚷拥来一帮妇女，进了傻蛋的门就搬音箱。

傻蛋又想抓菜刀，上去好几个娘们儿家七手八脚地薅住了他的袄领子，有拧胳膊的，有抓头发的，有大声呵斥的，将不烂你，动刀试试？一妇女一把夺过菜刀撇了出去。

傻蛋傻了，被治住了。

女人们搬起音箱走了。

妇女们再跳广场舞，就把甄慧香的小录音机替下，换了大音箱。大音箱的效果就是和小录音机不同，有立体感，有回声。小甄庄的广场舞，晚上练，白天也练，直排练到正月十三。

正月十四这天，一大早，甄慧香便召集跳广场舞的妇女们，统一换了服装，一色儿的大红袍，是甄慧香自己出钱定做的。

轻易不进县城、轻易不显山露水的女人们，穿上了亮光鲜艳的演出服，脸上涂了胭脂，抹了口红，一下子年轻了许多、精神了许多、漂亮了许多。你看人人那精神头，美得不行。

十几辆小轿车，载着小甄庄的妇女们，载着全镇的代表队，一路上笑声不断歌声不断地开进了县城。

小甄庄的广场舞，被安排在第三个上场，领舞的是甄慧香，伴随着乐声一起，小甄庄的女人们翩翩起舞，舞步优美自然，合辙押韵，不时引起阵阵掌声、喝彩声。会演结束，当场评选出结果，小甄庄的广场舞获得中老年组第一名。县领导亲手把大红证书和一带镜框的大奖状颁奖给甄慧香。奖状是奖给小甄庄村党支部村委会的。

回村后，甄慧香把奖状和证书给徐友平送去，徐友平接了，挂在了小甄庄党员活动室里。

隔天，徐友平去镇上开会，又捧回来一面镜子，上写"奖给乡村文化和文明建设活动先进单位"。

会议结束时，镇组织委员特意来到徐友平面前说：你村好几年没发展党员了，希望你把符合条件的积极分子吸入党组织。

徐友平说：我早就想发展，但没有符合条件的啊。

组织委员说：甄慧香不是很符合条件吗？

徐友平说：甄慧香行是行，但她在党员中威信不好，我怕投票通不过。

组织委员说：甄慧香哪里在党员中威信差了，为什么？

徐友平说：她和党员乔七就有矛盾，他俩劲挺大。

组织委员说：你说说他俩具体为了什么？

徐友平说：本来，乔七包的王家的地是每年每亩300块钱，可甄慧香贴出告知说：她承包土地，5亩以下每亩每年500元，5亩以上，每亩每年800元。王家接着就把地给乔七要回去，包给了甄慧香了。乔七对甄慧香很是不满。

组织委员说：这事不能怪甄慧香，一个愿意出高价，一个愿意转包，乔七怪人不占理。

徐友平说：可这样，投票甄慧香入党，乔七能投同意票吗？

组织委员说：你村不是还有5名党员吗？再说，你得做乔七的工作，不能把个人恩怨代替党性，如单为这事，乔七投甄慧香不同意票，你问问他的党性哪去了，他这个党员还合格不？

好吧。徐友平回组织委员话说。

但是，徐友平回村后，没按组织委员说的做，他没动员甄慧香写入党申请书，而是让他的邻居，并且和他有点儿挂啦子亲戚的刘金刚写了入党申请书。

组织委员很重视也很挂心小甄庄发展党员的事，特别是甄慧香入党的事。他亲自来小甄庄找甄慧香，动员甄慧香积极入党。甄慧香很是激动地说：我早有入党的强烈要求，就怕自己条件不够。

组织委员说：条件不够可以积极创造，起码，你是甄庄一积极分子。

甄慧香心里敞亮了很多，有镇组织委员的话垫底，她早已发自内心的梦想，很想一下子变为现实。

甄慧香晚上思考了半宿，向党提出了请求，写了入党申请书。她写了自己对党的认识，写了自己致富决不忘众乡亲的心情，申请书满满写了三大张。

次日一早，甄慧香便把申请书给徐友平送去。

徐友平看了看甄慧香的申请书，道，不行，你写的申请书不符合要求。

甄慧香说：大叔，你说，怎样写才符合要求呢？

徐友平说：入党，是个人对党的认识问题，这个，我不能教给你。

甄慧香就像打足了气的气球猛地被扎了个窟窿，揉着一夜没睡着充血的两眼走出徐友平的家。

但这个在娘家就是有着男人气魄的女强人，曾一个人拽着牛耕过地，曾扶楼播过种，曾是娘家村第一个女拖拉机手。入党，是她的积极要求，她毫不灰心地去了镇上，找到了组织委员，把她写了大半夜的申请书交给组织委员看。组织委员从头至尾连看了两遍，满意地夸赞道，好，写出了对党的认识，写出了自己的心愿，字字句句朴实，没一句口号式的语言，行，交给你支部吧。

甄慧香说：我交了，可徐友平说不符合要求。

组织委员说：你回去再交给他，就说我看了，行。

甄慧香再次把入党申请书给徐友平送去。

没等甄慧香说组织委员已看了的话，徐友平说：放这儿吧。

甄慧香把申请书放在了徐友平的桌子上。

半年以后，镇组织委员来甄庄召开党员会，选举甄慧香等人的入党之事。组织委员临来提前给甄慧香打了电话，让她安排好鸭棚的活，准时到村党员活动室开会。

到会的有5名党员，一名在外打工没回来。刘金刚和甄慧香也都到场了。

然而在组织委员简短讲话后，宣布开始为刘金刚和甄慧香两名写了入党申请人投票时，徐友平只拿出了刘金刚的申请，而没有甄慧香的申请。入党没有申请是不行的。

甄慧香焦急地问徐友平说：大叔，我的申请呢？

徐友平说：不知道。

甄慧香说：不是交上了吗？

徐友平说：你交给谁了？

甄慧香说：不是交给你了，放到你桌子上了吗？

徐友平说：不知道，我没见。

你？甄慧香急得哭了。

按照程序，只能投刘金刚的票，

这刘金刚，曾因打仗斗殴拘留过，都知道，5名党员，全体否决。

散会了，甄慧香迈着沉重的步子走出党员活动室，她的泪啊，她真想放声哭出来。组织委员紧跟着来到甄慧香的院门口，安慰她道，这样，过几天我再来你村，你再写一份，当着我的面把申请交给徐友平。

哎。甄慧香有了主心骨似的，抹去了满脸的泪水。

几天后，组织委员给甄慧香打电话，叫她10点准时到党员活动室，来时带着入党申请书。

甄慧香差两分10点，来到了党员活动室。这时，党员活动室里，只有徐友平和镇组织委员。甄慧香和组织委员打了声招呼，接着把申请书递给徐友平说：大叔，我的申请书，你看看行了吧？

徐友平接过细看了一会儿，行，放这儿吧。

甄慧香离去后，组织委员对徐友平说：这批发展党员，别的村都已到位，就你村了，必须抓紧，你定个时间，看什么时间开党员会，讨论甄慧香入党的问题？

徐友平想了想说：甄慧香刚交了申请，总得考察一段时间吧，这样吧，今年年前一定办了。

组织委员说：好吧，我听你电话。

组织委员等徐友平电话等了好几个月，只等到几天就进腊月门了。组织委员给徐友平打电话说：你定的甄慧香入党的事什么时候办啊？

徐友平说：今天星期二，星期五吧，中间两天的时间，我通知党员那天都别外出，另外，还有一名党员在外打工，不在家，我通知他，叫他准备准备，尽量回来。

组织委员说：行。

徐友平挂了组织委员的电话，当天晚上，他手拿几副挂历，接连串了好几个门。他首先来到乔七家。

乔七正在吃饭，徐友平进门递给乔七一副挂历，笑着道，几天过年了，给你发个福利。

乔七赶紧撂下碗接过挂历，笑道，怎么，今年有福利了？

徐友平说：就几份儿，先有你的。

乔七说：谢谢支书，先想着我。

徐友平接着说：星期五上午开党员会啊。

乔七说：星期五不是党员活动日，有事啊？

徐友平说：讨论投票甄慧香入党。

乔七一下子变了脸色，甄慧香入党我不同意。

乔七不同意甄慧香入党，前面已经说过，原因就是甄慧香包地的事。可是，甄慧香包地，是明明白白贴出告知的。当王家把包给乔七的地要回来，转包给甄慧香时，甄慧香不接。甄慧香说：人家乔七叔种着，我不能夺人家饭碗。

王家却说：我的地，我愿意包给谁就包给谁，谁包的钱多就包给谁。我又没和他签订合同，一说就是他种一年说一年，随着涨，人家包地价涨了，我的地也随着涨。

甄慧香说：这个也不行，你的地我不能包。

王家说：怎么，慧香，咱有过节啊，我的地不受种啊？

甄慧香为难地说：不是，关键是乔七叔同意不？

王家说：同意，说好了，我说他，别说我这12亩地一亩一年800了，他要是一亩地长到500，我还是先依着他包，可他说400也不种了，不信你问问他。

王家撂下话走了。

甄慧香左思右想，总觉得这事有些不妥，她亲自找到乔七问道，乔七叔，王家和你见面了吗？

乔七说：见了。

甄慧香说：你答应把包他的地退给他了吗？

乔七说：答应了。

你对我贴出这样的告知有意见不？

乔七说：有啥意见，你愿意出高价包，他愿意包给你，人家的地，愿意包给谁就包给谁。

甄慧香说：你包的他的地有合同吗？

乔七说：没有，种一年说一年。

甄慧香说：我这样做乔七叔你不怪吧？

不怪不怪，我也不打算种了。

甄慧香这才承包了王家的12亩地，种了大蒜。

乔七虽然嘴上这样说，不想种了，但心里却怪罪甄慧香，他是个吃小亏占大便宜的人。他包的王家的12亩地，一年一亩地才300块钱，除去成本，少说也净赚10000多块呢。王家让他再长200块钱，他舍不得；他以为甄慧香一亩地按800块钱包，这里头不一定赚，甄慧香有可能还会赔钱。到头来会不包了，再退给王家，而王家还会把地包给他。这样到时一亩地还是300块王家也得求着他。然而他意想不到的是，甄慧香800块钱包的地，全部种了大蒜，赶上了蒜贵，蒜又大丰收，一下子赚了四五万。眼红羡慕嫉妒恨，他认为甄慧香是从他手里夺得的钱。因此，甄慧香想入党，他第一个不同意。

乔七一说不同意，徐友平心里一阵暗喜，他接着从兜里掏出钱来，捻给乔七两张儿。

再发你200块现金福利。徐友平对乔七说。

乔七望着徐友平递过来的钱，恍然悟出什么似的，咱村一没副业，二没收入，哪来的钱给党员发福利？徐友平我知道你的意思，我不同意甄慧香入党可以明说，你别给我来这一套，我乔七作为一名党员，起码的党性原则还是有的。

乔七没接徐友平的钱，徐友平虽闹了个下不来台，但他心里已有了底。他离开乔七家，又串了几家，具体什么情况不得而知。徐友平却暗想到，加上乔七，在家的五名党员投票甄慧香入党，顶多三票，六名党员，不在家的一名也会回来参加投票，这样，甄慧香是通不过的。徐友平想，他给他在外一私企任高管的亲兄弟打电话，他兄弟也是党员，让亲兄弟赶回来，投上他珍贵的一票。徐友平掐指一算，甄慧香最多得三票，同意的和不同意的一般多，不过半数，甄慧香想入党？门儿都没有。

一丝笑意，浮在徐友平的脸上。

徐友平遏制甄慧香入党，不光是因甄慧香一结婚时的事，更主要的，徐友平怕甄慧香一旦入了党，他这支书地位就坐不牢靠了，甄慧香在村里威信比他高得多，会把他这支书取而代之，这是老太太擤鼻涕——把里攥的事。

星期五到了。镇组织委员来了，村里在家的五名党员都到了，甄慧香也到了。

投票开始了。每个党员都在印有同意和不同意的票上打上了对号。

组织委员让徐友平开始唱票。

徐友平开始唱票。同意，一票；同意，一票；不同意，一票；同意，一票；不同意，一票。完了，徐友平说。

好，组织委员宣布道，5名党员投票，三票同意，超过半数，投票有效。

慢，徐友平紧跟道，还有一名党员不在家，他说他今天赶回来，再等等他吧。徐友平对组织委员道。

不用等了，不等组织委员开口，徐友平的亲兄弟进了门，哥你前天给我打电话，说是选举甄慧香入党，让我回来，我本想提前一天回来，但公司忙，我只好一大早往回赶，开了俩小时的超速车，回来晚了。

正好，正赶上投票。徐友平说着，递给兄弟一张票。徐友平兄弟接过票，细看了一刹，拿起笔，在同意栏里打了个大大的对号。

你？徐友平刷地变了脸色，你看好了吗？

兄弟说：看好了，哥，咱四外八庄能有几个甄慧香，咱小甄庄几辈子才出一个甄慧香，甄慧香为咱村做了多少好事，咱村党支部村委会的两个大奖状，也是唯有的两张奖状，是谁获得的，甄慧香这样的好媳妇入党，我举双手赞成。并且，我期待着有朝一日，甄慧香能挑起小甄庄党支部的重担，我愿意放弃高薪，回家给甄慧香当助手。

讲得好！组织委员带头鼓起了掌。

徐友平蔫了。

甄慧香哭了，谢谢党组织，谢谢各位前辈！甄慧香说着，两行热泪溢出了眼眶。

阴宅阳宅

俺庄有一个特点，好多户家的住房和坟地靠着不远。庄西头刘元叔和他的前邻后舍五六户人家，离几十座坟头只隔着一米六的道，是李家的坟地。后头的住户，房后里都有坟，魏家的住房和坟只隔着一个后墙。前头修哥盖房挖地基时曾挖出人骨头来，上年纪的人说，那是黑喜子的骨头，黑喜子独身，后继无人。我家的房离坟地也很近，是老光棍儿神老大家的祖坟，有十几个坟头，就在我的院门前里，不到十米远。我的邻居孟叔离神老大家的坟更近，孟叔的院墙外三米，就是神老大他娘的坟。我四大爷的三间房在神老大的祖坟东里，四大爷出门进门，都要经过神老大家的坟地，都是从坟旁经过。

我和孟叔还有四大爷，三家围着坟。

住房离坟地近了，阳宅和阴宅不分，且不说有什么不好的说法，但胆小的人会害怕，这是真的。

我就胆小，我的院门前就是坟，我晚上轻易不敢出门，一出门就看到坟，就犯寻思，就寻思坟里埋着谁。我每次天晚了从外面回家，都是大声唱上几嗓子，闹动静给自己壮胆。

有一次，我外出有事回来晚了，半宿多了，急着往家赶，本来那次已忘了门前有坟了，可就在我刚想伸手开院门时，身后突然"喵呜——喵呜——"两声猫叫，吓了我一跳，猫是从我身后的坟上叫的，半宿拉夜的，很是瘆人。我吓得头皮发炸，一把揉开院门，撒腿往屋里跑，连院门也没顾上关。我心到了嗓子眼儿似的"咚咚"地跳着跑进屋，脸都变色了。是我妻子出去把院门插上的。

这是平时。村里每逢老了人，我更胆小，我从不帮忙给人守尸。只是白天，才大着胆子前去死了人的户家凑凑。

那年，神老大他爹病得厉害，都说神老大他爹年下这顿饺子吃不上了。我心里提前害下了怕，因为神老大他爹死后一定会往祖坟上埋，一定会埋在我的院门里。

但害怕的事还是来了，神老大他爹死了。出丧那天，我没敢着家。神老大光棍儿一条，他早喊出口来说，他爹死后他没钱火化，爱咋着咋着，那意思是原身埋。这更增加了我的恐惧。我一大早便躲了出去，躲在村外，我怕看到神老大他爹是怎么埋的，神老大他爹是头朝哪埋的。

我远远地看着神老大他爹出丧。人们黑压压地拥到我的门前，有哭的也有叫的，乱腾了半个多钟头，才散去了。我才回家走。我走到门前，不想往神老大他爹的坟上看，但越是不想看越忍不住看，神老大他爹的新坟虽然不大，但有好几个花圈围满了坟，都插在坟上，风一吹"哗啦哗啦"直响。我心里怵怵地进了家。进门问妻子说：怎么他坟上的花圈没烧啊？妻子说：人家不愿意烧，谁管得着。不行，我找他去，找他把花圈烧了，别哗啦哗啦地怪瘆人的。

我找到了神老大家，神老大刚脱下一身白，我叫着大叔对神老大说：大叔，你知道，我胆小，把花圈烧了不行吗？

神老大知道我胆小，很是体贴地说：怎么不行啊，你点火烧了吧。我说：大叔，我点火烧你家大爷爷坟上的花圈，算哪一回事呀，求你自己烧了吧。其实我说这话的意思是，我不敢到神老大他爹坟前去。神老大稍沉了一会儿，说：好吧，我去烧。

神老大把他爹坟上的花圈烧了，我去了块心病似的，很感激他。但接下来的几年里，每到清明节，十月一，每到他爹的忌日，神老大都来给他爹娘上坟，每次上坟都摆祭点，都要往坟上添土。坟上一添土，就像新坟，像刚死了人一样。神老大还常一边烧着纸钱，一边自言自语地念叨着，娘啊，你死得屈呀，临死连顿饱饭也没吃上。儿亲手给你包的饺子，一个肉丸的饺子，娘，你可着肚子吃吧。说着，还鼻涕一把泪一把的。

神老大上完坟走了，留下纸灰乱飞，添了土的坟堆，一个个更大更显眼，我又会好几天晚上不敢出门。

有人给我出主意说：神老大的坟地离你家这么近，你这么小胆，怎么不说说让他把坟挪了啊。

这是个好主意。我拿了两盒好烟，找了神老大去。

大叔，有件事想和你商量，不知你同意不？我试探地问神老大说。

神老大说：什么事啊，只管说。

我说：把你家的坟挪了不行吗？

神老大打了个愣怔，说：往哪挪啊？

我说：挪得离我家远些，挪到村外地里去不行吗？

神老大寻思了一会儿，说：我知道你胆小，挪坟我没意见，可这是光说话吗，连人带十多个棺材匣子，得多少钱啊？

我说：只要你同意挪，费用我出。

神老大看着我说：这，合适吗？

我说：大叔，你把坟挪了，主要对我有好处，钱会说话吗？

神老大答应了我。

挪坟那天，动用了不少劳力，二三十口子人，开旧坟起骨头的，刨新坟挖窝子的，忙了一上午。

起走了神老大家的坟，我心里痛快了许多、敞亮了许多。从此，我晚上再出门，早点儿晚点儿都不打怵了。

见我说通了神老大挪了坟，西头刘元叔问我说：你出费用神老大挪坟，花了多少钱啊？

我说：现在三千两千的还叫钱吗，再说，钱不会说话，出门再不迎着坟走了，精神上一大安慰。

刘元叔说：也是，也是。我也给李家说说，让他把他那帮"客"请到别处去。

我忽然不解地问刘元叔说：刘元叔，你说咱村为什么坟地都离庄这么近呢？

刘元叔说：那年死的人忒多了，咱庄儿一天曾死过六口。

我说：死的人多与坟靠着庄近有什么关系啊？

刘元叔说：那年死了人，男人哪有力气往外抬啊，饿得都爬不起来，都是娘们儿家像拉死狗似的往外扯。

嫂 子

    我父亲在他的兄弟姊妹中，排行老大。按照老辈人的话说，爹生在头里，长在头里，就得干在头里，分担家务在头里。爹是我一大家扛大梁的。我母亲是爹的好帮手。娘不但主里，娘还主外。我娘在大家庭中地位最高，说话最管用。就连人称犟驴的我的小叔，拧起道来，八头骡子都拉不住，但小叔只要一听到我娘的音儿，立刻就乖乖地温顺下来。我爷爷有时说我小叔的不是，小叔少不了还嘴。可我娘，就是拿巴掌揍他，小叔也甘心情愿，小叔一见我娘想生气的时候，就叫我娘叫娘，不叫嫂子。

    娘在小叔身上有恩。

    我和小叔，是小叔大侄儿，我比我小叔还大好几天呢。

    我奶奶生了六男三女，就像一台生育的机器，在生下我小叔一个月后，完成了使命似的，被上帝召回。

    当时我才出了满月不久，一连几天，我的母亲接替了我奶奶喂小叔的哺乳，给我喂完了奶，再给小叔喂奶，或者先给小叔喂完了奶，再给我喂奶。

    爷爷不忍拖累瘦骨嶙峋的母亲，便强忍悲痛地把小叔抱出去送了人。当母亲上地回来，只见了我，不见了小叔，便问爷爷说：爹，他小叔呢？

    爷爷泪哗哗地说：我叫，叫，叫他逃活路去了。

    娘一听急了，俺爹，你是嫌儿媳给他小叔喂的奶少，还是嫌疼他小叔不如疼你孙子，你怎么不和俺言语声儿就把他小叔送人了呢？

    爷爷哽咽地说：不是，老大家啊，我是怕拖垮你的身体啊。

    送谁了？不等爷爷再说什么，娘急火火地找到给人的户家，把小叔抱了回来。

    从此，我和小叔同吃我娘的奶。娘没营养，奶水不够，每次给我和小叔喂奶，我和小叔一人抱着娘的一个乳头往嘴里塞，为吃奶，我和小叔常动手撩挠，常打哭了。每当这时，娘总是先朝我腚上一巴掌，接着哄小叔不哭。

    走姥姥家时，爹抱着我，娘抱着小叔，我一家人去给我姥姥拜年，我和小叔就像娘的一对双胞胎。

    娘待我和小叔，分不出儿子和小叔子来。

记得我家盖的第一座房，是三间土坯房。可当我一家刚搬进新房不长时间，我精神不大好给人住房的二叔被人撵出来了，没地方住了。爹看着无家可归的二叔一筹莫展，娘一句话点醒了爹，这个犯么愁啊，把二叔叫咱家来不就行了。

爹说：叫咱家来，就三间房，一个门，他二叔又常犯病，怎么住啊，孩子不害怕吗？

娘说：给二叔界出一间，让他单独住。

爹说：也没门啊。

娘说：没门走窗户，就托着吧，没法哩。

爹就把我的三间房给二叔界出了一间，让二叔住了。没门，二叔从窗户里爬进爬出。

人们说：我二叔走的是天门。

我23岁那年，为了给我娶媳妇，爹和娘省吃俭用，连借带凑，准备好了砖坯木料，打算给我盖房。没房谁跟着咱啊，爹说。

可我家的房还没盖，我参军的小叔复员回来了，刚从部队回来的小叔媳妇好说，很快便定下亲来，但有一条件，没房不让娶。媒人没找我爷爷，找了我爹我娘，媒人对爹说，你爹上岁数了，你小兄弟的媳妇好不容易碰上个瞎眼的，你看，你这当大哥的……

爹叹了口气，一时间没答上话来，抬头看了看娘。娘话在嘴边上放着似的回媒人话说，放心大胆地给操心吧大哥，没房我给他小叔盖。

媒人走了。

爹看看我，我看看娘。娘说：不就是三间房嘛，先给你小叔盖，攒几年再给你盖。我心里不乐意，爹赞同娘说，老嫂比母，你比我这当哥的强。

为房，我的亲事晚成了好几年。

爹给小叔盖了房，小叔当年结了婚。但因一春爹娘都忙到给小叔盖房上了，当时还是生产队，爹娘出工少，挣的工分少，分粮少，我家的粮食接不下来了。小叔不忍，从他丈人家借了一袋子玉米给我家。我家才挨到下来新粮食。可下来新粮食小婶子就给爹娘要账，让还她娘家的一袋子玉米。小婶子要账不明要，而是和小叔也吵也打仗打给我一家人看。娘知道了，娘：还，这就还。我不同意，我说：咱借她娘家的粮食该还，可咱给她盖的房呢，她还不还？

爹瞪了我一眼，娘数落我道，多嘴！又说爹，去，赶紧去，把借人家的一袋子粮食给她婶子娘家送去，别叫她俩再抬杠。

农村里用上电后，有的户家就买了电视机。我是个电视迷，每天晚上都跑到有电视的户家去看，盯着不走，直盯得人家有些烦。

我和爹商量，没钱，赊了台19英寸的黑白电视。

有了电视，我再不用往别人家里跑了，也再不看别人家的脸子了。每天上地回来，我第一件事就是开电视。

可不几天，我收工回来想要开电视时，电视却不见了。我问娘，娘，电视呢？

娘说：啊，电视——坏了。

坏了？我说：怎么坏了，在哪呢？

娘说：叫人修去了。

我不信，才买的电视怎么会坏了呢。

一会儿，爹下地也回来了，爹也问，电视呢？

娘朝爹使了个眼色，和爹走进里屋里去了，并关了门。

我紧跟着走到里屋门口，趴在门缝细听。只听娘对爹说：他小叔两口人为没电视打起来了，我把电视给他小叔抱过去了。

爹埋怨娘说：都是叫你惯的，都是叫你惯的啊。

画　牛

祝阿林是小学教师。那时的小学教师，大都是跨公社跨县，祝阿林很幸运，他也没跨公社，也没跨县，他连庄也没跨，在本村教学。祝阿林写得一手好字，他写的字，不论是铅笔字、钢笔字，还是粉笔字，都是方块宋体，特别是一横一竖、一撇一捺，很是有力，很是漂亮。祝阿林还画得一手好画，像山水花草、虫鸟鱼兽，他都能画得栩栩如生、活灵活现。祝阿林还擅长给人画像。那时，照相的少，就是来了照相的，照得也不多，一是照不习惯，二也是照不起。有谁家孝子想给自己老人留个纪念，都是找到祝阿林，让祝阿林给老人画一幅画像。祝阿林给人画像不要钱，谁要是拿盒烟去，临走祝阿林也会追出门让人拿回去。祝阿林给人画像，只要人往他跟前一站，或者一坐，他提笔不几下便画出人的轮廓，再用笔一描一勾勒，人的形象便逼真地呈现出来。祝阿林画谁像谁，甚至面部表情比真人还生动形象。

那年，驻村干部找到祝阿林说："祝老师，你给村里墙报画幅画吧，贴在墙报上，增强墙报的美感，增强墙报的吸引力。"

祝阿林说："给墙报画幅什么画呢？"

驻村干部说："画什么画都可以，只要能体现集体的优越性就行。"

祝阿林说："好吧。"

驻村干部临走又留话道："你画完后，可直接贴在村内墙报上，越快越好。"

打发走了驻村干部，祝阿林就赶紧琢磨画画。画什么好呢？祝阿林想来想去，他想到了画牛，牛是生产队的大半个家业，是队里生产的主力军。全村几百亩土地，每年都是由几头牛耕地，几头牛拉耧播种、拉车运庄稼的。

祝阿林决定画牛。

为了增强画牛的真实感，祝阿林拿着笔拿着纸来到生产队的牛棚里。牛棚在村外，喂牛的饲养员大概回家吃饭去了。祝阿林进了牛棚，一眼看到拴在靠着牛棚门口的一头大黑牛。全生产队的牛中，数着这头牛高大。就画这头牛吧，祝阿林想。

祝阿林铺开纸，提起笔，看一眼牛，画一笔画。再看一眼牛，再画一笔画。祝阿林画的这头牛很高大，是一头大黑犍子。祝阿林就画了一头高大的大黑犍子牛；这头牛的头像虎头，祝阿林画的牛头就像虎头；这头牛的两个长长的犄角向前伸着，祝阿林画的牛的两个犄角就长长地向前伸着。

祝阿林很快画完了牛。画完后，他又瞅了瞅大黑牛，又看了看他画上的牛，直到他觉得他画上的牛和真实的牛一模一样，甚至比真实的牛还精神后，才满意地端着画回到家。回家舀了半碗黏粥，端着碗，拿着画，来到一户家的后墙下，墙上是驻村干部帮庄里办的墙报。墙报上刚好有一空处，祝阿林刷上黏粥，把画工工整整地贴了上去。墙报有了这幅画，鲜活了许多，吸引人了许多。祝阿林贴完了画，端着碗回到家，他想吃了饭去上学，去给学生上课。

祝阿林刚端起碗吃饭，驻村干部找他来了，气呼呼地大发雷霆道："祝阿林，你这是画的什么画，这画竟敢往墙报上贴吗？"

祝阿林不解地说："画的牛啊，画牛不行吗？"

驻村干部强压火气地道："你先别犟，走走，到驻村干部住处去一趟。"说着，自顾向前走了。

祝阿林丈二和尚——摸不着头脑地跟在驻村干部身后，来到驻村干部住处，进了屋，驻村干部也不理他，而是通知全体大小队干部来开会。大小队干部到齐后，驻村干部气灌满膛地批祝阿林道："祝阿林，你身为教师，大肆污蔑集体优越性。"接着对全体大小队干部说道："晚上开会，斗他！"

祝阿林吓得脸蜡黄蜡黄的，但他仍不解地问驻村干部道："我画的是集体的大犍牛，为什么开会斗我？"

驻村干部脸色铁青地大声呵斥道："你画的这叫牛吗？一副骨头架子。"

徐　姑

徐姑是我的表姑，和我父亲是表姊妹。

徐姑是抬身嫁到我村的。她的第一个丈夫在南乡里，离这儿有好几里地。徐姑和第一个丈夫结婚过了三年，生了一个闺女，闺女两岁时，丈夫突然得病死了，徐姑本不打算再嫁，想自己守着闺女过。可是徐姑的婶婆婆招不得她，把徐姑的女儿送人了。徐姑几乎疼疯了，但最后还是没能找回闺女，在万般无奈的情况下，娘家人也劝她，经人介绍，才嫁到我庄儿。

我的继姑父是个残疾军人，比徐姑大十好几岁，倒是待徐姑很好，知冷知热。两年后添了个小子，基本是徐姑一个人拽大的。姑父干不了嘛，走路都是挂着个板凳，一步三挪。徐姑白天下地干活，晚上纺线，一宿能纺五六个鹅蛋大小的线穗子，逢集上去卖了，换回几斤玉米或几斤地瓜干，捎带一包咸盐。赶上赚的钱多了，还能买回家一棵白菜、几个萝卜。徐姑的这种日子持续了好多年。直到分开地，儿子也大了，娶了媳妇了，徐姑才不整宿整宿地熬眼了，她的眼也有毛病了。徐姑的儿子很疼她，说徐姑，你别再没黑没白地吃苦受累了，娘一切活有我干，你就等着看孙子吧。但是徐姑还没等到这一天，姑父便先她而去了，并且祸不单行，儿子突然神经病了，也骂人也打人也毁东西，搅得徐姑家里不得安宁。徐姑为给儿子治病，求人帮忙跑县城进省城，请中医，信偏方，甚至信神，但儿子的病不见好转，打人毁物更厉害了，有一次徐姑端着碗劝儿子吃饭，儿子竟接过碗砸在徐姑的头上，把徐姑的头都砸破了，缝了好几针。儿媳妇说徐姑，你这是生了什么儿啊，早知道的话小时候不如掐死他。徐姑对儿媳妇说：说什么话啊这是，他不是有病吗，咱娘儿俩得体谅着他，你也得体谅着他。但是徐姑体谅他，儿媳妇不体谅他，儿媳回娘家待了两天，回来后一边收拾自己的东西，一边对徐姑说：对不起了娘，俺实在和他没法过了。见儿媳这是要走啊，徐姑急了，傻了，她不知拿什么话安慰儿媳，不知该怎么留住她，只是一个劲儿地说：你，他，金兰哎，金兰哎，娘知道你抱屈了，没法哩，看在娘身上，好歹不能散了咱这家啊。

儿媳还是走了。

徐姑守着个精神病儿30多年。徐姑受的累受的罪，比她熬眼纺线时还多。

徐姑老了，身体也不行了。86岁那年，忽然头晕，一下子跌倒了，输了一星期水，差点儿偏瘫了，手脚不灵便了，端个碗都端不稳了。但是徐姑仍哆嗦着手脚做饭，一天三顿，一顿也不落。徐姑说：我个人不吃行，我那傻儿呢。徐姑的儿子的病也老住茬儿了，这几年也轻了，不打人不骂人也不毁东西了，但是傻了呆了，不知道早晨晌午，给他饭就吃，不给他也不知道要。出门不找不知道回家。

那是一个大雪纷飞的中午吧，徐姑没表，不知道几点，凭感觉徐姑觉得晌午了，徐姑做熟了饭，舀上碗，叫傻儿吃饭，却见屋里屋外没人了。徐姑拄着根棍子，颤着脚踩着雪走到院门外，站在门口，看看前边，再看看右边，又瞅瞅左边，使出最大的力气喊，三水哎——回家来吃饭啊。徐姑的喊声有前劲没后劲，她刚一张嘴喊，一阵北风刮来，风卷着大雪灌进嘴里，呛得她下半句几乎噎了回去。雪落满徐姑的头上、身上、脸上。风把徐姑满头的白发刮散开来，那情景，就像一尊雪雕。

徐姑在风雪中待了多少时辰？幸亏邻居开门出来找狗看见她，才把她劝扶进屋去，并帮忙把徐姑的傻儿找回来。找回的傻儿冲徐姑直笑，徐姑忍不住老泪纵横，一边给傻儿拍打着满身的积雪。一边声音哽咽地说：儿哎，我要是死了，你怎么活啊？

不知从哪一天起，徐姑开始信主了，徐姑信主不为别的，只求主为她增寿，只要让她活到傻儿后头，哪怕来生把寿再还给主，加倍还给主，徐姑是跪着祷告主的。

徐姑的祷告能感动主吗？

臭 妮 子

她叫臭妮子。

其实臭妮子不臭也不丑，反而长得白净净还挺漂亮呢，是她的身世丑。臭妮子是憨叔的闺女，但憨叔不是臭妮子的亲爹。臭妮子的亲爹是杨歪歪嘴。杨歪歪嘴在庄里是首富，杨歪歪嘴好色，臭妮子她娘是个美人，杨歪歪嘴想占她的便宜。一天晚上，杨歪歪嘴趁憨叔下地看瓜，憨叔种了二亩西瓜，憨叔吃了晚饭就下地了，憨婶在家哄大闺女睡了觉，又做了一阵针线活，困了，就扒了衣裳睡了。刚躺下，忽然听见有人敲门，憨婶以为是憨叔又回来了，就披着褂子只穿着裤头出来开门，开开门还没看清是谁，杨歪歪嘴便一把抱住了她，尽管憨婶也喊也抓也挠，杨歪歪嘴一手捂住她的嘴，一手抱着她就来到炕上，憨婶身上没穿多少衣裳，杨歪歪嘴得逞了。完了杨歪歪嘴走了，憨婶哭了，她没有上派出所告他的意识，更不敢对憨叔说，哭了一阵后，想把这丑事咽到肚里去。几个月后肚子大了，她也没寻思是杨歪歪嘴的，怀胎十月生下后，自己越瞅越觉得脸红，瞅过之后不时地看憨叔的脸色。憨叔越看闺女越不像他的，倒是和杨歪歪嘴一模一样。憨叔就怒了，问憨婶是不是杨歪歪嘴的，憨婶只好承认了。憨叔当时就坐不住了，想拿棍子揍憨婶，摸起棍子又一想憨婶正在月子里，憨叔火没处发，气没处撒，想提起孽障扔出去，后来还想用被子把她捂死，但只这样想，没狠心这样做。却不给憨婶伺候月子了，别说鸡蛋挂面，就是吃饼子咸菜，也得憨婶个人下炕做。对憨婶生下的二闺女，更是连看也不再看一眼。有人问他，你二闺女叫么名儿啊？憨叔一听脸发紫，么名啊，臭妮子！臭妮子自小不受憨叔的待见，憨叔明显地只疼大闺女不疼二妮子。臭妮子不大憨叔就熊她干这干那。大闺女上学回来，憨叔问，饿了吗，等等，一会儿就熟饭。臭妮子跟憨婶一伙下地回来，憨叔说她，饭不熟，去，再上地给猪拔筐头子草去。大闺女26了，憨叔还舍不得往外嫁，臭妮子才16，憨叔就对人说：有要的吗，找个户把她嫁出去。大闺女出门，憨叔陪送的彩电、冰箱、洗衣机，还有一辆桑塔纳。臭妮子找婆家，憨叔一分钱没出，和男头要了8万奶水钱，女婿拿不出来，是从银行里贷的款。憨叔说：白养她这么些年啊。臭妮子嫁后，第二天兴爹叫，第三天兴娘送。憨叔的大哥寻思，他是臭妮子的大爷，上臭妮子婆家叫臭妮子，得他和憨叔兄弟俩去，憨叔的大闺女嫁时，就是他俩去叫的。憨叔的大哥问憨叔说：还去叫吗？憨叔说：叫么叫，叫她在那里去，多咱也不回来才好呢。臭妮子出嫁也没爹叫也没娘送，过门三天也没来认亲戚。憨叔不让来。但过年憨叔没法推辞了，闺女女婿来拜年，头一年回娘家，臭妮子很心盛，拿的礼物很多很重。臭妮子和女婿比大姐两口子来得早，进了门放下礼物就跪下给憨叔磕头。臭妮子说：给俺爹。憨叔坐在椅子上没动，没言语。女婿接着也给憨叔磕头，给俺爸爸。憨叔和刚才一样。女婿就有点儿尴尬。刚从地上起来，大姐夫哥进门了，憨叔立刻从椅子上站起来，大姐夫哥给憨叔拜年，刚想下跪，憨叔抬手拽住了，磕么头啊，说着喜的，和刚才大不一样。接着上菜上酒，喝酒吃菜，新女婿很孝敬憨叔，放下茶壶就是酒壶，也给憨叔倒茶，也给憨叔满酒，可憨叔只让大女婿，来，咱爷俩再干一个。却一直不让新女婿，不搁耳他。新女婿压根儿不知自己媳妇的身世，头一年来给丈人拜年，丈人对他一点儿也没喜欢模样，和大姐夫相比，简直是看人下菜碟。心里就长了气了，喝！你不让我我也喝，一杯接一杯地喝，带着气，加上酒精一刺激，上话了，丈——丈人爹，你——你看不起我，你拿着窝窝——头不当干粮，"啪！"把酒杯摔在了地上。憨叔也把桌子一掀，滚！我没你这女婿。

女婿起身拽着臭妮子，走，咱走。

臭妮子是掉着泪走的。

憨叔虽然不待见臭妮子，臭妮子还是拿憨叔当亲爹待。过年过节，还是照样来，来看憨叔。臭妮子和大姐一样疼憨叔，臭妮子给憨叔做了新棉袄、棉裤、棉鞋，给憨叔送来，憨叔不要，给臭妮子撇了出去。臭妮子从大超市里给憨叔买了面包服，八九百块钱的，憨叔连看都不看一眼。

臭妮子恼了，不上憨叔家来了，和憨叔断了道。

臭妮子和憨叔断道后日子过好了，不在家种地了，在城里有了楼了，是大面积的，180平方米的。

有人说：臭妮子婆家那么穷，哪来的钱买这么好的楼呢。

人说：臭妮子认了她亲爹了。

老李与老张

老李与老张，同住一个庄，两人不对脾气，闹玩儿闹得热乎，到一块儿就抬杠。

老李老远见了老张，他舅，你怎么还没死呀？老张回敬老李，甭胀饱，内弟，你也就明后的事儿，老张接下来的话更损得慌，这两天我做梦，老梦见和你娘们儿在一个炕上。

老李不急不恼，还显出大肚阔肠，去吧，俺娘们儿正想儿哩。

哎，老张走近老李，你小子喝酒来是吧？

老李说：像你呀似的来，咱上哪里闹酒去，连吃的都混不上。

老张说：别不承认了，我就知道你有酒，老远我就闻出你身上的酒味来了。

老李说：这两天我嘴角上火，从药铺里要了个酒精棉球，擦嘴擦的。实际上，老李真喝了二两，但他怕老张说他有，他是明明在撒谎。不光这个，连吃饭，老李一家有时都偷着吃。要是做点好吃的，正吃着饭，忽然来了人，就赶紧把好吃的端了，换上榆叶糕、野菜汤，那意思是，俺家混得没啥。有一次，老李走亲戚，换上了自己舍不得穿的一条新裤子，道上被老张看见了，说：看看，成天说你没有，这不，还趁这么好的新裤子，我说你装么吧。老李急赤白脸地赶紧掩饰说：咱上哪里闹新裤子去啊，是借的，借的。老张说：装，谁信啊。老李说：不信，骂个誓，要不是借的，他是个私孩子。老李宁可落个私孩子，也不承认自己有新裤子。而老张，比老李更能装，他身上穿着明明一条大半新的裤子，却把膝盖处一边缝了一个大补丁。老李说老张，你这是弄得哪一出洋相？老张说：你没看见破了，人家给的个裤子，我连这个也不穿。老李弯腰要动手撕那裤子上的补丁，糊弄谁啊，要是你这裤子破了，我姓李的改姓张。老张嘿嘿了，挡住老李的手，说：别撕别撕，补上补丁耐穿。说真的，我混的日子，真不如你。

那年头，兴这样。

现在，不了。老李和老张，都牛，一个比一个牛气烘烘。

哎，老张，不是进去了吗？怎么随着出来了？那天，老李见了老张，不解地问。老张说：我要是进去了，换了你就得蹲几年了。原来，前几天，老张开着辆破面包赶集，遇上交警查车，他既无驾驶证，车又没牌子，竟和交警赛起车来了，上了年纪的他，哪是交警的对手，一转眼被撵上了，连车带人都弄到交警大院里去了。老李说：我正寻思咱俩不孬，给俺在城管上的妻侄说一声，托人把你弄出来呢。老张说：我用得着你吗？自个不是没人。老李说：怎样，这回，老太太的眼，花俩儿吧？花俩儿？老张说：放心吧，叫你看不上热闹，连盒烟也没买，他们怎么把我弄进去的，怎么把我送回来的。老李说：又吹，你托的谁呀？老张说：谁也没托，俺表兄弟的老二的同学在交警大队是正事儿。老李说：你和你表兄弟都不上门儿，他管你的事吗？老张说：那是从前，自从俺儿当上银行主任，他干买卖贷款，一贷就是10多万，要不是俺儿，他能贷出来。这事俺都没找他，他个人往交警队跑的。老李说：你儿进银行的时候，不亏了俺小舅子他亲家呀。老张说：你小舅子他亲家，只是个科局里的副职，白瞎。俺儿他丈人的学生。是市银行的一把手。给你说吧。老师找学生，一句话。老李说：俺小舅子他亲家现在是正局了。老张说：俺儿他丈人的学生都升副县长了。老李说：我在公安局里有人。老张说：我法院里有亲戚。老李说：我求不着你。老张说：我更求不着你。两人说着说着僵了，好一阵各自无话。

忽然。老李拍了下老张的肩膀说：人，做前抢的事，别说前抢的话，这么着吧，你给你儿说，我有个不错的，他的小子刚上了班，干的是一项特殊的工作，等你爬烟囱时，我搭句话，保证不排号。

滚蛋吧。老张气得悻悻地，一抬腔，走了。

老 四 家

老四家别看是个小巧的女人，体重不超过一百斤，个子也就一米五多点儿，外号小矮子，这个娘们儿心眼很多，很有心计，很有胆儿。

她借过我一碗面，老长时间了不还。她家有盘石磨，我借她的磨在她家推磨时，她端着多半碗麦子，倒到磨上说，不还你的面了，给你碗麦子你个人推推吧，嘻嘻。

生产队时，她爱在别人散了工了，地里没人了，背着筐下地，她说去给猪拔筐头子草去。专门儿上庄稼地里头拔去。豆子鼓了荚，棒子圆了槌儿，她四下里瞅瞅没人，拽两把豆荚，掰俩棒槌子，盖在筐头子底下。也没拔多少草，回家了。队长逮住过她，想夺她的筐，她刺啦一撕褂子扣子，露出胸膛，夺吧，我告你强奸我。队长赶紧扭过脸去，快背上你的筐走，走！你的脸不值俩棒槌子钱。

也难怪老四家没有做人的自尊，穷啊，人穷志短。她摊了个厩爷们儿，没个起来倒下的心眼儿，光知道干活，也是傻干，生产队时还行，吃了饭扛着家伙往队上的钟下一站，等着队长派活，让干啥干啥，让咋干咋干，一点儿也不用操心，一点儿不用动脑。分开地了，个人过个人的日子了，都精打细算，盘算着种地，种好了地，地里打的粮食越来越多，再不愁吃穿。可老四不知怎么干，种地没个掉转，干活也没个紧三步，地常荒了。别人都是在麦子一扬花时就打药，预防蚜虫，可他都是等到蚜虫密成了蛋了，才想起背喷雾器，再治虫已晚三春了。人家的麦子打800斤，他家的少一半子产。分开地好几年了，打的粮食还常接不下来，不够吃的。赖黄鼬单咬病鸭子，老四家的三间房，里间的一间，顶也塌了，檩条子也折了，七根檩条折了三根，三根下面全用柱子顶着，人在里头走，得绕着柱子转，像走迷魂阵似的。老四也不上心，老四家却很着急，她想翻盖新的。可三间旧房地面窄，再盖盖不开。老四家指望老四去和村里要宅基指望不上，就自己去找村干部。老四家找支书，支书说：这得等开会商量商量，研究研究。老四家找主任，主任说：这个他做不了主，这个得找支书。老四家就再找支书，支书还是说商量商量。老四家说：商量到多少？支书说：宅基问题牵扯到千家万户，不好办，心急喝不得热粥。老四家找了二年，没结果。就又去镇上找，找专管宅基的刘副镇长，老四家推开刘副镇长的门，刘副镇长不等她说话，先开口说，找谁？打官司可找老朱（老朱是司法助理）。老四家说：俺不打官司，不找老朱，就找你。刘副镇长说：找我啥事儿？老四家说：要宅基盖房。刘副镇长说：盖房要宅基和你村里要去，我这里又没有宅基。老四家说：村上解决不了才找你，你不是专管宅基的吗？刘副镇长说：那，好，我给你问问。老四家说：多咱给问啊？刘副镇长说：这个不能定日子，我又不是只管你个人的事，回去等着吧你。老四家就回来等着。半年，没音儿。

说着等着，到了收提留的时候了，刘副镇长带人下村催提留。今年的提留比去年多，去年一人230，今年一人280，老四家打的麦子不夸堆，去了提留，再留出种子，别说一年的口粮了，就连难挨的冬也不够吃，再加上要不来宅基有怨气，打着抵拗不交。每年有抗提留不交的，每年镇上都下来人催。刘副镇长来到老四家，笑着对老四家说：老嫂子，一看你就是个明白人，是通情达理的，也是爱国人，爱国粮你一定不是不交是吧。老四家知道刘副镇长话里的意思，但她连弯儿也没绕直接说：敛提留了你来了，我找你要的宅基呢？刘副镇长说：提留是提留，宅基是宅基，两码事，一码是一码，你先把提留交上，再说宅基。老四家说：你也别给我推磨，你先给安排宅基再说。刘副镇长说：自古干买卖缴税，种地交粮，你抗粮不交，是犯法。老四家说：你不给我安排宅基我就是不交，没有。没有？刘副镇长说：去，看看她有粮食没有？随刘副镇长来的人就进了老四家的里屋，看见里屋里靠墙垛着的粮食袋子。老四家疾步走到里屋的柱子下，双手抓住柱子说：谁动动我的麦子试试？我扳倒柱子砸死他！老四家这一招管用，刘副镇长怕出事，带着人走了。临走说老四家，国粮你扛不过去，明天我还来，你考虑考虑吧。

第二天，第三天，刘副镇长没再来，老四家的提留没交。但老四家的名声却臭了，都知她是钉子户，焦砖头。

换　瓶

护士小于正在配药，忽然耳畔的呼叫机响了，17床呼叫，17床呼叫。小于赶紧放下手中的针器，随手拿起一瓶配好的药液，疾步来到17床前，麻利地为17床换上了吊瓶。完了，她照例地看了看输液器上点滴的速度，又望了望躺在床上的病号，见一切正常，便返回了护士站。来到护士站，小于习惯性地扫了一眼那一拉溜配好了的药瓶，当她的目光落到17床的位置时，心里不由咯噔一下，17床配好待换的药瓶没动，旁边18床的药瓶却不见了，原来小于拿差药瓶了，错把18床的药给17床换上了。这还了得，这可是当护士的责任事故，重大的责任事故。虽然17床和18床同住一个病房，同一样的病情，输的药也大致相同，就是输差了，也不会出什么事。但这也不行，这也是事故，小于也逃脱不了责任。医院有规定，对医护人员的这种责任事故，处理是绝不留情的。五年前，小于大学还没毕业，还没当上护士，小于陪同她妈在这医院里输水，一名护士为她妈换错了药瓶，幸亏发现得及时，那护士自己随着又把药瓶换过来了，但换错的那瓶药是青霉素，正好小于她妈对青霉素过敏，要发现得晚了，她妈说不定会出大事呢。尽管那护士直给小于说好话，但小于还是一封信告到了院长那里，那护士当即被开除了。小于想到这里，心扑通扑通地直跳，她想立即给17床换过来，她拿起17床的药瓶，慌急地返回17号床前，却见17床啥事也没有，啥感觉也没表现，小于怦怦乱跳的心稍缓了些，她转而一想，若是17床没发现，不如将错就错，反正一样的病情，一样的药液。反之如果17床知道了换错了药，像当年自己一样，不让了，自己的饭碗就丢了，当护士可是自己梦寐以求的工作。小于望了望17床头上的吊瓶，药滴得很快，用不了半个小时，就会滴完了。小于又望了望17床的病号，17床的病号是一个上了岁数的老头，陪床的是一上岁数的老太太，老头老太太老两口，大概不识字或眼花，根本没认出药瓶上的姓名。小于怀着忐忑不安的心情，拿着那瓶药液，又回到了护士站。但她再无心配药了，她的心老是紧张得不行，她很想17床的那瓶药快点儿输完。她不时地跑过去看看，生怕17床发现了，或是被别的医生护士发现了。

那瓶药终于输完了，小于连忙给17床换上了下一瓶。至此，她的心才渐渐平静了下来。

　　17床打了几天点滴，要出院了。小于把一张表递给17床填，要患者给她提意见。列表上有患者对护士的十分满意、基本满意和不满意几项内容。17床很是高兴地在十分满意上打了对号，完了又对小于表示感谢，说他在住院期间，小于对他照顾得不错，他写了一封表扬信，要亲自交给院长。

　　小于面对17床纯朴善良的老人，心里很是羞愧，她不想再隐瞒自己的过错了，便愧疚地说：谢谢你，大爷，可我那天把药瓶给你换错了，我对不起你大爷。老人说：我知道，那天，你给我换了药瓶接着又回来，我从你的表情上看出来了。小于心里一惊，那，大爷，你当时咋没说我？老人说：看着你着急的那样子，我一下子想起我闺女来，我闺女五年前也在这家医院里当护士，就因为给人换错了药瓶，丢了饭碗。

丑　妻

富贵娶的媳妇丑，个小，头小脸盘子小，脸上的五官，也就勉强安排开。富贵不淫他媳妇，一开始相亲时就不愿意，但没说出口来，原因是他二十七八了，连个提亲的也没有。和他年龄差不多的小伙子，孩子都老大了。娘也说他，丑点儿俊点儿的吧，只要能做饭能过日子就行，再俊的媳妇也不能当画看，就托着吧，给你说上人来，俺也去了块心病。媳妇进了门，富贵从不和她一起出去玩儿，一起去赶集，他觉得在人眼里，像是矮了半截。富贵吃饭从不和媳妇在一块吃，都是他在桌子上吃，让媳妇在锅台上吃。睡觉也不和媳妇在一头睡，他在这头，她在那头。这是富贵个人说的。也怪，不在一头睡，不知哪来的孩子，三年生了俩闺女，长得还不丑，比娘俊多了，模样铁随富贵。富贵家知道自己在家庭中的地位，从来不当家，不主事，都依着富贵，一切都是富贵说了算。就连有点瓜果梨桃，有点好吃头，都是富贵放着，锁在她娘家陪送的箱子里，钥匙富贵拿着。富贵多咱想吃，开开箱子拿出来就吃，连让她也不让她。有了闺女后，闺女和娘要糖吃要梨吃，富贵家都是小声说闺女，给你爸爸要去。富贵每天上地干活，富贵家也每天上地干活，一伙干活回来，富贵进门就坐在椅子上抽烟，抽一支再点上一支，富贵说，真累得慌。富贵家进门就赶紧抱柴火，用砖支着壶烧水，烧开了就给富贵下茶叶。富贵喝着水，富贵家就紧着做饭，熟了给富贵端到面前，再给孩子舀碗，完了自己才开始吃饭。富贵吃饱了饭，富贵家还没刷锅刷碗，富贵就说媳妇，去，你领着她俩出去玩玩儿去，我歇歇。富贵家领着孩子刚迈出门槛，富贵就在屋里把门插死，一个人在屋里睡觉。富贵说：娘儿们孩子在屋里怪乱得慌，他干一大头上午活了，歇歇解解乏，清静清静。这一清静，常清静到别人都下地了，他还没醒。富贵家也不敢叫他，娘儿仨在门外站着等着。有时富贵睡到半上午了，起来开门一看，就骂娘们儿说，熊娘们儿，也不叫我一声。

富贵家受富贵的气，两个闺女最了解娘的难处，大闺女出门子时，眼泪像不断线的珠子，一步三回头地放心不下娘。二闺女嫁时就是不上车了，抱着娘放声痛哭，一边哭着，一边说富贵，爸爸，你把箱子上的钥匙给俺娘，要不俺就不嫁了。富贵把钥匙给了闺女，闺女把钥匙死死地摁在了娘手里。

　　两个闺女都嫁了，富贵和媳妇，不是媳妇了，是老伴儿了，该相依为命了。可富贵还是不拿老伴儿当回事，他嫌老伴儿做啥也不是那个样，啥活也做不到他眼里。她就一样活不孬，做鞋行，做的布鞋又出样又结实。村里好多老娘们儿常来找她剪鞋样子。富贵是汗脚，长脚气，买的鞋不行，不养脚。老伴儿有空就给他做鞋，每天晚上都纳鞋底。富贵一觉醒了，老伴儿刚好绱完一只鞋，说富贵，你起来穿穿试试。富贵眼也没睁，试吗，放那儿吧。又是一天夜里，富贵起来解手，见老伴儿还在为他做鞋，富贵解完手接着躺下睡了。再一觉醒来，大天老明了，出太阳了，睁眼一看，老伴儿这回没起，没起来给他做饭，还在睡。富贵用手推推老伴儿说：天多咱了还不起来做饭。老伴儿没动。再使劲一推，还是不动。一摸脸，冰凉了。

　　没了做饭的，没人给他做鞋穿了，富贵穿完了脚上的一双，又穿完了老伴儿临终时给他做好的放在炕头上的一双，富贵只得买鞋穿了。买的鞋不是胶底的就是皮底的，富贵五六十了脚还天天出汗，还长脚气，脚指头子，脚趾丫巴里奇痒难受，他又是挠又是掐，但挠过掐过就疼，疼得难受。富贵听说集上也有卖布鞋的，就想赶集买布鞋去。他开开箱子拿钱，突然看见箱子里满满一大包袱鞋，他打开包袱，望着一双双崭新的布鞋，一下子就想起老伴儿来，想起他的丑妻来，他手摸着鞋，仿佛老伴儿就在眼前，看着看着，不知怎么，两眼就模糊得睁不开了。思量了好一会儿，富贵对着鞋说起话来，秀秀（大闺女小名）她妈啊，我不是玩意儿，你跟着我真是屈了，唉，不说了，都过去了，别提了，晚了。晌午了，咱做饭吧，做吗饭哩？我爱吃藕盒，我知道你也爱吃藕盒，你活着时，做的藕盒都依着我吃了，我一顿吃不了，还留着我自个下一顿吃，你咋就不骂我，不给我扔了啊。不说了，不说了，我给你炸藕盒吃。富贵念叨着，开始洗藕切藕，和面糊。炸熟了，富贵把藕盒盛到盘里，端到桌上，拿过两双筷子，一双自己拿着，一双放到对面的盘上，富贵用筷子点画着藕盒，说，来呀，咱吃饭啊，秀秀她妈。说着，那泪哗哗的。

爷 爷

爷爷好抽烟，烟大都是自个儿种的，自个儿用我写过字的本子纸卷的。爷爷抽烟有个习惯，一支烟从不一气抽完了，而是抽上一半儿掐灭，待一会儿再点着。我亲眼见爷爷撂下饭碗后卷了一支烟，抽了一半掐灭，放在桌子角上，然后出去给牛添草去了。奶奶收拾桌子，用抹布将那半截烟划拉到地上，接着扫地倒出去了。爷爷喂牛回来往桌子上一看，问奶奶说：嗯，我那烟哩？奶奶说：俺知道你哪烟啊？爷爷说：就是刚才我放到桌子角上的半截烟啊。奶奶说：哦，打扫到外面去了。爷爷一听急了，你个败家的，真是个败家的啊，这么一大块烟给扔了。奶奶说：你成天穷算计，你抽就一气抽完了它，图省，图省那不如不抽啊。爷爷心疼那半截烟，朝奶奶放下狠话，你以后再给扔扔试试。奶奶打那，再不将爷爷的半截烟，甚至抽剩的烟头往外打扫了。

但是有一天，我却听见奶奶对爷爷好一顿数落，奶奶说爷爷，你不是败家的，不败家大半盒子烟一个烟把全烧了，真是省了盐酸了酱，看看哪个合适，哪个上算。原来爷爷忘了把抽了一半的烟掐灭了，就放在盛烟的盒子里了，火牙子将盒子里的烟引着了。爷爷那个倒亏啊，像是对奶奶，又像是对自己，说：唉！我以后不抽烟了行了吧，唉！

我念高中那年，星期天回家拿干粮，一进门爷爷就接着我说：我还给你留着好吃的来，说着，爷爷举手从房梁下吊着的篮子里摸出一个用手巾包着的布包，打开来递给我几个小包子，那时，我家里是很少见到白面做的干粮的。我问爷爷哪来的包子，爷爷说：那天你姑赶集，捎带来看我买的。我望着包子，直流口水，我接过包子咬了一大口，但接着又吐出来了，我对爷爷说：味儿了味儿了，臭了，没法吃了，说着想把包子扔了。爷爷说：别扔别扔，大贵的包子，白给你留一大顿的，你不吃我吃。我说：爷爷别吃了，真没法吃了。但爷爷还是吃了，结果闹起了肚子，父亲给爷爷拿来的药。

我娶媳妇时，叔婶和姑们都要给我媳妇钱，爷爷也想给，姑和父亲对爷爷说：你这大岁数了，就别给她了，留着你那俩毛壳自己花吧。爷爷说：怎么，嫌我的钱不好花啊，谁不给我也得给，我孙子娶媳妇了，我喜欢，喜欢啊。说着，爷爷从墙根底下的墙缝里，抠扯出一个小布包，递给我说：快给你媳妇拿着。我不忍心接爷爷省吃俭用的钱，可爷爷不让，我只好接过那布包，只觉得那布包潮乎乎的，守着众人把布包打开，一看，包在里面的钱已和布粘在一起，发霉变黑了，连钱上的图案也看不清了，那钱没法花了。我看看钱又望望爷爷，爷爷看着钱，手指发抖，嘴直哆嗦，说不出话来。父亲不知是在乎钱还是心疼爷爷，叹了口气说：你爷爷啊，都说给他俩零花钱啊，他吃干粮蘸盐水，舍不得买咸菜，真是叫那钱也哭啊。

爷爷给的钱并不多，才二十块钱。

白长两口子

白长两口子，一辈子不滑头。吃饭，他在桌子上，她在锅台上；他在锅台上，她在桌子上。睡觉，炕这头一个，炕那头一个。有人说，他俩没同过房，却不知哪来的孩子，闺女那个白劲儿，活像白长家，儿子的长相，活脱脱一个小白长。

白长，忒懒，横草不拿，倒油瓶不扶，火上房不着急。白长家，勤快，满眼是活，脾气又急。这样，两个人能闹一块儿，三天两头抬杠。一抬杠白长家就骂白长，你个好人，天底下难找的好人，可天下就一个好人，咋叫俺摊上了，是个爷们儿就比你强。白长挨骂不大还嘴，却从鼻腔里将娘们儿的军，骂吧，有劲儿你骂上三天三宿，娘们儿家就是不能惯着，惯到哪里在哪里，想叫我听你的，看惯了。

白长这话，他真说到做到了。有一回，两口子下地干活，突然上来天了，家里还晒着被子呢，白长家起身想往家跑，却见白长头里往回蹿了，自己就又紧了两把把个急头子活干完了。白长家挨着淋回到家，一眼看见被子还在铁丝上搭着，一边往屋里抱被子，一边喊白长，你早家来了死哪去了，也不把被子抱了。白长抽着烟从屋里出来，没事人似的说，让我给你抱被子，看惯了。这可把白长家气急了，可着嗓子骂他，你这个没爹的，有爹吗你，你不盖被子啊，到晚上你要盖被子你是个真私孩子。白长大概也自知理亏，不犟了，鞋底下抹油，溜了，出去串门子去了。

白长一推六二五走了，啥事也不管了，白长家却啥活也舍不下，她一边骂着，一边数落着，闺女的衣服该洗，儿子的鞋还没绱，锅里一大盆面还发着酵，这个孬私孩子玩清心的了，俺哪辈子该他。骂归骂气归气，手里却也和面也切剂子，不大工夫，一大锅包子做出来了，俩孩子也放学了。孩子们吃了包子接着又上学去了。白长家自己拿起一个包子，可拿到嘴边又放下了，叫白长气得早饱了，又想起白长来了，串去吧你，吃饭这回我坚决不叫你。可接着又想，下午还有活呢。于是又起身去找白长。她知道白长上哪里串门子去，推开前街大辈家的门就嚷，大奶奶，俺那个好人在你这里来吗？在这里一个，大奶奶在屋里搭腔说，快家走吧，人家来叫你吃饭去了。白长这时竟拿起梗来了，不吃了，骂够了吗你。没等白长家还嘴，大奶奶熊上了白长，快滚，么玩意儿呀你，怨人家吗？白长这才随白长家家来了。进了门，伸手就朝放在锅台上的包子摸，白长家白着眼说白长，哪里摸呀，锅里有，塞！白长掀开锅盖一看，锅里头四五个包子还冒着热气呢。白长乐了，嘿嘿，咱记吃不记骂。

白长这话又说对了。那年，庄里大多数户家种花生，孩子们也爱吃，白长家也种了二分地的，可喜鹊太气人了，它专门祸害刚种进土里的花生仁。白长家说白长，给你个轻活，可得干好了，你看着喜鹊点儿，别让它把花生仁子都糟蹋了。七八天后，别人家的花生都出来了，白长家也寻思到地里看看，自己的花生出全了没有，谁知一看，这一棵碰不上那一棵，苗稀得儿乎白瞎了。白长家一肚子火又朝白长发上了，叫你看着喜鹊你死哪去了，上哪唱自由去了？白长也冲白长家一翻白眼，我还钉到地里吗？老虎还打个盹来。白长家气得哭了，你是人吗？你这户的还叫人吗你，俺怎么跟你过啊。

怎么过啊，就是这么过，白长家同白长过了三四十年了。儿子也娶了媳妇有了孙子，闺女也找了婆家有了外甥闺女了。

这几年地里的活不那么累了，白长家也不那么和白长拧心了，骂白长的次数也少了。而白长，更自在了，他每天除了接送孙子上下学，就是打扑克。

这天，白长家说白长，外甥闺女感冒了，闺女一个人侍候不过来，我去待两天，你在家可别忘了接孙子啊。可是白长家刚走了两天，家里就出大事了。白长早晨把孙子送到学校里就去打扑克，到了点儿忘接了，孙子一个人往家跑，道上跌倒把头磕破了。儿子儿媳妇急了，但是对白长打又不能打，骂又骂不得，生气吃饭不叫他了，而且炸的鱼，一点儿也没给他留。白长打够了扑克，回家吃饭，见锅里冰箱里啥也没有了，而且垃圾筐里一堆鱼刺，不给我留饭，拿我不当人啊，恼了，把半瓶子农药几口喝了。等儿子发现，已经晚了。

白长家得到信儿，从闺女家回来，跳着脚地骂儿子说，小私孩子你畜生，有打罪骂罪还有饿罪吗？再怎么也是你爹呀，俺和他生了一辈子的气了，可俺一顿饭也没落下他过。骂着，白长家来到白长的灵前，给白长正正帽子，掖掖被子，然后抓着白长的手说，他爹，俺对不住你，俺骂了你一辈子，下辈子你骂俺，俺还你，啊。不是俺说你，到那边，勤快点儿，要不，谁喜你……

说着，泪哗哗的。

发明老哥

哥前加一个老字，是因他年龄比我大，他和我爷爷年龄差不多。我和他不近，也不同姓。发明老哥在庄里小有名气，一提大木匠，都知是他。这大木匠的大，语气应读得重些，因他一天木匠也没学过，一位名师也没拜过。能做点儿木匠活，全是靠自己憋的。生活困难年头，有人挑着风箱挑子，出门串乡，拆修风箱，这活挺能来钱，一天能挣七八块呢。七八块钱了不得了，地瓜干7分一斤，玉米9分一斤，8块钱能买多少地瓜干了？要干一年，快赶上现在的百万富翁了，这一点儿也不是悬话。发明老哥见人家年底发了财回来过年，便打听说："拆修风箱，哪里的活多，钱好挣啊？"

人说："碰打子劲儿，哪里也去过，最好离家远点儿，近处干这个的多，不如远了活多。"

发明哥说："那就去东北，东北远，又冷，一般的嫌远，又受不了这个罪。"

发明哥赶集买了把斧子，买了凿子、钉子、一根锯条，回来自己用木头刮了锯梁，做成锯，一头挑着家伙，一头挑着行李，便下了东北。

进了东北地，他就开始吆喝："来来，打风箱吧——来来，打风箱吧——"

才吆喝了几声，出来一个妇女，冲他骂开了："你哪里的个孬种啊，吆喝俺闺女出来相。"

发明哥愣了，说："我多咱吆喝你闺女出来相了，我是吆喝打风箱吧。"

妇女说："还是呀，你不是说俺闺女说谁，屯里就俺闺女叫大风。"

发明哥说："我是吆喝打风箱吧。"

妇女说："还吆喝啊，再吆喝把你挑子给你砸了。"

两个人嚷起来了。

幸亏出来一个山东人，听他俩说了原委，才把事摆平了。山东人对那妇女说："老嫂子误会了，他吆喝的打风箱是打东西的打，做饭用的吹火的风箱，不是你家大风相。"

妇女走了，山东人又对发明哥说："你才出来干这个吧，不是这个吆喝法，以前也来过，人家是吆喝'修理或拾掇风箱了——'"

发明哥闹了个笑话，知道该怎么吆喝了，他便改口喊："来来，拾掇风箱了——"

从前街吆喝到后街，吆喝出一个老太太，问发明哥说："你这个拆修风箱的，会做新的吗？"

"新的？"发明哥一愣神，说，"会啊，这个有吗？"

老太太也没问多少钱，就回家抱出几块薄板子，说："早就解好板了，就是没碰到会做的。"

发明哥说："行，放这儿吧。"可发明哥哪里会做风箱啊，他连见过也没见过。不过这难不住他，他手拿板子，翻过来正过去地琢磨，好歹知道家里使的风箱是什么样子，就照着心里想的，解板子，钉钉子，接头的地方用胶水粘，憋屈了半天，总算把风箱做成了。晌午老太太还给他送来了单饼卷鸡蛋。发明哥给人家做完了风箱，想自己拉拉试试，一试，糟了，他把风箱嘴给人家安反了。赶紧拆了，又费了半天劲重装的。老太太也看出来了，说："你这手艺，还要钱吗？"

发明哥说："算了，头一个活儿，不要你的了。"

发明哥在外串了俩月的乡，也没挣着钱，回来了。但这笑话不知怎么都知道了，都和他闹着玩儿说："把风箱嘴安反了，真是一大发明啊。"

发明哥不服输，说："奶那这个有吗，谁一生下不跌跟头，就会跑啊。"

发明哥的弟弟当队长，兄弟俩也常闹着玩儿，弟弟说："哥，队里的耙掉了两根耙齿，你能用铁棍捻两根耙齿吗？"

发明哥说："怎么不能啊，奶那这个有吗。"

弟弟说："好，你别上地了，给你记着工分，你在家捻两根耙齿吧。"

发明哥在弟弟手里接过两段大拇指粗的铁棍，抱了抱麦秸，点着火，开始烧那铁棍，都知道打铁得有烘炉，起码也得烧炭火，烧麦秸能打铁，这又是发明哥的独法，发明哥用钳子捏住烧热的铁棍一头，另一头放在铁墩子上，拿锤子开始砸，砸一阵子，再放到火上烧，烧热了再砸，最后真把铁棍捻出尖儿来了。

发明哥是个能人，直到老了上了岁数，还在不断琢磨事儿。他三间小房，娶了儿媳妇，在一起住不大方便，逢夏天发明哥又好扒光脊梁，就和老伴儿商量说："别等着儿媳妇嫌我了说出话来，咱俩搬出去住吧。"

发明嫂说："上哪里搬啊，就是给人家住房也没有啊，谁家有闲房啊？"

发明哥说："村头不是有一间场院屋吗，咱上那里住去。"

老两口就在场院屋里盘个小炕，连着炕垒了个小锅头，两个碗两双筷子，一个和面子的盆子，一个盛面子的瓮子，一把炊帚一把勺子，全了，就安了家了。场院屋冬天倒是不多么冷，烧把火炕就热，但是夏天不行，不点火人也不愿意在里头睡觉。发明哥就在屋外盘了个锅头，露天地里做饭吃。下雨就立起几根木棍，上面搭上塑料布，底下一样烧火。那年雨大，又多，锅头上的塑料布也漏了，发明哥就在塑料布下面又支起一把破伞，双层防漏。庄里头许多户家因下雨一天都没做饭，发明哥却在大雨中露天地里，蒸出了一锅窝窝。

柳根儿

　　柳根儿兄弟姊妹们多，日子紧，说句不好听的话，爹娘只管生，不管养。这话不对，不管养他是怎么长大的，爹娘生了他，也养了他，只是没能给他娶上媳妇。柳根儿长得不矬不丑，也不傻，媳妇却一直不好说。柳根在三十来岁时，一看见有娶媳妇的，就着急。柳根儿曾埋怨过他爹，柳根儿说："我爹没能，我爹要是当县长的话，再俊的大闺女也依着我挑，依着我选。"可他爹不当县长，再丑的大闺女也不依着他挑，也不依着他选。柳根儿小五十了时，见有死了老婆又成家的，就说："我这情况，也就找个死茬离茬后婚的了。"但是死茬离茬后婚也没让他娶上。柳根儿过了六十，就死了心了，他说："完了，这辈子就这样了，别说没人跟着了，就是有人跟着我也不想要了，还么用啊。"柳根儿嘴里这样说，心里却不是这样想的，在他68岁那年，一天去赶集，从道上领回个女的来，那女的还挺年轻呢。就是脏点儿赖点儿，不知道梳头，也不知道洗脸，更不知道干活。时不时地哈哈大笑，笑过之后问她笑啥，她说不知道。这样的女人柳根儿也拿着当一宝似的，做饭给她吃，挣钱给她花。她想吃方便面，柳根儿就去庄超市里赊，她想穿皮鞋，就还有三袋子麦子，柳根儿卖了一袋子，给她买了双皮鞋。女人也算报答他，一年后给他生了个小丫。柳根儿喜得，给亲戚朋友撒信儿，认得不认得的人也发请帖，他要大摆宴席，给闺女庆贺。锅头也盘了，厨长也请了，计生站上的也来了，说他非法婚姻非法生育，柳根儿闺女的十二没做成。更让柳根儿作难的是，老婆孩子的户口很难落，落不上户口，村里不给地，三张嘴一口人的地，哪够用的。柳根儿也算走运，赶上了普查户口，没费多大劲，娘儿俩的户口就落上了。村里说等秋后调地，就分给他。然而没等到调地，娘们儿却突然跑了，找不着了。柳根儿庄里庄外，井沿儿上河边儿上，都找遍了，找不着。柳根儿说："我没打她也没骂他，么事都依着她，她不可能跑了，是迷糊了。"柳根儿请人骑着车子，骑着摩托，出庄去找，找了好几天，还是不见影儿。有人说他："算了吧，你这户娘们儿，就是找回来说不定哪天又窜了。"柳根儿说："你说的，丢个小狗小猫还找找呢，她是个人呢。"柳根就自个儿去找。他每天骑着辆破自行车，驮着闺女，有时回来到半宿，有时下着雨回来，爷俩淋得呱呱的。有时闺女困了，在后车架上睡着了，柳根儿一手扶着车把，一手往后边伸着扶着小丫。找了有半年，没下落，柳根儿只好死心了。柳根儿对闺女说："你这个狠心的妈啊，舍下咱爷俩不管了，别哭别哭，有爸呢。"柳根儿拿闺女，比他的命还金贵。他自己身上的一件破大衣，多少年了，袖口上都露着套子了，领子上后背上的油泥都发亮了，也舍不得换。闺女每年却都买新衣服穿。每天做饭，柳根儿都问："妮儿啊，吃么饭啊？"闺女很争气，头一年上学，就拿回一张奖状来。柳根把奖状贴在显眼的地方，一来人柳根儿就说："看，这是俺闺女得的。"有人说柳根儿："你闺女多大了？"柳根儿说："7岁了。"人又说："你多大岁数了？"柳根儿说："到年78了。"人说："你这岁数，能等到闺女大了吗？能得上济了吗？"柳根说："怎么等不到啊，我怎么得不上济啊，我比春根儿（柳根儿的后邻居，独身）强，他老了没人管，我老了，有俺闺女呢。"

柳根儿对他的未来，充满了希望。

榆 根 儿

榆根儿打了半辈子光棍儿，40岁时，才从四川领回个寡妇娘们儿，比他大，还带着一个小闺女。比他大的寡妇娘们儿榆根儿也不嫌，也喜欢，也疼她爱她。以前榆根儿不大爱走亲戚串门子，自从有了媳妇，榆根儿常领着媳妇抱着小闺女，走亲戚串门子。媳妇不会干活，她是四川山区人，干不了山东平原的活，榆根儿就不让她干活，她只要能在家给守守家，做做饭就行。这样榆根儿就很满足了，榆根儿说，这样就不孬了，比以前强多了，这样我干活回家进了门，有接着的，有给把饭做熟了，给端到桌上，端到脸上的。让榆根儿更喜欢的事还在后头呢，一年后，后婚媳妇给他生了个小子，榆根儿喜得嘴都合不拢了，干着更带劲了，种地，养牛，喂猪，哪个来钱忙活哪个，抽空还出去建筑上挣俩儿钱，直到闺女出了嫁，儿子成了家，榆根儿对媳妇说，以后没什么事了，我就光疼你，光疼孙子。谁知比他大的媳妇没福，好日子才开始竟得病把榆根儿舍了。榆根儿往70上奔的人了，哭得哇哇的，临火化时抓着媳妇的手就是不撒开，那泪比儿子哭他妈还多。

没了老伴儿的榆根儿，在这个劝那个说的开导下，过后也想开了，人，早晚都有那一天，老伴儿她自己没福，么法。榆根儿把全部心思又用在成天爷爷爷爷的小孙子身上，举着、抱着、扛着，天天送他去上学，天天到学校去接。儿子常年在外打工，对家里的活，对家里妻子儿子是放心的，因为有他爹在家支撑着。可不知从哪一天起，榆根儿有些支撑不住了，年轻漂亮的儿媳妇先是天天打电话接电话，黑白发短信看信息，常常还没接完电话便出去了，白下这样，黑下也这样。村里人见了榆根儿还冲他指指点点的。有一天，儿媳竟把同村散了媳妇的一个男的领家来了，守着榆根儿你摸我我摸你地戏耍。榆根儿很生气，很看不惯，呵斥那男的说，滚出去，叫你个小爷爷了，这是你孙子媳妇啊。男的走了，榆根儿往外送着他说，以后少上我家里串啊。在门口站着的邻居朝榆根儿招招手，叫榆根儿过去说，你怎么不拿刀剁他啊，他和你儿媳妇没正格的。榆根儿说，真事吗？邻居说，你糊涂吗？他俩成明的了，庄里人谁不知道啊。榆根儿的脸就挂不住了，他愤愤地回到家，对儿媳妇说，春花啊，不是我当公公的说你了，可别让人戳我爷俩的脊梁啊。儿媳妇说，你这是说得么话啊，戳么脊梁啊。榆根儿说，都说你和他成明的了。春花一瞪眼说，就成明的了，怎么着？你和你儿说吧，说了我就和他离婚。榆根儿的脸像猪肝，他有气，但不敢朝儿媳妇撒；他有火，但不敢朝儿媳妇发。他真想把儿子叫回来，狠狠地教训儿媳妇一顿，但摸起电话拨通了号码却又挂了，他怕儿媳妇刚才说的，真要和儿子离了婚，他儿子就和他一样，失了家了，他小孙子就没了亲妈了。他想，忍着吧，也可能是儿子不在家，儿媳妇一时错，等儿子回来，不让他再出去打工去了，让他在家守着她，兴许就没事了。

　　知道了儿媳妇没正格的榆根儿，脸色大不如以前了，他再接送小孙子时，都是赶在别人还没送的时候，或是别人都接完了的时候。道上碰见熟人，他老远就把头低下，或装作系鞋带，或装作看电动车上的电，别人和他说话，他只是哼着哈着，头也不敢抬起来，就像欠了别人该了别人似的。

饼

　　水那从小没了母亲，是他爹把他拉扯大的。他爹是个大老实人，一辈子也没再娶，也没人让他娶，他把全部指望都寄托在水那身上，指望水那能长大成人，指望水那能出人头地。水那打小也很聪明，念书成绩好，经常考第一。水那是全村第一个考上县一中的。那时村里连初中生都很少，能考上县一中是很了不起的，了不起的水那上了县一中，起先还可以，知道念书，后来不知怎么就不好好念了，不大上课了，参加了什么队，还当上了什么敢死队的队长。成天搞集会，搞辩论。水那口才很好，每次辩论，他都是一边的代表。但水那是个气肚子脾气，在一次辩论中，吐了一口血。爹知道了后，心疼水那，便跑了四十里地，走着进县城把水那叫回到家里。水那回到家里仍撂不下心，在一天夜里又偷跑出去了，一去一个多月没回。爹真挂着水那，水那走时脚上的黄球鞋已露着脚指头了，走时天已凉了，水那还穿着单裤单褂，水那要有个好歹，爹指望谁呢？

　　一个多月后，水那回家来了，却让挂着他的爹很是惊奇，水那脚上蹬着一双铮亮的黑皮鞋，身上披着崭新的军大衣，看脸盘，小模样也比走时有肉了。爹纳闷儿地问，哪弄得皮鞋大衣？水那说，借的。借的？咱哪有趁这个的亲戚？水那说，不是给亲戚借的。爹更不信了，不是亲戚谁借给你？水那说，不认得，开个条借的。爹弄不清水那开什么条这么管用，又问水那，这些天你吃谁？水那说，吃饭店。爹说，哪来的钱？水那说，不花钱，也是二寸的小条。爹被水那回答得云里雾里，他不相信儿子有这么大能耐，而担心儿子在外面不正干，胡作。爹对水那说，这回回来可别出去窜了，再窜看我揍你。水那满口答应爹不出去了，虽不上远处去了，却每天不着家，尤其每逢集上，水那便站在人们赶集的道上，也可以说是横在道上，赶集的人从他面前走，水那就挥手拦住说，站住！反的还是保的？被拦住的人要说是反的，水那把手一挥送人一个字，过。要是说保的，水那把胳膊一横送人俩字，回去！赶个集也问问反的保的，背后里有人常骂他。这事传到水那他舅的耳朵里，他舅是个火暴脾气，便也要打这里去赶集。水那自小怕他舅，他舅参军打过仗，曾用枪托子砸死过两个敌人，为掩护自己队友，曾把好几个血肉模糊的死人盖在自己身上。舅也好骂人，容不得别人还嘴。水那看见舅去赶集，老远就问，赶集去啊舅？舅却开口大发雷霆，赶个球，你咋不问问你舅是反的还是保的？水那怕怕的，舅，我哪敢问你啊。舅又加大了嗓门儿说水那，滚家去，你怎么不回家问问你爹，晌午你爷儿俩还有吃的没？

　　水那挨了舅一顿骂，回家了，这时水那还真有些饿了，早晨饭没大吃饱，爷儿俩就还有一把地瓜干半碗玉米面子，做了两碗多黏粥，一个人匀着喝了一碗多点儿。水那回到家正见爹抱着磨棍推磨，队里救济了几斤麦子，水那帮爹推了一碗多面，爹说，轻易捞不着吃面，咱爷儿俩晌午做么饭啊？擀个饼吧。爹和面擀饼，叫水那烧火，水那也烧不了个火，火太大了，把饼都烙煳了，但煳了的饼也比清水里煮的地瓜干好吃。爹刚想切饼，忽然大街上传来吵嚷声，吵嚷声很大，只听有人说，革命无罪造反有理！有人说，你造谁的反啊，你造谁的反啊？水那一听撒丫子蹽了出去，爹怕水那出去惹事，紧跟着撵了出去。爷儿俩出去干了些啥再赘述无什么意义。当水那和爹回来吃饼时，发现锅台上的饼不见了，往外一瞅，天井里的土垃地上，一只狗正用爪子踩着饼大口大口地吃呢。

拉 呱 儿

曲老大是村里有名的六好社员，他比五好社员还多一好呢。不过，他这个美称，不是四五六的六，是溜滑的溜。曲老大腰不大好，常腰疼，怕上河，可每年男劳力都得去上河。每当快上河的时候，曲老大就出庄走了，找不着人了，说是去看病去了。常让队长说他，我说曲老大啊曲老大，你真是个六好（溜号）社员啊。

曲老大曾自己造过大粪。队里每次挖户家的厕所，曲老大的厕所都没么可挖。队长和他说笑话，曲老大啊，你一家人光吃不拉吗？曲老大说，没么可吃，怎么有么可拉啊。你不就是要大粪吗，看下回的。曲老大就开始自己造大粪。他把一个瓶子打去了底，从湾里挖了些黑湾泥，将湾泥从去了底的瓶子里塞进去，用棍子往外捣，把湾泥从瓶口里捣出来，那颜色那形状真像大粪一样。但晒干了就很容易看出来了，队长熊他，人们乱笑话他。曲老大咧咧嘴，也随众人笑自己，嘿嘿。

曲老大没大有正事。他比我大两旬，按辈我叫他老爷爷了，他一点儿当爷爷的样儿也没有。和他头一次在一起干活，他就给我这样的印象。我高中毕业那年，一天，队长分派我和曲老大，还有一帮男劳力，在一块地里灭麦茬儿，天太热，只干了一小会儿，身上的汗便溱溱的。好不容易坚持到歇着，我们便争抢着来到一棵大树底下凉快，刚坐下，曲老大说，哎哎往前凑凑，我拉个呱。一听拉呱，好奇心使我离曲老大近了些。曲老大开始说，这个呱是我自己的，题目是高粱地里的美姑娘。话说我给王庄当嘟子扛活，这当嘟子何许人也？串乡卖过小杂货，摇着个货郎鼓，都叫他当嘟子是吧。当嘟子就一个闺女，人那闺女长得——说到这里，曲老大挨个望了一眼大伙，又特别盯了我一刹，接着说，人那闺女长得，要多么俊有多么俊。我想，怎么把她弄到手呢？我琢磨，吃着饭我对当嘟子说，为了多干点儿活，以后干脆晌午我别家来吃了，把饭给我送到地里去吧。当嘟子一听可是愿意了，就答应给我往地里送饭。我知道当嘟子公母俩都老了，不可能给我送饭，每次都是他闺女给我送。头几天我也没想邪的，送来饭我就在地头上吃饭。等过了几天，她再送饭时，我在多半人高的高粱地里头说，我刚锄到半截里，送里边来吧。她真把饭给我送到地里头来了，还没等她给我盛饭，我就一把抱住了她……曲老大讲到这里，突然擤了下鼻涕，挥手往我脸上抹了一把，并说我，听迷了吧年轻的。窝囊的我没听清他再说了些什么。当我擦完脸，他的故事已近尾声了。他说，我和她就一回，就怀孕了，当嘟子看出来，生米已成熟饭了，晚了，就把闺女许给我了，哈哈。

之后还常听曲老大拉呱。比如，一次在地头上，曲老大说，都说娘们儿家坐月子得吃鸡蛋，没鸡蛋养不好月子，有我老大时，我那做饭的，就三个鸡蛋，我还替她吃了俩。还有一次，是在一块儿修河，累得人们吃过晚饭后，懒得脱衣服就躺下了。曲老大一边脱着衣服一边说，马在骑人在逼，我那做饭的，让她上房晒个地瓜干，她说她害怕，不敢上。我说我发着你，她刚迈上一层梯子，我照腚上就是一巴掌，嗖嗖地几步就爬上去了。

其实，都知道曲老大的呱不是真的，是胡编乱造的，但都不知道他拉这些呱的含义是什么。直到后来，曲老大病了，倒在炕上人快不行的时候，他才抓着老伴儿的手，说出了拉呱的实话，曲老大说，老伴儿啊，我对不起你，我拉你的呱一辈子。可是，曲老大指指自己的嘴说，扯天连这窟窿也填不饱，我愁，烦，拿你寻开心吧。

老伴儿一脸委屈，眼泪都快掉出来了，你说，你说个话，拉点别的不行吗？一张嘴就作践俺干什么啊。

曲老大很是愧疚地说，说别的，不是怕说走了嘴吗？

游　街

大春子年轻那会儿，家里穷，穷得常揭不开锅。为了糊口，大春子偷着在北乡里买了一袋子花生，上锅炒了，又偷着去集上卖。

大春子赶集卖花生，不敢张扬出摊，而是在集头上不显眼的地方，摆放几捧花生，袋子里的花生，大春子藏在身后，用褂子严严地盖着。就是这样，大春子也还是不时地瞅着左右前后，生怕被人查住。

就在大春子刚开秤才卖头一份儿花生时，竟被逮了个正着，连秤带花生充了公。大春子一分钱没赚到，连老本也赔了进去。这还不算，大春子被定为投机倒把分子。有人用纸给大春子糊了顶高帽子，让大春子游街。

大春子头戴着高帽子，手敲着锣，边在大街上走，边喊："我叫大春子，我不务正业，我贩卖花生，我搞投机倒把……"

大春子游了一头晌午街，回到家里，肚子饿了，就做饭吃。饭也没啥做头，很简单，只是往锅里舀上几瓢水，抓上几把地瓜干，烧开了锅，再和上一把渣子，做地瓜干黏粥。那些日子，大春子几乎顿顿吃地瓜干黏粥。

大春子刚做熟了地瓜干黏粥，忽然听见村头有人呼喊："掉井里人了，救人啊！"

大春子闻声跑了出去，跑到村头井前一看，见杨家二奶奶急得呼哑了嗓子似的呼号救命。原来，二奶奶领着小孙子在井旁洗衣服，小孙子好奇，在井边上往里瞧，二奶奶猛一喊他，他一激灵，掉到井里了。

大春子二话没说，鞋一脱褂子一扔，扶着井沿溜到井里。从水中抱起二奶奶的小孙子，两脚蹬着井边，挺在了井中。直到乡亲们赶来，竖下梯子，才把大春子和二奶奶的孙子救了上来。

人们七手八脚将二奶奶的小孙子倒提起来，又是拍打后背，又是呼叫，二奶奶的孙子吐出几口水，才缓醒过来。

这时，二奶奶才长长地舒了口气。

大春子满身水，冷得直打战，立秋了，天已凉了。大春子披上褂子，想赶紧回家。

二奶奶感激不尽，紧紧抓住大春子的手不放，说："走走，上我家去，说啥我也得管你顿饭。"

大春子说："不了不了，我已做熟饭了，回家紧着吃一口，下午还得去游街。"

我和连军

我和连军同岁，又是对门儿，从小一起长大，我俩没少钻一个被窝。我家房少，被子少，连军家也是房少被子少，连军的前邻丙元，就爷儿俩，冬天丙元他爹都去修河，不在家，丙元胆儿小，一个人在家害怕，就叫我和连军去和他做伴儿。我仨在一个炕上，一人一床被子，都不厚，冷，我仨就想钻一个被窝，可三个人钻一个被窝太挤，着不开，只能两个人钻一个被窝，上面搭上一个人的被子，另一个单独睡的也沾点儿光，搭上个被子角。起先，丙元让我和他钻一个被窝，但是丙元爱放屁，捂得被窝又紧，我受不了他太味儿，睡了两宿，就不和他一起睡了，就又和连军钻一个被窝，连军干净，放屁也不和丙元一样，连军放屁都是先撩开被子，把屁股撅到外面，放完了屁再掖紧被子。我仨睡一觉醒来小解，没尿盆子，上外面去又怕冷，便开开窗户往外滋，半夜里从窗户往外尿，动静很大，哗哗的，丙元的前邻二大娘夜里做针线活，刚想出来关门睡觉，听见动静，跑过来一看，说，嗨，我说呢，我说大冬天哪里下雨啊，是你们三个熊玩意儿啊。

话说远了，还是说我和连军。连军姊妹三个过日子，一个哥哥，一个姐姐。三口人，吃饭只有两个碗，大都是连军和他哥哥吃饱了，倒出碗来，姐姐再吃。连军家的饭，三顿看两顿是光喝黏粥，有时做的黏粥少了，不够吃的，而连军每顿能喝三大碗，他喝了两碗了，还想舀，哥哥说他，你别喝了，还给你姐姐留点儿吧。连军家也吃过面，过麦子时，连军家分了一簸箕麦子，推了面，擀的面条，但喝面条没有盐，也没菜，也没咸菜，连军喝着不放盐的面条，就着蒜瓣子。我问他，喝面条，不放盐，好喝吗？连军说，行了，比黏粥好喝。

我和连军十几岁那年，队长就派我俩出工干活。队里牲口少，去了耕地的，去了耩地的，拉砘子砘地的就没有牲口了。队长说我和连军，你俩不小了，十好几了，拉着砘子，跟着耩地的砘地去吧。我俩便一人拴在砘子上一根绳儿，搭在肩上，跟在耩地的后面砘地。砘子不大，也不沉，我俩拉着很轻松，呱啦呱啦一会儿就撵上耩地的了。嫌耩地的太慢，就停一会儿，玩玩儿，等耩地的耩出老远了，我俩一股劲儿，又拉着砘子撵上了，也不往后看。队长来检查，一眼就熊上了，你俩这是么砘地的，落砘了也不看，回去，重砘。我俩光顾前面耩地的了，拉着砘子蹽，后面砘子没轧在耩过地的耧眼儿里，在旁边轧了一趟辙，只好倒回去，又重砘。

砘了一头晌午地，一开始还行，觉得一点儿也不累，但中午一歇着，便觉得肩膀疼、腿也酸。下午就没那么大精神头了，也不撵着耩地的跑了，常被耩地的落下老远。好歹干到天黑，连军说，他肩膀生疼生疼的，我也觉得肩膀疼得受不了。我爹和连军他哥哥一看我俩的肩膀，都肿了，有血印子了。我爹心疼地叹了口气，连军他哥哥找队长去了，对队长说，明儿你别叫他俩砘地去了，两个孩子家，你看看他俩勒的肩膀头子。队长说，个小砘子，累不着他俩啊，是他俩急一阵儿松一阵儿，急蹽，才勒的，不砘散了吧。

第二天，队长说，你俩别砘地去了，去看地去吧，村西有一片花生，一片地瓜，还没收，别让人偷。这活行，这活很轻，不用下力，光围着地转转就行。我俩就看地去了。头一天，围地转转，我俩就在地头上玩儿，玩儿一会儿再转。到了第二天，连军说，咱俩搭个窝棚啊，累了困了在窝棚里歇歇，睡一觉。我俩就扛了三根檩条，从队上的场上抱了秫秸，把檩条支起来，周围围上秫秸，秫秸外再围上棒子秸，里面铺上麦秸，窝棚就搭成了。我俩围着地转累了，就在窝棚里歇着，困了，就在窝棚里睡一觉。我俩这活，社员们都羡慕，说，你俩这活刚得了，玩儿得真舒坦。

我俩不光玩儿得舒坦，吃得也舒坦。连军看着就待要刨的花生说，花生熟了，老仁儿了，咱俩拔一墩尝尝啊。我说，尝尝。说着我就想动手拔。连军说，别在地头上拔，让队长看出来，上地里头拔去，拣苗密的拔。连军走到地里边，拔了一墩，拔后还用脚踩了踩刚拔出花生的窝。我俩在窝棚里吃了第一墩花生。吃上瘾了，就又拔又吃，吃够了生的，想吃熟的，干脆在窝棚外挖了个坑儿，捡了柴火，坑上面架上小棍儿，将花生放在小棍儿上，坑下面点着火，烧，烧熟了的花生比生的好吃多了，我俩吃得嘴唇发黑，两手灰。被队长发现了，摁住我俩熊开了，你俩这看地的，还不如不看呢，不看不没，你俩看地一天损耗好几墩，别看了你俩。队长炒了我俩的鱿鱼。

我俩还办过队长不满的事，刚过完麦，一天，连军对我说，你听说了吗，禹城演电影哩，演的是《卖花姑娘》，是朝鲜片儿，卖花姑娘是金日成夫人的原型，咱看去啊。我说，看去。吃了午饭，我带了块饼，连军拿了个面饼子，我俩就走着上了禹城。来到禹城天还不黑，打听到电影是在车站货物储运站的湾子里演，我俩找到地方，一边玩儿，一边等着。黑天后，电影开演了，看电影的人真多啊，有蹲着的，有坐着的，有站着的，黑压压一大片。我和连军没座杌，一开始蹲着，蹲累了想站起来站站，刚一站起来，后面就有人嚷，哎哎，前边的，坐下坐下，挡住我了。只好又蹲下，后来干脆脱下一只鞋坐着。《卖花姑娘》这电影真好，卖花姑娘长得真俊，我还从来没见过这么俊的美人。连军也是，连军说，朝鲜出美女。我和连军都被美丽的卖花姑娘吸引着，相互连话也顾不得说了，当地主婆把滚开的药锅子踹洒了，烫瞎了卖花姑娘妹妹的眼时，我愤怒了。连军说，最恨地主婆，我要是有枪，一枪毙了她。我俩的心情都不平静了，直到最后，卖花姑娘的哥哥参军回来，救了卖花姑娘，我的心才稍缓了些。我恨地主婆，为卖花姑娘的遭遇愤愤不平。

看完了电影，天不早了，回家已晚了，上哪睡觉去呢？连军说，咱上火车站的票房子里去吧。我俩来到火车站票房子里，在候车室里的连椅上睡了。半夜里有些凉，我都冻醒了，再没大睡着。天刚放亮，我俩就往家赶。

来到家还没晌午，干活的人们还没散工，队长正领着社员挑水点种棒子，一看见我俩，咧了嘴，队长说，我说你俩，太不像话了，太不像话了，五黄六月，大忙季节，逛城里，看电影，么熊玩意儿啊。连军他哥哥点化我俩，还不快挑水去。我和连军赶紧摸起水挑子，加入到干活的人群里。干着活，好多人问我和连军，看的么电影啊？特别是和我年龄差不多的同伴儿，追着我俩说，看的电影好吗？给咱说说。我俩哪敢耽误干活，给人说电影啊，再挨熊啊。直到歇着时，才被人们围住坐在一起，学说起电影《卖花姑娘》的情景。我说，卖花姑娘长得真俊，卖花姑娘的遭遇很悲惨，卖花姑娘为给她娘看病，在大街上可怜巴巴地卖花。连军接着学着电影里的插曲，唱了起来，卖花哟，卖花哟，卖上一枝大红花……在座的人一点儿动静也没有了，都竖着耳朵倾着身子，听连军唱。连队长也听迷了吧，他张着个大嘴，瞅着连军，手里的烟头都烧着手了，他都没觉出来。

准备战斗

"铛铛……铛铛……"半宿，人们睡得正香，村里的钟声忽然响了。响声很急、很大，不是好声儿。敲钟的人好像要把钟砸碎了一样，可劲地敲着："铛铛铛铛……"

伴随着钟响，一个呼天抢地的声音传遍了全庄："秦庄的父老乡亲们，兄弟爷们儿们，姊妹娘们儿们，听了啊，伦庄和咱秦庄是百年不分的老邻庄了，伦庄的兄弟爷们儿和秦庄的兄弟爷们儿，不是一天的兄弟爷们儿了，当年，日本鬼子进秦庄搜查，是伦庄掩藏了秦庄参加抗日的人，今天，伦庄有难了，秦庄兄弟爷们儿可不能看着不管啊，求秦庄兄弟爷们伸手帮一把啊，啊，秦庄的兄弟爷们儿，帮一把啊，求你们了，求求你们了……"

敲钟的不是秦庄的，是秦庄的邻庄——伦庄的人敲的。

伦庄的人半夜里敲秦庄的钟，是遇到大事了，是向秦庄来求救的。原来，伦庄乔老二的闺女俊子嫁到了王吴庄，俊子生了一个小子，小子小名叫水那，水那和娘闹不上堆儿，不是一条道上的人，娘是保的，被人叫作保皇派，水那是反的，是什么敢死队的头头儿。水那和娘常辩论，水那辩论不过娘俊子，就开会批斗俊子。俊子气恼不过，就跑到了伦庄，到娘家哥哥家躲藏。水那再开批斗大会，找不着火把子，就来伦庄找娘，要俊子回去。水那的亲舅一见水那火冒三丈，逼着水那给他娘下跪，给他娘说好的。水那誓死不给娘下跪，不给娘说好的，舅就扣留了水那，让水那反省，什么时候水那给娘说了好的，向娘认错，并答应不再批斗自己的亲娘，才放他回去。

王吴庄的人一听伦庄扣了他庄的人，便一趟趟地来伦庄要人，要水那，也要俊子回村。王吴庄的人来伦庄要了一趟，伦庄不放人；王吴庄又来要了一趟，伦庄还是不放人。王吴庄的人火了，组织起一二百口子人前来伦庄要人。一二百口子人都带着武器，有举着铁锹的，有扛着大镢的，还有端着打兔子枪的，气势汹汹来到伦庄庄头。王吴庄的人停在伦庄村头，先礼后兵，朝伦庄喊："伦庄的听了，快快把王吴庄的人放了，要不，血洗小伦庄。"

伦庄村小，才100多口人，伦庄知道单凭他一个小庄，很难抵过王吴庄大庄。伦庄的人向秦庄求援，秦庄同伦庄是多年的邻庄，又是一个县一个公社，王吴庄虽然也和伦庄靠着不远，也是邻庄，但和伦庄秦庄不是一个县，王吴庄是临邑县。秦庄的人当然向着伦庄了。秦庄的人一拥而上，一下子拥来一百好几十口子壮劳力，手里都带着家伙，举着锨，攥着刀，扛着洋镐，还有扛着打兔子的枪。

秦庄的人给伦庄的人壮了胆，伦庄的人同秦庄的人紧把在伦庄村口，誓死不让王吴庄人进村。

王吴庄的人再次恫吓道："伦庄的听了，叫秦庄帮忙也白帮，再不放人灭你全庄，放不放？放不放？"

伦庄的人也叫上了劲："不放，就是不放！"

"乓——"王吴庄开枪了。

"乓——"伦庄也开了枪。

王吴庄的人和伦庄秦庄的人，就这样僵持住了。僵持的时间很长很长。

王吴庄的人说：上吧，时候不早了，快明天了。

"冲啊！"王吴庄发起了冲锋。

"慢——着——"一声惊天震地的嘶喊，喝住了王吴庄的人，拼尽全力嘶喊的人是俊子，俊子身旁站着水那。俊子边朝王吴庄的人前走着，边说："王吴庄的亲人们，我跟你们回去，还有我儿，也跟大伙回家。"

王吴庄的人停止了冲锋。

俊子的亲哥死死地拽着俊子，带着哭腔劝说俊子："妹啊，不能回去啊，你回去他们不更往狠里批斗你吗？"

俊子拢了拢额前的散发，掰开哥哥的手，泪眼婆娑地说："哥啊，不能因为我，伤了几个庄多少辈子的乡情啊。"

俊子跟王吴庄的人走了。

俊子这一去，吉凶如何，读者自有分晓。

远去的吉普

曲老六很聪明，也有胆。曲老六17岁那年报名参军，因为不够年龄，村里没报他。他个人找到公社死缠硬磨，说，我户口册上写错了，实际年龄够了，18了属猴的。公社里不信他的，没批他。曲老六还是不死心，等部队上的人下来体检时，他又找到管体检的首长缠磨，来征兵的是一个高个子连长，高个子连长一眼就看上曲老六这小伙了，说，这个兵我要了。曲老六到了部队上表现很积极、很突出，曲老六得的奖状喜报一大摞。曲老六当兵三年期满，要不是老母亲催着他回家说媳妇，有可能继续留在部队上。曲老六是个孝子，听母亲的话复员回到家后，很快说上了媳妇，媳妇接连给他生了五个孩子，再加上老母亲，大小八张嘴，怎么养活呢？曲老六说，活人不能叫尿憋死，他就在村里买了鸡蛋，扒火车到济南去卖，接着从济南买粮票布票回来，赶乡下集卖。每次赶集回来，曲老六常给老母亲捎回几个小包子，给孩子们捎回一把花生、几块糖果来。别人家里大都是一天三顿清水煮地瓜干，曲老六一家老婆孩子却能吃上饼子咸菜。曲老六一家的生活庄里人都知道了，大队长于永路也知道了，于永路和曲老六不孬，两个人是从小的光腚子爷们儿，于永路找到曲老六说，你胆真不小，你怎么敢干这个啊，叫公社里知道了，我怎么给你说啊，别干了啊。曲老六嘴上答应于永路不干了，等于永路走了还是扒火车，去济南。直到公社里来驻村的了，开始调查他。来驻村的干部姓张，都叫他张片长。张片长对于永路说，正抓这方面的典型呢，开会批他。晚上，在村学校的院子里，张片长叫于永路集合起全村社员开大会，张片长慷慨陈词地讲了当前形势，讲了曲老六贩卖鸡蛋，贩卖布票粮票是投机倒把行为。张片长讲完后说于永路，叫曲老六上来做检讨。于永路说曲老六，你上来说说吧。曲老六不慌不忙地走上台，一点儿也不害怕，说，行，叫我说说就说说呗。人是铁饭是钢，一顿不吃饿得慌，我干这个，是为了我老娘，是为了我那帮小屎克郎（孩子），又指指自己的嘴说，是为了填这窟窿。张片长一听火冒三丈，说，一点儿也不老实，嚣张！明儿叫他游街！次日，张片长说于永路，你在后面钉着他，叫他游街。还给他糊了顶高帽子，上面写着，投机倒把分子曲老六。曲老六戴着高帽子，自己敲着锣，在大街上走一步敲一下锣，并且自己说，我叫曲老六，我搞投机倒把……

游了一头晌午街，曲老六回到家里，老婆正在择半篮子青菜，五个孩子正七嘴八舌地缠着娘说饿。曲老六心疼孩子，说老婆，还不赶紧给他们做饭啊？老婆说，做么个啊，一把面子也没有了。曲老六急了，抓起一个碗撇了出去，没饭可盛要你何用，碗被撇到当天井里摔了个粉碎。他刚摔碎了碗，于永路就进了院，于永路对曲老六说，张片长叫你早点儿吃饭，下午接着游街。说完走了。游你——曲老六恼了，他进屋摸出一包老鼠药，一口吞了下去。老婆见她吃了老鼠药，赶紧拉着他上医院，但是还没出庄，就奔拉脑袋瓜了。

曲老六死了，老婆把嗓子都哭哑了，一边哭着一边数落着，你看看你舍下的这一窝啊，你看看你舍下的这一窝啊。曲老六80多的老母亲，不知哪来的力气，她用拉车子，拉着曲老六的尸体，疯了般朝于永路家奔去。

于永路这人很正，他虚岁21就当上了大队长。当上大队长不几天就摁住了一个人——王德云。王德云打算盖房和村里要宅基，好几年了没解决，于永路上任后王德云又找他说这事，于永路在当晚的大小队干部会议上就提出来和大家商量。有的说，他个人老宅子小，别人的宅基又不好安，又不能拿出可耕地让他盖房，这事不好办。于永路说，好办还用我们干吗使啊，想了想于永路又说，王德云房前不是有一个湾坑子吗，让他垫垫，也就费点事。有人说，那湾坑子也有户，刘家和李家一直争，都说是他的。于永路说，吗个他的他的啊，他俩要挡我找他。散了会，于永路找到王德云说，昨晚干部会上定住，让你在你门前湾坑子上盖，你看行吗？王德云说，怎么不行啊，也就费点儿事，拉土垫垫，庄户人不怕下力，工夫又不值钱。但是当王德云拉土垫湾坑子时，刘家和李家都上来挡他，不让垫。王德云又找到于永路，于永路紧跟着王德云来到湾坑子前，说姓刘的和姓李的，这湾坑子怎么成你的你的了呢？是人家范老绝户头的，范老绝户头死时，叫你们给他穿个衣裳，你俩谁凑前了？人家这点儿地方都看上了，丢人不丢人啊都。于永路一排子话，把姓刘的和姓李的说走了。

于永路大队长有句口头禅，户家有事请他喝酒，他都是说，等以后有空儿吧。前头大辈娶儿媳妇让他给管事，于永路去了，给大辈安排了拉炉子的，安排了陪娶的，安排了接待客人的，完了抬腚走了。大辈说他，别走啊，你得给我陪客啊。于永路说，你姓杨我姓于，又不沾亲带故，六十四陪也找不着我，你是让我给你陪客啊，还是让大队长给你陪客啊？这话说得大辈张不开嘴，心里却很是佩服他。

于永路真是一个好官儿。要不是摊上这事，一辈子也不会下台。

这事，就是曲老六的事。曲老六喝药死了，家人找张片长找不着，张片长回公社里去了，就赖上了于永路。曲老六80多岁的老母亲拉着一辆小拉车，把儿子的尸体停在于永路的炕上，盖上了于永路的被子。疼疯了的老太太下狠手往死里抓于永路的脸，要把自己的老命搭上。于永路怕把事情闹大了，抽身躲出去了。于永路的媳妇本来就胆小，死了人不敢看出丧的，一见曲老六的尸体停在自己炕上，吓坏了，腿都站不住了。抱着孩子蹿了出去，并且说，俺可不敢再家去了，俺多咱也不进俺的屋了。一连好几天，曲老六的尸首停在于永路的家里，曲老六的老母亲披散着灰白的头发，没黑没白地围着庄找于永路，围着庄哭喊，还我儿来，于永路来，于永路来，我儿来……这分不清是哭儿还是唤人的哭声，在庄这头哭到庄那头，又从庄那头哭到庄这头，树上的夜猫子，也不断地咕咕喵咕咕喵的，村庄的夜空，是那么瘆人、那么凄凉。

于永路在家待不下去了，领着娘们孩子，连床被子也没带，连夜下了东北。东北天气冷，再加上水土不服，于永路的娘们儿扯天闹病，维持了有十来年吧，在又添了个孩子后，孩子还不会走娘们儿就死了。于永路在东北除一个远房亲戚，再没有可帮他可依靠的近人，一个爷们儿家带着孩子没法过，就给家里写信，打听到庄里风声已过去了，生产队已解散了，地都分到户家了，便背着娘们儿的尸骨，抱着小的，领着大的，回家来了。

于永路在通往家乡的岔道上下了车，虽没有带什么值钱的东西，但大包小包的被褥衣物，还有娘们儿的骨灰，他和孩子真难以提拿。更使于永路作难的是，他望着熟悉而又有些陌生的老家，他有些犹豫，有些踌躇，他不知道故乡迎接他的，会是一种什么景况。特别是曲老六一家，见了面会不会饶了他，会不会再找他的碴儿。就在于永路忐忑不安的时候，一辆吉普从他身旁开了过去。开过去的吉普又倒了回来，停在了于永路的身旁，你从东北才回来呀，永路？随着话音，一个似曾熟悉的身影从车窗里探出头来，于永路抬头一望，是当年的张片长，赶紧回话说，嗯，我从东北才回来。张片长望望于永路，又望望于永路抱着领着的孩子，怎么，你媳妇呢，没回来吗？于永路心里猛地被扎了一下，他实在不愿意提成了骨灰背在背上的妻子，他难以回答张片长的话。好在不等他回答，司机催促张片长说，走吧，张书记，马上到开会的时间了。好吧，永路，以后再说话。司机一踏油门，吉普一溜烟飞驰而去，扬起一片尘土，眯了于永路的双眼。当于永路擦完眼睛再看时，吉普已远去了。

老三爷爷的故事（一）

　　我曾听大辈儿老三爷爷讲过两回他的故事。这两个故事，是老三爷爷最难忘的吃饭的故事。

　　老三爷爷说，那年他家里揭不开锅了，他父亲一头挑着行李，一头挑着他幼小的弟弟，带着母亲和他外出逃荒。因为没钱买火车票，花5分钱买了站台票，一家人上了火车。不知走了多远，在一个小站上赶上了查票，父亲第一个被查住并被赶下了车，母亲抱着弟弟拽着他赶紧躲进了厕所，才免遭被查。又坐了一站后，母亲记挂着父亲，他娘儿仨也下了车。但是上哪里去找父亲呢？母亲说，你爹一定往前走，来撵我们，走，咱顺着火车道往回走，迎你爹。就这样，他和他娘怀着急切的心情，拖着疲惫的身体，往回赶，在快黑天时，终于迎上了父亲，一家人又团聚了。这时的他，已饿得前胸贴着后脊梁了，实在走不动步了。父亲指着不远处的一个村庄说，进庄要口吃的，看能要着了吗？父亲叫开了第一家门，迎接他一家人的是一位年长他父亲几岁的大伯，大伯一见他饿得走路都东倒西歪的样子，赶紧对大妈说，快给孩子做点儿吃的，多做点儿。大妈给他一家做的是一锅地瓜面疙瘩汤，当大妈把地瓜面疙瘩汤端到他面前，还没等大妈快吃吧孩子的话音落地，他便狼吞虎咽地吃起来，一口气吃了两大碗，过后父亲说，他一张口能看到嗓子眼儿里的面汤了。那顿饭，老三爷爷说，他吃得那叫一个香啊，好吃！

　　大伯的地瓜面疙瘩汤救了他，救了他全家。

老三爷爷的故事（二）

　　老三爷爷还讲过一顿饭的故事。老三爷爷说，那是他下东北十几年后，他回乡探家，庄乡玉善大哥听说他回来了，说啥也要叫他去他家吃顿饭去。玉善哥说，那年他饿得趴在炕上都起不来了，是老三爷爷他父亲把家里仅有的一碗玉米面给了他半碗，做了一顿粥喝，要不是老三爷爷他父亲，玉善哥的命就没了，玉善哥说，这救命之恩怎能忘啊。

　　对玉善大哥盛情难却，老三爷爷只好去了他家。玉善哥把老三爷爷安顿坐下后又出去了，过了好一会儿才回来，手里拿着一个不大的西葫芦，玉善哥把西葫芦洗净切成馅，然后在瓦瓮子里刮出多半碗面，给老三爷爷包饺子。老三爷爷说，包的饺子的个数搭眼能数得过来，也就三四十个吧。然后玉善大哥开始点火，当时是连阴天，外面正下着雨，没干柴火，玉善哥点了好几回才把火点着，不知是风箱坏了还是不好使，他拉了几下风箱后干脆不用了，扑下身子趴在灶火门上用嘴吹火，烟呛得他连咳嗽带擦眼泪，好不容易把水饺做熟了，呈现在老三爷爷面前的，是两多半碗饺子，还有靠近玉善哥脸前的两个半高粱面饼子。快吃吧兄弟，玉善哥指着饺子说老三爷爷，自己却拿起饼子啃着。老三爷爷也拿起一块饼子，用筷子指着饺子说，玉善哥，咱就着饺子一块吃。玉善哥从老三爷爷手里夺下饼子，把水饺往老三爷爷面前推了推说，别笑话我，实在没什么可招待你，先吃饺子，不够再吃饼子。此情此景，老三爷爷说，他怎能吃得下。玉善哥见老三爷爷迟迟不动，急了，怎么，不吃你看不起我。老三爷爷只好夹起一个饺子放进嘴里，但还未咀嚼，眼里已满是泪水。

春 妮 儿

　　村北，人们上地干活的道旁，有一个不大的小土堆，那是一座小坟，里边埋着一位俊姑娘。姑娘名字叫春妮儿，是广全大叔的闺女。春妮儿从小没妈，她娘跟着一个耍把戏的跑了时，春妮儿还不到两岁。广全大叔拉扯她真不容易，曾抱着她东邻西舍地求婶子大娘给缝缝褂子，钉钉扣子，下地干活，曾求王奶奶李奶奶，帮他照看着春妮儿。没娘的孩子懂事早，穷人的孩子早当家。春妮儿十多岁就学会了做饭，就会自己做鞋、做被子。春妮儿自小没什么好的营养，粗茶淡饭长大，却出落得亭亭玉立，要个有个，要模样有模样。不是一个人说她，这闺女像电影里的演员，是错托生了，要是生在城市里，保准嫁个有权有钱的人家。她十七八岁时，就有不少登门为她说婆家的。可广全大叔不同意，不是说媒的提的都不合适，是广全大叔舍不得闺女，春妮儿是他的全部，春妮儿是他的唯一，从小没妈，没娘疼，孩子的婆家一定得慎重，一定得给她找个好女婿，拿着她当亲闺女疼的好婆婆。广全大叔心里有意，把春妮儿留到家里，找个倒插门儿的，这更得仔细打听，沉住气找，要不，找瞎了，进了门闹不上堆儿，让春妮儿受气，他也挂着闺女。春妮儿的婚事老定不下，主要的还是春妮儿个人不愿意，对爹说，俺才多大啊，就想把俺嫁出去。其实春妮儿心里已经有了目标。

　　每年一入冬，地里农活少了，一帮有文化的小青年，便自发地搁伙起来唱小戏。春妮儿是最积极的一个，也是最压轴的一个。人们都爱看春妮儿演，听春妮儿唱。和春妮儿一起演《红灯记》，扮演李玉和的，是同村青年胜利，胜利念书好，要是兴考，胜利有把握能考上大学，可不兴考，兴推荐，胜利家成分不好，念完了高中就回家种地了。在家种地胜利不甘心情愿，身在曹营心在汉，胜利曾说过，他种地砸坷垃，只不过是勉从虎穴暂栖身。他有一副好嗓子，演戏能入戏，能放开唱，一张口就有夺人心魄的魔力。胜利唱赴刑场一段，人还没登台，声音已爆响全场，台下老少都为他鼓掌。胜利戴着手铐脚镣，一步一趋闪亮现身，狱警传似狼嚎我迈步出监……唱声豪壮奔放，直唱得幕后等着上场的春妮儿心情激荡。特别胜利在唱提篮小卖时，胜利抚着春妮儿的肩膀，动情的声音有些发颤地唱道，提篮小卖拾煤砟，担水劈柴也靠她，里里外外一把手，穷人的孩子早当家。春妮儿的眼里就泛着泪花了。她想起了自己的身世，想起了自己的爹广全大叔，她把胜利的唱当成了广全大叔，她真想依在胜利的身上。春妮儿是带着泪滴接唱的，十七年的教养似海洋……爹爹的智慧传给我，儿心明眼亮永不受欺……

散了戏，春妮儿和胜利不谋而合，不约而同地都没回家，两个人又不约而同地默默地走出庄，在深夜的田野里，相互诉说衷肠，敞开了心扉……

春妮儿和胜利谈恋爱了，广全大叔知道了，他先是阻挡春妮儿，说春妮儿不能找胜利这户的，他家不但成分不好，家庭日子也不行，常断顿没吃的，春妮儿要是跟了他，那不是瞪着眼地受罪，还明知道遭人白眼看不起。可春妮儿不听，还是和胜利一块演戏，和胜利一块出去。广全大叔很生气，他不准春妮儿再演戏，不准春妮儿晚上再出去。结果没管住春妮儿，广全大叔一眼看不到，春妮儿便闪身溜了，去找胜利去了。广全大叔干脆把春妮儿锁在家里，门和门框上还拧上铁丝。春妮儿在屋里出不去，晚上却听见大街上传来"狱警传似狼嚎"的唱声，春妮就在屋里回唱，十七年的教养如海洋……广全大叔气得，说春妮儿，死妮子，你唱吧，就是唱破了天我也不给你开门。春妮儿在屋里唱，胜利在屋外唱，唱到半宿，广全大叔才听不到动静了。早晨起来，广全大叔做熟了饭，开门叫春妮儿吃饭，一眼却看见春妮儿在房梁上上吊了，舌头奄拉得老长，一摸人已死了。广全大叔一刀把绳子剁断，把春妮儿抱在怀里，瘫坐在地上呜呜地哭了，死妮子啊，你这不是要爹的命吗？我养你这么大容易吗？你是爹的闺女吗？啊，呜哈哈……

春妮下葬时，广全大叔跳到窝子里不出来，他要跟了闺女去，他一边号啕着，一边扇自己的脸，我混账啊，我怎么不依着孩子啊，呜哈哈哈……

广全大叔的唯一死了，再也无心过了，无心种地了，每次上地从春妮儿的坟旁走，都坐在闺女的坟头呜呜地大哭，一哭就是一头晌午。广全大叔的兄弟为了广全大叔少看见春妮儿的坟，就和村里要求，把广全大叔的地调到村南去了。

广全大叔从此不看出丧的，不看娶媳妇的，他怕想起闺女，那是他一辈子的伤心事。

春　叶

　　春叶这闺女，怎么夸奖她呢，这么说吧，我故乡的碱场地里，打出的粮食不高产，生的闺女，却各个水灵鲜艳，各个使小伙子拔不动眼。

　　春叶初中毕业在家干了两年活，爸爸为了她能有工作，能有个铁饭碗，不到50岁就内退了，让春叶接了班。春叶是在粮所接替爸爸的。一上班粮所主任就看上她了，她一开始是在仓库门口管过磅，每天站着，干了不长时间，主任就把她调到办公室，坐着上班，管统计。主任是想把春叶说给他儿子，成自己的儿媳妇。主任的儿子也是在粮所里上班，是在相邻粮所里上班。主任曾提着礼物去春叶家，借看看春叶的爸爸，他的老领导，喝着酒，顺便提出想和老领导做亲家。春叶的爸爸了解主任，他是他提起来的，春叶的爸爸也了解主任的儿子，挺不错的一个小伙儿。也搭上喝了几盅子酒，没加考虑，当场就拍板说，孩子们的事，你说了我说了就算了。两个大人没意见，事情就算定住一半了。关键另一半没定住，春叶不同意，春叶说她已认识了一个自己看着行了的。她看着行了的男的，叫二宝，虽然在家种地，但他是一个文学爱好者。这和春叶有所志同道合，春叶也爱好写作。那天春叶刚一上班，二宝便拿着购粮证本找她，说要换点粮票，是去县里参加文学创作会。春叶一听，与自己兴趣相投，连他换粮票的证明信也没和他要，就换给他了，并和他拉了一会儿呱。打那两个人不断地联系，越联系越多，越联系越近，不久，便一日不见如隔三秋了。主任看出来了，捎信儿给春叶的爸爸，说，春叶不同意跟着他儿不要紧，但她个人拉的是一个长得漆黑漆黑的人，和春叶一点儿也不般配。春叶爸爸自年轻在外工作，不封建也不主见，没急着来粮所找春叶，当春叶歇班回家时，和闺女做了一番长谈，把两个人的条件不一样的利害关系，把春叶以后的享福与受罪，都给她预料到了，让春叶自己拿主意，最后爸爸说她，找孬找好，以后可别埋怨当大人的。春叶是铁了心拿定主意了，坚决跟着二宝。几个月就怀孕了，春叶爸只好定日子嫁闺女。

　　春叶人长得俊，又是铁饭碗，按说她婆婆对她应高接远迎，拿着当神供着，可她找的婆婆不是这样，竟黑眼儿白眼儿地看不上她，婆婆说，没结婚就怀孕，这户女的没好的，她怀的是俺的孩子吗？春叶的对象原来也不是什么文学爱好者，他连什么是文学也不懂，是一个到处骗吃骗喝的骗子，他把春叶骗到手，就露出原形了，扯天和春叶要粮食吃、要钱花。春叶说，粮所的仓库不是我个人的，粮食哪能他说要就要的。要不回粮食，他就不走，赖在粮所里，躺在春叶宿舍的床上，春叶是和另一个女职工同住一个宿舍的，觉得摊了个这样的女婿，丢不起这个人，想和她离婚。他不怕吓唬，说，她想离婚没那么容易。两个人就经常打仗。女婿怕她变心，每天都来粮所找春叶，叫她回家过夜，要不就说和她在宿舍同床住下。春叶又羞又恼，坚决和他离婚，拽他上民政所。她女婿出了粮所，回手连拉带扯把春叶拖回家，进门就是一顿暴打，春叶的口里鼻子里都被打出血了，当夜还要和春叶行那个。春叶不从，女婿硬是把春叶的衣服撕烂了，在遭到一番蹂躏，女婿打起呼噜后，春叶偷偷地溜出门，跑回了娘家。半宿多了，娘开开门一见闺女这样，哇的一声哭了，叶子啊，这是怎着啊，他怎么这么狠啊。春叶的爸爸望着女儿，心疼得不知说什么，只是一支接一支地吸烟。离，坚决和他离！娘用手给春叶梳理着散乱的头发发狠说。话还没落地，女婿进了门，离、离离试试，她要和我离婚，就要你全家的命。走，跟我回去！说着，就伸手拽春叶的胳膊。春叶的爸爸上前阻挡女婿说，要吧，先要我的命吧，太不像话了你。女婿见岳父阻挡他，一拨拉手，把岳父拨拉到一边去，接着拖着春叶往外走。春叶娘几乎哀求女婿说，叫她住一宿不行吗，明天我送她去行吧？女婿不听，还是拽着春叶走了。

叶子哎——春叶娘眼泪扑簌扑簌地追送着闺女，心都快提到嗓子眼了，她不知闺女这一去会是啥样，她直觉得女儿是进了火坑，上了杀场。春叶爸又心疼又气恼地扶着老伴儿说，当初我说的么来啊，她不听啊。还不如叫她和春妮儿似的，死了呢。

啊，这世上，当爹娘的，该怎样做，才是疼女儿呢？不依着她，像春妮儿似的，她死给你看。依着她，像春叶似的，看走了眼，遭罪受气，当爹娘的提心吊胆地挂着她。为人一辈子，当啥也别当亲爹，最可怜的是亲妈。

春　燕

春燕，头发黑眼珠儿黑眼睫毛长，看人黑眼珠儿一扑闪一扑闪的。都说光凭这俩眼，也能把男人迷住了。也有的说，这闺女眼睫毛长，看不起穷人。春燕本身也是穷人，爷爷奶奶面朝黄土背朝天，爹娘又是种地人，农家子女只有好好念书才能跳出农门，可春燕不是念书的料，也不用心念，在初中里就和男生打打闹闹，挤鼻子弄眼，班里影响很差，老师做过家访，让爹妈好好管教她，可爹娘说，她不听，一骂她一打她她就跑，让爹娘连人也摸不着。春燕差几天就初中毕业了，连毕业证都没领，就自个离家出走了，出去找工作去了。春燕说，她不是出去打工，她要出去找工作。她先是在一个酒店里当前台，来了下饭店的一进门，露着半截胸膛的春燕便把腰一弯把手一招小脸儿一笑，你好，欢迎光临。客人坐下后，春燕就给客人满酒，陪客人吃菜，陪客人喝酒，听说还陪客人……后来春燕就不干这个了，就有了工作了，是在一个什么单位上上班，还当上了什么长。接着也有了楼了。春燕再回家看爹娘，就有人开着车送她，开着车接她。春燕每次回来，都给爹娘带回好吃的、好用的，好多东西爹娘别说吃过用过，连见也没见过。可对春燕带回来的好东西，爹娘有所受用不起，爹看着那瓷瓶儿的贵州茅台问春燕，哪来的这酒？春燕说，你喝就是了，别管哪来的了。娘指着那上千块钱的羽绒服说，你一个月挣多钱啊，这是你个人买得吗？春燕说，指着工资不麻烦了，你没听说过吗，凡是买好烟的，不是给个人抽的；凡是打好酒的，不是给个人喝的。爹娘就更怀疑闺女了，爹唬起脸说，这酒可别不干净啊。娘拿眼看着闺女说，你可别学瞎了啊。春燕黑眼珠一扑闪，做了个鬼脸，说，有福享不了，走了。

春燕再回家时，就给爹娘抱回外孙来了。气得爹在一边光抽烟，不理她。娘指着春燕的鼻子骂，你怎么这么不要脸啊，你不要脸俺可要脸啊，让俺怎么出门见人啊。春燕和娘犟嘴说，奇了怪了吧，有啥不要脸的，有啥不能见人的？娘说，谁家个闺女家抱家来个野孩子啊。春燕说，么叫野孩子啊，女人都得生孩子。娘说，你结婚了吗？春燕说，结婚不结婚一个样，早晚是那么回事，只要能享福就行。娘都气哭了，私孩子妮子啊，你这样，让人更瞧不起咱了，本来咱就吃不开。春燕说，吃不开？谁再小瞧咱试试。不行别在庄里住了，上城里吧。爹说，可别，俺跟你丢不起这个人。爹娘不跟她上城里去，春燕就派人进砖、进沙子、进水泥、进钢筋，要把爹娘的旧房换新屋。要盖在庄里数得着的最宽、最高、最好的。当建筑队上的人把墙垒到和后邻居的房一般高时，后邻居找来，挡住不让盖了，说不能超过他的房高。建筑队的人干不下去了，就给春燕打电话，不到半个小时，春燕便开着车回来了，下了车把腰一叉，杏眼一瞪，对后邻居说，说吧，咱是动公的还是动私的？邻居不解，说，啥意思？春燕说，动私的吧，动公的你不够级别。说着掏出电话，又是不到半个小时，来了一溜车，车上下来一二十号人，有光着膀子胸膛上长着毛的，有胳膊上印着龙的，有剃的头光光铮亮的，围住了后邻居。后邻居没见过这阵势，腿软了，盖吧盖吧，俺多咱说不让你盖了，俺是说的得这个事儿。后邻居也是，人家盖房碍你么事了，不识时务，不是俊杰。

也有识时务的，春燕的前邻就知道该怎么做。春燕的爸爸在从场上往家运麦子时，前邻把二十多袋子麦子给春燕的爹扛到仓里去。春燕回来知道了后，专门去感谢他，说，大叔，有么事尽管找我。邻居还真有事想找她，多年了想在庄里争个官儿干，一直没当上。春燕说，等着吧，下一届村干部就是你了。下一届，前邻连党员也不是，就代理支书的工作了。前邻还有一事想找春燕帮忙，儿子过了麦就考高中，凭成绩，百分之一百二十考不上，想让春燕给找个熟人，进县一中。春燕说，小菜一碟，一个电话一句话。

前邻就等着春燕回电话。

春燕没回电话，抱着孩子拉着个箱子回来了，两眼红红的，肿了。娘一见闺女，接着孩子问，这是怎着？你俩抬杠来？

妈啊——春燕说，他双规了。

老 韩 叔

老韩叔脾气挺倔，走道爱倒背着手，腰有点儿驼。见人一说话便知他是啥性格。要问他，吃了吗？他说，天多咱了还不吃啊。或问他，忙么来啊？他说，能忙么啊，睁开眼忙不完的活。也是，这几天老韩叔薅草薅的，腰更弯了。他种了二分地的萝卜，萝卜地里的草比萝卜长得还快呢。特别是那绝不了根，晒不死的马棚菜，水灵灵的，一大棵一大棵的，扑扇着，把萝卜缨子都盖住了，挤歪了。气得老韩叔用刀剜，连根也剜出来，抱到地头上，根朝上摊在大道上，有车从道上过，老韩叔听着马棚菜被车轧得发出响声，就笑了，哈哈。

听人说，老韩叔他爷爷时，种地更绝，为了灭草，他爷爷背着筐头子在庄里和道边上，到处拾瓦碴儿，把拾的瓦碴儿压在拔断的草根上，瓦碴儿上盖上土，再狠狠踹上两脚，嘴里说着，我叫你再长，再长啊你。

老韩叔这一辈治草不用瓦碴儿了，有灭草剂了。但有一样活直气得老韩叔倔倔的，那几年不是兴种棉花吗，麦子、棒子不值钱，经济收入就靠种棉花，家家种，有的成十多亩地种。老韩叔就老两口，拿出一半地，二亩，种上了棉花。棉苗出得不错，长势也不错，但是有了果枝长出花蕾时，棉铃虫也繁殖得快了，已是第二代了。老韩叔天天背着喷雾器打药，老韩婶天天拾掇棉花，整枝逮棉铃虫。可该死的棉铃虫逮不败打不死，头排子花几乎吃光了，没保住几个。老韩叔就打听，就赶集买药，老韩叔问卖药的说，治棉铃虫什么药最管事啊？卖药的说，你试试这个药吧，现在的棉铃虫抗药，这是个新药，就是贵点儿。老韩叔说，只要能把棉铃虫治死，贵也买。掏钱买了一瓶，到家晌午了，背起喷雾器上地了。按药瓶上的说明，一桶子水兑10~15毫升，老韩叔一下子倒了三瓶子盖儿，得有五六十毫升，心里话，这回叫你再咬。老韩叔打完了药，快一点了，却很高兴，说老韩婶，下午别上地拾掇棉花去了，刚打了药，这药可能毒性大，到明天再进棉花地吧。老韩婶听他的，第二天还没下去露水，便下地拾掇棉花，寻思先看看昨天打得药管事吗。可进了地头一看，棉花叶子上的棉铃虫正在爬呢，老韩婶又扒开被咬开嘴的花蕾，里边的花芯上，一点点儿的小虫，一纵一纵地动呢。老韩婶很生棉铃虫的气，也很生老韩叔的气，也不拾掇棉花了，回家对老韩叔说，你怎么打得药啊，一点儿也不管用。老韩叔说，不管用？不可能啊，我买的是新药、贵药，我打得又匀药量又大。老韩叔不信，跑到地里细看，结果真的，棉铃虫没死的，只见活的还不少呢。老韩叔逮住几只棉铃虫，倔倔地回家到，打开药瓶，把原液倒在棉铃虫身上，瞪着眼地瞅着，看它死不死。棉铃虫带着满身药乱爬，过了老大一会儿了，还是爬得很欢。老韩叔那个气呀，抓起药瓶子说，你不死啊，你不死我死。几口把半瓶子药全喝了。老韩婶吓坏了，赶紧呼号人拉着老韩叔上医院。医生给老韩叔灌着水洗着胃，问他喝的么药，老韩叔喝了药也后悔了，心里害怕，嘴哆嗦着说，忘——忘药名了。医生又给他抽血化验，出来结果医生对老韩叔说，没事了，这药是假的，是酱油里多少兑了点儿敌敌畏。老韩叔一听气得骂卖假药的怎么不死。老韩婶悬着的心落地了，对老韩叔说，咱得谢谢人家卖假药的，幸亏买的药是假的。

庄户人没工资，花销全靠卖个猪羊牛的。各家各户都喂牛，也能干活也能变钱。一头年八的小牛能卖千把块呢。老韩叔连凑带借，也买了一头小母牛，可买家来不几天竟被人偷去了。老韩叔很腌臜，很窝囊。眼见家家户户过秋过麦都用牛拉车，用牛轧场，靠人力气哪赶趟啊。和别人借都不好借，使唤牛的时候都使唤。老韩叔托人贷款，又买了一头会干活的牛，这回老韩叔使绝法了，上回牛让人偷去，他也不是没防备，而且防备还挺严，他每晚都把牛栏的门上锁，门里头上框上安上铃铛，一开门铃铛会刺耳地响，谁知偷牛的不是从门里进的，是扒开后墙把牛偷走的。老韩叔有了教训，就不在门上安铃铛了，他在牛栏里支了扇门板，盖着两床被子，被子上再搭上厚棉袄，拿一根长绳子，一头拴在牛腿上，一头拴在自己手腕子上，守着牛睡觉。这样就不用每晚提心吊胆了，就能睡觉了。

这晚老韩叔干了一天活，真累了，睡实着了，迷迷糊糊中觉得有人拽他的手，他寻思是老韩婶又催他早起来下地呢，使劲挺着手说，这才天多咱啊，就拽我上地啊。小偷听见牛栏里有人守着，撒腿往外跑，没跑溜，一头撞在墙上，疼得哎呀一声。老韩叔这才被惊醒了，他连鞋也没穿往外撵，没撵上，牛也没被偷走。

老韩叔很庆幸，想起刚才偷牛的那声儿，扑的一声笑了，不过，那笑有些苦涩。

小　芹

先给读者猜个迷，小芹叫曲老二爸爸，但小芹却不是曲老二的闺女，也不是干闺女，也不是继女义女，又不是曲老二的儿媳。你说，小芹是曲老二的什么？

猜不出来吧，听我从头说。30年前，曲老二花800块钱，从人贩子手里买回来一个小闺女，叫小芹。曲老二打算把小芹做自己的儿媳妇，儿子林生二十七了，没说上媳妇。一是林生没了娘，没了老的，好多女的那头嫌；二是林生是个点打腿，不好说。可是买来的小芹才十二，太小，曲老二想把她养几年，等大些再给儿子完婚。小芹还是个孩子家，什么也不懂，吃了饭就知道出去玩儿，和一帮七八岁的小孩儿倒是挺合群。一次和几个小孩下湾，差一点儿淹死，都喝了水沉下去了，幸亏曲老二找她吃饭，发现得早，跳下去把她捞出来，头朝下抱着她，又拍打后背，控出两洼水，才活过来。活过来的小芹，想起刚才喝水时的情景，很害怕，双手抱着曲老二的腿哭了，爸爸，俺想俺爸爸。曲老二以为她想家了，就给她买饼干买好吃的，话哄她，为留住她不让她想家，曲老二拿她当自己的孩子一样疼她，差样的饭依着她吃，每年都给她买新衣裳。小芹一买来时又瘦又小，说长个也快，三年就长到一米六多了，也胖了，俊了，受看了。曲老二想，转年小芹再长一年十六了，就给儿子圆房。事有凑巧，林生的亲姑来走娘家，对曲老二说，哥，俺村有个小媳妇，刚离了婚，也没孩子，才三十，和咱林生同岁，我看着挺合适的。曲老二一听抬头看看林生，林生一听扯天紧锁的眉头舒展开了，说，姑你问问人家愿意吗？我真不大喜欢小芹。实际上他不是不喜欢小芹，是等不及了。姑回去当天又回来了，林生的婚事成了，接着便定日子过了门。林生有了媳妇，曲老二思来想去，想给小芹再找个户，他也没拿小芹卖钱的意思，只是想把他花的那800块钱，另外随便给他这几年养活小芹的费用就行。当有人带着5000块钱来领小芹时，小芹抱着曲老二的胳膊哭了，爸爸，俺不去，俺哪里也不去，你就是俺亲爸爸，俺不会让你白养，养育之恩一定会报答。曲老二也不是狠心肠的人，小芹不愿意也就算了，可他又一想，不沾亲不带故，小芹跟着他算哪一回呢？他就对小芹说，孩子，要不，回你老家吧，我送你去，找你亲爹亲妈去。小芹一听又哭了，爸啊，我亲爹死了，我妈嫁人家了，你就是我亲爸爸。曲老二好几年了这才知道小芹的身世，觉得小芹挺可怜的，就没再撵她。小芹也懂事了，上地干活，拔草，打药，拾掇棉花，收工回来，刷锅做饭，顿顿给曲老二把碗端到手上，给曲老二洗衣裳，连林生两口子的衣服也常一块洗，疼曲老二比林生两口子都强。曲老二有些离不了小芹这孩子了。有人给小芹提亲，曲老二说，还没二十，慌么得，等几年可说。小芹二十三了，媒人再登门，曲老二没话推了，但对媒人说，说好了啊，得给俺小芹找个善敬婆婆、老实巴交的女婿，要不，小芹要是受气，可别怨我找你。小芹上车时舍不下曲老二，给曲老二磕了个头说，爸，你放心，俺忘不了你，俺会常来看你。小芹说话算话，嫁后隔个半月二十天的就来看曲老二，过年过节从未落过，每次来都大兜小兜地带着礼物。曲老二也常去看小芹，人见了和他说话，又去看闺女啊？曲老二说，啊，看闺女，小芹捎好几回信儿了，叫我去待两天，真想她了。

曲老二这门子亲戚，走得比亲闺女还亲呢。

纪 书 记

俺庄没出过大官，最大的官儿是镇上的一位副书记，镇长。当过镇长的人叫纪长翠，是我村前头的，比我岁数大，辈却比我小，他叫我小叔。纪长翠当镇长那会儿，不，不叫镇长，是社长，纪长翠当社长那会儿，不大在公社里坐着，常下村，也常个人庄搞调查。常来村里开大小队干部会。纪长翠下村时还没有轿车，更没有专车，是骑着一辆自行车，也不是新的。纪长翠一进庄就下车，推着车子走，见了庄里人先打招呼，接着拿出烟来分，自己也点上一支，抽着烟说些家长里短的话。人们说，纪长翠这当社长的，一点儿也没个官儿样。纪长翠一当上社长时，他爹说他，你在外头当社长，在庄里是小辈儿，见了人该叫爷爷的叫爷爷，可别装大尾巴草驴啊。纪长翠一点儿也不装大尾巴草驴，庄里有娶媳妇的，他有空的时候也回来坐席，每次都是把席口子的，让他坐正坐他也不坐，沏茶满酒也是他的。坐席的人说他，你架着个社长了，把席口子满酒，俺们哪好意思的。纪长翠说，我是当孙子的当侄儿的，给当爷爷的当叔的满酒是正满，再说，我这社长，也给兄弟爷们儿办不了什么大事，谁有事尽管找我，只要我能办了。我大爷真找过他，我大爷打供粮证没钱了，上公社找他要救济款，救济款现在……纪长翠思量了一会儿，开开抽屉拿出5元钱给我大爷说，先花着去打粮食去吧。纪长翠一月工资29.8元，这个月工资没花出数来，他家里说他，你工资少了吗？纪长翠说，后头大爷爷跑公社里找我要救济款，可还没下来救济款，我从个人抽屉里给了他5元块钱。他家里说，没救济款你不会和大爷爷说吗，拿个人的钱给他，咱是富裕的吗？纪长翠说，大爷爷大老远地跑去了，张开嘴了，能让他合不上吗？

这是纪长翠当副社长时，纪长翠当上正镇长，再家去家来的，就常有车送他了。但不是轿车，是一辆客货两用的小白车。纪长翠坐着车回来，我大爷又沾上他的光了。一天，我大爷的孙子高烧，都惊厥了，是掐人中掐过来的，急得我大爷叫人用三两骑车子，带着拉车子，拉着孙子上医院。纪长翠坐着车进庄正碰见，立即对司机说，不好意思了小王，别家去坐坐了，辛苦一趟，赶紧拉着孩子上医院吧。

纪长翠让司机送我大爷的孙子上医院不久，就调动了，调到城南的乡镇上去了。离家远了，就不常家来了。我最后见到他回家，是正赶上他退休回来，骑着他那辆旧自行车，后架上驮着被窝，前车把上挂着一个兜子，里面叮当作响，盛的是牙缸子、牙刷子和一个吃饭的饭盒子。退休后，纪长翠和村里人一样，每天下地干活，他是帮着他儿种地。逢到过秋过麦，就赶着辆小驴车，运粪拉庄稼。那年过麦，纪长翠赶着驴车拉麦子，我赶着牛车拉麦子，在村口我俩迎了个对个，纪长翠和我打招呼说，拉几车了小叔？我说，拉两车了，你拉几车了？他说，我也拉两车了，歇歇抽一袋啊小叔。我说，歇歇抽一袋。我把牛拴在道旁的树上，他把驴拴在道旁的树上，我俩在树荫凉里蹲下，我掏出烟想给他，他说，抽我的抽我的。我说，你的好啊？他说，好吗，一样的。我接过他给我的一支烟，是黑鹰牌的，一块钱一盒的，还不如我的贵呢。我说他，过麦子了，怪累的，怎么舍不得买盒好的？他说，咳，什么好的孬的，能冒烟就行啊。抽着烟，他忽然和我说，哎，小叔，你发现了吗，今年的麦子不大成实，高产不了。我说，可不是，粒不饱满，就浇了一遍水，缺水缺的。我又说，今年黄河里就来了一次水，还交一样的水费吗？纪长翠说，按说，用的水少，该减。可是等过完麦收水费时，不但没减，反而更多了。据说省里县里下来的数少了，来到镇上和村里就多了。镇上加了，片里也加了，村里也加了。镇上和别的镇上的数不一样，村里和别的村里的数也不一样，俺庄就比别庄多。水费都不愿意交。收不上水费去，镇上就下来人催，挨户做工作。镇长亲自带着人下来的，镇长先上了纪长翠家，镇长很会说话，进门对纪长翠说，老书记啊，我不是来和你要水费的，我是口渴了来老镇长家讨杯水喝，你家的水费我替你交上了。纪长翠给镇长倒着水说，你这是羞臊我啊，我这脸并不值钱，你能替全村都交上才好呢，我替全庄谢谢你。镇长说，我说老书记啊，你又没地，你掺和村里的事干什么。纪长翠说，我是一名党员，是一名村民，我有资格问你水费的具体数，你说说，为啥咱镇上和别镇上不一样，同样的地亩数，这村和那村也不一样？纪长翠还和镇长说了些什么，我不想赘述了，反正那年的水费，又退给社员一些。

葛 书 记

俺村还出了个副书记，叫葛艳冰。艳冰自小很聪明，一开始念书就当班干部，当过学习委员、文艺委员、班长。念高中时我俩是同班同学，我们班安排编制，一班就是一排，二班就是二排，艳冰是我们一排的排长，我是一排的一名小卒。我入团就是艳冰介绍并批准的，艳冰是校团委副书记。校长很器重她，把她当干部苗子培养。艳冰还是校文艺宣传队的队长，她和两个男生合唱的《沙家浜》智斗一段，连音乐老师都夸奖说，艳冰扮演的阿庆嫂，圆润的唱腔，传神的眼神，不亚于电影里的洪雪飞，比我这老师都强。

艳冰在学校里就名声远扬，毕了业公社里就让她参加了"农业学大寨"工作队，驻村协助村干部工作。当了一年工作队员，年底公社派人进村走访，大小队干部们没碰头，没商量，谁也没见到谁，对驻村的工作队员的看法却出奇的一致，支书说，艳冰行，工作有魄力，敢说敢当。副支书说，要说表现，我认为葛艳冰最强，年轻有为。问到队长时，队长说，她几个工作队员，数着葛艳冰了，别看是个女的，雷厉风行，做事认真，贴近百姓。

葛艳冰转成了正式干部。

几年，就被提拔成了副书记。葛书记主要抓计划生育，计划生育是个难题，为这，那几年一把手亲自抓。葛书记上任后，计生工作大有起色。她先是召开全镇万人大会，会后又对着喇叭向全镇做广播讲话。每天的早晨中午晚上，各村，各家各户的喇叭里，都传响着葛书记震人心魄的讲话，全镇社员注意了，各家各户，各育龄夫妇，各计生管理对象注意了，就我镇计划生育工作，我讲几句话，计划生育是我国的基本国策，是利国利民的大事，计划生育，利在当今，功在千秋。计生工作非抓不可，什么指着灰打不了墙，指着闺女养不了娘，时代不同了，生男生女都一样，女儿也是传后人。奉劝那些封建思想，不要儿不死心的人，该放环儿的放环儿，该结扎的结扎，不要躲躲藏藏。有的为了要儿子，二胎了甚至三胎了，挺着个大肚子躲出去了，你跑了和尚跑不了庙，我们绝不容忍，会一追到底。还有的第一胎生了个闺女，第二胎又生了个闺女，想把二闺女给他妗子给他姨，说什么他妗子他姨不能生育，告诉你，你没有替别人生孩子的权力。这种现象坚决不让。在这里，对着广播，我向全镇人民立军令状，我镇计划生育工作上不去，明年这时，我对着广播向全镇做检讨。

葛书记的讲话很有效，俺村西头铁那夫妻俩就害怕了，两个闺女了，一心想再要个小子，又怀孕了，葛书记多次做她的思想工作，最后流了产。

葛书记让铁那媳妇儿流了产，庄里就议论开了，有人说，艳冰不该这样，一个庄儿里的，抬头不见低头见的，睁一只眼闭一只眼算了。艳冰的母亲也埋怨闺女说，你这不是得罪人吗，百年不分的老庄乡了，你嫁出去了，不进这个庄行了，叫俺见了面怎么说啊。艳冰说，怕得罪人，革命工作就不能干了。

葛书记当时真得罪了人，得罪了铁那。铁那那样地恨她。不过，这是当时。几十年后，铁那不再记恨葛艳冰了，而且还直感谢葛书记呢。铁那说，当时没要小子是个好事，现在两个闺女，都住上楼了，都争着孝顺，要是有儿，不一定这么滋润呢。

老二奶奶

老二奶奶好脾气，热心肠，见人说话哈哈的，和谁也拉成堆了，和谁也说一块了。不论谁有事找她，叫着就是一声儿。庄里谁家两口子打仗，婆媳闹矛盾，都是叫老二奶奶去说和。

我堂兄两口子抬杠，有一次打得很邪乎，我嫂子说啥也不跟着我哥了，抱着孩子要回娘家。我大娘说好的说歹的，就是挡不下了，大娘说堂哥："还不快叫你老二奶奶去。"

我哥把老二奶奶叫来了，老二奶奶人还没进门，在门外就数落上我堂哥了，"小彬（堂哥的小名）个兔羔子，怎么惹着你媳妇了，多好的个媳妇啊，打着灯笼好找吗，吃饱了撑得你呀。"

老二奶奶这一数落，还没见人，堂嫂的气就消了一半。二奶奶进屋说堂嫂："怎着了孩子，小彬给你气受了，给二奶奶说说，我熊他。"

原来，孩子感冒了发烧，嫂子让哥给孩子拿药去，可是哥出了门正碰到几个年轻的想打扑克，三缺一，让哥凑一把。哥不好意思推脱，寻思先凑个人场打着，等来了人就让出去，他再给孩子拿药去。谁知打起来忘了，嫂子找他来了，气得嫂子从哥手里夺过扑克，撕了。弄得打扑克的几个人大眼瞪小眼，直看堂哥，有的还变了脸色。堂哥起身踹了嫂子一脚。两个人就为了这个。

老二奶奶听了，先说堂哥，二奶奶说："甭管她夺你的扑克也好，撕扑克也好，你不该动手打她，你个大老爷们儿家，动手没轻没重的，她女人身子，搁住你打啊。怪你，全怪你，你得给你媳妇说好的。"

老二奶奶说完了堂哥，又转过脸说嫂子："你也不是一点儿不是也没有，特别是在人脸前里，你得给男人留面子啊，你叫他下不来台，他不打你啊。"

老二奶奶又冲着我大娘说："他俩打仗你干吗来啊，狠说他啊。"

大娘说："我说来啊，怎么没说啊，可说谁谁不听啊。"

老二奶奶说："你说谁来啊，怎么说的啊，说你儿啊。"

大娘说："俺看着一个不怨一个。"

老二奶奶说："就是怨媳妇也得说你儿，你儿担病儿。两口子打仗，谁的理儿啊，谁的不是啊。给你说个笑话，俺儿和俺媳妇打仗，两个人关着门在屋里打。我在外面听着也不知拿的什么家什打，打得啪啪的，急得我在外面骂俺儿说，鳖羔子你敢打你媳妇，看我饶不了你。我又说俺媳妇，小莉别怕他，我不让他。我说着，屋里还是打，我砸开门进去一看，你猜怎么着，不是俺儿打俺媳妇，是俺媳妇正拿笤帚打俺儿呢。俺儿啊，俺不疼得慌吗，能不疼得慌吗？疼得慌我也没说媳妇的不是，我对俺媳妇说，狠打。媳妇就不打了，把笤帚扔了。"

老二奶奶是庄里有名的好婆婆。都说老二奶奶的儿媳妇，对亲妈说翻脸就翻脸，却从没听老二奶奶说过儿媳妇的不是，并且夸奖媳妇的时候多。不知老二奶奶是怎么和她儿媳妇处的。我六婶子和儿媳妇闹不上堆，婆婆媳妇骂到大街上来过。有一回把六婶子惹恼了，六婶子摸起了打棉铃虫的药瓶子，六叔从她手里夺下来，六婶子又偷着往梁头上拴绳儿，六婶子说六叔："这回我是活够了，谁也别拦我了。"六叔怕她真想不开，就叫了老二奶奶来劝她。

老二奶奶进屋说六婶子："这是怎着了，又喝药又拴绳儿的，有么想不开的，跟个人过不去啊。"

六婶子抓着老二奶奶的手放声哭了，哭得一抽一搭的："二奶奶呀，你说说，俺，俺这是，是儿媳妇吗？"六婶子连话也说不成句了。

六叔怕她伤心，截话说："过去的事了，别提它了。"

老二奶奶说："你叫她说，说出来倒倒苦水就痛快了。"

六婶子说，她骑着车子驮着孩子玩儿，没看见道上一块半头砖，一挡倒了，她和孙子都摔到地上，孙子的头磕破了，媳妇拿着孩子娇，不让婆婆了，说六婶子，怎么光磕着孩子的头，没磕着你的头啊，怎么没磕死你啊。六婶子说着挽起袖子，露出磕肿了的胳膊，说："二奶奶啊，你看看，俺摔的，俺愿意吗？呜呜……"

二奶奶听了，对六婶子说："就这点事啊，这点事就值当的不活着了？不就是说你怎么没磕死你吗，媳妇是一时着急，疼孩子，个人的媳妇个人的孩子，能怪她？"

六婶子还是想不开，说："她凭么咒俺死啊，俺活这么大年纪，谁说过俺一句不是啊，你那儿媳妇多好啊，呜呜呜……"

老二奶奶说："六侄儿媳妇啊，不到谁家谁家好，你寻思我就没打碎了牙往肚里咽的时候吗？我过来的，我经历的，和谁也没说过，从来也没说过。我下出面条子，端着碗喂孙子，孙子吃得太急，烫着了，哭了，俺儿媳妇过来一把把碗打到地上，说我，你干么吃呀！一大碗热面条子，全倾在我脚面上，烫得我连袜子也脱不下来，脚上的泡像豆粒子。俺儿回来问我怎么烫的，我说是自个不小心烫的，我能对儿说吗？说了他俩不打仗吗，了得吗？"老二奶奶说到这里，仍劝六婶子说，"侄儿媳妇啊，听我的吧，跟我学吧，一家人过日子，就得托着，哪能都砍到板上啊。”

六婶子抹着眼泪不哭了，抬头望着老二奶奶说："你儿媳妇也这样儿？"

老二奶奶说："俺儿媳妇哪个样儿？俺儿媳妇可不孬了，娶了这些年，俺娘儿俩没红过脸过。打那回，俺儿媳妇拿着我，比亲娘还亲。"

老二奶奶说着又笑了，笑得哈哈的。

三叔和三叔的小屋

·:·

村头，道旁。有两间低矮的小屋，也就一冒手多高。小屋的底部，只几行砖的碱脚，往上是坯的，老辈子的花棱子死窗户，一开吱吱作响的老笨门。屋内的墙壁上，被烟熏得黑漆漆的，紧连着锅头一盘小炕，炕前一张旧条桌，一个长板凳，几只短木凳，而且这几只短木凳也是别人来小屋玩儿，没座杌，从自己家带来的。这就是我庄乡爷们儿，三叔的小屋。

三叔独身，一个人吃饱了全家不饿。他家是非少，再加上三叔脾气好，不嫌烦，有人缘，来三叔小屋串门的特别多。每到秋后，地里农活少了，尤其是冬天，来小屋下棋的，打扑克的，拉闲呱的，坐着的，站着的，挤得满满的，黑白天不断人。有人舍着自家大起脊的明亮厦房，闲着几十寸的大彩电不看，空着舒适的沙发不坐，来小屋一站大半天，反而觉得舒坦。

我就是这小屋的常客。要是有两天不来小屋站站，就像少了点什么似的。三叔也想我，说我，昨天怎么没来啊？我在家坐不住，和家人总觉得没多少话可说，而来到三叔的小屋里，有说不完的话，拉不完的呱。在三叔小屋里，天南地北，从古到今，说话也没什么忌讳，说句粗话，就是有屁，也可以放心大胆地放。三叔的小屋能给人解闷儿，能给人除烦，能让人愁容换笑颜。有一次我和妻子抬杠，躲出来在三叔小屋里玩儿，三叔说我，耷拉个脸地不滋儿，怎么了？我说，唉，烦！三叔说，烦个茄子，来，打一把。打了几把扑克，我心里的气就消了。我和我妻子怄气，没吃饭出来的，在三叔小屋里玩儿到半宿饿了，对小屋的人说，肚子有点叫了。三叔说，饿了，算子上有干粮啊，吃就行啊。说着，三叔拿了个馍给我，怕凉吗？怕凉可用热水泡泡。我把馍掰成一块一块的，放到碗里，倒上开水，又问三叔说，有咸菜吗三叔？三叔说，哪有咸菜了，你倒上点酱油吧。三叔拿过酱油瓶子给我，我倒了点酱油在碗里，一调和，馍被开水一烫，粉了，全泡泛了，要搁平时，在自个家里，我是绝对吃不下去的，半夜里在三叔小屋里，却一口气将那一碗泡馍吃了个精光，而且吃得蜜口香甜的。

在三叔的小屋里，人们能解决不少困难。后街郑大个子为儿媳妇的彩礼钱憋住了，在小屋里站不住坐不住的，三叔问他，怎着了，像生了虱子似的。郑大个子说，

145

还不是拉巴儿的好处啊，人家女的那头同意娶了，可咱老凑不齐彩礼钱。三叔说，差多少啊，大伙给你凑凑，这么一大屋人，还能叫尿憋死？接着三叔又对在一边下棋的五大爷说，五哥，你不是刚卖了头猪吗，先叫他用着，当我借的。五大爷说，没事没事，对郑大个子说，你怎么不言语啊，就是老三不说，我也不是吃四顿饭长的，多咱用啊，我这就给你拿去。五大爷的话还没说完，打着扑克的黑子哥说，我手底下有二百。四爷们儿也说，我能给你凑三百。郑大个子笑了，够了够了，没想到远跑不如近爬，我求亲戚告朋友好几天了，没借着，还是自家兄弟爷们儿啊。

三叔的小屋在庄里举足轻重，有好几年，村里安排人晚上打更，值班的人每隔半拉小时，就围庄转一圈，完了就在三叔的小屋里歇脚取暖。人们管三叔的小屋叫警屋子。

这年三叔的小屋坏了，翻修房顶。没用三叔叫，一下子来了一二十口子人，把三叔的两间小屋围了起来。人多房小活少，大伙轮流着干，一半干的一半玩儿的。晌午，三叔准备管饭，人们七嘴八舌打起了笑谈。这点儿活还管饭啊，还不够饭钱哩。是啊，我平时在我个人家待的时间，还不如在你小屋待的时间长，给你修屋，就是给自己修屋，个人的活个人管饭。我也随大伙掺和说，就是，你寻思小屋是你个人的哩，是公的。不知谁又跟了句，哈哈，是母的。

这时的三叔，也不客气起来，我这小屋成大伙的了。

我离老家进城时，三叔抓着我的手说，以后成了城里人了，还看起三叔了吗，还来我小屋热闹吗？我说，来，能不来吗？可由于种种原因，我再没到三叔小屋去过，怪想的。

张　大　成

张大成是"文化大革命"前的老高中生，学得扎实，功底深，是有知识、有文化的人。可惜未能圆大学梦，常叹自己生不逢时，不甘摸锄把子与黄土为伍。特别是为逃避驾小车上大河，暂且委身当了孩子王。和我一样，是民办教师，教中学。张大成上课比我强得多，我是单腿蹦，教语文行，教别的白瞎。而张大成，历史地理数理化，哪科也懂，哪科也会，是围桌子转的手。我上课都是先看看参考书，先备课，查查资料，以免教学生知识有误。张大成从不看参考资料，连课也不用备，甚至上课不用课本，踏上讲台就讲，连讲带板书，中间不带看书的，讲完了让学生打开书，学生翻开书一看，张老师讲的和书上一模一样，一个字都不带差的。老师们有难解的题，都是说，张老师，你看看这道题。张大成接过题，稍一动脑，眼珠一转，动笔一画，指给老师们说，看看，这道题得这么解，会了吧。

张大成有才，认为自己屈才，嫌自己挣的工资少，下的力却大。俺们民办教师开始一月只几块钱，不叫工资，是补助，记工分。后来涨了，涨到80元了，而公办教师的工资已涨到500元了，是我们的好几倍。我们有句乘法口诀形容，五八四十。是说我们五个民办教师的钱还不如一个公办教师的工资多。张大成常说，唉，挣钱的不下力，下力的不挣钱。也是，公办教师不但挣钱多，公办教师少，不是当校长的就是当主任的，分的课少，活轻，压力小。老民（民办教师）们都任主科，是教学的主力。张大成带着怨气上课，常上到半截不上了，发牢骚说，今天就上这两块六毛钱的。一月80元，一天合两块六。还没下课，张大成抱着课本回办公室来了。校长说他，牢骚太盛防肠断，别耽误学生。张大成说，我耽误学生，谁耽误我了？校长说，你合着就干，合不着就散。张大成说，但凡有一线之路，我愿意干这个？

张大成终于有别的出路了。他和棉厂的厂长不错，厂长说他，你当民办教师，一个月80元，干脆别干了，给我当秘书吧，我一个月给你500元，管着你抽烟。这是个好差事，张大成巴不得呢，他连招呼也没和校长打，走人了，去棉厂当秘书去了。没想到的是，他在棉厂只干了二年，棉厂倒闭了，连正式工人都解散了，他不是正式职工，更没他的事了。而且这时，民办教师下来转正的名额了。张大成一打听，他正够条件。找吧，跑教委，上教育局，可一查他的档案，中间间断早超了仨月了，这是个硬杠，张大成转正的事黄了。张大成想，这次黄了，以后还会有机会，早知道的话，不如不当秘书去了。更懊悔走时没和校长说一声，他想再回来当民办。校长说，对不起，你在编民办名额已删除了，因为建档案时你不在，不干了，看在你教书有能力，你回来我欢迎，但不是民办了，只能按代课算。张大成只得当了代课。他想再找机会，转成在编民办。可从此当个在编民办教师恰似转公办一样难了。张大成当代课，一当就是十几年。十几年后，上级下来文件，所有够条件的民办教师都转正，之后又有文说，所有代课一律辞退。张大成这才傻了眼，他驮着被窝回家时哭了。

又过了十几年。

张大成听说当过民办的有照顾了，但还没准信儿。他就找，他搁伙和他一样当过民办的人一伙找。找镇教办，找县教育局，后来干脆联合人凑钱，凑路费，凑吃饭钱，他和几个代表上省城，租旅馆住着，天天找，天天找有关部门。工夫不负有心人，终于找成了。开始统计当过民办的人员名单，年限，以及谁是证明人，都填了表。又等了半年，下来通知，统计上去核查无误的人，下月就开始发工资，并从1月补发，以前当一年民办而今一月20元。张大成干得年时多，他差五个月不到30年，报了30年，批了。张大成算计着，他一月能领600元，加上补发的，一下子能领小5000呢，滋儿了，称了半斤猪脸，喝了杯小酒，往床上一躺，想美美地睡上一觉，做个好梦。

谁知张大成一梦没醒，死了。

推　磨

二十世纪六十年代，农村里没有磨面机，也没有粉碎机，庄户人家吃面子、喝楂子，都是自磨，用石磨磨。那时候，几乎家家有石磨。石磨有大的、有小的，小的石磨推起来轻快，但磨盘小，压力小，磨面子太慢，一遍磨不烂，得磨两遍甚至三遍，才能磨成面子。大的石磨厚重，推起来费力，但是磨盘大压力大，磨面子快，一遍就磨成面子。

五嫂家的石磨是大石磨，全村数五嫂家的石磨大。五嫂家的石磨，是五哥在时置的，五哥个大力大，磨面子图快，就安了个大磨。但是五哥得病死了，舍下五嫂和一个才上一年级的小妮儿，再推大磨就费劲了。五嫂体格小，一个女人抱着磨棍推那大磨，推不动，推不动也得推啊，娘儿俩得吃饭啊。五嫂每次推磨都犯愁，她有时抱着磨棍使劲儿往前推，有时后伸着双手抓着磨棍拉，推几圈儿就累得气喘吁吁的，就得站一站，擦擦脸，擦擦汗。

这天，五嫂抱着磨棍推那大磨，她的磨就安在天井里，连院墙也没有，人在大街上走，能看见。根子看见五嫂推磨，走过来说，嫂子，这么大个磨，你推得动吗？多么费力。五嫂擦了把脸说，有什么法子呢。五嫂说这话时，一脸地惆怅。根子说，我帮你推。根子说着，从五嫂手里接过磨棍，根子个大力大，他推起五嫂的大磨来，一点儿也不费劲，根子手抓着磨棍，腹部紧顶在磨棍上，手推肚腹也推，推得个大磨呼呼地转，隆隆地响。

五嫂很是感激根子，但却无有报答，问根子说，根子，你今年多大了？根子说，三十了。五嫂说，年龄真不小了，我打听着，有合适的，给你说个媳妇。

谢谢嫂子，谢谢嫂子了。根子喜的。根子说媳妇早过了年龄了，虽然小伙不赖，可是根子出身不好，一直没有操心的，根子在人前都抬不起头来，矮人半截。根子一听五嫂给他说媳妇，立刻来了精神，力气倍增，推起磨来更快了。一会儿，就帮五嫂推了两碗面子。五嫂说，行了，别推了，够俺娘儿俩吃一天了。根子说，吃一天，明天你还得推磨呀，我给你多推点儿吧。根子帮五嫂推了半上午，推了好几大碗面子，五嫂说，谢谢你了，根子兄弟，我三天五天不用推磨了。晌午别走了，在我这儿吃吧。根子说，不了，我早晨还剩了两碗黏粥，别瞎了，说着就走了。

　　根子走了，五嫂没忘了刚才说的话，五嫂接连跑了好几家亲戚，有大闺女的户，给根子提亲。但是有的嫌根子家成分不好，有的嫌根子年龄太大了，没中意的。五嫂这心没操成，五嫂心里跟个事似的，五嫂觉得对不住根子。

　　几天后，五嫂又推磨，五嫂倒到磨上粮食，刚抱起磨棍，根子来了，上前接了磨棍，说，我来我来。五嫂抓着磨棍不想给根子，说，我个人推吧，哪能尽让你受累呢。根子说，这点儿活，你客气什么，嫂子，我长这么大，给我说媳妇的，只有你，我得感谢你呀，嫂子。

　　五嫂说，没给你说成，不过，你别灰心，我娘家叔伯妹妹要离婚，等散利索了，我给你问问。

　　让你操心了，嫂子。根子知道，五嫂是真给他跑了腿了，操了心了，不成，全在自己这出身上，根子对自己的婚姻也没抱多大的希望，说，我这条件，谁愿意跟着我啊。

　　五嫂说，条件怎么了，小伙不矬不矮不傻，缘分不到，缘分到了，不愁说不上个媳妇。

　　根子听五嫂这样一说，就又有了精神了，推起磨更有劲了。

　　推完了磨，五嫂专程去了趟娘家，一问，叔伯妹妹离婚刚散利索了。五嫂把妹妹给根子提，妹妹没说什么，愿意和姐姐找一个庄里，有点事好有个互相照应。婶子没点头，婶子嫌根子成分，担心闺女跟了根子受歧视。婶子说，我考虑考虑再说吧。

　　五嫂给根子又没说成媳妇，回来了。五嫂从娘家带回十来斤麦子来，想磨成面包饺子，女儿早就想吃饺子了。五嫂刚把麦子倒到磨上，根子来了，根子又帮五嫂推起磨来。推着磨，根子问五嫂说，嫂子，你妹妹那事，问了吗？

　　五嫂说，问了问了。

　　根子说，有成吗？

　　五嫂说，就等我婶子点头了。

　　根子说，你婶子不同意吗？

　　五嫂说，婶子也是嫌你出身。

　　根子的心里，一下子凉了半截，沮丧地说，我这辈子，完了，就是打光棍儿的命了，完了完了。根子说着，哭了，掉开泪了。

　　五嫂说，你别绝望，我再回娘家一趟，做做婶子的工作。

　　推完磨，五嫂又去了娘家，做婶子的工作说，婶子，我给妹妹提的，和根子的事，你考虑了吗？婶子说，不行，你别再提根子了。五嫂说，婶子，其实根子小伙儿挺好。婶子说，小伙儿好，能吃他，能喝他？小伙儿好，你怎么不跟着他。

五嫂吃了闭门羹，回来了。

根子问五嫂说，嫂子，看你的表情，我这事，没戏是吧？

五嫂说，根子，和我妹妹，你俩不合适。

根子的脑瓜儿立刻就耷拉了。

忽然，五嫂看着根子，说，要是带着个小妮儿，你愿意吗？

根子说，愿意愿意，带着个小妮儿也行啊。

五嫂说，比你大，大好几岁呢。

根子说，大好几岁也行，我会拿她当姐疼。

五嫂不言语了。

根子问，她是哪里的啊？

五嫂说，你看啊。

根子瞪大眼睛，不知上哪里看，说，看什么啊？

五嫂深情地望着根子说，根子，你，是个榆木疙瘩……

从此，五嫂小院里有了笑声，根子推磨，五嫂罗面，黄梅戏的小曲，常飘出老远：我推磨来你罗面，夫妻恩爱苦也甜。

老　韩

老韩已死了多年，但人们还时常把他怀念。老韩活着时，人们常打他笑谈，无论什么场合，只要有老韩，便热闹非凡。

老韩能把哭爹的引笑了。那年，他姨死了，老韩去吊丧，当外甥的要拜祭，但老韩拜不了，他作揖的那动作，就像捞鱼的似的，人们轰地一下子大笑起来，老韩爬起来冲众人说道，笑啥，看下回的。一句话，陪灵的也差点儿笑出声。

有人问老韩，哎，老韩，你认字吗？老韩说，俺怎么不认字啊。那，你认认这是个么字啊？老韩一咧嘴说，俺还得认得你庄里的字吗？那，老韩，你说说半月有多少天啊？老韩说，谁不知道半月有二十天啊。

老韩有点儿宝气。

老韩办事，还是个难缠。至今，人们还常拉当年老韩干小买卖的事。那年月，种地的不能打工，干小买卖那是投机倒把的营生。可老韩还是偷着背着地干。他骑着一辆外胎裹着一圈粗井绳当里胎的破自行车，从外头买了生花生，上锅炒了，再驮到集上去卖。但刚出开摊一份花生还没卖，便被工商上的查住了，工商问他，哪来的花生？老韩说，贩的。你不知道投机倒把犯法？老韩指指自己的嘴说，谁叫他长这玩意儿来，赚个窝头填这窟窿。那好，你承认是贩子，跟我走一趟吧。工商说着，抓起他的秤，提起他的花生就往工商所里走。你往哪拿啊，老韩也不着急也不上火，连顿饭钱还没卖哩，一边嘟囔着，一边跟着工商走。

来到工商所里，工商在椅子上坐下了，老韩也在对面的椅子上坐下了。工商说，你倒是实在，谁让你坐了？老韩说，怎么，这不是人坐的？工商问，哪庄的？老韩说，韩庄的。叫什么名？都叫俺老韩。什么成分？贫下中农啊。说具体，到底是贫农还是中农？贫农，纯贫农，一点儿水湿毛潮都没有。为什么干这犯法的营生？你愿意干啊，要是把你这活让给俺，让俺干俺也不干。嘿，你倒是有理了，去，外边去，愿干什么干什么去。

老韩被撵到门口，倚着门框不动了，同工商看起了瞪眼。工商说，你在这里靠吧，看谁能靠过谁。老韩说，靠就靠，庄户人的工夫不值钱。

直靠到晌午了，老韩还不动弹，工商也不理他，去伙房打回饭，刚拿起一个包子想往嘴里吃，老韩也凑上前说，一伙吃吧，我打早晨还没吃饭。说着，抓起一个包子一口就下去一半。工商气得，食欲大减，大爷大爷你快提上你的花生走吧走吧。老韩又拿起一个包子吃着问，不充公了？你快走吧大爷，我服你了行吧。老韩提着花生，迈出门槛，一扭头看见工商晒在窗台上有两双鞋，上前拿起一双说，一夏天了没鞋穿，旧的我也不嫌。工商气黄了脸，我说老韩啊老韩，你还有脸没脸？老韩说，嘻，你嘴大，你说腔就是腔，你说脸就是脸。

捉　　贼

我高中毕业，回乡务农那年。

"玉河，你刚下了学，干活没力气头，你去看地吧。"队长在分派活时，对我说。

我十分感激队长对我的照顾，我知道看地是一个什么样的活。看地，用不着磨损自家的锄镰镢锨，用不着出力流汗，只是围着庄稼地转转，便能挣工分，记满分。我听说，往年，干这活的，可都是有头有脸的社员。今年，队长把这活派给我一个刚刚参加农活的学生，是照顾我，我认为。

在我抬脚准备要下地时，队长叫住我，嘱咐我说："你要转得勤点儿，特别是咱村北那片棒子，马牙子了，煮着吃、烧着吃，都行了。那些手指头长的、嘴馋的，快动歪心了。往年，年年派看地的，但年年破地，今年，看你的了。"

我对队长打包票说："你瞧好吧队长，有我在，棒子在，庄稼在。"

在学校时，我是个责任心强，不怕得罪人的班干部。我的性格，大概从那时起，就定性了。回乡务农第一季，我一定要干个样给社员们看看、给队长看看，绝不能让大伙辛辛苦苦到手的粮食，被个别人作践。

初秋的田野，一片丰收在望的浓厚景象，鼓鼓的豆荚，由绿变黄；穗大饱满的高粱，涨红了笑脸；地瓜把地面拱得高高隆起，狗头般的茎块袒露在裂缝间；小暖壶胆似的棒槌子，挺立在秆壮叶绿的棒秸上。

今年，是个丰收年。

欣赏着这秋色的美景，我反复地转悠在地头道旁。放羊的从道上走，我让他离庄稼地要远，拔草的一进棒子地，我几乎紧跟着他转。我要牢记队长的重托，看好护好集体的财产。

自从开始看地，除了回家吃饭，其他时间，我都靠在地里了。这样，一天，两天，一连几天，地瓜地、豆子地、高粱地、棒子地，所有的庄稼，没发现有破地的现象。

这天，我吃过午饭，习惯地赶紧又回到地里，当我顺着地边，转到家北那片棒子地头上时，忽然看见有两棵棒秸上，棒槌子没有了。我凑近仔细一看，发现是被人刚刚掰下的痕迹。我着实一想，刚才我回家吃饭时，还没发现，没错，就是被人刚刚掰过的。一种失职的懊悔感涌上心头，我直埋怨自己，太不上心了，太不动脑了。其实，队长早就给我说过，手指头长的人，就好趁人们收工回家时下地，趁晌午头地里没人手贱。这是给我敲响的警钟，这是对我护坡人的挑战。

第二天，天近晌午，我提前回到家，摸了块干粮，接着又下地了。在那片棒子地旁，我把干粮吃完，抬脚想围地转，走没多远，忽然听见棒子地里头咔嚓咔嚓有响声。我的心不由咚咚跳了起来。本能加警觉，使我猫腰朝响声摸去。响声越来越大、越来越近，当我走到跟前时，竟还没被发现。只见我后邻三娘们儿，正咔嚓咔嚓地掰下棒子往一个大筐头子里放。

"住手！"我大吼一声，三娘们儿吓了一跳。她抬眼一看是我，假装平静地说，"是大侄儿啊，我寻思谁来，我就馋嫩棒子，掰几个煮煮吃，一会儿煮熟了，我给你留几个，没外人，嘿嘿。"说着，她背起筐就要往外走。筐里已装有好几个嫩棒槌子了。

"站住！"我几步赶上去，夺下她的筐，"走，跟我见队长去！"三娘们儿的脸由红变黄，"让你婶子丢人啊，又不是你的。"

"这是我的职责！"我背起她的筐出了棒子地，朝村子走去。身后，传来三娘们儿哭咧咧的声音："死门子，不破花，今天算我倒霉。"

我气昂昂地进了队长的家，把筐放在队长的屋门旁，向队长说了事情的来龙去脉，队长正抱柴火帮他娘们儿做饭，听我一说，吼声震天："这户人就欠治，一定要严肃处理她。"

从队长家出来，我没回家，就像完成了一项大的重任，但仍觉不尽意似的，我接着又返回地里，返回那片棒子地里。棒子地里，清晰地传出咔嚓咔嚓的声音。我寻声摸去，却见一头大白母猪头正大口大口地撕扯着棒子。它的心眼儿真多啊，它先是用嘴从半截里将棒秸咬断，再用前蹄踩住那半截咬断了的带棒槌子的棒秸，继而摇着脑袋使劲儿啃扯，被它啃扯过的棒子已有四五棵。见母猪头这样糟蹋棒子，简直把我气坏了，我飞起一脚朝它踹去，但没踹着它，它吱的一声跑了。等我追出棒子地时，它已顺着大道快窜到庄里了。我返回地里，将母猪头啃坏的那几棵棒子，连同棒秸一起抱着，朝队长家走去。我想让队长在下午敲钟召集社员们下地时，说说这事，让大伙都拦好自家的猪羊。

我跨进队长的院门，却见刚才我送来的筐头子里的棒子不见了，只剩下个空筐还放在那里。再往旁边一看，鲜亮鲜亮的棒子皮扔在院子里。先是队长的娘们儿听见我进门来，手里拿着一个热气腾腾的棒子，边啃着边向里屋招呼队长。队长一露头，看见我，将手里啃半截的棒子放在灶台上，迎出门气呼呼地问我："又是哪个贼？"

我望着队长满嘴的棒米楂子，火热的心猛然间很沉很沉，手里的棒子，似乎重有千斤，再也抱不起来了。

老辈人的爱情

他和她，是自年轻由媒妁之言、父母之命走到一起的。没有花前月下，没有卿卿我我，没有海誓山盟，甚至一生相互间连一个爱字也不曾说过。

一提起爱情，他唬起脸，说，没正经，啥爱啊情的。

而她，羞臊的什么似的，去去，咱庄户人家不兴这个。

他有名字，她叫他从来不叫名字，叫哎，哎，你听见了吗？

她也有名，他叫她也从不叫名，叫哎，哎，你耳朵陈了？

她明明疼他，说出话来却像烦他似的，他颈椎不好，每次出门，她总是大怪小怪地嘟囔他，哎哎，做官掉印了，戴上脖套，常不得劲儿不知道吗，个人的事个人不想着，别人像欠你似的。

她血压高，每天早晨吃饱了饭刚撂下碗，他便埋怨她开了，又忘了吃药了是吧，再头晕时可别说难受啊。

他不吃葱花，包个饺子下个面条的，她从来不放葱花。儿女们说，娘，咋不放葱花炝炝锅啊？

她说，你爹不吃葱花，叫他闹啊。

他明明离不开她，说出话来却全怨她。那天，闺女来叫她去住两天，不等她答应，他先说话了，去干吗呀去，你有公公婆婆，不叫人家说啊。闺女说，说吗呀，是俺公公婆婆让我叫俺妈去住两天的。他又说，你妈这户人，连个话也不会说，叫你公公婆婆笑话，再说，她血压高，每天吃药，你又干着买卖，大忙的，再侍候她啊，别去了，过一阵子再说吧。闺女一次没叫了娘去，两次没叫了娘去，第三次说啥也不听他的了，硬是叫着娘上路了。

临出门，他老大不高兴地说她，待个一两天的就回来啊，别给闺女添麻烦。而她去了还没三天，他便左一个电话右一个电话地打开了，哎，老在人家那里干吗呀，等着人家烦了撵你啊，快回来。

她不知是经不住他左一个电话右一个电话地打，还是心里也记挂着他，火急火燎地回来了。进门说他，一辈子没娘们儿的不知怎么着来，才几天就想得这样。

他说她，谁想你，我才不想你来。不想，不想俺再回去了。回去，回去就多咱也别回来了。

她问他，哎，这几天你塞（吃）的吗？

他说，塞的吗？面条儿，一天三顿面条，喝得一闻就想呕。

她说，活该，个人又不是不会做饭，连菜也懒得做是吧。一边说着，一边开始切馅子包饺子，他最爱吃菜馅子了。

一次，他病了，住进医院里。儿女们知道她也有病，说，娘，你在家个人好好养着你个人吧，俺们去医院侍候俺爹。她却说，你爹这人，毛病多，你们侍候不了他，我个人来吧。她一步不离地守在病床前，他一醒来，立刻问他，吃点儿吗？他说，吃不下，不想吃。她说他，不想吃也得强吃，光依着个人行吗光依着个人。他一天没吃饭，她三顿水米未沾牙。他见她陪着他难受，说，我这户的，活着干吗，不如死了。她拿眼白着他说，快闭上你那臭嘴，你死了俺还活着干啥。

他住了半月的院，胖了；她在医院里伺候了他半月，瘦了。

儿子对儿媳妇说，你看咱妈侍候的咱爹，等老了，你对我有一半就行了。

她听着这话，心里乐，嘴上却说，你爹这户人，我好伺侍他。

呼　　噜

他爱打呼噜，一睡觉就打，鼾声如雷。

她说："烦人，你打呼噜，能传二里地远。"

他说："我打呼噜来吗？我怎么没觉出来呢。"

"你不觉，我给你录下来，你听听。"她真把他打呼噜的声音录了下来，放给他听，说他："还犟吗？"他听着自己打呼噜的声音，不好意思地说："对不起，影响你睡觉了，我再打呼噜时，你使劲推我。"

他再打呼噜时，她就使劲推他，但推也不管用，推推他，他呼噜停一停，刚放下手，他又打开了。

为使他不打呼噜，睡觉前她曾说他，手别压着胸口，别仰睡，侧着身子睡。可白瞎，他呼噜照打。

为治他打呼噜，她曾捂过他的嘴，捏过他的鼻子，也曾和他分床睡，但始终没治住他打呼噜。

她一辈子，最烦他打呼噜了。

终于有一天，他不打呼噜了，到另一个世界去了。

没有了他的呼噜声，她应该睡个好觉了。然而，她更睡不着了。没了他鼾声的屋内，她觉得很空寂，空寂得使她有些害怕。

有人说她，睡不着觉失眠，你吃个安眠药，吃安眠药管事。

她买了安眠药，但是，吃安眠药也不管事。

她虽说睡不着觉，但每晚却早早地躺下，儿女们细听她房间里没动静了，以为她是睡着了，但一靠近她房间，她随即问道："谁啊？"

孩子们也为她失眠而发愁，娘睡不着觉是个大事。

忽然一天，夜里，她房间里传出如雷的呼噜声，儿女们吓了一跳，赶紧跑进她房内去看，呼噜声是从录音机里传出来的，她头紧挨着录音机，睡的是那么香甜。

招　　亲

当家长的，给儿女找对象，哪个不是盼着孩子找个家庭好的、小伙帅的、女的俊的。不是攀龙附凤，也得门当户对的呀。可他不，他不但不高攀，反而低就，别人都说他另一户，他却说："你们知道吗，个人有个人的打算，个人有个人的小九九。"

他儿子一米七八的个头，在村里是数一数二的小伙儿，他家庭条件又不错，给提亲的挤折了门框。大闺女的照片有一大撂，个头高的，不矮不高的，胖点儿的，瘦点儿的，不胖不瘦的，白白净净的，匀匀称称的，各个水葱儿似的。但他就是相不中。急得他儿不理他，直跺脚，谁知找个啥样的。挑来挑去，一个黑灿灿的，走路腿有点儿毛病的女的，他一锤子定音了："就她。"

他儿子恼了："你相中了，你要！"

"啥？"他把脸一跌下，"长得跟画似的，能吃她喝她。"他在家庭里就是天，谁敢不听，还反了你了。

这是给儿子说媳妇。给闺女找婆家，也这样儿。都说他闺女错托生了，那模样儿，那身条儿，像演员。要是生在城市里，得找个官二代富二代什么的，长在农村，就更得拣样地找了。

支书在村里可算是数得着的户了，轿子面包趁两辆车，贴瓷瓦的四合院，正房是封厦的。最主要的是支书的儿，与他闺女从小一块过家家，有点儿青梅竹马，大学本科毕业，又考上了公务员，要是他愿意，人家不嫌他闺女是种地的。

"不行不行不行。"他头摇得像拨浪鼓，一口回绝了。真不知他是咋想的。弄得当媒人的再来提亲，考虑三天三夜不敢登门。

他表兄弟抱着试试看的想法，介绍说，东乡里有个男孩子，会技术活，在城郊一个体厂里是合同工，不过，听说有点儿讷夾。不行的话当白说。

"中！"他一拍大腿，同意了，"这回，我这家，你说了算。"

他表兄弟说："你给孩子商量商量。"

"没那一说，我是他爹！"

闺女脾气比较面软，不敢不听他的，知道拧不过他，虽不太愿意，摊上这户老的，有啥法子。直到临出门儿，都眼泪吧嗒的。

婚后，三天回娘家，他见闺女仍一脸不如意，问道："咋，给你找瞎了？"

"可是的没瞎，"闺女不敢大声埋怨他，嘟哝说，"找这女婿，又讷又尿，倒是多不了事，就连家里来人买盒烟，也问问俺买多少钱的。"

"扑！"他一下子乐了，"看看，我说的么来，这个，你进去门子，准说了算。"

虱　子

提起我大爷和我大娘，人们都说他俩不大般配。

我大娘长得，像电影演员。而我大爷长得，黑不说，又矬。都说我大娘跟着我大爷屈了，有人干脆直接说他俩，真是一朵鲜花插到牛粪上了。

听着人们的议论，我大爷不气不恼，心里话，愿说么说么去吧，但是说我大娘不行，谁要说我大娘的不是，我大爷会和他急了。

我大爷和我大娘，从年轻过日子，生儿育女，直到老来相依为伴，恩恩爱爱、和和睦睦，连勺子碰锅沿都没有过。

大娘和大爷这令人羡慕的爱情，不是人们说的那种好汉没好妻，赖汉子娶仙女，也不是那种嫁鸡随鸡嫁狗随狗的穷凑合，是自由恋爱的结果。而且还是我大娘追的我大爷呢。说起我大娘为什么看上了我大爷，大娘曾毫不隐瞒地向我讲过她和大爷恋爱的故事。

大娘说，我和你大爷是同学，一块儿在镇上念高中那年，那时，日子穷，一件棉袄，成冬天穿，连件替换的也没有。同学中，有不少长虱子的，一天课间，我们几个同学围在一起闲侃，忽然，有同学指着我的脊背说，哈哈，快看啊，校花也长虱子，这么大，都爬到外边来了。霎时，所有的目光都朝我脊背上看来。我的脸腾地红了，简直无地自容了。这时，你大爷突然哈哈大笑着说，哈哈，她长得还没有虱子胖，能喂出这么肥的虱子来呀，咋的，我为了打她笑谈，故意扔到她背上的，这回可看到校花脸红是什么样子了，哈哈……

同学们不再笑话我了，把目标都朝向了你大爷，都说你大爷没正事，闹着玩儿有点儿过火了。

可我深知，那虱子绝不是你大爷的，我知道我也长虱子。事后，我背着人问你大爷说，你为什么说虱子是你扔的？

你大爷说，咱俩同桌，我知道你脸皮薄的，像纸似的，要叫人知道你长这么大虱子，你会没脸见人的，我是男人，我替你兜着。

大娘对大爷的求爱信，便很快飞到大爷的手里。不过，那信，没什么卿卿我我，也没什么海誓山盟，只有简短的一句话：你是大山，值得依靠。

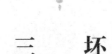

三　坏

在我儿时的记忆中，三坏最孬、最没正事了。

三坏，排行老三，起名坏那，人们都叫他三坏。他爹真没错给他起了名，三坏从小又孬又古怪。在我们一帮小伙伴中，他自封为头儿，谁也不敢不听他的。他长得腰粗、头大，敢作，不怕。老师说，这家伙不笨，就是不往正地方用。女生最烦他了，背后里常骂他。他下课上厕所，女生厕所和男生厕所一墙之隔，墙不高，他用手托着小鸡儿，通过墙头，朝女生那边尿泡。女生把他告了，老师拧着他的耳朵治他，他不但不服，还记恨老师。几天后，上课前，他用一片蓖麻叶，包了一包土，放在教室门上框上，轻轻地把门虚掩上，然后对全班同学说，谁也不许告诉老师，谁告揍谁。一会儿，老师来上课，一推门，那包土啪地砸在老师肩上，弄了老师一身。老师把他爹叫了来，他爹直往死里揍他。可他不怕，连句软和话都不说。气得他爹直跺脚，俺小爹，祖宗！

记得我小时候，农村流行一出小戏，叫《出狗殡》，演的是地主王二爷的狗咬了一个穷人，这个穷人把王二爷的狗弄死了，王二爷不让了，逼着穷人披麻戴孝，给他的狗出丧。我们几个小伙伴，放了学或是星期天，常学演这出戏。每次，都是三坏分派角色，我演穷人，石头演狗，小军当观众，三坏演王二爷。他挂着根扒了皮的白柳棍儿，歪戴着帽子，走路一摇三晃，狼腔怪调地唱道，王二爷我家住在王家庄上，又有钱又有势独霸一方……那个孬劲儿——说实在的，数他演得像。但当演到穷人翻身了，斗地主时，他不当王二爷了，改当穷人。而王二爷不是让我当就是让石头当。他使劲掐着我俩的脖子往地上摁，常把我俩摁哭了。

有一年夏天，我们几个去下湾，水不深，才到大腿。三坏不让我们下，他下完了再让我们下，他说都下去会把水闹浑了。我不服他，凭啥你先下，又不是你的湾。我扒了衣服跳了下去。可是三坏不干了，他抓起稀泥朝我身上扔起来，我也抓起稀泥扔他。但扔不过他，躲又躲不掉，只好爬上岸，提着衣服带着满身泥跑回家。打那，我发誓不和他玩儿了。

后来，我升学外出念书了。

再后来，我在城里参加工作，娶妻安家。

　　我曾听说，三坏也说上媳妇来了，但不久被他打跑了。我有年头没见着他了。

　　这年，我堂兄过世，我回家参加堂兄的丧事。还未进家，在院门外，老远就看见小军、石头等好多庄乡兄弟爷们儿，他们都是来帮忙料理堂兄的丧事的。儿时的伙伴相见，免不了寒暄问候，我赶紧掏出烟来分。正分着，忽然，一只又脏又粗糙的手猛不丁从我手里抽出两根烟，一根夹在耳朵上，一根就要往嘴里叼。我有些陌生地打量了他一下，只见他，蓬头垢面，胡须老长，门牙快掉光了，这是——我不知他姓啥名谁。怎么，你不认得他了吗？小军在一旁解释说，三坏啊。啊，我有些不想信自己的耳朵，三坏，当年的"王二爷"，咋成这模样了？他怎么跌落成——我问小军。作的，石头抢话说，他偷牛被人逮住打的，大脑不好使了。我不由重将目光投向三坏，见他正往嘴里叼着的烟点火，但他将没过滤嘴的那头叼到嘴里了，而打火点的是烟的过滤嘴，连点了几回，点不着，石头一笑他，他把烟一折两下，朝石头的脸上扔去，石头拍了他一下，他一边还手一边骂开了，×你娘！小军制止石头说，别闹了，别和他一般见识，来吊丧的了。

　　来吊丧的，穿着白大褂子，是堂兄的女婿。堂兄的女婿来到堂兄的灵前，深深地作了个揖，正准备跪下行叩拜礼，三坏突然从兜里摸出个大两响，点着了药捻，随着"咚——嘎"两声巨响，堂兄的女婿吓了一跳，一下子趴在了地上，闹了个嘴啃泥。

　　三坏却乐了，他张开大嘴，露着两个黑牙，喜得哈哈的。

陪 娶

在咱农村，陪着新郎官到女家娶媳妇，是个很光彩、很为人的差事。不过，这差事一般人干不了，也不是一般人干的。陪娶，大都是常出头露面的有威望的一提尊姓大名叫得挺响亮的人来当。当陪娶要会说话，什么场合什么人也能应付，要左右逢源、见机行事，说话滴水不漏。陪娶还要能喝酒，到劲儿上能装个半斤八两的，对付个仨俩的让酒的趴不下，不误事。陪娶得有两下子。

季凡春自从当上村里红白理事会的管事的，就当陪娶。

季凡春一开始当陪娶，很是认真、很是细心。他怕当不好对不住人们对他的信任，他向以前当过陪娶的人请教，先弄清楚了这里头的老些事儿。比如，娶的几点从家出发啦，几点到女方啦，来回的路该怎么走啦，新媳妇上下车面朝哪车头朝哪啦，等等。这里头的事挺复杂，走路都和平时不一样，讲究什么转南不转北、转东不转西。打个比方说，如果女方的家在南方，娶亲的车去的时候必须从西边走，回来从东边走，这叫转东不转西。如果女方的家在东方，娶亲的车去的时候得从北边走，从南边转回来。这叫转南不转北。再比如说"刀钱"，咱这一带兴这个，新郎官去娶新娘，要在女方坐上席，当上完了喝酒的菜之后，开始端上桌整鱼时，新郎官要掏红包。新郎官年轻不懂这里边的事，这时陪娶却绝对不能大意了，得赶紧示意新郎官，或给新郎官使眼色儿，或从桌子下面用脚点一下新郎官儿的脚，意思是赶紧掏红包。这红包里包着二十、三十、五十的钱，是给厨长的受累钱，让端菜的给厨长带回去。要不，厨长就不给上菜了，就耽误新媳妇上轿的时间了。而新媳妇几点下轿都是定死了的，如果到点回不去就无法举行婚礼，婚礼晚点入洞房就晚点，要是十二点入不了洞房就不好了，就有别的说法了，这是人们最忌讳的。对这些，季凡春处处用心、时时注意，条条件件他都记在心上。

不当陪娶时，季凡春爱睡懒觉，每天都八九点起，吃饭家人常叫好几遍。当了陪娶了，为了不误时间，他把手机定好了点，调到震动上，放到耳边，提前起床，刮胡子洗脸，又换新鞋又换新衣裳，就像他自己娶媳妇似的打扮。他把别人的事当成自己的事来办。甚至陪着新郎官临上车了他又问主家，想想，着实想想，还有事吗？没事了没事了，就那些事你都滤了好几遍了。主家漾着笑脸打发他上车，很是心宽，季凡春当陪娶，行，真给上心办。

季凡春还有个毛病，喝酒没把握，一喝多了就上话。季凡春为了不失言，到女方家他不喝酒。无论陪席的怎么让、怎么劝，季凡春就是不端。他不是说自己血压高就是有胃炎。再让得他紧了，他干脆从兜里掏出药片，看，我真吃着药来，你们该怎么喝怎么喝，别耽误时间。席间，别人不断端酒杯，季凡春不断看表，他掌握着，只能提前，不能晚点。

这一桌人，别看新郎官坐在正位上，但新郎官这天一般不喝酒，陪席的也不让他，另外陪着新郎官来的还有个拉毡的，就是腋下夹着个小褥，等新郎官朝新娘行跪拜礼时，把小褥铺在地上，现在大都不兴跪拜了，用不着铺小褥了，但拉毡的还有，实际上是个虚设了。既然是个虚设，拉毡的人也就不太被重视了。只有陪娶是主角。主角不喝酒，陪席的也就喝不上劲儿了，走过程似的端上几杯，季凡春一催，便打发新娘上车了，这时的季凡春，心里才踏实了。

庄户人家，不图升官，不图发财，吃苦受累几十载，盼星星盼月亮，就盼着新媳妇进门早有下一代。季凡春把媳妇给娶回来了，各个都是喜得合不拢嘴，迎出大门迎到大道上来。但首先重视的不是自家的新媳妇，而是恩人似的陪娶季凡春。季凡春一下车，便被激动的双手紧紧握住，大兄弟，受累了……此时的季凡春，如果说刚才到女家被女方陪席的人也是握手，那只算是礼节性的迎接，而眼下，季凡春就像国家领导人出访归来，打胜仗凯旋的将军，那场合，有唢呐等乐器伴奏，可谓是热烈欢迎啊！季凡春想，虽然一宿觉没睡好，今早又滴酒未沾，但也值了。

说实在的，当陪娶也不容易。有时也会遇到麻烦。那回，季凡春给张老汉的儿子当陪娶，就差点儿丢了。季凡春把酒席上的事都应付完了，就要起身让新娘上车娶着走了，女方的管事的突然急火火地叫住了他说，季管事的啊，有件事不知能说不能说？季凡春不假思索地说，有什么事尽管说。管事的说，新媳妇她娘说，新媳妇想要台电脑。季凡春打了个愣怔，心里话，这时候了，要电脑恐怕不好办了。但转念一想，临上轿了，出事了，女的那头不发人了，这户事不是没听说过，当陪娶的给人家娶不回媳妇去，户家丢人，自己也不光彩。再说，女家本来对这门亲事就不大愿意。想到此，季凡春打包票说，行行，回去我让那头买电脑。管事的说，我也这么给媳妇她娘说，等过了事再说，可媳妇她娘说，满答满应的有的是，等过了事黄了的也有的是。这……一时还真把季凡春难住了。哎，也是他急中生智，他无意中触了下衣兜，忽然想起，昨天刚卖了几头肥猪的钱，还没来得及放进抽屉里，竟装到这儿来了，他伸手从兜里掏出一沓钱，点出三千，给，让孩子个人放着钱，保险了吧。

那当然了。

季凡春这是给张老汉挡了脸了，挡了大事了。激动的、感激的张老汉，不，是张老汉的张老汉（张老汉他爹），八十多了，一辈子没喝过酒，竟破例地把杯斟满，大侄啊，你的大恩大德，我忘不了你，我孙子忘不了你，我叫俺孙子的孙子也忘不了你！来，我敬你，干！

干！季凡春一仰脖，干了。

干！张老汉的亲朋也陪着季凡春干。

干！季凡春干得心安理得。

干！所有陪席的人都陪着季凡春干。

干！季凡春连着干……

户主为感谢季凡春，过了事又特别摆了一桌，请季凡春干。但是啊，只听说过六月的天说变就变，这季凡春干着干着怎么也变了。季凡春觉得，这酒他该干，他干得理所当然。怎么？我季凡春为你操心受累，熬眼扒瞎，冷冷呵呵，抽你支烟咋啦？喝你盅酒值几个钱？季凡春不再说自己血压高了，也不再说有胃炎了，他在女方干了，回男方再干，回回当陪娶回回干，回回干得醉醺醺的。误不误事他甚至不管。有一次，给王家娶媳妇，他喝起酒来没完，新媳妇下轿已过了十二点，急得户主犯了心脏病，住进了医院。

有人说，季凡春不正干了，不用他了，换换陪娶算了，咋？想用别人，你用啊，你娶媳妇找别人当陪娶，你死了人也找别人管事？别人谁能给你安排人刨坟？李家娶闺女没用季凡春管，一年后死了老人，打发人去叫季凡春来给安排人帮忙，一连叫了四五遍，季凡春就是不照面。没办法，最后，孝子戴着白给季凡春磕了头，季凡春才下了山。但是，老人是早上咽的气，直到快黑天了，季凡春才到场，给安排人到亲戚家报丧去。

季凡春就是这样，全村的红白大事离了他还真就不好办。话再说重复了，庄户人家过日子，谁家挂着没事牌，为了到有事的时候季凡春能给痛快地管，必须得高看他一眼，拿好酒好菜好烟请他，并且得提前，现有事现用他现烧香磕头白瞎。用季凡春的话说就是，你平时眼里有他，他才给你当擦腚砖。

大老孙过日子死巴点，一分钱能攥出汗来，平时不太摆季凡春。再说，他对季凡春也看不惯。季凡春每次见了大老孙，每次都敲打他，怎着老孙，咱庄谁的酒我没喝过，你不弄一壶吗？大老孙姓孙人孬说话却不孬，弄壶尿，你喝顿酒，俺一家人生活好几天。其实，大老孙说这话，一是他同季凡春是兄弟们称呼，也是平时季凡春敲打他惯了，回敬季凡春闹着玩儿。季凡春可是记着他了，行，到时候我看你这壶尿怎么尿。

　　说着念着大老孙真用着季凡春了，大老孙的儿媳妇明天下轿。大老孙也不是傻人，头好几天就给季凡春打招呼，凡春哥你得操心啊，我这事不找别人，就依靠你管了，啊。季凡春心不在焉地说，你的事我管得了吗？你那壶尿不留着自己喝。大老孙嘿嘿着赶紧赔不是，春哥别怪别怪，兄弟们闹着玩儿，说笑话，最好的酒最好的菜，先叫你尝。真的，大老孙在娶亲的头一天晚上，天不黑就让孩子左一趟右一趟地请季凡春。见季凡春不好请，大老孙亲自生拉硬扯把季凡春摁到正坐上，叫厨长拣各样季凡春爱吃的菜上了一桌子，可以说是盛情款待。但是咱前面说了，季凡春是什么人，现用他现烧香现磕头白瞎。他虽然应了给大老孙当陪娶，同大老孙也定好新媳妇下轿的时间了，可到了女方家，他同陪席的一桌子人天南海北、天文地理、国际国内胡拉八侃，就是不扯正题。让他喝酒他就端，满上就干，也不知到了什么时间了，直到他手机响了，他打开手机，我知道我知道，还用着你说呀。季凡春把手机挂了，还自言自语地说着，定的点是死的，人是活的，真是。随后，季凡春继续拉，继续喝，继续侃。直到他手机又响了，他不耐烦地把手机打开，催吧，再催也得走完过程，季凡春又把手机挂了。

　　这场合，季凡春不说不喝，谁敢说散，季凡春不说走，谁能动身。最着急、最难为情的要算新郎官了，虽然临来时大老孙背后嘱咐过他，他也知道季凡春有意作践他（严格地说是作践大老孙），可作为新郎官在今儿席面上他不能多说话，再说，他早就有一泡尿憋着了，不好意思独自出去，实在憋不住了，他只好起身往外走。一看新郎官出去解手，拉毡的随着也跟了出去。有几个陪席的也站起来陪着出去了。紧挨季凡春坐着的是女方的郝支书，郝支书也站起来说，都一块外边方便方便去吧。

　　坐下！季凡春一把把郝支书扯住，我不方便你方便？趁这个空儿，咱俩再加深，一个……

　　老季，别忘了你是来干什么的。郝支书见季凡春喝得够劲了，提醒他说。

　　季凡春就像没听明白似的说：干什么？喝——酒。

　　凡春，别胡闹腾了，不是我撵你，回去得很晚了，户家不埋怨你吗？郝支书实在看不下去了。

　　季凡春毫无顾忌地举着酒杯，阴沟里翻不了——船。

　　这时，拉毡的忽然慌慌张张地跑回来，附在季凡春耳边说，别喝了，这回，丢人丢大发了。

　　季凡春一拨拉拉毡的，没搁耳他，天塌了？

　　拉毡的说，人家新娘叫新郎开着车，自己娶头里走了。

　　扑！季凡春呛着了，一口酒从季凡春嘴里喷出来，喷了一桌子。

闷　屁

一家人正围桌子吃饭。

忽然，女儿手捂鼻子说道，哈，真味儿啊，谁放屁了。妻子也随声附和道，可不是，我也闻出来了。随之用筷子指着儿子道，是你吧？儿子正大口大口地吃着红烧肉，嘴撑得像荷包，边咽着边表白道，不是俺，不是，俺没放。妻子又将目光朝向丈夫，是你，你这几天正闹肚子。丈夫拿眼剜了下妻子，诬赖，别说不上赖谁来。妻子是个有事好寻根问底的人，她竟拿这事没完没了起来。只见她又冲儿子数落道，就是你，你平时吃得好东西最多，放的屁最臭。儿子翻白着两眼，一口肉含在口中，眼泪都快掉下来了，不是俺，真不是俺。那——妻子的眼神儿刚一从女儿的脸上滑过，女儿就赶紧辩白道，不是俺不是俺，妈，你知道俺不大放屁。那，一定是你，妻子又将目光投向丈夫，你做事抓不住你的嗦袋子你也不承认。丈夫恼怒地冲妻子加大了嗓门儿，你才爱放不响的屁来，我看是你。

你！

你！

这时，坐在正位上的老爷子突然把碗一蹾，说，没完了是吧，我放的，还有事吗？

没事了。

谁也不言语了。

身　高

一般人的身高，十七八岁就基本定型了，最多到二十二三再蹿一蹿。然而俺们村小学栾校长的身高，40多岁了，还不断变换。他的身高，有时似乎要比本身高一头，而有时却要矮一半。

你别不信，俺说这话一点儿也不悬。栾校长和俺们一般教师在一起，身高高得最明显。他习惯地把手向裤兜里一插，把腰一挺，把头一仰，天南海北、国际国内，数他知道得最全。俺们基本插不上言。无论再高的个头，也只能自愧不如栾校长伟岸。

但是栾校长一见到镇教办主任，身高立刻就变矮了一半。脖子也不那么硬了，腰也弯了，说话声调也变了，知道的事情也不那么全面了，甚至比俺们在他面前表现得还腼腆。

栾校长爱喝酒，喝醉了酒就好开会，开会就熊人。开会！栾校长满脸通红，酒气熏天，谁说我喝多了，唵？不就是个小酒吗，酒能舒筋活血，谁说是工作时间。栾校长正肆无忌惮地讲着，他的手机忽然响了，他拿起手机一看，瞬时就傻了，深深地弯下腰啊啊开了，啊啊，教办主任啊，嘿嘿，嘿嘿嘿嘿，我就喝了一点儿，主任，是是，主任，是是是，主任，我保证我保证，下回，工作时间要是再喝酒，我不姓栾！嘿嘿，嘿嘿嘿嘿。栾校长接完电话，直起弯累了的腰，声调一变，说，散会。小张子留下！

小张子是俺们学校里唯一的本科生，教学有一套，教学成绩一直是全镇第一。但他是外地人，脾气又孤，栾校长最爱熊他，栾校长说，他阴沟里翻不了船。

小张子！栾校长对着小张子大声开了言，你坐下！小张子身高比栾校长高得多，小张子要是站着，栾校长看他得仰着脸，小张子坐下，栾校长看他才觉得顺眼。小张子你往上边写材料来是吧，你写也白写，虽然论教学成绩你是第一，小李是第三，但小李为人处世好，不光是因为他爸爸当主任，评优名额我就报他，你告吧，下次还不报你，有本事告去吧你。

小张子被训了个狗血喷头，低着脑袋不高兴。但小张子脾气既孤又倔，上年不报他，下年他还写。而且提前就把向上级反映的材料写好了。始料不及的是，没等他往上报，栾校长提前找他了。来小张，这次栾校长很喜欢，他看小张子仰着脸，小张，坐，坐坐，栾校长说话少有的客气，腰也少有的弯，小张你喝水不，你离家远，有什么困难尽管说，我给你办。这次评优名额，就报你了，别人争也白争，他敢！小张子有些丈二和尚摸不上头脑，弄不清今儿是晴天还是阴天。栾校长给小张沏上茶，又喜笑颜开地说，小张啊，以后，我还得请你多多关照啊。小张蒙了，不解地对栾校长说，校长你是开玩笑吧，我一个普通教员，怎么关照你呢？栾校长诡秘地一笑，说，怎么，你不知道，你舅就要调咱县任教育局局长了。

"哦，"小张子说，"你说的是他啊，是个远房舅，不走动啊。"

这，栾校长的腰一直，但接着又一弯，他不知道自己的腰到底是该直还是该弯了。

瘸　娘

凤长得很俊，娘却很丑。

说实话，凤不太喜欢娘。娘丑就丑在她那条腿上，走路一瘸一拐的，那样子，要多别扭有多别扭，叫人看着一点儿也不舒坦。

凤也不是不疼娘，只是觉得，娘的形象使她在人脸前不能拉嘴。凡是人多的地方，凤从来不愿和娘一块儿凑前。只要有娘在人堆里，凤会躲得远远的，因为她怕，别人有时说她，你那瘸娘。

凤念书写第一篇作文，老师布置的题目是我的妈妈，凤却写了我的爸爸。老师问凤："你为什么写你爸爸不写你娘？"

凤低着头，红着脸，没好意思说出来，她认为，娘的形象不够高大。

有一回，下着雨，娘一瘸一拐地来给她送伞，道上跌了一跤，裤腿和上半边身子上全是泥水，凤看了更感到脸上无光，便远远地跑开，没搭理娘："谁叫你来给送伞啊，谁叫你……"

娘在后面追着凤喊："这孩子，淋着雨跑，别感冒了啊。"

凤知道娘是疼她，可娘这个样子，叫人心里感激中带着忧伤，还不如她自己管好她自己呢。

凤长大了，娘的腿瘸得更厉害了，走个道迈个门槛也很费力起来。

爹说凤："你成人了，挣工资了，该好好给你娘看看腿了。"

凤说："老毛病了，能看好吗？"

爹说："看不好也得看。你知道你娘的腿是怎么瘸的吗？你小时候，家里穷，全家炕上铺的就一床褥子，可你几乎每宿都尿炕，尿了炕就哇哇哭着换干地方，每次都是你娘把你换到干地方，自己却躺在湿褥子上，用身子把你尿的嘿干，赶上阴雨天没干柴烧炕，炕冰得慌，你尿的地方更冰得慌……"

没等爹说完，凤就紧紧地抱住了娘，凤说，她要不把娘的腿看好，她就不是娘的闺女。

说着，眼泪止不住地淌。

八个鸡蛋

王姨正在公园里玩儿，有人忽然给她一张传单，王姨带爱搭不理地问，啥？那人说，看看吧姨，免费坐椅子，还白给八个鸡蛋。王姨刚还极不情愿地往外伸出的手，一听白给鸡蛋，便一下子接住了那张传单。接过后王姨便仔细地看了起来，虽然她有些老眼昏花，但她极力地调整着眼和传单的距离，先往近前展展，再向远处端端，传单上一行醒目的大字，王姨没费劲儿就看清楚了，"要想身体健，每天充充电"，下面一行稍微小点儿的字，王姨通过仔细瞅也看出来了，"热烈庆祝我店'高电位'开业"，再往下的字就小了，大概写的是开业的时间和地点，不过这用不着王姨看了，发传单的人已给她说了，时间是明天早八点，地点就在王姨住的小区旁边。

王姨看完传单，就再也无心在公园里玩儿了，她把传单折叠起来，装进衣兜里，迈开小跑似的步子朝家赶，道上还摸了两回兜里的传单。王姨回到家，一进门儿便冲老伴儿喊，哎哎，告你个好事儿，明天咱一起去领鸡蛋。老伴儿说，什么鸡蛋？王姨就把传单上的内容说了一遍。老伴儿说，咱俩退休金每月不到一万，咱稀罕这几个鸡蛋？王姨朝老伴一翻白眼，你说得好，八个鸡蛋，值四五元，八个鸡蛋，够咱俩吃好几天。老伴儿说，你个人去吧，我不去。王姨不满地剜了老伴儿两眼，死老头子，这点儿事求不动你，你不去俺去。

王姨一心想着八个鸡蛋，一夜没睡好觉，王姨想，八点开业，我得提前去，因为发传单的人说了，每天只有前五十名才有鸡蛋，五十名后的就只坐椅子，不给鸡蛋了。王姨不懂什么叫高电位，也不想给身体充什么电，她想的主要是八个鸡蛋。王姨提前吃了早饭，差五分钟七点，便匆匆地朝开业的小店走去了。然而没想到的是，离着店老远，她就看见店门前的人已黑压压的一片，她急切地挤到前面问发号的人说，到多少号了，俺？发号的说，到八十多号了姨，你来得晚点儿了，今天不能领鸡蛋了。王姨大失所望，直埋怨自己咋就没想到别人会来得这么早呢，明天，我一定得提前。

第二天，天不亮，才六点多一点儿，王姨就急急忙忙朝店前赶，始料不及的是，她又来晚了，排号的话，她已排到五十多名了，王姨那个丧气啊，她不但埋怨自己，也埋怨起那些来得早的人来，这些人真的是的，就为了几个鸡蛋，来得这么早，值当的吗？

第三天，王姨五点就站到了店门前。这回行，这回王姨前面才几个人，她排了个八号，八，发，数字还挺吉利呢，王姨滋儿坏了。但是滋儿着滋儿着，王姨觉得有点儿天旋地转的，不知是因这几天觉没睡好、水没喝到，还是怎么回事，她想坐下来歇歇，可没等坐下，一阵眩晕便什么也不知道了。

王姨是在医院的病床上醒过来的。王姨醒过来正听见医生和她老伴儿谈话，医生说，大爷，你是给你老伴儿输贵的药呢还是输一般的药呢？输贵的快，两天就可以出院，输一般的慢，得需要五天。

不等老伴儿答言，王姨抢话说道，输贵的输贵的，我不在乎花钱，输上两天出院，还能赶上最后一天领鸡蛋。

牛经纪老海

前几年，喂牛的多的时候，少不了买买卖卖的，一般的集上，都有牛市。牛市里有专门儿给人拉买卖的，叫牛经纪，这牛经纪就相当于现在的中介，是撮合双方交易的。老海就是这样一个人。

牛经纪老海在这一带是比较出名的，大小集上的牛市上都少不了他。老海一张薄片子嘴，能说会道，他能把眼看散了的买卖聚成了，也能把成了的交易说散了，经他撮合的交易，集集都有。不论谁卖牛，只要给他说一声，给他点儿好处，他能让你的牛很快出手，并且能卖个好价钱，而买的找他帮忙，他能让你省个百儿八十甚至三百二百的，起码买不打眼，老海说。

那年，小王庄有个卖牛的，牵着头瘸牛赶了好几个集了，也没个问的。最后给老海点着支烟对老海说，如老海帮忙把牛卖了，请他喝一壶。老海眼瞅着牛，手抓着卖牛的手说，你这牛打算卖多少钱啊？说着，抓着卖牛的手左捏巴右捏巴（老海这牛经纪在谈价还价时，从不直说，而是通过手摸的方式和买主或卖主交易），卖牛的说，不行，你说的这个数忒少了，起码也得这个数这个零儿。老海说，问题是你这牛瘸，不能干活，谁花钱白养着它。卖牛的说，俺这牛虽然瘸，但膘不瘦，才四个牙，要不是这个，一千五也舍不得卖啊，再说，也不是不能干活。老海说，好好，就一千三吧，我看看能找着个瞎眼的吗，说完老海便在牛市里转悠开了。正巧，一个熟人想找老海给参谋着买头牛干活。老海立刻就把熟人领过来了，你看看这头牛如何？熟人左看看右瞧瞧，不太中意地说，这牛是不是有点儿瘸？老海用手挡着熟人的耳朵悄声说，这牛瘸是因牛蹄子闹的，就像人剜了脚指盖子，回去我给它剪两剪子就没事了。熟人信得过老海，又问牛的价格。老海抓着熟人的手说，这个数这个零儿。熟人说，一千五不多吗？老海赶紧示意熟人压低声音说，人家这牛要不是瘸，少说也得一千六，一千八也是它，小王庄卖牛的不了解行情，你小点儿声说话。熟人满意地笑了，随手掏出一千五百块钱给了老海，老海攥着钱往小王庄卖牛的身边走，偷偷地抽出两张一百的掖进自己的腰包，剩下的给了小王庄卖牛的，卖牛的接过钱点了两遍，一千三一分不差，便让老海把牛牵给买牛的了。

老海就是这样，两袋烟的工夫，净赚了两张。

在来赶集卖牛或买牛的人当中，也有不经过老海的，但是老海往往不让这户人买卖痛快了，不通过他交易的牛，就算再好，他能挑出一大堆毛病，使想买牛的人抬脚走了。不管谁，自己谈妥了的价格，老海会搭话说，真是外行啊，买贵了吧，起码也得再下来俩数啊。明明一分钱没多花，经他一说，买主也会认为多花钱了似的。

再说，不通过老海，他能让十次交易八次黄了。大李家有个卖牛的，那次亲眼看见老海给人卖牛时从中袖起了二百元钱，信不过他，没找他，想自己和买主谈价。但连着牵了仨集了，没卖了，他知道是老海从中扒的瞎，没法子，只好对老海说，你给卖可是卖，别两头瞒，成了给你好处就是了。老海说，那是，咱前后两庄儿的，我保证不胡愣八愣的。随着抓着卖牛的手说，想多么俩儿？卖牛的说，这么着吧，我说个甭还嘴的价，就这个数，行就这样，不行就散。老海说，你的牛这个数真到行市尖儿了，我给卖卖看吧。老海说完就在牛市里转悠开了。他碰上了打上一集就相中了大李家的牛的买主，便上前搭话说，给你说，大李家那头牛真不错，不信你比着人那牛买去吧。买牛的说，多钱啊？老海抓着买牛的手说，一口价，这个数，相中了你就要，嫌贵就散。买牛的说，多少让俩儿。老海说，白瞎，大李家那人挺倔，少一个子儿不卖。买牛的寻思了寻思，说，贵点儿就贵点儿吧，真相中他的牛了。老海说，相中了就快掏钱，我赶紧点给他，省得转眼不愿卖了。买牛的刚想往兜里掏钱，大李家卖牛的忽然站在了他和老海跟前说，是你想买我的牛啊？买牛的说，是啊。卖牛的说，老海给你说的多钱啊？买牛的刚想张嘴，老海往外推着卖牛的说，还少你的钱啊，走走，我一会儿点给你钱。卖牛的挣脱开老海的手，冲买牛的说，给你说啊，我对老海说的是，我这牛一千块钱，少一分不卖，多一分不要。啥？买牛的一听火了，老海你太没人事了，明明人家说的是一千块钱，你却和我说少一千二不卖，亏了咱俩还不错，这回我可信着你了。说着，掏出钱，对卖牛的说，兄弟，你不是说少一千不卖吗，我给你一千一，以后咱当个朋友走着，说完牵着牛走了。

投　标

李四承包的鱼池到期了，村里要收回来重新承包，承包的办法和上次一样，由村民投标，谁投得多谁包。

李四这几年包鱼池发了，他是一千个一万个不愿意把鱼池让给别人。老婆的想法和李四相同，老婆对李四说，这回，咱得狠狠地投，省得投少了让别人包了。李四说，用不着狠狠地投，我有把握这次鱼池还是咱的。老婆说，别吹，等把鱼池包到手再说大话。李四说，不是说大话，你不想想，咱包鱼池赚了，可村里人谁能闹清底细了，闹不清能赚多少钱，谁敢往大里投标。

李四说这话是有缘由的，李四年年养鱼，年年赚钱，可他年年却说赔钱。李四每年清鱼池都是清两遍，头一遍是白天清，下的网到不了水底，清出来的鱼很少，守着围观的村人李四便直喊完了完了，这一年又白忙活了，连老本也赔进去了。第二遍是在晚上清，等到狗不咬鸡不叫的时候，李四从外面雇来人下网，把网下到水底，清出来的鱼就多了，并且黑夜里就装车运走了。

另外，包鱼池还得有技术，许多人也都想包，但没这方面的技术，怕包不好，赔钱。全庄懂得养鱼的技术的，除了李四，就还有张三，而张三有谋没胆，张三把钱把得很死，花钱像剜他的肉似的。上回投标，李四投了八千，其他人最少的也投了五千，可张三才投了三千五，都说张三忒没胆了，还不如不投呢。

李四觉得，这次投标，张三还摸不着边。

李四拿过村里发的投标统一用的信笺，展开来在上面写上了自己的名子，又写上了投的钱数，想了想接着把钱数划掉了，又增加了金额，重新写上，然后折叠好装进衣兜，出门朝支书家走去。

李四来到支书家里，只见投标的人已都来了，都把投标的信笺交到支书面前的桌子上了。仅待了一小会儿，支书便宣布投标的结果。

支书一张张地念道：王老五，八千八；刘七，九千；曲老大，一万；吴明，九千五；付红，七千三……

念着念着，支书忽然看着一张信笺停住了，看了一会儿把那张信笺放在了一边，接着又拿起最后一张念道：李四，一万三。

　　听到这里，李四甚是喜欢，到目前为止，他投的数遥遥领先，一股胜利在望的感觉涌上心间，他急不可待地问支书说，念完了吗？

　　支书说，就还有张三的没念。

　　李四说，快念。

　　支书说，甭念，这次承包鱼池不是你了，是张三。

　　啥？李四一听急了，凭啥还没念就是张三，他投了多少？

　　支书拿起放在一边的那张信笺念道：张三这上面写的是，比李四投的，多一块钱。

二嫂和二哥

二嫂和二哥两口子，不大般配。

二嫂，长得像朵花，二哥，黑不说，又矬，都说二嫂跟着二哥屈了。二嫂不但模样俊，脾气又随和，和前家后院东邻西舍，关系处得没得说。全庄一提起二嫂来，没一个不夸的，都愿意同二嫂共事，不论谁，有事找到二嫂，没一回不痛快过。而二哥却不是这样，他过日子死巴，特别是别人一向他借吗？就像剜他的心似的。那年，他新买了一辆电动三轮车，前邻居来借，说，老二，你三轮车有空吗？二哥十分警觉地说，你问三轮车干什么？邻居说，我有点儿急事，想骑一下。二哥随着说，没空没空，她姥娘昨天刚骑去。邻居没借到三轮车，想转身往回走，二嫂从屋里出来了，向邻居说，你借三轮车呀大嫂子。大嫂子说，啊，不是没在家吗？二嫂说，你单听他的，在家呢，我给你推去。说着，二嫂便从偏房里推出三轮车，让大嫂子骑去了。

二哥心疼得直埋怨二嫂，行，日子这个样就过好了，刚买的三轮车，她骑一回，咱就少骑一回，她能给仔细着骑吗？二嫂说，不就是个三轮车吗，你还趁吗，你就不和人家别人借吗，关死门子朝天过？说得二哥答不上话来。

时间长了，人们都摸透了这两口子的脾气性格，借来往还，再不大找二哥了，来人一进门，直接说，老二家在家吗？呦，二嫂出去了，没事，等她回来再说吧。

像二哥这般年龄的，平时没大有在家的，大都出去打工挣俩儿钱，可二哥一肚子小心眼儿，他舍不下二嫂，怕她在家……这么俊的老婆。二嫂直骂二哥是个窝囊废，不出去挣钱，在家死靠吧，孩子大了念书得花钱，得给他娶媳妇，得给他买楼，现如今，大起脊的厦房已不上讲了，都想为儿女操心往城市里奔了，到时候，我看你指望什么。

二哥在家里死靠，二嫂说，你不出去俺出去。可二哥更不放心了，二哥更胡思乱想了。急得二嫂没法子，只好在家想了个挣钱的法子，她在家插假发，起五更熬半夜的，每月也能挣个千儿八百的。

二哥也不是不想挣钱，而是他没什么本事挣钱，一没文凭，二没什么手艺，只能在家随那些实在出不去的人干修房盖屋起墙垒灶的活，一天倒也能挣个五十六的。但这几年活少了，农村里不大有盖房的了，二哥再没了挣钱的门路。他一心想找个既不出远门儿，又能挣钱的活。终于，二哥想到了一个活，他想，壮劳力都出去了，浇地是个大活，为这，好多出去打工的逢到浇地时现往回蹿，有人曾说，咱庄咋没给人浇地的呢？二哥盘算着，全庄七八百亩地，浇一亩地按二十五块钱算，甭说全庄都用他浇了，就是浇上一半，一年最少浇三遍地，那也能挣个三万两万的。说干就干，二哥没跟二嫂商量，就买了潜水泵，防水线，电表闸把子什么的。二哥散出信儿去说，他给人浇地，别人不用自己看水，保证给浇的可边到沿儿的。信儿一散出，就有不少找二哥排号浇地的，有的提前把钱都给了二哥。

二哥顺好了线，把泵下到河里，就等合闸了，二嫂来了，二嫂问二哥，先浇谁的啊？二哥说，谁问的早先浇谁的，谁给了钱先浇谁的。二嫂拿眼白了一下二哥说，不行，别光钻到钱眼子里去，先浇前头七婶子的吧，去年七叔病死了，七婶子娘们儿孩子的，谁浇地也都是捎带着给她浇了，而且都不要她的钱。二哥说，早晚咱也给她浇了不行吗？二嫂说，不行，一个早一个晚差远了，万一河里没水了呢，在机井里浇地太慢，成好几宿的在地里熬，她一个娘们儿家，一个人夜间在地里不犯恼啊，先给七婶子浇。二哥说，可是都给人家说好了，把软管子都伸到地里了。二嫂说，瞎犟。不容二哥再说，便把伸好的软管子又调到了七婶子的地里，接着合上了闸把子，清清的河水，瞬间流进了七婶子的地里。

二哥的计划被二嫂打乱了，蹲在那里生起了闷气。

正巧，七婶子来了，七婶子早知道了二哥置了水泵浇地的事，但她手底下紧，没好意思张嘴，可又忍不住到地里来看看，一看二哥是先浇的她的地，高兴得不知怎么感谢二哥，嘻，大侄啊，你刚置了泵，就指望这几天挣钱，先给别人浇，末了有空给我浇浇就行了，这是怎么说的，忒不好意思了。

此时的二哥，正生着二嫂的气呢，便把肚里的话有么说么地说给七婶子了，不先给你浇行吗，没看见人家在那里盯着吗？这话把七婶子听蒙了，她抬头朝不远处一看，二嫂正在地头上给她看水呢。二嫂也听见了二哥说的话了，嗔笑着说二哥，听听，么人啊，下了力不知道为人的话该怎么说。七婶子忽然明白了，说二嫂，侄儿媳妇啊，可别为这个和俺侄儿抬杠啊。二哥跟到七婶子身后，也回过味儿来了，婶子，其实，一买泵时我就打着你的谱了，你言语不言语的，一打谱就给你浇。

二嫂听了二哥这话，笑了，笑得哈哈的，像一朵盛开的荷花。

山那和他的继父

山那是个带肚子，是他妈怀着他5个月时，嫁给我院中四大爷的。四大爷那年50，我后四大娘38。四大爷30岁上失的家，没了我四大娘，四大爷很伤心，他伤心四大娘没能和他白头到老，伤心四大娘连个子嗣也没给他留下。四大爷担心他往后可能再也说不上人来了，说不上人来就没有后代了，没有后代他老了就没人管了，等他死了，连个哭的也没有，那滋味儿多难受啊。其实，人死了什么也不知道了，四大爷的担心是多余的，可他就这么想。四大爷平50了，用他的话说，土快埋脖儿颈了，又成上人来了，而且还给他带了个儿来，使他有了后了，四大爷很喜欢。再用他的话说就是，一碗菜汤，快喝完了，没想到碗底上还有一块肉呢。四大爷拿着山那很娇，别人要是抱抱，四大爷就说，加小心啊，你抱了孩子吗？山那3岁之前，逢到冬天，四大爷没让他出过门，怕冻着儿子，怕山那感冒了。山那10多岁时，自己端个碗，四大爷都怕烫着他。有一回炉子上的壶开了，山那过去提了下来，四大爷疾步跑过去，接过壶说，别动别动，你怎么提壶啊，烫着你啊，了得吗，吓我一跳。我三大娘背后里曾说过我四大爷，个带肚子儿都这样娇，要亲生的还不扯天含到嘴里啊。四大爷说，闭上你那臭嘴啊，谁说俺儿是带肚子，带肚子儿怎么了，人心都是肉长的，感情在培养，还有疼错的人吗？就像四大爷说的那样，山那真没白疼了。从小很听四大爷的话，很孝顺四大爷。山那出门每次回家，进门不先喊他妈，都是先叫爸爸。有人逗山那说，山，你长大了疼谁啊？山那说，疼俺爸疼俺妈。不行，你爸你妈选一个，你疼谁？山那想也没想就说，疼俺爸。山那也挨过四大爷的打，四大爷指望山那好好念书，以后有出息，可山那一回百分也没考过，一张奖状也没得过。一次期终考试，山那拿回试卷给四大爷看，差两分及格，其中有一道题是15除以3等于几？山那在列的竖式上得数是5，写到答案上却是3了。气得四大爷照山那腚上抽了一巴掌。山那从没挨过打，委屈地哭着跑到四大娘跟前去了。四大娘正烧着火做饭，拿烧火棍子狠劲儿抽了山那一下，说，狠揍，你爹舍不得我舍得。但是四大爷和四大娘没能把山那的分数打上去，后来也只好任他是啥料就啥料了。山那好歹初中毕了业，就和四大爷一块儿在家种地，地不多，爷俩也都没啥技术，没什么来钱项，日子也就年吃年花。为给山那说媳妇，四大爷拉了一腔窟窿，账还没还完，四大娘又得了胃那种病，看出来已是晚期了，没俩月就地下里守着她那儿亩责任田去了。

四大娘走了，四大爷也很害怕自己得像四大娘似的那种病，四大爷成天觉得这儿不对劲儿那儿不对劲儿的，他先是自己到村医那里拿药吃，后来就说山那给他到城里检查检查，山那就借了辆摩托带着四大爷去了。结果没大病，心脏多少有点儿缺血，开了点儿药。回来后四大爷见人就说，不行了，心脏不行了，心脏缺血，就像机器缺了油，不完了吗？他老是想着这病，一天果然心有点儿憋，也一阵阵压疼，四大爷吓坏了，赶紧叫山那打"120"叫了救护车。医生给四大爷做了检查，完了说，有点心梗，有条件的话最好放个支架。山那跟医生到办公室说，大夫，放一个支架多钱啊？医生说，一万到三万吧。山那说，大夫，我实在拿不出这么些钱来，你看，我爹这病先不放支架，先住两天院治治不行吗？医生说，行，输几天水，再吃着药，平时注意着点儿，问题还不大。山那就叫医生开了药，开了最好的药，带着四大爷回家了。四大爷的心病更重了，他认为是山那不给他看，不孝顺他，想想从小这么疼他，自己老了有病了他不搁耳了，恼了，跑到四大娘的坟上哭去了，老伴儿啊，我完了，这就找你去了，没想到你这儿啊，我没拿他当后的吧，呜哈哈……山那见四大爷在四大娘的坟上哭，也趴到娘的坟上哭了，娘啊，不是我不孝顺我爹呀，可我，我好作难啊娘，呜哇哇……爷儿俩在四大娘的坟上哭，是人们七手八脚架着四大爷，扯着山那回家的。进屋四大爷说不和山那一起过了，自己做饭吃。人们这个说那个劝没挡住，四大爷在小西屋偏房里自己开了伙。一提四大爷个人做饭了，山那就拿巴掌抽自己，唉，爹啊，你有病我能不给你看吗？

终于有一天，山那雇了辆出租车，停在门口，进屋说四大爷，走，爹，给你看病去。四大爷没好模样儿，说，看吗病啊？山那说，给你做支架去啊。四大爷说，不去了，等死了。山那说，走吧爹，车都雇了。四大爷说，雇飞机也不看了。爹啊！山那给四大爷跪下了。

四大爷跟山那去了城里，住了一星期，回来了，也是坐着出租车回来的。四大爷一下车，模样儿也变了，也不耷拉着脸了，人们见了说，这回不怕死了吧，做支架了？四大爷说，做了，医生说十年八年没大问题了。人说，还是那儿吧，得花好几万吧？四大爷说，有农合了，光报就报了三万多，他才花了多钱啊。人说，甭管花多钱了，以后可别对儿这个那个的了。四大爷笑了，他要是早给我看了，干多咱啊。

山那也笑了，爹啊，别说了，我要是有毛的话，就不是秃了。

孝　子

老太太死了，你看人家那帮孝子啊。

大儿子是有身份的人，一说就是人来客去的，老太太的寿木一定要看上眼儿的。打发人围周围的棺材铺子转了个遍，没有相中的。最后，花钱雇人连夜赶做的，纯红松木的，下料是4个半的，规格是连顶七的。人们估算，连费用得三四千。

女儿挺趁钱，给老太太穿的送老的衣服，咱就不用说了。金银首饰戴了个全，金戒指、金耳环、金项链，还有口里含着的什么金钱，女儿说，也不是为了显摆有钱，主要的是老太太拉扯她兄妹几个不容易，一辈子可受了罪了。

二儿子常在外面跑，没白跑了，给老太太雇的吹的，是才艺最好的，灵棚是加宽加长的，小了，老太太那些随葬品搁置不下，金山银山，金童玉女，摇钱树千里马，纸糊的桑塔那，人间有嘛，随老太太去的有嘛。

最主要的，是老太太灵前的祭奠，几个孝子孝女意见是一致的，完全是用的囫囵的，整鸡、整鱼、肘子，小盆子似的蒸碗，都是叫厨长现做的，还冒着热气呢。

一切准备就绪，二儿子忽然又想起什么，说，老太太爱抽烟，一下子拿了两条事上用得最好的烟，摆在老太太遗像前。

大儿子说，别抽那个了，随手从包里掏出一条人们不大见过的烟，让老太太尝尝这个，五十来块钱儿一盒的。

看得出来，在老太太的丧事上，没有疼乎花钱的。

只有一个人，老太太半精不傻的小儿子，一分钱没花。一直在一旁看着满桌子祭奠嘿嘿嘿嘿地傻笑着，嘿嘿嘿嘿，嘿嘿嘿嘿，笑着笑着，忽然抬手将一桌子祭奠掀翻了，你们，你们白瞎，娘不喜你们，你们买的好好，老大一会儿了，娘连动也没动，前日（老太太没死时），娘三天没东西吃，我就两块钱，买了俩包子，娘全吃了，嘿嘿嘿嘿，嘿嘿嘿嘿。

这笑声，有些瘆人，有些凄惨。

四个老头晒太阳

        ⋮

阳春三月，温暖的阳光，照射在大街旁一堵雪白而又洁净的南墙上，照射在墙下平整而又光滑的水泥地面上，也照射在坐着马扎在墙根下晒太阳的四个老头身上脸上。

从面部的气色上看，四个老头都不带挨饿的样，不带受罪的样。他们各个精神矍铄，谈笑风生，爽朗的笑声，不时吸引着过路的行人。

这四个老头分别姓李、赵、王、张。那个说话大嗓门儿体态微胖的老头姓李，李老头两儿一女，小日子过得滋润无比。大儿子是企业老板，二儿子是公务员，姑娘在医院里是护士长。依着儿女们，早就不让老李头在家里住了，都愿意叫他和他老伴儿搬到城里楼上去住。可老李头嫌住楼束缚得慌，还是家里的宽房大屋，还是家里的空气舒畅。在哪里也是玩儿，在家还有庄乡爷们儿拉呱唠嗑，比城里强。儿女们犟不过他，只好依着他，只是逢到冬天楼上一上暖，说啥也叫他和他老伴儿去楼上。老李头和老伴儿在家，除了玩儿就是吃，吃了早晨饭就打整晌午的。儿女们月月给他钱，并且说他月月必须把钱花了，难怪老李头满面红光，成天唱。

大高个子老头姓赵，赵老头三个小子，为拉扯这三个小子，赵老头和老伴儿早年可没少受了累受了罪，种棉花、包鱼池、磨豆腐，没黑没白地忙，总算把三个小子拉扯成人，都给他们娶了媳妇盖了厦房。赵老头老了也想开了，该不干的不干了，该享受的享受。仨小子也都孝顺，每月钱是钱，每年粮是粮，都争着给他。赵老头和老伴儿吃着碗里的，看着囤里的，来个客来个人，买个菜打个酒，哪家孩子生日娘满月随个人情，三头五百的都能随手掏出来，手里从来不空。赵老头闲着没事也爱唱两嗓子。

说话挺文范的老头姓王，王老头两个闺女，都已嫁他乡。闺女一开始找婆家时有人说王老头，俩闺女留家里一个，到老好有个伺候的。但王老头想得开，嗨，闺女想疼你，再远也一个样，再说，自己有工资，是退休教师，甭愁没人养。只是同老李头一样，逢到冬天去闺女楼上。王老头有一句口头禅，说他么也不信，就信共产党，他晒着太阳，什么也不干，每月小五千，除了共产党，谁能对他这个样。王老头最爱唱的一首歌是《唱支山歌给党听》，尽管他嗓门儿不行，但王老头说，他是从心里唱。

不苟言笑的老头姓张。张老头无儿无女，是个干巴绝户。年轻时，张老头两口子为了要孩子，没少花了钱，跑县城进省城，看专家吃中药，信偏方，可折腾了一大顿老伴儿的肚子就是不见动静。老伴儿说要不要一个吧，老张头说，能生就养，生不了就不养，到什么时候说什么话，还能埋土上头吗？为攒钱养老，两个人拼命地忙活，谁知半道上老张头得了场大病，花光了所有的积蓄，好了也不能干重活累活了，赶个集上个店磨个渣子面子，都指着老伴儿了。再后来岁数越来越大了，地也不能种了，没来钱收入了，老两口就要体会老来难的滋味儿了。庆幸的是庄里待张老头很好，给他老两口都办了低保，还为他翻盖了旧屋，住进了新房。老两口每月千八百，蛮够花的，什么也不愁，老张头嘴上不说，心里有小九九，有儿有女的还得怎样，我老张头知足，知足。

这四个老头吃不愁，穿不愁，不干活，不操心，吃饱了饭闲着没事就在这里聚头，一聚头就唠嗑，聊得很带劲头。

老李头说，这咱，这人，你说有多能吧，几千里地几万里地远，打电话说话能看到模样了，在从前就是想也不敢想啊。

老赵头说，别说这个了，现在种地不纳提留，还领着补贴，亘古以来谁敢想啊，想不到啊。

老王头说，没想到的事多了，现在看病不愁没钱了，原先老百姓有个病，你看得起吗？不是等死，就是倾家荡产啊。

老赵头说，可不，你们猜，去年，我放了两个支架，才花了多少钱啊？

老李头说，花多钱啊，一个支架一万五，两个支架三万，报销百分之七十，你个人得花万数吧？

老赵头说，没花这么多，孩子们还给我入了大病保险，除了国家给报的，个人才花了几千。

老张头也找话说，小时候常说，电灯电话楼上楼下，想不到，说着念着，都实现了，听说咱这里明年也盖楼，你们听说了吗？

老李头说，盖楼是早晚的事，你就等着住楼吧。

老赵头说，这个，很快，很快。

四个老头正兴致勃勃地拉着呱，老李头的老伴儿忽然找来，冲老李头说，晌午了，我打早就做熟饭了。

老张头问老李头老伴儿，炒的么菜啊弟妹？

老李头老伴儿说，炒多了吃不了，炒了一素菜，一个木耳炒肉。

老李头说，走走，都去我那里吃吧，咱爷们儿几个喝两盅，我还有一瓶陈年杜康没动过呢。

老赵头说，去就去，不在乎馋酒，在一块热闹不够。

这时，老赵头的老伴儿也来找老赵头吃饭，插话说，去么呀去，我刚下了一锅面条，不剩下呀。

老李头和老赵头老伴儿闹着玩儿说，嫂子，怕剩下，你不会和小狗一伙喝吗？

老赵头老伴儿拿眼白着老李头说，孬小子，我拿巴掌抽你。说着，小跑几步，想拿巴掌抽老李头的后脊梁。老李头猛一闪，老赵头老伴儿晃了个趔趄，引得众人都哈哈大笑起来。

嘿嘿嘿嘿……

哈哈哈哈……

这爽朗开怀的笑声，顺着大街，传向两头，传向远方。

养　女

　　杏子娘和杏子爹结婚八九年了，没孩子。为要孩子，杏子爹带着杏子娘到处去看，去县城，上济南，吃中药，信偏方，可杏子娘肚子就是不见变化。杏子爹和杏子娘就灰了心了，认为这辈子不可能有孩子了。没个一男半女的哪能行，老来脸前连个支使的也没有，杏子娘和杏子爹商量，想要一个。正巧，一个远房亲戚刚生了二胎，是个闺女，头一胎也是个闺女，一心想再要个小子，想把二丫头给人家。杏子娘就抱来了，就是杏子。

　　盼孩子心切，有了孩子喜的，杏子娘拿着杏子可娇了。奶粉，哪个好买哪个，哪个贵买哪个。给孩子沏奶粉，有时怕杏子哭撂不下，杏子娘就抱着看着杏子，让杏子爹给杏子沏奶粉。杏子爹倒上开水，等水不那么烫了，放上奶粉，拿起来摇摇再晃晃，对在自己嘴上尝尝，觉得不热也不凉正好了，才递给杏子娘。杏子娘接过奶瓶总要再尝尝，并且说杏子爹："你给孩子沏奶粉我不放心，可别烫着俺宝贝闺女。"

　　杏子是没出满月抱来的，一抱来时是一个又黑又瘦的小黑妮儿，才几个月，就长得白白胖胖，人见人爱了。

　　杏子娘看着杏子就喜欢。

　　让杏子娘更喜欢的还在后头呢。杏子两岁时，娘怀孕了。不知谁说过这样一句话，说没孩子要个孩子能再拽来个孩子，杏子娘正应了这话。怀胎十月，杏子娘有了自己的亲骨肉，也是个闺女，起名桃子。

　　桃子的出生，给桃子妈更大的慰藉，桃子妈比一抱来杏子时还喜，桃子妈这喜是从心里喜。人也精神了，腰也直了，在人前说话也有了大声儿了。自从有了桃子，杏子娘就拿杏子不那么娇了，虽然没叫外人看出样来，但她总认为，杏子是要的，和杏子隔着一层，而桃子是自己身上掉下来的，疼桃子比疼杏子更胜一筹。

　　长话短说，杏子和桃子都长大了，都念书了，念书都不孬。杏子考上了大学，桃子考上了县一中。桃子妈想，两个闺女打算只供一个，一是没那么多钱拿学费；二是家里有责任田，两个闺女要是都出去了，地谁帮着种啊，杏子爹有心脏病，不能干重活。桃子妈就和杏子、桃子商量："你姊妹俩，你爹有病，咱家这情况你俩都知道，念书，你姊妹俩只能供一个，你俩看看，谁念啊？"

桃子没言语，杏子说："让妹妹念吧，我出去打工挣钱，供妹妹念书。"

杏子娘巴不得这话，嘴上却对杏子说："那，可委屈俺杏子了。

杏子没说什么，掉着泪把大学通知书揉成团，出去打工去了。

桃子念完了高中，又考上了大学，杏子打工挣了钱，就给妹妹桃子打过去，交学费，交生活费。桃子大学还没毕业，爸爸突然得心梗死了，发丧费是杏子打工挣的钱。

杏子打了几年工，找了个对象，是下力的，干建筑的，但杏子不嫌，杏子说，她找对象的主要条件，就是离娘家要近，她孝敬娘方便。

桃子大学毕了业，找了工作，谈了对象，也是大学生，都在城里上班。桃子上了二年班后，对妈说："妈，我想在城里买楼。"

妈说："买吧，我给你添钱。"桃子妈拿出了所有的家底，五万块钱，全部给了桃子，并说桃子，"可别和你姐姐说啊。"

桃子说："我傻。"

桃子住上楼，娘很羡慕，也想住住楼。可桃子从不说这话，最多叫娘去住个一天两天。

两年后，杏子和女婿也买楼，杏子对娘说："娘，俺也想买楼。"

娘一听，为难地说："你买楼，娘可没钱啊，娘没钱给你添。"

杏子说："娘，俺没想让你添钱，俺是想让你喜欢。"杏子买楼，是从银行里贷的款。杏子的楼装修好了，一搬进去，就和女婿来叫娘上她楼上去住。杏子娘不好意思地说："你孩子大了，我去了，上哪里着我？"

杏子说："怎么上哪里着你啊，俺一买就给你买着了，买的是三室的，朝阳的一室是你的。"

杏子娘听了，脸上更挂不住了，只觉得太亏欠杏子了，就对杏子说出了实话："你买楼，娘连一分钱也没给你添，可你妹妹买楼，娘给她……"

杏子说："娘，俺知道，妹妹买楼，你给她添了五万。"

娘心里一咯噔："你不怨恨娘吧？"

杏子说："娘啊，要是什么也能用钱买，俺还你。你说，你的养育之恩，值多少钱？"

借 裤 子

这是闹得么事啊，她上身穿着坎肩背心儿，下身只穿着裤头，急得在楼门外打转悠，她直埋怨自己太没脑、太没记性了，出来扔个垃圾，咋就忘拿钥匙了，咋就只穿着裤头出来了，这可怎么办啊？这时候，她最怕有下楼的或上楼的从她身边走了，这形象太丢人了。

楼是进不去了，要想开门，只有打电话叫开锁公司的来了。可手机也在楼里头呢，再说，也不能这个样的叫开锁公司的人来啊，多不好意思啊。急中生智，她想先借条裤子穿上，"梆梆"她开始敲对门儿的楼门，"梆梆……梆梆梆……"敲了好一阵子，不见动静，十有八九里面没人。她只好爬二楼去借了，"梆梆，"她先敲了东户的门，只轻轻两下，门就开了，探头的是一烫发的女士，女士一见她这打扮，似乎吓了一跳："你，干啥的？"她说："姊妹，我出来扔垃圾，把钥匙忘楼里了，想借条裤子穿。"女士不大相信她："你是哪里的？上这儿来借裤子。"她说："我是一楼东户的啊。"女士仍不信："一楼的，我怎么不认得你啊，才来了？"她说："不是，我在这里住了好几年了。"女士更怀疑了："住了好几年了我怎么一点儿也不认识你啊，再说，谁只穿着裤头出来扔垃圾啊，神经病啊。"嘭——"女士把门关了。

她讨了个没趣儿，又砸西户的门。"梆梆……梆梆梆……"开门儿的也是一个女的，比东户年龄稍大，一望她也很惊讶："哟，你，找谁啊？"她把刚才的话重说了一遍。"借裤子？"女的有些犹豫不决，不是不愿意借，是因为不认得她，怕被骗了。那天，在小区门口，也是像她似的一个女的，说把钥匙忘楼里了，要去丈夫的单位拿钥匙，想借辆电动车，她便毫不犹豫地借给了她，谁知肉包子打狗，一去不回头了。西户女人正犹豫着，东户的门又开了，烫发女士凑过来说西户女的："你认得她吗？"西户女人摇摇头说："不认得。"女士说："我没借给她。"西户女的也说："我也不借。"嘭——""嘭——"都把门关了。

她沮丧极了，但借不着也得借啊，她又爬到三楼去借。叫开西户的门，出来的是一男的老者，一见她这样，老者嘴里说着"请自重些请自重些"随着把门关了。她又唤开东户的门，出来的也是一男的，听她说借裤子，苦笑着说："我就和俺儿爷儿俩，家里没女的。"那意思是没裤子可借给她。

　　她真够扫兴的，只得爬四楼了，东户开门的是一留长发的女郎，听她一说便摆摆手说："对不起，我和你不认得，再说，我才结了婚，我的裤子可都是贵的。"她深深地叹了口气，那就再求西户吧。"当当……当当当……"又是敲了好一会儿，却没人开门。她想再敲两下试试。"当当……""谁砸门啊？"身后忽然上来一女的，老远就对她气呼呼地说："家里没人你砸门干啥？"她想重复刚才的话，但不等她解释清楚，女的随手把门开开，自顾进去接着又关上了。

　　爬了四层楼没借着裤子，她的心快要灰了，唯一的希望就是五楼了。她爬到了五楼，焦急而耐着性子地敲响了西户的门，一上岁数的女的开了门，一瞧她，惊异地问："你，这是怎着？"她说话有些带哭腔了："姨，我是一楼的，出来扔垃圾把钥匙忘楼里了，也忘穿裤子了，想借条裤子穿。"上岁数的说："借个裤子怎么从一楼爬到五楼上来了？"这时，东户的门也开了，从楼里出来一拿着电笔的年轻小伙子，看见她惊异地说："呀，这是怎着了，爬五楼上来干啥？"她一见他，泪都下来了，她认得他，他就是一楼西户的，她第一户敲门的主人，是电工。她把原因对他说了，又看看上岁数的。上岁数的看看年轻的小伙子，又望望她，说："你真是一楼的啊？"年轻的小伙儿说："借给她吧姨，她真是一楼的，她因楼上停电找我，我去她屋里两次了。"

　　上岁数的想起来了："上下楼时，曾碰到过你几回，但不赶和你说话，你从不言语，我还以为你不是这楼道里的呢。"

俺　　娘

俺姥娘说，俺娘为闺女时，最爱哭鼻子了，最厌了，没想到出了门子，竟这么要强。

俺娘说，不要强行吗？哭，谁听，谁看。

真的，再难，我也没见俺娘哭过。俺娘拉扯我姊妹俩，我和妹妹是双胞胎。那时，俺爸在乡中学当民办老师，早出晚归，顾不了家，我真不知俺娘是怎么把俺姊妹俩拉扯大的。俺也有奶奶，但俺奶奶稀罕孙子，嫌俺姊妹俩是丫头，依着奶奶，把俺姊妹俩给人家一个，让俺娘再生个小子。她一点儿也不喜欢我和妹妹，成天只看着俺大娘的两个儿子，俺大娘的两个儿子都比我大，小的也七八岁了，还每天抱着背着、娇着惯着。我姊妹俩无论是哭了叫了，拉了尿了，奶奶从来不闻不问。自从有了俺姊妹俩，奶奶就没给过俺娘好脸色。有一回，奶奶在门前喂俺两个叔伯哥哥喝面条，我和妹妹也在跟前，也想喝，可奶奶说，等着，等着你俩哥哥喝饱了再喂你俩。俺娘又心疼又长气，照我屁股上一巴掌，拽着我和妹妹走了。俺娘说，闺女怎么了，闺女也是人，闺女俺也一样疼她，一样让她长大成人。没儿怎么了，没儿俺也一样过，长志气过。记得那时候，娘一边侍候俺姊妹俩，一边下地干活，没吃过一顿安生饭，没睡过一回囫囵觉，没一点儿闲时，常常忙得拿黑夜当白天过。那年我不大，我和妹妹都病了，我头疼得厉害，妹妹高烧说胡话，正赶上夜里，俺爸又在学校值班，娘急得实在没办法，就跑去找奶奶，让奶奶看着俺俩一会儿，她好去三里地以外姥姥家叫姥爷，姥爷在乡医院当医生，家里有常用的药。可奶奶正揽着两个孙子睡觉，奶奶说，个闺女家怎么这么娇贵啊，等明天说吧。娘又恼又伤心，但她没有埋怨奶奶，别人不疼自己疼，别人不爱自己爱，疼爱和呵护女儿的迫切心情，使娘急中生智有了办法，娘把她的一件棉外套给我套上，用小褥把妹妹裹起来，对我说，来，大丫，趴在娘背上，搂紧脖脖，然后抱起妹妹出了门。但走出院门不远，我就觉得手没劲儿了，娘，我搂不住了，快掉下来了。娘慢慢蹲下身子，把我放到地上。娘看着我愣了片刻，忽然说，大丫，别动等着。说着，返回院里，背来了她平时上地常背的背筐，娘让我站在筐子里，用筐背着我，又抱起妹妹，跟头流星地朝姥姥家奔去。当来到姥姥家时，娘满头的汗水直顺着发梢淌，把棉袄都渌透了。看着俺娘儿仨艰难的样子，姥姥心疼地哭了，姥爷叹着气说，孩子这是摊了个什么婆婆啊。姥姥说，她婆婆嫌咱闺女没给她生孙子，看不起咱啊。

　　看不起俺娘的，不光俺奶奶，还有俺大娘大爷。俺大娘仗着她两个儿子，说话走路都趾高气扬的。大娘说，指着灰打不了墙，指着闺女养不了娘，碱场涝洼是地，秃子瞎子是儿，人老来得济，死后发丧，还是儿。俺两个叔伯哥哥还不到说媳妇的年龄，大娘便把奶奶仅有的两处宅子都圈起来了。俺爸说俺娘，当老的东西该有咱一份儿，凭啥她全占了。爸去问大爷大娘，哥哥嫂子，你把两处宅子都占了，以后俺要是盖房哩？大爷说，你盖么房啊，两个闺女早晚是人家的，这是姓秦的宅子，你俩老了也是两个侄子的负担。爸听着这话，恼得哭了。

　　娘没哭，娘从来不哭，就是受了再大的委屈，娘也不哭，只是眼泪在眼眶里打转。娘很是要强，娘用她瘦弱的身体，撑起我一家的日月。爸不在家，娘一个人干活，一个人浇地，一个人摇机器，娘下的力受的罪，我简直不敢回想。一次浇地，娘摇机器时，减压打早了，手里的摇把子一下子被弹了出来，啪地打在娘的嘴上，两颗门牙霎时掉了下来。娘捂着嘴，疼得真想放声哭出来，可娘忍住了，娘狠劲吐掉两颗门牙，重又抓起了摇把。娘说，当时也不知哪来的力气，竟一下子把机器摇响了。晚上，爸和念书的我姊妹俩回到家，看到娘缺了门牙的嘴唇肿得那个样子，爸两眼湿了，我姊妹俩都哭了。

　　爸说，你娘太不容易了，自从进了这个家，可受了罪了。你大娘，自从有了你两个哥哥，就没下过地，只管在家做饭拾掇家务，你大爷你哥哥们下地回到家，饭熟了，碗筷摆上了，进门就吃饭。可你娘，忙到大晌午歪，进门得再趴灶火，累得不想吃了，但还挂着下午的活。咱家可苦了你娘了。

　　我已念初中了，懂些事了，知道娘不容易了，总想帮娘干点儿什么。一天，是星期六，我下了第三节课，向老师请了假，提前回到家。我想早点儿把饭做熟，好让娘进了门吃顿及时饭。当娘收工进了门，看到炒好的菜，摆上的饭，问我说，今天放学早啊？我说，是请假提前回来的。娘"啪"照我脸上就是一巴掌，谁叫你请的假，谁叫你耽误念书？嗯？我捂着脸哭了，娘，俺是心疼你啊。娘摸着打疼我的脸，两眼潮潮地说，妮儿啊，娘知道，可娘再苦再累再难，也要供你成人，要不，人在人下不是人啊。我说，娘，就让我下学帮你干活吧，再说，我觉得俺也不是念书的料，比起妹妹差远了，有些题老不会做。啥？娘拿眼看着我说，不会做？不会做娘教你做。娘只是小学文化，她怎么能教我初中的题呢？娘催着我好歹吃了口饭，让我背上书包，拿上一个坐面很宽的杌子头和一个小马扎，她自己背起喷雾器，说，走，跟娘做作业去。娘带我来到地头上，树荫下，说，你在这做作业，我打药去。大晌午头，毒辣辣的太阳烤得人脸生疼，娘要在这时打药，我哪有心思做作业啊。我远远地看着娘往喷雾器里兑上呛人的农药，灌满了水，体格瘦小的娘背了好几次，都没把喷雾器背起来。我紧跑几步赶过去，想帮娘一把。但娘一拨拉我的手，说，做作业去。我只能眼睁睁地看着娘，双手吃力地提着喷雾器，将喷雾器放在一个高坡上，然后蹲在坡下，这才将喷雾器背到肩上。然而这时，不知是喷雾器里的水太满，还是娘背起后身子老摇晃，浓烈的药液已顺着娘的脊背往下淌。望着这情景，我失声地哭了。我发誓，我要不把那几道题做会，我就不是娘的闺女。我是流着泪将那几道题做会的。

这是几年前的事了。

如今，我和妹妹都已大学毕业，都在城里安了家。我和妹妹买楼都没用按揭，买车也没外债，俺爸也早已民办转正退休了，每月工资小四千。只是苦了俺娘了，六十不到的年龄，已脊背弯曲，满头白发。每当看到她掉落的那两颗门牙，虽然镶上了，但我总觉得，那是俺对娘的亏欠。我和妹妹曾多次说娘，上城里来吧，歇歇吧。可娘老放不下手里的活，穷家难舍。这不，眼看又立冬了，我和妹妹商量，今年，说啥也要让娘和爸搬来楼上。

趁星期天，我和妹妹开着车，回家叫娘。

不知娘忙的什么，当我和妹妹进了院门，故意把当天井踹得咚咚响，娘在屋里竟没听见。进了屋，只见爸正朝娘递着一大挂棉絮，娘正精心地做一件新棉袄。棉袄的棉絮续得厚厚的。娘做的是那么细心，我来到她跟前了，竟不搁耳我。我冲娘说，咳，娘，在楼上穿不着这个，只穿件秋衣秋裤，保你汗涔涔的。娘说，俺知道，是给你奶奶做的，你奶奶好怕冷。那——我有些不情愿地说，要不，也让她跟你上城里住吧。我嘴上这样说着，心里却又想起奶奶是怎样对我的。娘说，我说过你奶奶，寻思叫她跟你们享几年清闲，可你奶奶挂着你大爷大娘，你大爷大娘也是，操劳忙活一辈子了，两处贴瓷瓦的四合院，大起脊前封厦的新房，都装修好了，两个儿子过得也不孬，但都埋怨当老的分家不均，谁也不招了，把你大爷大娘撵到鸡棚里住去了。你大爷大娘都有病，特别是你大娘，前几天肺心病又犯了，憋得差点儿上不来气，我请来医生给她又打针又输水，可你大哥二哥，连凑都不凑。你说，这个样的，我和你爸要是走了，能放心吗？

我有些对娘不解地说，娘啊，你挂着这个，想着那个，你忘了当初她们是怎么对你的？

娘说，咱能和她们一样吗？再怎么着也是你亲奶奶亲大娘啊。

我说，亲奶奶亲大娘没错，可咱不行的时候，她们拿咱当人了吗？

娘说，闺女啊，人，在人下不是人，但比人强了，莫冷眼看人啊。

大　白　桃

大白桃是一个人。确切地说是一个女人。这个女人，长得身架子大，皮肤白，又嫩，人们给她起了个外号，叫大白桃。大白桃是石柱从外地领回来的媳妇。石柱因为家里日子紧，二十八九了还没有提亲的，没想到出去打了二年工，领回个如花似玉的大美人来。大白桃一进村，便轰动了全庄。大人孩子都来看，人人见了人人赞，啧啧，这媳妇的皮肤真白。瞧，人那胳膊，藕瓜似的。就连石柱他娘，也乐得自夸，娶个媳妇门前站，不会做活也好看。

大白桃可不是光好看，她还有本事呢。自从她进了石柱家，石柱家简直改换了门庭，上石柱家来串门的人多了，石柱的日子比以前好过了，有些事好办了。比如石柱打算盖房，可好几年了宅基地落实不了，石柱找二爷爷，二爷爷是村主任，石柱找二爷爷解决不了。二爷爷说，现在安排宅基地，难办。大白桃说，我找他问问。大白桃找到二爷爷问，二爷爷，咱村宅基地真就难办？二爷爷说，嗯，难办。大白桃冲二爷爷一个媚眼，二爷爷，嘻嘻，你要是给俺办了，俺不叫你白办，嘻嘻嘻嘻。二爷爷看看大白桃看他的那眼神儿，魂就被勾去了一半，这个这个——二爷爷还想说不好办，大白桃上前搂住二爷爷的脖子。二爷爷就不知该怎么办了，好吧，你愿意在哪里盖就在哪里盖吧。大白桃说，俺愿意在俺房前耕地上盖。二爷爷说，行，就在耕地上盖吧。说完，大白桃就把自己的身子给了二爷爷。

从此，大白桃就经常叫二爷爷到她家里玩。二爷爷一来，大白桃就说石柱，二爷爷来了，去，买盒烟去。石柱一出门，大白桃就冲二爷爷使媚眼，二爷爷就亲大白桃的脸。大白桃咻咻地笑着说，给么条件？二爷爷说，你要么条件？大白桃说，村里刚挖的那几个鱼池，你要全包给俺。二爷爷说，行，全包给你。

大白桃和二爷爷正乱，石柱买烟回来正好看见，石柱抓起菜刀，对二爷爷就要砍。大白桃夺下菜刀说二爷爷，你快走吧二爷爷。大白桃放走了二爷爷，石柱想拿巴掌往大白桃的脸上扇。大白桃也不躲闪，仰着脸说石柱，你扇吧，你对你娘们儿，你就下得了手？石柱看看大白桃的白脸，举起的巴掌直往自个脸上扇，你，你叫我戴绿帽子呀，我，我不活了。大白桃却不以为然，什么绿帽子黄帽子呀，不让你戴绿帽子，你能在可耕地上盖房，你能贷无息贷款？包鱼池人人都红眼，你能一人独揽？再说，你舍耗么了，想开了不就心宽了。石柱虽然对大白桃的做法极为不满，但很怵大白桃，怕她跑了不跟着他了，说不听治不了她，只好睁一只眼闭一只眼。

大白桃与二爷爷这种事，好多年。

这天，大白桃又把二爷爷叫到家里去了。二爷爷说，这回，我可是没有条件。大白桃说，别说条件，脱裤子就是了。二爷爷刚把裤子脱了，大白桃一把抓住二爷爷的裆里，接着去派出所报了案。

二爷爷被逮临上警车时说大白桃，你这个娘们儿不凭良心，这些年，我对你不薄啊。

大白桃冲二爷爷吐出一口唾沫，说，呸！你不干了，什么也不是了，这些年，便宜不能让你白占了。

秋贵婶子

秋贵婶子是秋贵叔家的一头牛，就知道干活。

秋贵叔在外当工人，孩子念书，公公是个"呼啦"嗓子，不能干活，一干活就上喘。婆婆是个小脚女人，也就在家拾掇拾掇，长年到不了地里。全家十亩地，全靠秋贵婶子一个人忙活。秋贵婶子一个人套着牛耠地，她喂的牛也听话，这活别人家都是两个人才能干了。和别人搭伙浇地，秋贵婶子挽起裤腿下水堵阳沟，不次于男的。秋贵婶子上地干活都背着筐，晌午收工捎回一筐草来，牛也有喂的，羊也有吃的。进门要是婆婆做熟了饭，秋贵婶子便赶紧刷碗，给公公盛饭，打发孩子吃了上学，然后自己紧着吃一口，拿毛巾擦擦嘴，说婆婆："娘，你刷刷锅刷刷碗吧，俺上地了。"说着咕咚咕咚喝下一缸子凉开水，背起筐又走了。

村里人都说秋贵婶子是个铁人，摊上这样的媳妇，秋贵叔有福，是哪辈子烧了高香了。

可秋贵叔没烧过高香，他也没觉得自己有福。秋贵叔当工人，干的活也不累，养得细皮嫩肉的，每次回家，他首先想的不是地里的活，是想和秋贵婶子亲热。但秋贵婶子却不是他想的那样，和城里的女人不是一个档次，你比如一见了面说亲爱的可想你了，还有老公老公我爱你。这些话，秋贵叔曾和秋贵婶学说过城里女人怎么说，可秋贵婶子不搁耳这个。夏天热，吃完饭秋贵叔睡不着觉，想挽着秋贵婶的手出外逛逛田野，秋贵婶说："俺累得慌，歇一会儿再说。"秋贵叔就沏一杯茶喝着等着，那茶还没喝几口，秋贵婶已呼呼地睡着了。

可能是打这吧，也不一定，秋贵叔不大家来了。秋贵婶在地里干着活，常有人和她说话："哎，秋贵有好几个月没回来了吧？"

秋贵婶说："他可能忙，没空儿。"

一天，有人特意找到秋贵婶说："你知道吗？你家秋贵可能有相好的了，我去城里办事，在大街上看见他和一个女的手领着手，走两步还亲一口呢。"

秋贵婶这才长心眼儿了，她骑车子到了城里，找到秋贵叔问他，秋贵叔承认了，并提出要和她离婚。秋贵婶不会撒泼也不会骂人，连埋怨人的话也不会说，只是哭着回家来了。婆婆一听气得打哆嗦："他敢没良心，我死给他看。"但婆婆活活被秋贵叔气死了，也没挡住，秋贵婶还是被秋贵叔休了。

秋贵婶子离婚不离家，还是下地干活，还是伺候呼啦嗓子公公。公公拔干解不下大手，秋贵婶把筷子削尖了，给公公一点点地往外剜，公公又难为情又感激又骂，"这不是人的，个陈世美，我哪辈子作的孽，生了个这个。老大家啊，爹欠你啊，这辈子还不了你了，苦了你了。"

又有一天，有人对秋贵婶说："秋贵快退休了，你怎么不让你儿接他的班啊？"

为了儿子，秋贵婶子又去了城里，对秋贵说："儿可是你的，不是兴接班吗？"

秋贵说："这个你别操心了，班有人接了。"秋贵早把他的班让他相好的女人的女儿接了。

这回秋贵婶真恼了，她哭了一道。但回到家没直接跟儿子说，而是板着脸说儿子："看你有志气没志气，好好念书，别让他看咱娘儿俩的笑话。"

儿子从娘的眼里，从娘的脸上看出来了，发誓说："放心吧娘，我一定会让你享福的。"儿念书不孬，找的工作也不孬，在银行里管钱的，媳妇也是在银行里工作，几年就买了房了，买了房就不让秋贵婶种地了，把爷爷和秋贵婶接到城里去了。秋贵婶是村里第一个成了城里人的老太婆，都说她苦尽甘来了。秋贵婶子在城里人缘也不错，都爱找她说话。

这天，秋贵婶正和人说着话，忽然碰见老家一进城办事的人，老家的人对秋贵婶说："嫂子，你那个没良心的偏瘫了，走路一只脚横着走，被他后老婆甩了，他又回老家你旧屋来了。"

秋贵婶子听了，心里一阵七上八下的，她说不上是什么滋味，她不愿意再想他的事了，可越不愿想心里越出现他的影子，特别是他一只脚走道的样。秋贵婶回到家没和儿子说，但一宿翻来覆去没睡着。早晨，她端起碗也无心吃饭，张了好几回嘴，终于对儿子说："我回老家看看去。"

儿子说："有事啊？"

秋贵婶说："没事，我想回去看看去。"

儿说："又想你那姊妹们儿的了？回吧，我送你啊？"

秋贵婶说："不用，我个人坐车回去。"

儿说："随着回来啊娘。"儿寻思娘回老家看看，当天会随着回来，可等到晚上没回来，一连几天不回。儿就开着车家来了，一进屋，见秋贵婶正喂秋贵叔饭呢。儿子的气就来了，说秋贵："你怎么又回来了，这儿是你的家吗？出去！"又埋怨娘说，"娘，你忘了你的难处了，伺候他，心里不憋屈吗？"

秋贵婶说："憋屈也得管啊，谁叫他是你亲爹来呀。"

儿说："谁是我亲爹啊，我没他这户爹。"

秋贵婶说："你认，他是你爹；你不认，他也是你爹。他作孽，不对，咱看他笑话，不是连他也不如了吗？"

秋贵婶在老家又待了四五年，秋贵叔临别秋贵婶时，满眼泪，看着秋贵婶，想说什么说不出，嘴里光啊啊，"啊，啊啊……"

秋贵叔啊啊的什么，只有他自己知道。

老杨发家

老杨以前是个穷光蛋，说个发家也快，几年的时间，存款就达到六位数了，老杨个人说。

老杨发家，多亏了老严，确切地说，是多亏了老严的饭店。老严头脑灵活，瞅准了一项好买卖，开了一家饭店。老严和老杨不孬，老严的饭店一开张，对老杨说："你来给我帮忙吧，洗洗盘子刷刷碗，但是不给你开工资，剩下的饭菜汤水的归你，当作工钱。"老杨说："白给你下力啊，我不干。"老严说："你不干啊，我再找别人了。"老杨说："我和俺家里商量商量再说吧。"

老杨回到家，便把这事和老婆说了，老婆说："我看这活行，你没听他姑父说过，他姑父的表兄弟就在饭店里干这个，把担回来的剩菜剩饭喂猪，几年就富了。"老杨听老婆这么一说，就答应了老严。他买了两只水桶，一副扁担，每天一过饭时，便挑着水桶去老严的饭店收拾残羹剩饭，那剩菜剩饭还真不少呢，并且餐桌上只动了几筷子的好菜，只吃了一面的糖醋鱼，还有囫囵个的鸡鸭，整盘子的水饺，没下去碗边儿的面条，几乎每个桌上都有，这些，大都是老杨家的饭桌上不大见的美餐，老杨哪里舍得倒进垃圾桶里呢，他向老严要了些方便袋儿，全部打包带回家，给家人吃。老杨的老婆孩子吃得蜜口香甜的，时间不长，一家人的模样全都变了，老婆的脸儿也圆了，也胖了，也白了，也受看了。儿子的身上眼见地长肉了，人们见了他，再不叫他小瘦猴了，老远就喊他胖子胖子的。

老杨每天能从老严的饭店里挑回好几桶残羹剩饭，自从干上这个，也有人吃的，也有鸡鸭猪狗的吃的。老杨买了十头小猪，七八条小狗，鱼刺骨头的喂狗，剩菜剩饭喂猪，再加上刷盘子洗碗的泔水，全是油，喂猪甭往料理调添加剂，猪又爱吃，长得又快。老杨一年能养三批猪，一批猪能卖八九头，老杨养猪本小，赚头却大。

再说老杨养狗，老杨养的狗不见腥不吃饭，他从饭店里弄回来的半边拉块的鱼，囫囵个的鸡鸭，一个肉丸的水饺，一家人吃不了，久了也吃腻了，就全喂了狗了，狗整天吃这个，长得很快，肥得也快，老杨的狗肥得都懒得动弹。老杨把养肥的狗卖给老严的饭店，老严的饭店里急需要这个，一条狗能给老杨好几百块钱。有时，不等老杨的狗长够了个，老严便催着老杨卖狗给他，必要的时候，一条小半大狗，老严给过老杨一千。

老杨养猪养狗发了，手里有了钱了，就不再天天用肩挑着桶去老严的饭店担泔水了，他买了一辆大型电动三轮，开着车去，人也轻省了，也节省了时间。

就这样，老杨一干好几年。就像在哪里工作，按时上下班。老杨小日子过得，令许多人很是羡慕。有人和老杨说话："真是三百六十行，行行出状元啊。你小子踩着棒槌转运了，没想到这泔水挑子竟发家了。"

老杨说："没想到的事在后头呢，下一步，我还想大干呢。"

老杨扩大了养猪喂狗的规模，增加了猪的数量，增加了狗的数量，他想把老严的饭店长期包了，再多赚俩儿。

老杨刚增加了小猪、小狗的数量，老严忽然打来电话说："你以后别来挑泔水了。"

老杨一蒙，"为什么？"

老严说："我不干了。"

老杨说："干得好好的饭店，怎么不干了？"

老严说："一反腐，账号都销了，没大来吃饭的了。"

多喝了半瓶儿水

市作协组织会员下乡采风。天太热，一上车，领导便拎着一大包水挨个发给众人，一人一瓶，发完了，还剩下两瓶，领导说，谁不够的话，包里还有。

老王最先看见了包里的两瓶水，就还有两瓶。老王把自己分的一瓶迅速打开，咕咚咕咚一气喝了大半瓶。其实，他并不怎么渴，因临来时，他已喝足了水，他酽酽地沏了两杯茶，喝透了来的。可老王遇事爱占点儿小便宜，他见包里还剩下两瓶不花钱的水，领导又发了话，随便喝。于是他想抓紧喝完了手里的一瓶，再拿一瓶去。他一气喝下大半瓶后，抬眼看了看众人，还好，别人并没有像他一样，有的沉住气地把瓶打开，慢慢地才品了几口，有的根本还没把瓶打开。老王的心里，这才一块石头落了地，不急于把那少半瓶喝下去了。但是，老王稍一停顿的工夫，却见领导自己也伸手拿起一瓶，喝了起来。包里就还剩下一瓶。老王的心就又悬了起来，他仰脖几口就把少半瓶水喝了，哈腰抓起了最后的一瓶，见有人直看他，他一边拧着瓶盖儿，一边自言自语地说道，吃得咸点儿了，真渴了。说着，又一连喝了好几大口。喝了好几大口后，老王真喝不下去了，他不但喝不下去了，他还有要小解的感觉。可刚上了车不久，哪能就让司机停车呢，老王就憋着。憋了一会儿，老王问领导说，到哪了，快到了吧？领导说，早呢，这才走了一半儿。一听还早呢，老王就有些憋不住了，他欠了欠身子，不好意思地冲司机说，师傅能停停车吗？司机说，不行，这一段路停车，会被误认为是抢客，挨罚，怎么，你有事啊？老王说，我，我想方便一下。司机说，忍一忍行吧，再有20分钟就到了。老王只好忍着。他越忍越觉得难受，前倾着身子，哈腰捂着肚子，再无心顾及那半瓶子水了。头一回憋尿，他可知道是什么滋味了。

直到老王快憋不住的时候，才到了，车还没停稳，老王便慌慌地下了车，下了车也来不及找厕所，在一堵墙根儿下的几棵小树中，老王急急地小解，整个后身，被人看得真真的，男同志望着老王这样，嘿嘿地笑，女同志一见，有的赶紧扭过脸去，有的直撇嘴呸他。

老王方便完了，回到人前，自己也觉得脸没处搁。有人替老王打圆场说，这个病好烦人哩，我得过这病，老王，你是不是尿急啊？

老王借坡下驴，说，嗯。

尿急，尿频，尿痛，这是前列腺炎啊，这病得治，不治了不得。

老王有前列腺炎。

从此，都知道老王有前列腺炎。直到好几年后，还有人挂着老王，关心地问他，老王，你前列腺炎的病好了吗？老王的脸腾地红了，他有口难辩，只有在心里回话，你才有前列腺炎呢。

小陈为什么没来

杨老头死了。

乡亲们来了，村里红白理事会的管事的来了。杨老头的儿子给管事的磕了个头，将自己所有的亲戚朋友，相好的不错的，平时有来往的，有过往的人的姓名和住址，都告诉了管事的。管事的就按照杨老头儿子说的，打发人去一一报了丧。

报丧后，吊唁的人就先后来了，杨老头家的亲戚客人挺多，来吊丧的接连不断，一直到了晌午才断流。

管事的问杨老头的儿子说："你想想，还有哪里的亲戚没来啊？"

杨老头的儿子想了想说："该来的基本上都来了，就还有表兄弟小陈没来。"

管事的说："小陈这外甥，按说该早来啊，死了舅他该早点儿来陪灵啊。"

杨老头的儿子说："小陈在外地上班，离得远，上午可能来不到，来得到下午了。"

管事的说："把白孝帽子给他准备出来吧，来了就让他戴上陪灵。"

管事的就把白孝帽子缝好了，给小陈准备出来了。

可是，下午小陈仍然没来。

杨老头的儿子就犯寻思开了，这表兄弟，难道有事吗，怎么没来呢？

管事的也想，能有什么事呢，还有比死了亲娘舅更大的事吗？再说，小陈这外甥，杨老头可疼他了，小陈从小没了爹，娘们儿孩子过日子，杨老头这当舅的认为他娘儿俩不易，隔不了几天就上外甥家去一趟，去看看她娘儿俩。每次去，吃头是吃头，钱是钱，生怕小陈受难为。小陈考上大学，娘供不起，是杨老头又借又贷供他念书。就在小陈临毕业那年，妗子突然死了，小陈得到信儿，半宿就奔回来，进门扑到妗子的灵前，哭得死去活来。人们说，这外甥，没白疼了，哭妗子比表兄弟哭妈还痛。妗子入土后，小陈临走给舅磕着头说："舅，我毕了业有了工作挣了钱，先疼你。"

小陈这外甥不孬啊，他舅死了，他怎么没来呢？

第二天火化，火化前所有的亲人大都会来见死者最后一面的，杨老头的儿子想，小陈头一天没来，第二天一定会来。

然而，第二天等到晌午快12点了，小陈还没来。火化必须在12点以前出庄，管事的说杨老头的儿子："不能再等了，实在来不了就不等他了。"

管事的话没落地，小陈的媳妇哭着舅来了，背上还背着一大捆烧纸。在小陈媳妇哭了一阵舅后，管事的问她："光你个人来的吗，小陈怎么没来啊？"

小陈媳妇说："小陈，领导不许给他假。"

"啥？"管事的一听急了，"这是什么领导啊，这么不近人情，死了亲娘舅不许假，给我电话，我问问他。"说着，伸手朝小陈媳妇要电话。

小陈媳妇捂着兜里的手机，声音很小地说："不是不是，小陈嘱咐我，多给舅买点儿烧纸，他说，他要是请假，这个月全勤奖就没了。"

送　礼

　　老于为人与众不同，他酒场很少，人家请他喝酒的时候少，他请人家的时候更少。他人情费也不多，就是同事之间有事，一般也不随份子。老于说："你随我我随你，多了少了，弄不好就拿怪，没意思。"

　　老于是教师，他和镇教育办公室乔主任是老同学，老于娶儿媳妇时，乔主任都随了他100块钱的礼。等乔主任嫁闺女，老于就还了乔主任100块钱的礼。隔年，乔主任的儿子考上大学庆贺，全镇所有教职工都花了，就老于一个人没随。乔主任再见了老于，不怎么搭理他了。老于说，不搭理就不搭理，儿子考个大学也摆宴席，这是变着法子的收礼，我就不随你。

　　老于这户脾气，能吃得开？他教书不孬，有能力，论本事，再加上他和乔主任的关系，都说他能弄个一官半职的。起码，当个教导主任绰绰有余。乔主任曾说到他脸上过："老于啊，教导主任的位一直给你留着呢。"老于说："行啊，你要是提我当上教导主任后，我给你买盒好烟抽。"乔主任笑了，笑得老于心里感到怪怪的。老于后来就盼着等着，但教导主任换了俩了，也没提他老于的名。

　　有人开导老于说："凭你和乔主任的关系，你多少地给乔主任送个礼，或请他喝一场子，起码上个轻课，或少上两节课。"老于说："请他，先别价，他喝一场子，俺一家人生活半月。"

　　老于一辈子也没提上去，一辈子抱着课本站讲台。但老于干得很带劲，老于说，他是凭本事吃饭，对得起自己的良心。老于一门心思教书，教学成绩，年年名列前茅，奖状证书一大摞。

　　老于在还有一年就退休时，身体不大行了，晕倒讲台上过。他上医院一查，是那种不好的病。到了这个年龄还上主课的不多，有的人一过了50岁，就给乔主任打招呼，或上乔主任家里去一趟，就不上课了，再不就不上主课了，只上几节副课。老于有了病了，想找乔主任请假。老于找到乔主任说："乔主任，我实在不能上了，想请假。"乔主任说："你——现在请假，正缺老师，一个萝卜顶一个窝，要不，你个人拿钱雇代课吧。"让老于个人拿钱雇代课，老于想想那些长年不上课也照样领工资的，觉得自己很委屈。老于隔日又给乔主任打电话请假，乔主任说："我正忙着呢，你晚上上我家来说吧。"

　　晚上，老于来到乔主任家，乔主任见老于两手空空，不怎么待见他，连坐也没让他。老于也没坐，进门就伸手往上衣口袋里掏什么，乔主任见老于掏兜，模样就变得喜兴了些，但乔主任转而一想，老于能往兜里掏什么大礼，他这户死孙，绝不会掏的是卡，也就是一盒烟吧，忙制止老于说："别掏了别掏了，我不抽烟了。"

　　老于说："我知道你不抽烟了，不是烟。"老于从兜里掏出来的是一张纸，递给了乔主任。乔主任展开一看，是医院的证明信，上面还有县教育局的大红章。乔主任一下子就变了脸色，说："你去县教育局了？"

　　老于一句话，没把乔主任气杀："局长让我把这个当礼送给你，并捎话说，不是缺教师吗，要不他来替我上课？"

英 子

英子是个俊闺女。

英子从小就人见人夸，都说这闺女错托生了，要是生在城市里，保准找个富户，或找个有权的人家。可英子没生在城市里，生在了农村，而且还是村上最穷的家里。爹娘给哥说不起媳妇，就拿英子给哥找了换亲。英子虽然心里极不愿意，但一看到爹娘那愁苦的脸，就只好带着满眼泪花上轿了。英子的女婿比英子大，大七八岁，倒是拿英子不孬，知冷知热的，可没文化，也没技术，挣不来大钱，除了种地外，有空就出去参加村里包工头的建筑工地上干活，一天几十块钱。英子进了门后，地不用女婿管了，英子在家侍候地，女婿便上了北京大建筑工地，这样，女婿挣的钱就多了，一天一百多。再加上女婿很能下力，常常加班，加一个班又多挣好几十。英子在家也挺能忙活，种地、喂猪、养牛，一年也能挣一两万。不几年，英子家就盖起了新房，厢房，在庄里是数一数二的新房。这时，英子也有了孩子，一儿一女，英子家的日子如芝麻开花。英子再回娘家时，爹娘亏欠的脸上，终于有了喜欢模样。爹说："苦了这闺女了，总算不挂着她了。"

可才起色的日子不长，英子的儿子初中毕业，不愿念书了，也想出去打工挣钱，没想到出去不到一个月，被人拉着死的回来了，儿子在工地干活，不小心触电身亡。英子哭昏了天，哭昏过去多少回，醒过来再哭。这个说，那个劝，说到面上，劝不到心里，英子什么时候能忘下啊。好几年，逢到过年过节八月十五人团圆，英子就想起儿子来，就跑到儿的坟上去哭，英子哭她儿的命短，哭她自己没儿的命。

没有了儿子，就只有一个闺女守在脸前，闺女二十大几了，人们都不忍心给英子的闺女说亲，一给闺女提亲，英子就掉泪。可女大不由娘，闺女总得要出门子啊。英子只有给闺女找了近边边的婆家。女婿很好，小两口很恩爱，也很疼丈母娘，一说话先开口叫妈。结婚半年，闺女怀孕了，怀孕后老觉得腹疼，上医院查了查，没事。回来后还是疼，越来越疼得厉害，最后疼得受不了了，上了省城医院，结果是宫外孕，没治出来，死了。英子一听到闺女死了的消息，一下子晕了过去。然而，祸不单行，闺女死后当年，丈夫又查出肝癌晚期，不到半年，也离英子而去。

可怜的英子，眼泪都哭干了，英子这么命啊，天下再没有比英子命苦的人了。

英子直哭得爹娘陪着她抹不完的泪水，直哭得庄乡四邻再找不出解劝她的话语。

半年多，英子光哭，连门都不出。英子曾往梁头上拴过绳，也曾买过整瓶的安眠药，但不知为什么，英子最后没那么做。

半年后，在城里绿化带薅草的一帮妇女中，出现了英子的身影，英子不哭了，就像变了一个人，一边很是带劲地干着活，一边和人说着话。有人说英子："想开了？"英子说："想开了。"人说："就得想开，都走了，咱就不活着了，可再别犯傻了。"英子说："不瞒你说，俺都把绳套在脖子上了，是俺婆婆救了我。"人说："你婆婆双眼瞎，你上吊她怎么看见了？"英子说："是我看见了她，看见了她俺就后悔了，我死了，婆婆谁管呢？"

英子说话的声音很大，震得脸前的花草直颤。

暖　冬

进了三九，一天比一天冷了。冷得大街上几乎见不到人影。

她在屋里，把暖气烧得热热的，一天连门也没出。只是温热了水，洗了几件衣服。冬天洗的衣服，也不能在外面晒，她把衣服晾在了烧暖气的大火炉子旁。炉子就在正屋里，和她住的卧室只一墙之隔。她围炉子晾了一圈衣服，往炉子里添了些炭，见炉子跟前的炭不多了，便围上围巾，戴上手套，端着盆子去屋外撮炭。迈出屋门，瞅见刚泼在院子里洗衣服的水已结了冰，溜滑。她小心翼翼地端着炭，绕过结冰的地面，返回屋里。刚放下炭，手机响了，她一看，是在外打工的丈夫打来的。"喂，有事吗？"她问。

丈夫说："天冷了，要不，叫娘上咱屋来住几天吧，在外间里支个小床，也比她屋里暖和。"

她一听，说话的语气就变了："叫她来？叫她来俺走！"

丈夫长长地叹了口气，电话挂了。

她和婆婆闹不上堆，好几年不和婆婆说话了。虽然婆婆就一个儿子，但她坚决和婆婆分了家，个人过个人的，两个院住着。婆婆的院，是三间旧屋，土房，门窗都坏了，四下里漏风。她的院，是新的，封厦的。丈夫曾多次和她商量，把娘接过来住，可她就是不同意，主要的，是她嫌婆婆邋遢。

丈夫一来电话，她的气就不打一处来似的，晚饭也不做了，不吃了。她将炉膛里加满了炭，就躺下睡了。开始，心里有气睡不着，后来，就睡着了，睡实着了。

她是被火烤和烟熏醒了的。当她睁开眼时，屋里已火光闪闪浓烟滚滚了。她一咕噜爬起来跑出屋外，拼命呼喊："着火了，救火啊……"

四邻乡亲赶来救火时，她的几间房的房顶，已烧到两头了，是有人打了"119"火警来扑灭的。

她蜷缩在着过火的房前，冬天的深夜，冰冷刺骨，说："天啊，这冬可怎么过啊……"

"别难过孩子，不是还有我屋吗？我把炕让给你，我西间还有个小炕。"不知什么时候，婆婆站到了她的跟前。

　　她冻得打着战说："俺不去。"嘴硬，话却没有底气。她知道，婆婆屋里虽冷，但婆婆每天用柴火烧得炕暖。

　　"这孩子，俺知道你爱干净，床单被罩都给你换新的了。"

　　她的心一颤，婆婆的一个新字，羞愧得她无地自容，双眼模糊了，她赎罪般感激地叫了声几年了不曾叫过的那个字眼："娘！"

把　脉

　　村医赵世康医术高超，不亚于县医院的专家。县医院曾聘请过他，但赵世康没去，赵世康说，医道好了，在哪里也有人找他看病。大概有本事、有能力的人都这样吧，傲气。

　　一般医生给人看病，凭的是望闻问切四诊，而赵世康给人看病，只一诊，切诊，便能诊断个差不多。赵世康的脉力很准，特别是一些大病重病和那种使人闻之害怕的病，赵世康一搭手，就能号出来了。

　　赵世康在四外八庄很出名，四外八庄的人有个病灾，都是先不去大医院，先找赵世康看。轻的吃点药，重的输两瓶子水，好了。人们找赵世康看病，只要赵世康给开药给输水，这说明病好治，不是什么害怕的病，心里就敞亮了许多。可是，如果赵世康一说那句话，"你上县医院看看去吧"或说"你去济南查查去吧"，病人会立刻变了脸色，有的会吓得自个儿都家去不了。因为赵世康一说这话，说明十有八九是那种病儿。

　　当庄徐文光胃不大对劲，吃饭撑得慌，来找赵世康看，赵世康手搭上脉，一刹，问徐文光，"你大便是不是发黑啊？"

　　徐文光说："是啊。"

　　赵世康说："你上济南查查去吧。"

　　徐文光去济南一查，肿瘤已拳头般大了，徐文光活了不到一年。

　　后街孟洪水感冒咳嗽，寻思找赵世康来拿个药片，赵世康给号了号脉，说："你去县医院拍个片儿吧。"

　　孟洪水吓得脸一下子黄了，但他不信："赵大夫你别吓唬我，我不可能是那病儿。"

　　赵世康说："查查去吧，查查放心。"

　　孟洪水去了县医院，一拍片儿，肺部有阴影，又做了个CT，确诊了，不过才一点点儿，接着动了手术，切除了。医生说孟洪水："你这病，发现得太及时了，没事儿。"

　　孟洪水很是感激赵世康，说："赵大夫，你看得真准，多亏上医院查查。"

　　赵世康说："其实，我是看不准时，才让上医院查查，为病人负责。"

　　赵世康的后邻居王婶嗓子疼，找赵世康看，赵世康给她用了几天药，不管事，又输了几天水，还是疼。赵世康说："你上济南看看去吧。"

　　王婶一听这话，腿都打开哆嗦了。让儿子带着去了济南，当天随着回来了。回来没进家，直接找赵世康来了，一见赵世康，气得额上的青筋直跳："你是怎么给俺看的病啊，看不准就乱说吗？"

　　赵世康一蒙："怎么了？"

　　"怎么了，就是一般的咽炎，不是你说的那病。"

　　赵世康说："我说哪种病了？"

　　"你吓得俺可不轻，你吓得俺到现在还扑通扑通的呢。"王婶气得一倔一倔的，走出门去了，又回过头来冲赵世康发火，"以后，看不准别乱说，哪有这户当医生的。"

　　赵世康望着王婶的背影，很是难为情。他想，以后，别人找他看病，他看不准时，那话说还是不说？

发　小

我的发小脸上有个疤。

我俩是邻居，从小一起长大，一起上学，念高中时，还是二年的同桌。那时，农家子弟，念完了高中，就算是念到头了，不论学习孬好，一律回乡务农。我和发小也不例外，高中二年修业期满，一起回家干活。在家干着活，我不甘每日面朝黄土背朝天的生活，一心想给自己找点别的出路。我白天劳动，夜晚和闲暇时间，便练习写作。写通讯报道，写小说，写诗歌。我写的通讯报道，常在县广播电台播发；我写的小说，不久也在县《革命文艺》上刊登了。发小对我很羡慕，也想跟我学写作。我欣然答应了他，把我会的写通讯报道、写小说的知识，毫不保留地教他。他为了学得快，把他的被子抱到了我家，和我一起住进了我家的一间小偏房里。确切地说，那不叫偏房，那只是我父亲用手和泥垛得冒手高的草棚子，没窗户，有门口但是没门，没门可安。冬天，我用的是一件厚草帘子挂在门口挡寒。就在这样的小屋里，发小和我挤在一张破床上，我俩每晚点着小煤油灯，写作都写到很晚。写到半夜里冷了，便抱一抱柴火，在床前点一阵火，烤烤脚手，也驱驱屋里的寒。然后接着再写。发小他娘怕他冷，给他送来一个半截褥子，亲手顺着盖在了他的被窝上。等他娘走了，发小把褥子掉了过来，一半盖在了我的被窝上，一半盖在他的被窝上。遇上天实在冷了，我俩就钻一个被窝。条件虽苦，但我俩写得很带劲，他学习写作进步很快，不长时间，他写的一篇小报道稿，便被县广播电台采用了。他很高兴，他娘更是喜得不得了。他娘说我俩："你俩一对患难兄弟，以后有了出息谁也别忘了谁。"发小说我："老同学，不言谢你了，借陈胜的一句话送你吧，苟富贵，勿相忘。"我说："有难同当，有福同享。"

说这话不久，有好事临我俩头上了，公社里给各村要推荐上大学的名额，村里把我和发小都报上去了。虽然我也被报上去了，但我对发小说："我被批准的可能性不大，我姥姥家成分不好，社会关系不行。"发小说："你不会填表时填已与姥姥家断绝关系了吗，来人调查时让他调查我，我最了解你了，你早已同姥姥家不来往了，到时我这样说。"我说："但愿如此。"

半个月后，公社来信儿了，说我被推荐上了，而发小没被批准。发小听到这消息，一下子蔫了，但他接着又抬起头来对我说："好啊好啊，祝贺你，老同学。"我说，"我没想到被推荐上的是我，而你……"发小说："没事没事，一样一样，咱俩不管谁被推荐上都一样，我上了大学不会忘了你，你上了大学也不会忘了我。"我说："那是，必需的。"

公社里说让我抓紧拆拆被子，好准备听通知入学。我母亲去世早，没人给我拆被子，发小见我自己拆被子，便说："让我娘给你拆洗拆洗吧。"他把我的被子抱回家，让他娘给我拆洗后重新做上了。

一切准备就绪，我只等来通知上大学了。偏在这时，公社又来信儿了，说我上大学的名额取消了。我几乎要哭了，跑到公社问为什么？公社里说："有人把你告了，说你同你姥姥家没划清界限，并且来往非常密切。"

我说："是谁这样说我？"

公社里说："这个人说，他最了解你了，他脸上有个疤。"

功 德 碑

……

冬冬和龙龙年龄差不多，家靠着不远，一个道南，一个道北。冬冬和龙龙是村里最早出去打工的两个，冬冬会瓦匠，组织起建筑队，给人包房盖房，二年日子就富了，手里就有了钱了。龙龙会木匠，常年在外面包活，挺能挣钱，龙龙和冬冬，日子不分上下。

冬冬有了钱，首先买了台电视，村里还没有买电视的，好多人还没见过电视，都像看西洋景似的往冬冬家跑，来看电视，来凑热闹。冬冬头两天没说什么，心里虽然嫌乱得慌，每天上他家来看电视的人不断流，挤得屋里都着不下，吵吵嚷嚷的，他连支烟都不能抽，这么一大屋人，抽烟分不分啊，不分，掏出烟来个人抽他觉得不大对劲，分，分给谁是？一轮得分一盒，他舍不得。人们来冬冬家看电视，几天，冬冬就烦了，不想招了。他一黑天就把院门插死，自己一家人在屋里，喝着水抽着烟，看着电视，多轻闲自在。

冬冬关了门，进不来人，有好事的，电视瘾头大的，就在院外敲门砸门，喊冬冬开门。冬冬没开门，在院里说："谁啊，敲门干啥？"

人说："开开门上你家看电视去。"

冬冬说："我睡觉了，扒衣裳了。"

人说："这不是你屋里电视响着吗？"

冬冬说："响着怎么了，又没费你家的电。"

人说："咱看一会儿不行吗？"

冬冬说："愿意看，个人花钱买去。"

这话很噎人，来人就不言语了，走了，再没有砸门的了。

冬冬买了电视，不让外人看，这事传到龙龙耳朵里，龙龙也买了一台，比冬冬的还大。龙龙有了钱，本不打算先买电视，他想先盖房，他是替挨冬冬噎的人脸上挂火，就买了电视。

龙龙买回电视，见人就说："我买了电视了，晚上上我家看电视去吧。"龙龙晚上从不关门，院门屋门都敞着，来人随便进，进屋龙龙先笑着让坐，再分烟，接着给满水。然后问："愿意看么电视啊大婶子，我给你播。""噢，小家伙爱看小孩片儿啊，我调调台。"龙龙不嫌烦，来他家看电视的人越来越多，屋里着不下，龙龙就把电视搬到当天井里，摆好座机，每天等人来。后来，龙龙干脆把电视搬到大街上演，全庄儿都来看。

龙龙的电视，就这样演了一二年，直演得看不大出人来了，尽出雪花了，还有人天天盯着看。后来，人们日子富了，家家都有了电视了，才不往龙龙家跑了。

龙龙这样做，犹如一记响亮的耳光，重重地打在冬冬的脸上，把冬冬打醒了，冬冬懊悔得不得了，他一心想寻找机会，挽回自己的臭名。

机会终于来了，这年，村里修路，动员村民捐钱。冬冬第一个报了名，捐了款。路修完后，庄里在村口立了个功德碑，把为修路捐款人的名字，全都刻在了功德碑上。冬冬捐的款最多，冬冬的名子刻在了碑的最前面。

冬冬看着自己的名字笑了，他笑自己挽回了臭名，笑自己做了一件大好事，而龙龙，却远远比不上他了。

因为，龙龙自从电视看坏后，忽然出了次车祸，残疾了，成了村里的困难户。这次村里修路，龙龙没钱，没捐。功德碑上，没有龙龙的名字。

不过，人们走着脚下的路，看着村头的碑，在感激冬冬的同时，也常常想起龙龙："最早看电视，没钱买，多亏了人家龙龙。"

秘　　方

郝大爷爷有一秘方，治嗓子疼是一绝。无论是烂嗓子，还是嗓子里长疙瘩，或者口舌生疮，只要找到郝大爷爷，郝大爷爷打开一个牛皮纸包，里面露出一点点儿黑色的药面，郝大爷爷用一个一头削成斜抹茬的苇子筒儿，刮上点药面，叫人张开嘴，郝大爷爷对着苇子筒儿一吹，药面便喷到口腔里了。轻的，不用来第二趟，厉害的，也不过三次，就不疼了，好了。

郝大爷爷给人看嗓子，从来不收钱，也不收礼，连盒烟也不留。谁要是给他扔个十块八块的钱，或者拿个三十二十的鸡蛋，郝大爷爷会急了："要这样，我不给你看了。"

来找郝大爷爷看嗓子的，传出老远。

郝大爷爷无儿无女，郝大爷爷不想使他这一秘方失传了，他想找个传人。消息一传出，好多人想拜师学艺，想出高价买这一秘方，也有多年不走动了的亲戚，又来找郝大爷爷认亲的。但郝大爷爷都没许。郝大爷爷说，他得到这秘方时，也没通过关系，也没花钱。那年，一个要饭的，围着庄儿转，十冬腊月，天漆黑了，郝大爷爷见要饭的可怜，便留他过了一夜，还管了他两顿饭。要饭的临走说："恩人啊，也没啥可感谢你的，我把祖传的一个偏方留给你吧。"就是这秘方。

郝大爷爷思来想去，对郝大奶奶说："我想，不如把这秘方传给后邻刘二算了。"

"啥？"郝大奶奶一听急了，"刘二是个么人，传给他，这刘二扯天赶集卖假药，他散酒里掺上麻药当风湿药卖，不知坑了多少人。传给他，还有好传？"

郝大爷爷说："我就是不想让他再坑人了，才传给他。"

郝大奶奶说："你怎么不让他坑人了啊，他就一个人过日子，又是个残疾，他就靠卖假药吃饭。难不成你是想让他拿这秘方卖钱？"

郝大爷爷说："就是用这秘方卖钱也比他卖假药强啊。"

郝大爷爷就把刘二叫来了。

刘二一听把秘方传给他，给郝大爷爷磕着头说："郝大爷爷，您老人家要是把秘方传给我，我刘二没齿不忘，一定给您老人家传名。"

　　郝大爷爷对刘二说："你也不用给我传名，你只要别再卖假药了，这秘方你哪怕多少地收俩钱。"

　　刘二磕头如捣蒜："我一定，我一定。"

　　刘二得到郝大爷爷的秘方后，再不卖假药了，并且，他给人看嗓子，同郝大爷爷一样，不收礼也不要钱。刘二说，他生活，有低保呢。

谎　言

刘二爱说谎，撒谎不带打玴的，时间长了，刘二说话，没人信他的。

一日，刘二和一帮人在一起闲侃，刘二长长地叹了口气说："唉，倒霉，真倒霉，昨日让人骗了，骗了好几万去。"

刘二这话，不但没一个同情他的人，反而有人指责他说："刘二，你说话也不怕闪了舌头，你能让人骗了好几万去？"

"就是，"有人附和着说，"连你卖了，也不值好几万啊。"

"别听他的，上东洼听兔子叫唤去，也不听他的。"

又一日，人们在外面乘凉，只见刘二哈哈大笑着走了过来，刘二一边笑着，一边手舞足蹈地说："哈哈，发财了，这回真发了大财了，买彩票中了个二等奖，二十三万八。"

有人瞪大眼睛想问刘二是真事吗，但立即有人截话说："我说刘二啊刘二，你该开撒谎公司了，摸摸你那耳朵垂子，你能中二十三万八？"

有人接着说："别听他胡咧咧，他要中了二十三万八，早不是他了。"

刘二的话，在人们一阵嘲讽中做了了结。

又是一日，许多人在大街上说话，刘二打老远小跑着从人们面前路过，有人好奇地问刘二说："跑得么刘二？"

刘二说："好事。"

人不信，"又说谎吧，啥好事啊？"

刘二说："嗯，说谎，别信啊。西头湾里的鱼浮头了，贱卖，一块钱一条。"说着跑开了。

有人看着跑去的刘二说："西头湾里养的鱼都三四斤了，浮头也不能一块钱一条啊？"

有人翘首朝西头望着说："刘二的话有听头吗，不可能吧？"

有人说："我看看去。"说着朝西头跑去。

接着，又有人朝西头跑去。

紧接着，好多人朝西头跑去。

村西湾里，水平如镜。

啐

天很热。

公园的连椅上，一对青年男女嗑着瓜子喝着矿泉水，亲热得如胶似漆。女的很大脸，也很开放，这场合，竟趴在男的脸上来了个热吻。

男的推了女的一把，并且离女的远了些距离说："别价别价，有个老头在看。"

女的杏眼一瞪，脸一歪，见不远处有一个老头，光着脊梁，背对着她俩站在那里。

女的说男的："老头哪里看了？"

男的说："刚回过头去，刚还瞪着眼地往这看。"

女的抬起头，眼瞅着老头，果然，老头回过头来，直朝她看，见她看他，立即回过头去。

女的冲老头啐了一口，不满地说："看么看！"说着，故意搂住男的，拿眼斜着老头，说，"看吧，不怕挨白眼儿看吧。"

老头真又回过头来朝她看，看了一眼，又赶紧转过身去。

女的扫兴地说："走啊，换个地方，咋碰上这么个好……"女的后面的话没说出来。

女的和男的离开连椅几步后，女的再次搂住男的，趴在男的肩膀头上，斜睨着老头说："不是爱看吗，不怕遭啐跟着看。"

老头没跟着看她，径直走到连椅跟前，从连椅底下抽出笤帚，将她俩吃的瓜子皮打扫干净，又从连椅背后的小树上扯下黄马甲，走了。

老　八

　　老八爱干净，都说他干净得有点儿过了，谁如果去他家串门子，千万别上他床上坐，要是一坐，前脚走，他后脚会拿笤帚着实扫巴扫巴，扫后再用手扑拉扑拉，就好像人家的屁股上沾了多少灰尘土屑，带了多少细菌似的。和老八在一块儿，谁要是随地吐口痰，老八算是烦了，他龇牙咧嘴，阴脸瞪眼，立马会躲你八丈远。

　　都说老八有洁癖，农村过日子，哪有这么些穷讲究啊。

　　老八的对门儿，想在院外修个厕所。老八急了，挡着不让修，老八说："你冲着我的门口修厕所，只一道之隔，忒窝囊人，不行不行，你不能修。"对门儿说："我在自己的墙外修厕所，没占你一寸地方，碍你么事了，你挡不住，就是修。"老八没挡住，对门儿到底还是把厕所修上了。老八气得倔倔地，老八认为，对门冲着他的院门修厕所，不但使他迎门儿臭，还使他一出门儿就见晦气，不吉利。老八曾拿铁锹往对门儿的厕所入口锄狗粪，后又推土把茅坑给他填死。对门儿火了，扒了厕所紧接着又盖上了猪圈，养猪。每天猪拉的粪，对门儿都往圈外的道边上锄。猪粪更臭，特别是夏天，蚊子、蝇子成帮成群，嗡嗡地，落满了老八的门口和院墙上，黑压压一片。老八憋着气，狠往院门上院墙上打灭蝇剂，但是不管事，头一天打了，多少轻点儿，第二天又落满了。老八惹急眼了，买了瓶剧毒农药，一下子全倒进喷雾器里，把对门儿的圈里圈外，喷了个遍。结果使对门儿喂的五头肥猪，中毒死了仨。对门知道是老八干的，报了案，派出所找老八调查，老八供认不讳，被判赔对门儿3000块钱，并蹲了半年监。老八蹲了半年监出来后，恼了，发誓不在这臭庄里过了，离家出走，一去不返。

　　老八离家出走几年后，庄里进行了厕所改建，家家户户都把原来敞着口臭气熏天的茅坑，改建成了隐形的冲水的厕所。当人们一分钱没花，都用上了城里人一样的卫生间时，支书在大喇叭里宣布了一个消息："全庄儿农厕改建的人工费用，是老八出的款。"

得　济

　　林子从小没了父亲，爹死时，林子还不会走，两个姐姐，大的5岁，小的3岁。林子的娘是个弱小的女人，很难撑起这个家。林子的亲叔见自己的哥哥死了，林子娘年轻轻的，不可能在这个家待住，得改嫁。就和林子娘儿几个疏远了。林子娘浇地，一个女人摇机器，摇把子打在脸上，血哗哗流。娘抱着林子呜呜地哭，林子哭得哇哇的，两个姐姐哭成了泪人。在万般无奈的情况下，林子娘带着林子和两个姐姐走了那一步，嫁给了当庄的张叔。

　　张叔身有残疾，一只眼瞎，一直没说上人来。林子娘儿几个进了张叔的家，张叔拿林子姐弟仨视为己出，抱着背着，娇着疼着。张叔会木匠，除了种地，常出去打工，手底下有俩积蓄。张叔说林子妈："孩子们吃的穿的，该买的买，不能比别人差了。"林子姐弟几个吃剩的饭菜，张叔一点也不嫌，都是拨拉到自己碗里吃了。林子调皮，掰在桌子上甚至掉在地上一口一块的馍，张叔也都是拾起来吃了。

　　林子一家，其乐融融。

　　林子姐弟几个，先后都考上了大学。两个姐姐上学时，张叔的积蓄就花完了，林子上大学，家里日子就紧了，没钱了。但张叔一点也没让人看出样来，为供林子上学，张叔又借又贷，照样没耽误林子念书。

　　有人说张叔："你手里攒的那点儿钱，都花在了人家的孩子身上了，也不给自己留点后手，等老了，能得上济了吗？"

　　张叔说："怎么得不上啊，还有疼差的人吗？钱算啥，孩子们不能白叫我爸爸。"

　　然而，张叔没福，在林子姐弟三个大学毕业都挣了钱了，林子才头一个月上班，张叔突然脑出血死了。

　　林子娘儿几个哭的。

　　林子哭着跪在地上给张叔摔老盆，声断肝肠："爸啊，儿本想上班挣了钱，就不让你出去打工了，让你享福了，可你咋就没等到啊，爸啊……"林子高高举起老盆，摔在地上的半头砖上，摔碎的瓦片，扎在林子的脸上，泪水掺着血水往下淌。庄里看热闹的没有一个不陪着掉泪的。

　　张叔死后，林子的亲叔硬逼着林子娘儿几个又回了李家，林子的亲爸姓李。林子娘虽不太愿意，但拧不过亲叔，只好顺从了他。亲叔说："林子姐弟几个挺有出息，李家将来能指望上了。"

但不知是林子娘命苦，还是林子命短，林子有一天晕在了班上，去医院一查，肝癌，已是晚期了。

最悲痛的是林子妈，林子妈整天以泪洗面，一遇人说话就哭，一哭就那句话，"怎么不让我替俺儿得那病啊……"

林子很明白自己的病情，他不怕死，他万分难过的是，娘还没得他的济，却白发人送黑发人。林子无语解劝娘，只是不止一次地给两个姐姐抱拳："姐啊，娘拜托姐了，拜托姐了……"

林子在临咽气的时候，强撑着身子给娘磕着头说："娘，儿有一事想求娘，恳求娘答应我。"

娘满眼泪，往起扶着林子说："儿啊，有啥事你说，娘答应你。"

林子说："俺亲爸，以后由你陪着，可俺张爸，一个人孤着，我想，给他占穴。"

说　　媒

:

刘小别看人长得不怎么样，尖嘴猴腮，老鼠眼，瘦得像干虾。却能说会道，他能把人没见过的事说得活灵活现，能把一点影星儿也没有的事说得天花乱坠。

刘小就凭这嘴，没少吃了香的，喝了辣的。

他常给人说媒。

媒人是啥？红娘，恩人！成不成，酒两瓶。刘小给人当媒人，虽然说成了的不多，但烟没少抽了，酒没少喝了。他给人当的第一个媒人，是给本村三宝说亲。这天，刘小和一帮人在一起闲话，刘小说："我表舅有个好闺女，托我在咱这一块儿找个户，找个好户，谁家合适啊？"

说者有意，听者更有意，刘小说完这话回家时，三宝他爹随着就跟着上他家来了，"兄弟，你刚才说的你表舅的闺女，给俺三宝说说，行吗？"

刘小说："行啊，怎么不行啊。"

三宝他爹赶紧回家拿了酒，拿了烟，买了扒鸡、牛奶、香蕉、橘子、橙子一大纸箱子，让刘小到他表舅家去一趟。

过了几天，三宝他爹问刘小："兄弟，你问的那事怎么样了？"

刘小说："啊，那事啊，那事我去了，大人同意了，就是孩子……大人说再说说孩子。"

三宝他爹一听有门儿，就去超市里买了牛肉、驴肉、炸鱼、炸虾、猪脸子，在刘小家喝了一大场子。喝完又买了更加贵重的礼物，打发刘小再到他表舅家去一次。

又过了几天，三宝他爹再来问刘小："兄弟，你表舅的闺女说通了没？"

刘小叹了口气说："唉，现在的孩子，女大不由娘啊。"

亲没说成，三宝他爹很是失望地走了。过后和人说话，人惊讶地说："刘小哪有表舅啊，他娘没有表兄弟，他哪来的表舅啊。"

刘小连表舅都没有，哪来的表舅的闺女呢？三宝的亲事说成了才怪呢。

刘小这样的媒人，也有说成了的时候。不过，那不是一开始就是刘小的媒人，刘小是半道上拾的个媒人。邻庄许家的小子和女头自己拉对相谈成了，就要过门儿了，但女方大人认为没个介绍人，嫌脸面上不好看，要求男方找个中间人。男方就找了刘小。男头对刘小说："你问问女家那头，十里地不同风俗，咱这边小手巾兴千里挑一，看人家那边是啥风俗啊。"

刘小去了女方商量彩礼的事，回来对男头说："也别按你说的千里挑一了，也别按她那头三千里挑一了，我给你两下里端开了，就来个折中，按两千里挑一吧，你小手巾里就包两千零一吧。"

男方很感激刘小，就按她说的，包了两千零一。接着过了门。过门儿后，男头一家人在一起吃着饭，男主说儿媳妇："给你爸捎个好，我真摊了个好亲家，不但没按你那边三千里挑一，而且包的两千里挑一，又给退回200来，只留了1801。"

"啥？"儿媳妇一听愣了，"没留这么多啊，俺爸只留了1001，退回1000来啊。"

男主一听，涨红了脸，才知道是刘小从中昧下了800，放下碗找了刘小去："你真不是玩意儿啊，你就这户办事的吗？"

刘小死不承认。刘小的娘们儿一听脸红得像红布，直觉得没处搁似的："俺跟着你简直没法混了，丢人丢到老坟上去了。"

可刘小秉性难改，不久，他赶集遇到一熟人，熟人刚死了老婆，想再成个家。刘小竟接话说："正好，我表哥死了好几年了，我表嫂子岁数不大，我给你问问。"

隔天，熟人拿着酒拿着礼来了，在刘小家喝着酒，问刘小，你和你表嫂说了吗，她有意改嫁吗？

不等刘小回话，刘小的娘们儿拿眼白着刘小说："你又胡说是吧，你哪有表嫂子啊？"

刘小瞪着娘们儿说："不是亲表嫂子，你没见过。"

熟人打了个愣，说："不是你亲表嫂啊？"

刘小说："不是，是扯拉子亲戚，不走动。"

熟人放了心地说："噢，她有心再找吗？"

刘小说："她倒是有心，可就是表哥看病时，欠了人家一万块钱的账，还没还。"

熟人说：这个没事，我替她还。说着，从衣兜里掏出钱："你赶紧跑一趟，催催她。"

刘小有些迟疑。熟人说啥也叫他去，他就在他家等着他。

刘小揣起钱，骑上车。可是，正如娘们儿说的那样，他哪有什么表嫂啊，他是想骗熟人俩钱花。他骑车在外面转来转去，转了半天，想回去回熟人话："表嫂说，没楼房她不嫁。"

刘小骑车回到家里，没瞅见熟人，却见80多的老母亲在掉眼泪呢："作孽啊，还不紧着撵去，你媳妇跟着人家跑了。"

猫

"喵，喵……"一只大花猫趴在墙头上冲着墙外直叫。

"喵"，一只大黑猫听见大花猫叫，打老远蹿过来凑近大花猫。大花猫见了大黑猫，撒腿就跑，大黑猫在后面紧撵大花猫。两只猫一前一后，一跑一撵，上房越脊，翻墙扑地，折腾得草屑乱舞、尘土飞扬，使主人心烦气躁。

这是谁的大黑猫啊？女人对男人说，给它撵出去。

男人拕挲起双手，"去去"，把大黑猫撵跑了。

大黑猫头里刚跑了，大花猫紧跟着爬上墙"喵喵喵"地又叫，没跑多远的大黑猫接着返了回来，"嗖"地扑向大花猫。两只猫墙上墙下、屋里屋外，撞盆儿碰碗、踩花折草，搅得主人很是心焦。谁的个熊猫啊，给它打！女人气得大声对男人说。男人举起笤帚，"去去去去"，再次把大黑猫撵跑。

"喵喵喵喵"，大黑猫一跑，大花猫叫声更大，比前两次叫得更急更躁。大黑猫也急了，一个越墙跳扑向大花猫，两只猫上滚下翻、上扒下挠，不顾一切地搅在了一起。滚着滚着，大花猫忽然"啪"地从墙上掉到了地下，把女人吓了一跳："谁的个私孩子猫啊，给它弄死！"说着拿起铁叉，又支使男人，"你拿锨铲，快！"

男人举起铁锨刚想铲，立刻又停住了，说："站住站住，不能铲，不怨人家的大黑猫。"

女人一翻白眼："不怨它怨谁，上咱家来胡闹。"

男人说，"咱的大花猫要是不叫猫子，人家的大黑猫能来吗？"

女人顿悟，望着大花猫娇羞地笑了："你这该死的猫。"

生　日

明天是儿子健健的生日。

爸爸提前订好了饭店，订的是单间，雅间。妈妈提前邀好了客人，有健健的干爸、干妈、干兄弟，有健健在幼儿园大班的两个要好同学，还有同学的爸爸妈妈。同学过生日时，邀请了健健，健健去给同学过生日，健健的妈妈还买了贵重的礼物，让健健送给他的同学。健健的爸妈可重视健健同学的生日了。健健同学的爸妈当然也一样了，早就对健健爸妈说好了："到健健过生日时，可得告诉俺啊。"

健健妈妈打电话邀请完了客人，又接着去蛋糕房订了个288元的大蛋糕。

奶奶说："又订了个这么大的，吃不了，也没啥吃头，光吃个名儿。"

健健妈说："吃的就是这名儿，图的就是生日气氛嘛。"

第二天，还没黑天，健健爸爸就提前下了班，健健妈妈也向单位请了假，提前回到家。奶奶刚把健健从幼儿园接回来，妈妈便给健健换了一身新衣衫，一身牛仔裤褂。

"走啊，"健健爸爸说，"咱提前去一会儿，别让客人等着咱。"

"走。"健健妈妈说着，拿起手机背起了背包。

"走啊奶奶。"健健走到在洗衣机前晾衣服的奶奶说。

奶奶说："你们去吧，奶奶不去了。"

健健不干："奶奶去，奶奶去。"

奶奶说："奶奶上岁数了，坐一块儿你们不方便。"

爸爸对健健说："奶奶不去算了吧。"又对母亲说："娘，冰箱里有水饺，你个人……"

爸爸话未说完，健健打断了他说："就让奶奶去，奶奶走，走啊奶奶。"

健健妈妈说："妈，健健让你去，去吧。"

奶奶这才擦擦手，跟着上了饭店。

饭店里，一家人落座雅间不一会儿，客人也到了。

菜是提前预订好了的，健健爸爸对服务员说："上吧。"

服务员上着菜，健健妈妈打开了蛋糕，首先给健健戴上了皇冠。健健穿一身牛仔，再戴上皇冠，一打扮，简直就是一个神气的小王子。

　　妈妈看着儿子直笑，爸爸拿打火机"啪"点上了蜡烛："来，儿子，闭上眼，许愿。"

　　健健微闭双眼，双手合十，嘴唇翕动，不知念些什么。完了，睁开眼睛冲奶奶说："奶奶，该你了，许愿。"

　　奶奶一蒙："傻孩子，奶奶许啥愿，奶奶不会许愿。"

　　"就是，"爸爸插话道，"你过生日，奶奶许啥愿。"

　　"不，"健健加大了嗓门，"我就要奶奶许愿，就和奶奶一块儿过生日，邻居王奶奶说，奶奶和我一天生日。"

　　健健的话，忽然间使得席面很是尴尬，特别是爸爸，一脸的窘相，好一会儿，爸爸才望着母亲说："娘，今天也是你的生日啊，我不知道啊。"

　　娘赶紧为儿子打圆场说："咳，娘这年纪的，不兴过生日。"

　　"奶奶，今天就给你过生日。"健健说着，竟唱起了生日歌，"奶奶，祝你生日快乐，祝你生日快乐——"

　　健健的同学和干兄弟也跟着健健唱了起来："奶奶，祝你生日快乐，祝你生日快乐——"

　　健健同学的爸妈、干爸干妈、爸爸妈妈也随着唱了起来："娘，（大娘，姨）祝你生日快乐，祝你生日快乐——"

　　奶奶望着孙子，听着众人的祝福，一股从未有过的滋味涌上心头，她想回唱一句祝孙子生日快乐，可话未出口，泪已溢出了眼窝。

美　容

花长得身条很美，模样不行。为使自己不但有一个优美的身材，更有一个漂亮的模样，花一心想去做美容。

娘全力支持："去吧，不做美容，你这模样，很难找个帅小伙。"

爹反对："做什么美容啊，没听说有的做美容，做瞎了。"

花再三斟酌，经过激烈的思想斗争，毅然作出抉择，去，去做美容，哪怕做瞎了。

花咨询了不少美容师，察看了许多美容店，在一家广告做得很大的美容店里，做了美容。可做完后，觉得不怎么样，效果不大。娘也说："白瞎。"

花又去了一家大型美容中心，花大钱做了一次。这次可以，花的模样改变多了。但花仍不太满意，仍觉得自己的模样还不是太美。于是，花和娘请求，征得了娘的支持，拿出了家中的全部家底，还借了款，又去了一家韩式美容院。结果成了，花美容成功了。花一照镜子，镜子里的自己，简直就是一朵美丽的花。花走在大街上，谁看了谁夸："呵，这姑娘，真俊。"

花也暗暗自夸："我就是不丑嘛。"

这天，花和一帮姐妹在一起说话。

秀说："咱几个，数着花漂亮。"

青说："花这模样，我都不敢和你在一起了，显得我更丑了。"

花喜得哈哈的。

不爱说话的妮儿也插话说："花现在漂亮，是美容美的，以前，酒糟鼻子，满脸黑雀……"

"啪！"妮儿话未说完，花照妮儿嘴上就是一巴掌。

妮儿捂着被打疼的嘴又说："打我，不真事啊？"

"闭嘴！"花说，"满脸黑雀怎么了，酒糟鼻子也比你漂亮！"

妮儿撇撇嘴，还想说啥，秀制止她说："别说了，就你明白，不丑谁做美容啊。"

提　　拔

　　郭春秋教了大半辈子书，桃李满天下。后来，他真沾上学生的光了。

　　他的得意弟子李梦成一调来本镇为官，就提拔他当了镇民政助理。郭春秋由一个普通的教师，一下子成了镇上的干部。别看这小小的民政助理官儿不大，却是个为人的差使呢。上面下来个救济款、救济粮，可都是从郭春秋手里发出去的。当得救济的人从郭春秋手里领过救济时，都是漾着笑脸，一迭连声地感激郭春秋："谢谢郭助理，谢谢！"郭春秋就像有恩于他人，就像是他接济了人一般。再说了，郭春秋还管着签发结婚证，哪一对新人前来登记，不拿盒烟来。郭春秋虽然推辞着说："拿着拿着，把烟拿着。"可放到桌子上的烟了，谁好意思再拿着呢。而且，有的不光拿烟来，还拿酒来。于是，郭春秋的抽屉里，就有了一盒一盒的烟了，橱子里，就有了一瓶瓶的酒了。"

　　爱喝酒爱抽烟的郭春秋，就天天喝酒，嘴不离烟。而且，酒没孬酒，烟没孬烟。

　　郭春秋抽着烟喝着酒，常夸他的学生李梦成："梦成这学生不孬，从小我就看着他是个好苗子，在我教过的学生中，数梦成没忘了老师。"

　　郭春秋这为人的滋润日子，一过十几年。

　　十几年后。

　　郭春秋不大抽烟了，也不大喝酒了，没了烟了，也没了酒了，他退休了。

　　退休后的郭春秋，再不夸他的学生李梦成了，竟有苦难言："唉，怎么说呢，梦成是为了我好，可他提我个民政助理退休，一月工资才不到三千，我要是在教育上退休，一月六七千。"

穷小子春根儿

春根儿就爷儿仨过日子，爹身有残疾，娘死得早，还有一个傻兄弟。春根儿也没啥本事，初中毕业后就在家干活，没技术，只会种地，地也不多，四五亩地，一家三口年吃年穿也挺紧巴。春根儿二十四五了也没个提亲的，爹见了人就托媒人："有合适的，给俺春根儿说个媳妇啊。"可是他家这户情况，媒人哪有敢登门的。

一天，当庄在外头上班的牛叔来到春根儿家，对春根儿爹说："俺们领导有一傻闺女，托我找个女婿，我看咱春根儿挺合适。"

春根儿爹说："傻得挺厉害吗？"

牛叔说："行了，反正不能干活。不过人家有工资，不上班月月领钱，还是事业单位呢。"

春根儿爹说："人家挣工资的，能看上咱了？"

牛叔说："傻闺女是领导一辈子的挂心事，想找个上门女婿，看着闺女过。"

春根儿爹稍顿了顿，说："行啊，只要咱春根儿说上人来，倒插门也行啊。"

春根儿却说："这个不大行，俺爹谁管啊。"

爹说："先别管我了，你成了家，我去了块心病。"

春根儿就做了傻闺女的上门女婿。

傻闺女的爹是领导，家里常来客人，来了客人岳父就说春根儿："根子，沏茶。"

春根儿就刷茶碗沏茶。

客人在岳父家喝酒，岳父就吩咐春根儿："根子，倒酒。"

春根儿就倒酒。

春根只管给客人和岳父倒酒，却不管陪客人喝酒，因为岳父没发话让他陪酒。客人喝完了酒，岳父说春根儿："根子，撤了。"

春根儿就把盘子碗子撤了去刷了。

春根不但伺候岳父喝酒，还伺候傻媳妇吃喝拉撒。傻媳妇说吃饭，春根儿就给傻媳妇舀碗；傻媳妇说洗脚，春根就烧水给傻媳妇洗脚。春根儿在丈人门上侍候岳父侍候傻媳妇，一点儿也没觉得委屈，只是觉得，自己年轻力壮的，该出去干点儿事，不能只窝在家里，就对岳父说："爸爸，给我找个活吧，我不能光吃你，光在家里吃闲饭。"

岳父说："我养起你了，你不用出去挣钱。"

春根儿离去后，春根儿岳母娘说春根儿岳父："进了门的女婿就是自家人了，你不给他安排个工作，到老了她俩可怎么办？"

岳父说："你懂啥，他才进了门，还没稳住，给他安排了，他要变心怎么办？"

岳父一直没给春根儿安排。

几年后，春根儿和傻媳妇生了一个小子，一个大胖小子，明眸大眼的，很惹人爱。春根儿喜得更加勤快伺候丈人和傻媳妇了，岳父也满心欢喜，一块石头落了地似的，对夫人说："有了儿子了，我看光凭这儿子也能把他拴住了。"就给春根儿安排了工作。

上班后的春根儿干工作很出色，很得领导的赏识，领导直夸春根儿的岳父找了个好女婿。

春根上班发了头一个月的工资，2200元钱，春根儿交给岳父2000，留出200，几天就八月十五了，春根儿想把这200给爹送去。

岳父接过2000，问春根儿："不对啊，你一月2200，还有200呢。"

春根儿就对岳父说了实话。

岳父一听变了脸色："你连招呼也不和我打，就留出钱给你爹吗？你爹有本事安排你挣工资吗？"

春根儿乖乖地掏出钱给了岳父。

岳父拿出两包月饼，又从小屋里调出两瓶价格最低的酒，对春根儿说："这都是好酒，你爹不一定见过，拿着给他尝尝吧。"

春根的脸色由红变黄、由黄变紫，他没拿丈人给的那两瓶好酒，空着手奔出门去，奔回爹家里，扑通跪下，给爹磕了三个响头："爹，儿无能，儿不孝啊。"起身又返回傻媳妇家，对傻媳妇说："咱离婚吧。"说完转身离去。

傻媳妇"嗷"的一声哭了，哭着找到爹："爸爸，春根儿不要我了，春根儿要和我离婚，呜呜……"

"啥？"爹不相信自己的耳朵似的，"他也敢离婚？翅膀硬了是吧，刚给他转出去了是吧？我有能给他转出去，我还有能给他转回来！"

第二天，春根儿岳父便找到春根儿上班的领导，刚想对领导说明来意，领导就向他汇报说："你女婿刚来辞职走了。他说，他要上建筑上去干活。"

温　　度

老邹和老孟两亲家，住着不远，只一道之隔。老邹的小区在道西，老孟的小区在道东。两个小区虽然都是才盖的楼房，都是多层楼房，都是地暖，生活费用却不一样。比如物业费，老邹小区每平方米三毛五，老孟的小区每平方米五毛。老邹的楼道里是每星期打扫一次，老孟的楼道也是每星期打扫一遍。每到交物业费的时候，老孟就犯寻思，比亲家小区多交的这一毛五是什么钱。

让老孟更不解的是暖气，老孟用的是东城热电厂的电，老邹用的是西城热电厂的电。同样交暖气费，同样一平方米二十元，可去年老孟楼上的温度，一冬没上去十八摄氏度过。他也找人疏通管道，也找热电厂问，但作用不大。

而亲家老邹楼上的暖气，二十三四摄氏度，常达到二十五六摄氏度。在楼上根本穿不住棉衣，连保暖也穿不住，只穿件秋衣秋裤，一吃饭还出汗。

老孟的宝贝孙子晚上睡觉好蹬被子，三天两回感冒。老孟干脆让亲家把孙子接到他楼上住了一冬。小孙子睡觉只盖着夏凉被，再没感冒过。

老孟舍不得孙子离开他，不愿意孙子再去亲家的楼上过冬，今年一入冬，怕暖气再不热，老孟在小孙子的卧室又加了一组暖气片。

可让老孟想不到的是，今冬一试暖，温度竟二十一二摄氏度，不几天就达到了二十三四摄氏度，比去年的温度高多了，老孟新加的暖气片没用上。

亲家老邹打来电话问："今年温度怎么样啊？"

老孟说："行行，二十三四摄氏度，快赶上去年你楼上的温度了。你楼上今年还那么高吧？"

"咳，"老邹叹了口气说，"今年白瞎，十六七摄氏度，最高十八摄氏度，今年不暖和。"

老孟不解地说："怎么回事啊？是不是管子堵了，没找人修修？"

老邹说："修了，不管事。"

老孟说："上电厂问问。"

老邹说："去了，大门上值班的人说，达到十八度了吗？我说，最高也就十八度。值班的说，达到十八摄氏度不用找，这是厂长说的。"

老孟说："西城电厂厂长你不是认识吗，打电话问问他？"

老邹说："不是他了，今年换厂长了。"

"噢，"老孟说，"东城电厂厂长也才换了。"

保　　姆

小区广场上，两个老太太一边各自看着孩子，一边说话。

瘦点儿的老太太问胖点儿的老太太说："你看的是孙子啊还是外甥啊？"

胖老太太说："不是，俺是保姆，给人家看孩子。"

瘦老太太说："一个月多钱啊？"

胖老太太说："四千，管吃管住。"

瘦老太太说："你这个行了，四千，干剩。"

胖老太太说："行了，你呢？你看的是……"

瘦老太太风趣地接话说："和你一样，也是保姆。"

胖老太太说："你一个月多钱啊？"

瘦老太太说："我一个月四千块钱的退休工资。"说着指了指怀中的孩子说："管着他一家人吃，管着他可劲儿花。"

得　罪

　　老董的住房后墙有一个小窗户，窗户后有一邻居住户，住户两口子都不是好脾气，常为了一些事情争争吵吵的。逢到这时，老董便踩着椅子趴在后窗上偷窥。

　　"那天晚上，"老董说，"我打算睡觉的了，忽然听见窗后里响起越来越大的声音。"

　　"不行不行不行，承包学校伙房的事，我已答应了人家老刘了。"男人的声音。

　　"答应了又怎么着，他舅家日子紧，让他舅包了学校的伙房，当帮他舅一把。"女人的声音。

　　"不行，让你娘家兄弟包学校的伙房，人会说我有假公济私的嫌疑。"男人说。

　　"不行也得行，我已给他舅说了，明天就来安灶。"女人说。

　　"你！你连学校的教职工都不是，你有什么权力管学校的事，你说了算还是我说了算？"男人说话带了气。

　　"呃呵，有权了，胆儿大了是不？就包给他舅了咋地？"

　　"不行！"

　　"就行！"

　　"不行，就是不行！"

　　"就是行！"

　　"你的天下啊？"

　　"你的啊？"

　　"你的！"

　　"你的！"

　　"啪！"男人摔地下一只茶杯。

　　"咣！"女人把暖瓶撇出了屋门。

　　这时，老董的妻子被吓了一跳，说老董："打起来了，你快过去劝劝去。"

　　老董说："校长两口子打仗，怎么劝啊？劝谁啊？"

　　妻子说："我听着女的不大在理，男人单位上的事，她不该插手，你说说她去。"

　　"说她了得，"老董谈她色变地说，"得罪了她，比得罪校长还厉害呢。"

白 大 褂

我的小孙子皮得剩下，他谁也不怕。不怕他爸爸，不怕他妈妈，更不怕我。儿媳妇说我："全是叫他爷爷惯的。"

其实，小孙子也有一怕。去年，他得了一次肺炎，在医院里输了一星期的水，输水往胳膊上扎针把他扎怕了，怵了。每天给他扎针输液的是我的表侄儿强子，强子戴着口罩，穿着白大褂，端着药瓶子和输液器一来，小孙子就怕怕的，就哭得噘噘的。最后几天，小孙子就是不在医院里了，一看见穿白大褂的就怕，就哭。

这次输水以后，他再不听话，实在说他不听的时候，我忽然想起表侄儿强子，吓唬他说："听话，不听话抱着你上医院，让强子给你扎针去。"小孙子果然乖乖地听说了。

见这法子灵验，儿媳也常用这法子治他："不听话叫强子来给他扎针。"

强子就像大老虎，最能把小孙子吓唬住。

但是，这法子却几乎把小孙子吓出毛病来。有好几次夜里，睡着睡着觉，小孙子"哇"的声哭了，哭醒了。问他哭的吗，他说他害怕，梦见强子又逮住他的手给他扎针了。我说："你认得强子什么模样啊怕他？"他说："他戴着口罩，穿着白大褂。"

见小孙子夜里常被吓醒了，我心疼得很是后悔，后悔不该拿强子吓唬他。我吩咐全家人说："以后，谁也不准再提让强子给他扎针这话了。"

然而，怕谁谁来。这几天，我胃不大对劲儿，上医院做了个钡餐，结果没事，一般的胃炎。强子下了班来看我，提了箱安慕希来。强子一进门，我怕小孙子害怕，叫儿媳先抱着他到里屋里躲一躲。谁知小孙子见了强子并不怎么怕他，瞪乎着两眼看看强子，再看看强子放到桌子上的安慕希。强子笑着伸出手说："还认得我吗，来叔叔抱抱。"小孙子竟让强子抱了抱，没事。从强子身上下来，小孙子又直冲着安慕希看。强子说："想喝奶啊，好，我给你打开。"

我赶紧制止强子说："可别依随他，老毛病了，来个人还没走，他就动人家的礼物，家里放着有好几样奶呢。"

强子听我的，没给他打开。小孙子自己却使劲儿开起了安慕希包装箱来。我唬起脸说他："别动，这是强叔的，敢动强叔给你打针。"

小孙子抬眼看了看我，又看了看强子，一点儿没有害怕的意思，仍往起开着安慕希。

见说不听他，我示意强子："你吓唬吓唬他。"

强子往衣兜里插着手，假装掏针地说："不听话我真带着针来，来来，扎胳膊还是扎手啊？"

孙子望着强子，眼一眨巴，说："吓唬人，你没穿白大褂。"

称　呼

那年，我有幸被选拔参加了县里组织的"农业学大寨"工作队，成了一名村人都羡慕的工作队员。我被分派到本县后王驻村。和我一起在后王驻村的有5名工作队员，俺5个中，退伍军人出身的组长小冯年龄最大，虚岁25。其余俺4个，平均21岁，我22，小李才19。

工作队员，说白了，就是县和公社培养的基层干部苗子。驻村，一是锻炼，二也是为了协助村干部工作，抓革命，促生产。在社员们眼中，工作队员就是干部，是官。可我认为自己算不上什么干部，用我爹嘱咐我的话说，你还是个毛孩子家，驻村少指手画脚的啊。对后王村里好多和我父亲年龄差不多的社员，我都称其为大爷或大叔。就连支书队长，就像我村的支书队长一样，按照庄乡，他们都是长辈。因此，我称呼支书，叫义全叔，他名叫王义全，年龄比我父亲小。我称呼队长叫海林大爷，队长叫王海林，岁数比我父亲大。

而小李和我叫法不一样，他称呼支书，直呼俩字："义全，晚上开大小队干部会啊。"他称呼队长也直呼俩字："海林，明天的农活安排好了吗？"

小李还问我说："你和这庄里有亲戚啊？"

我说："没亲戚啊。"

小李说："没亲戚怎么大爷、大叔地叫啊？"

我说："叫人家名，我叫不出嘴。"

小李说："我们是干部，怎么叫不出嘴啊？"

社员们对我和小李的称呼也不一样，人们称呼小李，叫小李子，李前带个小字，李后加了个子字。叫我，只一个字，秦。不论背前面后，都这样叫我。这是队长亲口对我说的。我听了，也没细想，没细品味这"小李子"和"秦"的称呼，有什么不同之处。

说话到了6月，雨季。暴雨下了一天一夜。地里见了水，水浅的地块也没了脚脖子，水深的地里已没了膝盖。棒苗子只露着俩角。为放水，前队和后队闹起了矛盾。前队的地和后队的地靠着，后队的地高，前队的地洼，后队地里的水往河里放，必须经过前队的一小块地，可是，前队不让后队地里的水在自己地里走，地头上挡了埝，并派人把守着。后队队长找工作队来了，让工作队给协商解决。

组长说我和小李："你俩包前队，你俩去看看去。"

我和小李来到地里，只见地头上的埝旁，一年过花甲的老汉两手紧握铁锨，站在那里，两眼敌视着走来的我和小李。老汉也姓王，是个倔子。

小李年轻气盛，抬手指着埝说："谁挡的，掘开！"

王老头瞪着眼说："我挡的，不能掘！"

小李指着他说："王老头，你有没有顾全大局的思想？掘开！"

王老头说："你说的那大局俺不懂，我就知道俺这里的庄稼要是淹了，俺就少分粮食。就不掘！"

小李火了："你不掘啊？你不掘我给你踹开！"说着，鞋一脱，裤腿一挽，就要用脚踹那埝。

"你踹踹试试！"王老头使起了倔性子，他握着锨对着小李冲了过来。

眼看要出事，我赶紧过去抓住王老头抓锨的手说："大爷大爷，你听我说，你队的地洼，就是挡的埝再高，说不定什么时候会冲开，还不如让高地的水先放了，你队地的水再放。"

老王头倔倔地说："秦你说的这理儿我也明白，可你看看小李子这态度，不行，不能掘开。"

我说："大爷，算我求你了，这活你不用动手，我来。"我试着从他手里要锨。开始，他死死地抓着锨不撒手，渐渐地，终于把手松开了。

事后，工作总结会上，组长说："这次放水，多亏了小秦那几声大爷，叫得好！"

小李不服，说："小秦大爷大爷地央求王老头，有失身份。"

眼不大管事

市区最繁华的十字路口，一老者过马路。

老者大概腿脚不大灵便，他走路很吃力，走得很慢。就在他刚走道路中心时，远处一辆风驰电掣般的汽车鸣响了刺耳的笛声，吓人火燎地开了过来。

老者一看汽车，有些着慌，他走也不是，退也不是。稍顿，他见汽车离他还有一段距离，便加快了步子，想赶紧越过去。

然而，他行动迟缓的两脚稍慢了些，瞬间，汽车"吱嘎"一声，紧擦着他的后背戛然而止。司机从车窗里探出脑袋，冲他一顿怒斥："找死啊！"

老者转身望着司机，惊魂未定地回说："你这开车的，怎么说话的啊？"

司机仍不依不饶地责怪道："你耳聋啊，眼瞎啊，没看见车吗？"

老者脸涨得通红，说话竟有些结巴起来："你，你眼瞎啊！"

司机张口还想说更难听的，这时，一路人赶过来为老者抱不平说："开车的，我看上岁数的眼不瞎，倒是你，眼不大管事吧？"

司机朝路人一瞪眼说："你眼不管事啊！"

路人说："管事没看见地上吗？"

司机随路人的手往路面地上一看，顿时噎得再没说出话来。

地面上，用白色的油漆书写着几个醒目的大字："车让人。"

车

爷爷去世了。

爷爷是夜里11点多咽的气。父亲说："半宿拉夜的，先别麻烦人家庄里管事的了。"父亲只叫起了院中最亲近的人来，帮着给爷爷穿上了送老的衣裳。直到明了天，父亲才让我把村里红白理事会的人叫来。管事的让父亲把我家所有的亲戚朋友，有来往的，平时走动的人的名字都写下来，接着打发人去一一报丧。

最后，见我家一最亲近的亲戚父亲还没给管事的说，我提醒父亲说："还给我姑奶奶信吧？"

父亲说："那可是得给你姑奶奶信儿啊，你姑奶奶年纪大了，不一定能来了；可你表叔是外甥，能不给他信儿吗？"

管事的说："你姑奶奶离得远，200多里地呢，这个不能派人去报丧了，你个人给她打个电话吧。"

父亲说我："你给你表叔打个电话。"

我拨通了表叔的电话。当我告诉表叔我爷爷去世了时，随着听见电话旁边姑奶奶"嗷"的声哭了。

姑奶奶78了，比我爷爷小10岁。爷爷就兄妹俩，小时候，家里穷，爷爷曾领着姑奶奶出去要过饭。姑奶奶胆小，怕狗，一条大黑狗从一院门里蹿出来，汪汪叫着直朝姑奶奶身上扑。姑奶奶吓得哭都变声了。为护着姑奶奶，爷爷挺身挡在姑奶奶身前，被大黑狗咬得腿上至今还有两处疤。

姑奶奶很感激爷爷，这件事，姑奶奶不知给我讲了多少遍。直到老了，姑奶奶还念念不忘。她很疼我爷爷，虽然离得远，但每年都来看望爷爷。年前爷爷一开始病时，姑奶奶让表叔开着车送她来待了半月。一直守在爷爷床前，有时亲手喂爷爷吃药喂爷爷吃饭，和爷爷总有说不完的话。要不是表叔来叫了她两回，姑奶奶还舍不得离开爷爷。姑奶奶说："俺老兄妹俩，这很可能是最后一次见面了。"出了院门时，姑奶奶嘱咐我说："你爷爷咽了这口气，想着及时给我打电话啊。"上了车了，姑奶奶又探出头说："可别像你奶奶死时一样，你奶奶死得早，你奶奶死时你还不大，你爷爷给我发的加急电报，虽说是加急电报，可我接到也已是第三天了，我哭着赶紧去买车票，那时没公共汽车，只有火车，慢车，我坐火车赶回家时，你奶奶已出完丧了。"姑奶奶说着，眼里含着泪水，"你奶奶，俺嫂子，可疼我了，就像我亲娘一样，老嫂如母。我出嫁时，陪送不起，是你奶奶卖了你老姥娘陪送她的祖传的一个银镯子，买了一对箱子，陪送我出了嫁。我短命的嫂子啊，呜呜呜……"姑奶奶的泪再也止不住。抽噎了好一会儿，又说，"现在好了，个人有车了，有个事打个电话，两个小时到家。"

和姑奶奶说了这回话，才不到仨月，爷爷就去世了。给表叔打完电话，我对爹说姑奶奶哭了，爹也哭了："姑啊，你这么大岁数了，可得保重个人啊。"

接下来的时间，我和父亲陪着灵，迎接着一拨一拨来吊唁的亲朋，也等着表叔姑奶奶来。可是，等到快晌午了，11点多了，所有的亲戚都来了，姑奶奶还没来。管事的和父亲商量："该准备去火化了。"

父亲说，"再等等，等等俺姑。"又等到眼看12点了，表叔还没来。管事的说："不能再等了，火化必须12点出庄。"

伴着凄凉的哀乐和悲壮的哭声，我一家送爷爷去火化。火化的刚出了庄，表叔的车到了。我从车门里扶下姑奶奶，姑奶奶一听火化的走了，"哥啊——"一声，几乎背过气去，"哥啊，我就知道，咱老兄妹俩那是最后一次见面，可咋不等妹妹再看你一眼啊。"姑奶奶哭着，又埋怨我和我爹说："你们，你们怎么不早点儿给我打电话啊！"

我心里打了个愣怔，望着表叔说，"叔，我给你打电话时才不到8点，你接到电话没随着来啊？"

表叔十分内疚地说："哪是啊，道上耽误了，堵了两回车。"

道

李老太太死了，还没出完丧，两个儿子就算起账来。李老太太的亲戚朋友挺多，折的花圈幛子祭奠不少，特别是折的钱，上万了呢。

李老太太的小儿子对大儿子说："哥，咱娘没出丧前，咱兄弟俩先把账算了吧。"

大儿子说："算吧。"

小儿子说："折的花圈就不用算了，都得弄到坟上去烧了，折的幛子祭奠也不用算了，归你，我不稀罕。折的人情钱，亲戚随的，咱兄弟俩平分，朋友同事随的，谁的同事随归谁。"小儿子之所以这样说，是因为他在外头上班，他的同事随的人情多，200的500的甚至有上千的。而李老太太的大儿子在家种地，朋友同事的少，随的礼少。大儿子对小儿子说："行啊，你为的人情钱归你，俺不和你争就是了。"

小儿子说："哥你不能这么说，这不是争不争的事，这人情钱，是我平时为下的，早花下了，你早没走下道，怪谁。"

这时，管事的听着兄弟俩的对话，插话说："老二你说这话不对，你哥虽然没为下份子钱，可你哥在村里人缘极好，谁家娶媳妇老人，你哥都是最先凑前帮忙，你哥也是早走下道了。"

小儿子说："你说的这道和我说的不是一回事。"

管事的说："怎么就不是一回事呢？"

小儿子说："这人情钱，我是要还账的。"

管事的说："好，你还账，出丧。"

"起灵了——"

"嘿！"

管事的一声号子喊，众人插手抬起李老太太的棺材，往墓地上走。走至半道上时，管事的忽然又喊了一声："停下！"接着对李老太太的小儿子说："行了，刚才大伙抬你娘的棺材，是你哥为的，是你哥早走下的道。往下，该你了。"说着招呼众人："走啊大伙，回家！"

小儿子那头磕的，直磕进了道上的泥土里。

上　班

　　"于校长，明天来上班啊。"一大早，镇教办乔主任就给于校长打电话说。

　　于校长接电话道："上什么班啊？"

　　乔主任说："啊，是这样于校长，上级巡视组来检查，凡是不到退休年龄不上班的人员，一律回来上班。"

　　于校长说："我回哪里上班啊？"

　　乔主任说："我已给你安排好了，给你和原教办李主任单独倒出一间办公室来。"

　　于校长说："具体干什么工作？"

　　乔主任说："你不用干具体工作，只是每天来报报到、签签名、喝喝茶，过去这几天，一切恢复正常。"

　　于校长说："对不起，这样的班，我不上。"说完把电话挂了。

　　于校长没搭理乔主任这碴儿，乔主任急得什么似的，他赶紧对教办徐副主任说："老徐，你去于校长家一趟，说说他，让他回来上班，好应付检查。"

　　徐副主任和于校长是上下级同学。徐副主任找到于校长说："老于你真是个倔子啊，连教办乔主任的话都敢不听，这次巡视组来检查，反腐是动真格的，你就不怕打了饭碗？"

　　于校长倔倔地说："我凭什么怕，大不了和他乔主任一起被检查。"

　　徐主任说："你是只拿工资不上班，人家乔主任是上着班工作，你怎么会和人家一起被检查呢？"

　　于校长说："谁不是上着班工作啊，我上着班工作，无论是教育工作，还是教学成绩，连年全镇第一，这个谁人不知，谁人不晓？"

　　徐主任说："你说的是你当校长时，可你现在不当校长了，连班也不上了，才50来岁，不到退休年龄，光拿工资不干工作，这是腐败懂吗？"

　　于校长朝徐主任一瞪眼说："这个我懂，可我不当校长，不上班光拿工资，不是我个人自愿的，我是被逼的。"

　　徐主任不解地说："谁逼你了？"

　　于校长没好气地说："能谁！"

徐主任不相信地说："乔主任逼你不上班，让你在家养清闲？"

于校长说："就是他，给我说好的说歹的，不让我干的。"

徐主任不解地问："为啥？"

于校长说："为啥，为了让他的人接任。"

徐主任没做通于校长的工作，临走撂下一句话："老于你就犟吧，识时务者为俊杰。"

老于张了张嘴，想说什么没说出来。几天后，他接到一个陌生电话："喂，你是于校长吗？"

老于说："是啊，你哪里啊？"

"我是镇教办新来的刘主任，今天来上班啊于校长。"

于校长说："我上哪里去上班啊？"

"原单位，恢复原职。"

"啥？"老于一激动，连电话也顾不得挂，就推出电动车朝镇教办驶去。

随手关门

一楼住户的女人有一大特点，她对楼门看管得十分严谨，她不但自己出楼进楼随手关门，而且还要求全楼道里的人都要随手关门。她常年在楼道门上写着很是显眼的大字："请随手关门，谢谢合作！"除此之外，她常常半掩着门，探出头来，朝楼门口瞅着，看见谁要是上楼或是下楼，她会立刻嘱咐说："关上门，关上门。"如果发现谁没有关门，她会一边埋怨一边出来把门关上："这是谁啊，不关门，什么素质！"

不论谁上女人家来，女人都不轻易开门，她都是在门里头的猫眼上认真地往外瞅，等看仔细了，才把门开开。

和她对门的老太太，脾气正好与她相反，大大咧咧，老太太上下楼不但从不大关楼道门，常连自己的楼门也不关，大敞四开的。对门的女人就找到老太太说："你怎么不关门啊？"

老太太说："大白天，关门干啥？"

女人说："不关门了得吗？被盗上一回你就想着了。"

老太太说："现在正严打，社会安宁了，小偷小摸的不敢伸手了，有啥可防的啊。"

女人说："不怕一万，就怕万一，小心没不是。"

老太太说："好，听你的，以后想着关门。"

可是老太太还是常忘了关门。

女人再次找到老太太说："关个门费多大事吗，对你对我对大家都有好处，谢谢合作好不好？"

老太太见女人着急了，抱歉地说："好好，以后想着，随手关门，随手关门。"

从此，老太太上下楼第一件事，便是想着关门。好长时间，对门的女人再没找上门来。

这天，老太太有急事出去，没来得及关门，正好被女人看见，女人很是不悦，但这回女人没上门找老太太，而是在楼门上贴出一张醒目的大纸，上面写道："拜托各位，请随手关门，谁如果不关门，被盗的可能就是他家！！！"

老太太看见门上的告示，脸上很是挂火，她想找对门的女人去，一次忘了关门，说这样的话咒人，至于吗？

然而，让老太太想不到的事还真就发生了，就在女人贴出这广告不几天，女人家里忽然出事了，女人哭了。

事情惊动了整个楼道，楼上的人不明就里地问老太太说："嫂子，你对门儿是怎么回事啊？"

老太太说："她男人被双规了。"

"为啥？"

"受贿。"

你能干啥

牛洪水是个残疾人。他一只眼瞎，是从胎里带来的。一只手没有手指头，也没有巴掌，就像握着的小拳头，永远都分不开，也是从娘肚子里带来的。

如果办残疾证的话，牛洪水不用验明正身，完全符合条件。可牛洪水的残疾证却不是自己申请的，是村里直接给他办的。村里曾多次让他个人申请办残疾证，牛洪水都没有这样做。原因是牛洪水最不愿意别人说他是残疾，谁要是说他是个废人，他会和人急了，就像矬人面前不能说矮话，牛洪水护短。

牛洪水还有一大特点，爱往人堆里扎。不论什么场合，他都乐意掺和掺和。牛洪水年轻时，那年月农村里文化生活匮乏，忙碌了一年的村人，只有在临近过年时才有几天空闲。村里有文化的小青年们便抓紧这几天闲时开展娱乐活动，组织起来演戏，演的无外乎就是那几出样板戏，《沙家浜》《智取威虎山》《红灯记》。我是村团支部书记，我管分派角色。牛洪水找到我说，给我安排个角啊。我望着他的模样，有些为难地说，你能演什么角呢？牛洪水说，什么角也行，你看着办。我想了想说，你演特务吧，《红灯记》里有两个特务，正适合你，不用化妆。牛洪水说，不行，特务我不演。我说，那你演什么呢？牛洪水说，我演磨刀人吧。我说，磨刀人是正面人物，你一只眼，不有损人物形象吗？牛洪水说，我不会戴上眼镜吗？戴上眼镜就看不出眼有毛病来了。就这样，我答应了他。还别说，牛洪水不知从哪弄了副黑老虎子眼镜，往头上一戴，搬起凳子往肩上一扛，亮开嗓门一唱："磨剪子嘞……"还真行，人们看后都说，数牛洪水演得像。牛洪水见了人也自夸道，昨晚演戏你看来吗，我演的磨刀人，演磨刀人的是我。

牛洪水扮磨刀人演戏，也就是几天的时间，一过了正月十五，生产就大忙起来了，人们又无暇顾及精神方面的生活了。能娱乐的只有听县广播电台的有线广播。家家户户都安着有线喇叭，干活回来的文化娱乐就是听喇叭，听喇叭里播放新闻，有时也唱歌。因为是有线喇叭，线路常不通了，纸质喇叭也常出毛病，刺啦刺啦地听不清楚，有时不知哪里短了路不出声音了。就急忙去找线路管理员，线路管理员很忙，也很难请，如果不拿盒烟去，请上三回也不一定来给修。

牛洪水借了本高中课本，物理书，他对着课本也看，也握着他那只健全的右手判定磁力线的方向，掌握了正极和负极、串联和并联。另外，牛洪水又弄了一个小烙铁，弄了小米粒豆粒似的锡粒，就开始学着给人焊喇叭。牛洪水给人焊喇叭，不用拿烟，牛洪水说，拿着你的烟，放我这里也是瞎了，我又不抽烟。牛洪水给人焊完了喇叭只是过后好问，你的喇叭响了吗？响了。牛洪水就满意地笑了。

后来，分开地了，人们的日子富了，都看上电视了，就用不着牛洪水再焊喇叭了，虽然牛洪水对黑白电视的小毛病也能修了，但总不如专修电视的技师，找牛洪水的少了。没人找牛洪水了，牛洪水就像失了业的下岗工人，竟有些失魂落魄的样子。牛洪水再到人场里，就像比人矮了半截似的。一天，我和牛洪水在一起说话，他看着我的头说，你头发这么长了，该理发了。我说，早就该理了，可忙得哪有空儿啊。理发得上街店的理发铺里去，农活正忙，真是忙得连理发的空儿也没有。牛洪水说，我给你推吧。我说，你会吗？他说，你不嫌的话，我试试。我说，庄户人在家干活，又不是去相亲，能推短了就行啊。我跟着牛洪水去了他家。他给我围上围裙，脖子上围上手巾，开始给我理发。理着发，我问他，你才买的推子啊？他说，啊，才买的。我说，你一手人过日子，又没老婆孩子，买推子干啥？给自己理啊？他说，给自己理不了，还不会。我说，那你想给人理发挣钱啊？他说，挣什么钱啊，咱这手艺，能挣钱啊。我说，那你图啥？他说，图啥，人，一辈子，得有求头，没求头了人看不起啊。

理完后，牛洪水说我，照照镜子，看看行了吗？我照了照镜子，行啊行啊，挺好挺好。

牛洪水会理发，我给牛洪水传开了名儿。村里从此找牛洪水理发的人越来越多，牛洪水理发的技术也越来越高。后来，有好多上岁数的妇女和小孩，也都找他理发。牛洪水对人们找上门理发，乐此不疲，笑脸相迎，他说，大伙这是看起他了。

天有不测风云，本来就一只右手正常的牛洪水，忽然中风偏瘫了，右半边身子不受使了，走路也一瘸一拐的，右手拿东西也哆哆嗦嗦的。牛洪水再也不能给人理发了。但牛洪水不甘人们说他残废了，他一瘸一拐地仍爱往人场上凑。特别是谁家有红白大事，总少不了他。管事的在分派人给有事的户家帮忙时，牛洪水张口说，我能干点儿啥？管事的说，你这样的，管好你个人就行了，你别干点儿啥了，你管着看热闹吧。牛洪水却老大不悦。不给他分派差事，他就自己找活，谁家娶媳妇，他干不了别的，就站在门外给人看着车子。谁家老了人，他夜里就帮着给人守尸。守尸可不是好活，冬天冷夏天热，还要胆大，一般人都不愿意守尸，而死了人的户家最需要有人帮忙守尸。牛洪水给人守尸，户家很是感激，双膝跪地感谢他。牛洪水赶紧扶起磕头的人说，起来，快起来，谁家不死人啊，谁家没事啊。

俺村死了人，有一风俗，在火化前，孝子都要请人给死者净面开光，就是用棉絮蘸着香油揩一揩死者的眼耳口鼻五官，其意是让逝者干干净净体体面面地上路。以前干这活的，是庄里最有威望的老二爷爷，都是死者家属磕头把老二爷爷请来，老二爷爷给净面开完光，孝子除了再次磕头致谢外，还得给老二爷爷20元钱，是洗手钱。可王家三大娘死时，再叫老二爷爷叫不来了，老二爷爷先三大娘半年去世了。村里没有会干这活的了。三大娘的儿子正和管事的着急，说不能叫他娘不净面不开光就去火化，那样他当孝子的会落不孝的罪名。管事的也很为这事作难，一时还真找不着开光净面的人。这时，牛洪水挤到众人面前，说，我的吧，我来。你，行吗？人们都瞪大眼睛看着牛洪水说。牛洪水说，这个有什么，活着老二爷爷给人开光时，我见过多少回了。三大娘的儿子看了看管事的，管事的看了看牛洪水，稍一沉说，行，怎么不行啊，死了死了，活着的人的心愿，净面开光，是去心病的事，就牛洪水的吧。牛洪水就拿棉絮蘸着香油，手哆哆嗦嗦地给三大娘揩了揩眼，擦了擦耳、鼻、口，嘴里还念叨什么。完了，孝子给牛洪水磕了个响头，管事的拿出20元钱朝牛洪水递着说，给，和老二爷爷时一样，洗手钱。

牛洪水没接钱，说，我不是为了钱，以后，你知道，我还不算是个废人就行。

管事的说，以后这活就你的了。牛洪水又有了事干了，村里老了人，他管着给死人开光。

这天，曲老大死了，中午要去火化。牛洪水正准备锁死门到曲老大事上去，于西春来了。于西春和牛洪水是邻居，于西春在外工作了一辈子，退了休回到老家，闲得没事常来牛洪水家串门，一是解闷儿，二也常耍侃牛洪水闹着玩儿。

这回牛洪水没让于西春进门，牛洪水说，今天不招你，今天我有事忙着呢。

于西春说，你能忙什么啊？

牛洪水说，我得紧着上事上去。

于西春和牛洪水闹着玩儿说，上事上干什么去啊，当总家啊？

牛洪水说，别闹了，咱能当总家啊？

于西春说，你这样子，上事上干啥？

牛洪水说，我给死人开光去。

于西春笑了，说，这个啊，我寻思多么为人的差事离了你不行呢。

你说啥？牛洪水被说恼了，我比你强！你除了退休金不少拿，庄里兄弟爷们儿有事，你说，你能干啥？

说着，把李西春撂在院门口，瘸不拉叽地朝事上走去。

意思意思

李大崑教书很有能力，他教的初三毕业班，升学率曾连续三年名列全县第一。

李大崑为镇教办赢得了名次，赢得了荣誉，镇教办乔主任说："李大崑不但教学有能力，就是当个教导主任也绰绰有余。"乔主任和李大崑是同学，乔主任很想提拔提拔李大崑。但乔主任又一想，他这教办主任来之不易，是投了本的，虽然乔主任不指望从老同学身上捞回多少本，但起码李大崑得意思意思吧，这小子连我的门还不认识呢。

然而李大崑不怎么识数似的，他明知道学校教导主任退休好几个月了，也明知道他和乔主任是同学，却一点儿也不往这方面想。直到乔主任把他叫到办公室去，乔主任对李大崑说："老李，你知道中学教导主任的位置为什么一直空着吗？"

李大崑俩和尚不识仁地说："不知道啊。"

乔主任直接言明道："这位置一直给你留着呢。"

李大崑很是感激地对乔主任说："谢谢乔主任老同学了。"

乔主任听着，等着李大崑下面的话，可李大崑不言语了，再无话了。乔主任笑了，笑得怪怪的。

"好了，你去吧。"乔主任说。

李大崑出了乔主任办公室，就等着乔主任提拔他当教导主任。可是等了不久，教导主任提了别人了。

其实，李大崑知道会是这样的结果。乔主任一把他叫去，问他为什么教导主任的位一直空着，李大崑就明白，这是拿话点他，他知道乔主任的特点，不见兔子不撒鹰。但李大崑为人有一句名言：不为半碗米折腰。送礼买官，溜须拍马，这样的事他李大崑不会，也不干。他李大崑凭本事吃饭。

李大崑这样的性格，不但没被提拔为教导主任，而且李大崑多年连优秀教师也没被评上。特别是地级优秀教师，县里年年下来名额，虽然不多，一年一个，可论教学成绩，李大崑受之无愧。镇教办上报地优人选，报了一个又一个，就是没报过他。

李大崑还是卖力地教学，教学成绩还是名列前茅。李大崑说："优秀不优秀，学生知道，自己的良心知道。"

又到了评优的时候了，这回乔主任对李大崐说："老李今年地优人选我打算报你，先给你透个喜信儿。"

李大崐十分感激地说："谢谢乔主任。"

乔主任说："你怎么谢我啊？"

李大崐："你说还怎么谢你啊？"

乔主任知道李大崐不往他意思里绕，明说道："你不意思意思吗？"

李大崐说："怎么个意思意思啊？"

乔主任干脆把话挑明了说："你不请一壶吗？"

李大崐说："那不等于拿钱买了吗？"

乔主任脸色异样地笑了："桃花园里可耕田，天上掉馅儿饼，等着吧你。"

当然李大崐的地优人选没被报了。乔主任心里道："李大崐就像生活在另一个世界，这户不破花的，想评优，等着吧。"

等着就等着。李大崐还真就等着了。乔主任虽然没上报李大崐，可两个月后镇教办来通知，让李大崐去参加县里召开一年一度的优秀教师代表大会。

原来，教办换主任了，新主任亲自查阅了近年来教师的考核档案，和几年来的教学成绩，一锤定音，把地优名额直接上报了李大崐。

新主任对李大崐说："好好干，我准备新设个初三年级组主任，新学期开始你就上任。"

李大崐激动得什么似的，他有些不知说啥好了："谢谢主任，这回，我一定请你一壶，一定意思意思。"

信　仰

爷爷八十大寿，父亲打电话要我回家。我不敢怠慢，赶紧向领导请了假，驱车往回赶。

提起爷爷，我是又爱他又笑他。我爱爷爷，因为爷爷最疼我了，父亲和姑姑们在爷爷跟前，是连大声说话也不敢的，我却常跨在爷爷背上骑大马。用父母的话说，爷爷什么事都依着我，要天上的星星也给摘去，都惯成什么样了。我笑爷爷，是因为信仰，爷爷一辈子好信这信那的，而且信得那么铁。

起先，爷爷信神。在我家的堂屋墙上，两根长钉子托着一块小木板，木板上放着一个没把儿的茶碗，茶碗里盛满了香灰。每到初一、十五和逢年过节，爷爷都要上香、烧纸、磕头。就连平时家里做好吃的，爷爷也总是先上上供。那年过年，我才记事，家里炸藕盒，还没等晾凉，馋得我抓起一块就往嘴里吃。

"放下！"爷爷一把夺下，"小兔羔子，神还没吃，你先尝鲜啊，胆可不小！"说着，爷爷着实洗了两把手，拿出一只大海碗，用毛巾擦擦，满满拾了一大碗藕盒，端到盛着香灰的茶碗下，开始念叨起来，"……圣母神家，小孙子不懂事，您别怪他，要怪怪我。再说，个人的孙子，您老人家一定不会怪的，并且一定保佑他一生有福，是吧……"

也不光爷爷说我有福，我是俺庄里第一个大学生，也是俺村里第一名大学毕业又考上了公务员。这也成了爷爷在人前夸耀的资本："你甭信，反正俺信，信则灵，心诚则灵，心到神知。看，俺孙子，神保佑他！"

其实，有些事神是保佑不了的。那年，奶奶病得不轻，心口疼起来憋得慌，头上冒冷汗。爷爷几乎天天上香，天天烧纸，天天磕头，但是不管事。奶奶的病还是犯。爷爷不知听谁说，信主能信好了，有人得绝症，大医院里都不给看了，结果信主信得没事了。于是爷爷开始信主。我家的堂屋墙上，开始贴起"十字架"来。为表示诚意，爷爷铁了心地信主，只要有聚会，爷爷准参加。个人庄里有聚会在个人庄里参加，外庄里有聚会去外庄里参加。有时，晚上也出去。好几次，爷爷还把好多会友请到家里，为奶奶做祷告，爷爷祷告得泪流满面。

然而，万能的主却没能挽留奶奶的生命，我一家人很是悲痛。父亲更是悲痛加懊悔。父亲说，寻思到秋后卖卖棉花，再向别人借点儿钱，给奶奶把心脏做个支架，谁知奶奶没等到。

不过，爷爷说，他信主还是管事了。起码，你奶奶临走没受罪（奶奶是心脏病突犯去世的）。爷爷直埋怨自己信主信得太晚了。从那以后，爷爷信主就像我上班，父母干买卖一样，成了一项正事儿。大小聚会都到，孬好天气不落。常挂在嘴头上的一句话便是"感谢主"！

对于爷爷信主，我和父亲看法一致。信就信吧，又赔不了什么。再说，爷爷一辈子不吸烟不喝酒，不会打麻将不好打扑克，什么叫精神寄托啊，常出去跑嗒跑嗒，同别人一块笑笑说说，不闷得慌，起码对身心有好处。

岁月如梭，岁月不饶人。随着年龄的增长，爷爷这几年身子骨不那么硬朗了，我发现他信主信得不那么铁了，参加聚会不那么勤了。爷爷却说，现在咱家没什么事了，他没什么可挂心的了。

前年，爷爷得了心梗，医生说得做两个支架，依着爷爷不看了，得花多少钱啊，西邻家做了一个支架就花了两万多。再说，你刚又买楼买车的，不容缓。

我说："你别管了爷爷，钱，有。"

在医院里住了十多天。住着院爷爷老问我："花了多钱啊，得好几万吧？"

我说："不多，四五万块钱儿。"

"看看，我说的么来，这四五万，你和你媳妇大半年的工资没了吧。"

"没问题，"我安慰爷爷说，"除了医疗保险和重大疾病保险报的，咱个人才拿了几千块钱。"

"真事？"爷爷不大信我。

"真事，不糊弄你。"

出院后，我把结算下来的单子拿给爷爷看。

"感谢主！"爷爷看后释然地说。

我心里话，才不和你犟哩，什么叫孝顺，孝就是顺着，爷爷愿说什么就说什么吧。

今年爷爷八十，父亲说咱庄里八十的不多，要好好庆贺庆贺。爷爷却说，上啥寿啊，有人不上寿挺好，一上寿瘫了。现在日子好了，我还想多活几年哩。父亲说，不大办，只请你的侄男娣女，就一桌。

菜是订的，个人庄里有饭店，挺准时，客人们说着话，才十一点半，就送来了。头一排子一上八个菜，整鸡，整鱼，肘子，炸大虾……全是硬菜。

"光这玩意儿？"爷爷问，"没青菜吗？"

送菜的说："有，然后上青菜，现在人们肚子不空了，先上青菜肯定剩下硬的，可惜了。"

"你接着上吧，"爷爷说，"从前，对这个，馋，想吃没有，现在，腻，得少吃，要不，血压高，血脂稠的，别折我寿。"

"对，"来给爷爷祝寿，坐在爷爷旁边的表叔发话说，"舅哇，你多么有福啊，一家六口，四个挣钱的。你孙子孙媳妇是公务员，没说的，你儿子儿媳妇做买卖，一年好几万，就你和你小重孙子是吃闲饭的了。"

"啥？"爷爷声音大了，"我吃闲饭？别看我坐在这里不动，也是月月领工资啊！"

"噢？对了，对了。"

"是，是是……"

寿席上的气氛开始热闹起来。

"老舅，"表叔不紧不慢，又丢了一句，"还不感谢主。"

"哎，"爷爷挺严肃地说，"就得感谢主！"

我抬头朝墙上一望，却发现原来贴满的"十字架"不见了。

我问爷爷："爷爷，你的主哪去了？"

"去，给我拿去。"

"往哪拿去？"

"在我床头枕头底下。"

我急不可待地把爷爷的床头翻了个遍，却没找着那些"十字架"和爷爷平时爱枕着睡觉的那本《圣经》，只找出了一个用塑料方便袋包着的小包。

我举着小包给爷爷看："是这个吗？"

"是。"爷爷肯定地说，"我寻思来，信什么也不如信它。"

我打开方便袋，只见，呈现在眼前的，是一本"农村合作医疗保险证"和一本农村养老保险专用信用社存折。

我望着这两本证件，一股暖流不由涌上心头。

我加大嗓门提议："来，为爷爷祝寿，干杯！"

胡光恩家那帮客

客，咱这一带方言，读qiē，一声。

每年的初三，胡光恩家都不少来客，两三桌，还不算孩伢。并且，胡光恩家来的没�亲戚，都很撑劲，不是在行政上有职，就是在事业单位上班。胡光恩家一来客，就把胡光恩家的门前和邻居家的门前都停满了车，因为车多。

胡光恩说："你们来时都一伙来，一天来，我好伺候，省得天天伺候，麻烦。"

客们都很听话，就都一伙在初三这一天来了。能不听话吗？来给胡光恩拜年的，除了外甥，就是姨外甥妻侄内弟，都是些至亲嘛。

每年来得最早的，是他的外甥小陈，小陈从小舅可疼他了，小陈家穷，舅供他吃，供他穿，供他念书，小陈很是幸运地在市直机关上班，工作很使人羡慕。小陈没忘了从小疼他的舅，每年都是早早地来给舅拜年。每年来时，小陈都给舅带些贵重礼品。今年小陈给舅带来一盒茶叶，一千多块呢。

"给俺舅拜年。"小陈进了门，跪下给舅磕头，磕完头起来对舅说，"舅，我给你带一盒好茶叶来。"

胡光恩坐在冲门的正坐上，看着小陈给他的茶叶，欣然接受地说："哦，坐下吧。"

小陈没坐，而是刷起了茶壶洗茶碗。

妗子在一旁说："你坐下歇歇吧，一会儿我刷。"

胡光恩对老伴儿说："叫他刷吧，当外甥的，还拿他当客啊。"胡光恩一点儿也不拿小陈当客，当舅的支使外甥干活，同支使儿一样。

小陈刷着茶壶茶碗，又来客了。

"姨父，给你磕个头。"胡光恩还没看清来人是谁，来人已扑通双膝跪地趴在了地下。给他磕头的是他姨外甥小军。小军头大身子粗，有宽没竖，有点儿呆不拉叽的，初中没毕业，念书不大行，考试时他能打盹。但小军命好，他是哪质检科的科长，他说话很有分量。小军磕完头对胡光恩说："姨父，给你带一瓶茅台来啊。"

胡光恩没重视小军说的茅台，而是被小军磕头的样子逗乐了："呵呵，你这小子，坐下吧。"

　　小军真就靠着胡光恩坐下了。

　　"姑父，"妻侄李响进了门，"给俺姑父拜年。"李响给胡光恩拜完年起来，也没坐下，而是赶紧摸茶壶给胡光恩倒水。"满着呢满着呢。"李响就又给别人满水，就像他是伺候客的似的。

　　是啊，妻侄也不是外人，到姑家和在自己家一样。可李响寻常却不是伺候人的人，是常被人伺候的人。他是一校之长，是镇上几处学校最年轻的校长，30岁不到便得到重用提拔。

　　李响说："姑父，托人给你从东北捎斤木耳来。"

　　胡光恩脸上现出一丝满意的笑容。

　　李响刚放下茶壶，胡光恩的至交多年的不错的女儿莉莉来了，莉莉长得好，又搭上打扮时髦，披肩的长发，标致的身条，正值芳华年龄，美人一个。莉莉也是每年来给胡光恩拜年。她管胡光恩叫伯伯。"伯伯，给您拜年。"说着就要下跪，胡光恩抬手示意她说："别磕了别磕了，俺侄女的头就免了吧。"说着喜得哈哈的。胡光恩很看好这闺女，莉莉是医院的护士，现在能在医院当个医生护士的，可为人了。但是进医院不好进，就是本科医科大学毕业的，也不好进。莉莉在本县卫校念了二年书，却进医院了。莉莉说话走路的气质，也真有护士的样儿。莉莉对胡光恩说："伯伯，您腰不大好，椎间盘突出，我给您买了个烤灯，每天坚持烤烤，管事。"

　　"好好，亏你还想着我，你爸爸还好吧？"胡光恩挂着他的老朋友的，问莉莉说。

　　"好好。"莉莉笑着回胡光恩话，"伯伯您身体挺好吧？"

　　"挺好挺好。"胡光恩满脸堆笑地说。

　　正说着，胡光恩的内弟进了门，内弟只比胡光恩小几岁，却年年来给姐夫拜年，而且每年都是把头磕在地上。"给姐夫拜年。"内弟说着往地上跪，胡光恩制止他说："你这么大岁数了，就别往地上磕了。"但内弟还是坚持磕在了地上。内弟起来，胡光恩指着自己身旁的椅子说："坐下吧，坐这儿。"内弟紧靠着胡光恩坐下，胡光恩问内弟："年前办退休手续了吗？"

　　"办了。"内弟说。

　　"退了能拿多少？"

　　内弟满脸洋溢着喜兴地说："六千八。"

　　胡光恩说："这个，老了有保障了吧。"

　　"那是那是。"内弟笑得双眼眯成了一条缝。他是代课出身，不是在编民办教师，他办成在编民办教师转正，费劲不小。

胡光恩正和内弟说着话，邻居徐老太太忽然找来："光恩家的，你看看堵我门前是谁的车啊，俺儿开车都出不来门了。"

"啊啊，好好，谁的车啊，快看看去。"胡光恩老伴儿朝来的客说。

"噢噢，"小军说，"可能是我的。"便随姨出去挪车去。

小军挪着车，徐老太太和胡光恩老伴儿说话："客都来了吗？"

胡光恩老伴儿说："没有，还有好几个没到呢。"

徐老太太说："你家客真多，你这帮侄男老女的真不孬，都没忘了你俩。"

胡光恩老伴儿说："行了，老头子也真给他们下了力了。"

徐老太太说："下啥力啊，你家光恩一辈子又没在家干过活。"

胡光恩老伴儿说："来的这些客，都是老头子没退休前拽出去的，安排的。"

拜　　祭

鲁北农村有一风俗，老丈人过世，当女婿的前去吊丧，是要拜祭的。上了岁数的人，特别是一些老年妇女，看出丧的时，专门看女婿拜祭。直到过世的人入土多日了，对人家女婿拜祭的评论，还在相互热议着。哪家女婿如果有一个动作拜瞎了，将会成为永久的笑谈，使这家女婿从此大跌颜面。

柱子他岳父死时，柱子不会拜祭，柱子说，他拜不了祭。

爹说："拜不了可不行，你岳父就你一个女婿，这祭你是脱不了的。而且，你拜不好也不行，人会笑话。"爹又说："其实拜祭也没啥，就几个步骤，我说给你。先作个揖，趴下磕两个头，起来往前走几步趴下再磕一个头，然后转回来，再趴下磕俩头。一共磕5个头，这叫5拜礼，现在一般的也就是5拜礼。记住了吗？"

柱子说："不拜祭，哭行吗？我想哭。"

爹说："哭不行，人笑话，当女婿的哪有哭的。你没听说过吗？儿子哭震天动地，闺女是哭真心实意，女婿哭是驴驹子放屁，咱可不落这话把儿。"

柱子前去老丈人家吊丧。当他来到岳父的灵前时，看热闹的人一见死者唯一的女婿来了，便一下子围了上来，看柱子如何拜祭。柱子一见这么多人围住了他，心有些慌，他记着爹的话，要先作个揖，便伸开双手朝下作了一下，可他这一作，立即引起一阵哄笑，有人笑着说道："娘哎，这是作啥呢，哈哈哈……"人们这一笑，柱子心里更没底了，他趴下来磕头时，竟忘磕几个了，他一连磕了俩头，还要接着再磕。拉毡的一把拽起了他："行了行了，到前面再磕。"柱子一开始就忘磕几个头了，又引起一阵大笑。柱子的脸红到了耳根，他真不知往下该怎么拜祭了。他只是机械地跟拉毡的朝前走，走几步当拉毡的停下来时，他一眼望见了灵前岳父的遗像，一望见岳父的遗像，不知怎的，柱子就犯起恼来，泪情不自禁地涌了出来。

柱子想起了岳父对他的好多事来。

有一次，柱子和媳妇打仗，气头上柱子打了媳妇一巴掌，媳妇哭着跑回娘家不回来了。柱子去叫媳妇，媳妇高低不跟他走，丈母娘也不依不饶地说他："你打够她了吗？多咱打够了多咱再来叫她吧。"在柱子犯难的时候，岳父说话了，岳父对岳母说："你说的啥话，年轻的哪有不打仗的，就你惯着闺女，炒菜！"岳父叫岳母炒了菜，还拿出了酒，岳父陪柱子喝酒吃饭，埋怨的话一句也没说柱子。吃了饭打发闺女和柱子回了家。

还有一次，柱子干买卖赔了，连银行贷的款也赔进去了，媳妇恼了，觉得跟着柱子没指望了，一心想和柱子离婚，又是岳父挡下了。岳父还拿出自己的积蓄让柱子重新干起。几年后，柱子终于发了，赚钱了。赚了钱的柱子始终没忘了疼他的岳父，岳父不喝酒爱抽烟，柱子每到岳父家去，都想着给岳父买条好烟。岳父病了，大舅哥听医生的，说："能吃点什么就让爸吃点什么吧，赖在医院里，也是人财两空。"柱子不同意，柱子拿钱，没让岳父出院，岳父是在医院重症监护室里咽气的。

岳父死了，柱子是最悲痛的。他望着岳父的遗像，仿佛岳父就在眼前，他又想起岳父对他的好来。突然，柱子扑通一声双膝跪地，"嗷"的一声哭了："爸啊，你咋走了啊，你走了，女婿再难住时，谁给女婿做主啊。爸，爸啊——"柱子越哭越伤心，他哭着上前爬着，爬到岳父的遗像前，双手捧起岳父的遗像，哭声更加悲痛起来，"爸，爸啊，呜呜……"

柱子这一哭，看热闹人的笑声戛然而止，有人甚至抹起了眼泪说："啧，人这女婿，行，没白疼了。"

"老头女婿这是拜的哭祭，哭祭，怎么拜都行，没瞎。"

刨　坟

小陈庄庄不大，却十分义和。最能看出这个庄义和的事，是村里老了人刨坟。刨坟这天，村里所有的青壮年劳力都去，都扛着锨，一围一大帮，一去好几十口子人。一个墓坑，长不过三米，宽不到两米，一米多深，这么多人，一人几锨，轮替着干，眨眼工夫，墓坑就挖完了。有的还没动锨，没捞着干。没捞着干也得去，这叫帮不了钱场帮人场。如果谁有事没去，最怕让人说闲话："别人有事你不凑前，你还有事吧，你还死人吧。"

小陈庄这风俗，延续了多年。小陈庄老了人刨坟不作难，这点儿事不叫事。

后来，有人说："这样太浪费人力资源了，太浪费时间了。其实，刨个坟根本用不了这么多人，用不着全庄出动。"有人提议，不如个人院管个人院的，这样，其他院的人该干什么的干什么，不用都耽误时间。

于是，村里再老了人，就开始个人院管个人院的了。按照姓氏，全村分几个院，再小的院，有事叫个七八个年轻的壮劳力，也能凑起来了。小陈庄死了人，找刨坟的仍不作难，这事仍不叫事。

再后来，年轻的都出去打工去了，庄里只剩下老弱残疾了，一个院中，再找几个青壮年凑不起来了。有的院甚至连六七十岁的半截老头子也搭上，还凑不起来，老了人刨坟就成了一件大事。

为了不耽误事，让逝者顺顺当当地入土为安，各院里不约而同地定下约定，只要院中老了人，出外打工的人，必须都赶回来。这约定无人提出异议，也都很自觉，听到老了人的电话，都会自觉往回赶。但是回来是回来，有人有些抱怨地说："来回一折腾，少挣了工资，还不少花路费，算起来，还不如雇人呢。"

雇人，这倒是个好法子，村里通过商量，就拿出3亩地来，承包给一个人种着，不拿承包费，庄里老了人，种地的人管雇人刨坟。3亩地，白种，除了化肥种子等费用，一亩地能纯剩1000元。而村里有时一两年不老人。不死人，这地就等于白种了。这事都愿意干，都抢着种这3亩地。

祥子在家养鸡、养鸭，搞养殖，不出去打工，祥子很想种这地，祥子想，反正也不另外耽误工夫。该着祥子心想事成，他抓阄抓着了。

祥子接手这事不久，村里就死了一个人，管事的找到祥子说："按照规定，你得找人刨坟啊。"

祥子说："那是，我知道。"

祥子就找人刨坟。祥子对刨坟的人说："你们刨坟不白刨，晌午我管酒管饭。"祥子成的席不孬，烟是好烟，酒是好酒。可是刨坟的人喝着酒抽着烟，酒足饭饱撑了个肚儿圆后，却不太满意地说："他管一顿饭才多少钱，顶破天花上600，可他包的三亩地，一年纯收入3000。不行，以后他只管饭不行，得拿钱。"

不久，村里又老了个人。祥子再管饭雇刨坟的，人不干了，要祥子拿钱。祥子说："好，我拿钱。"刨完坟后，祥子拿出钱，一人100元。一共8个人，祥子拿出了800块钱。

刨坟的人拿着100元钱议论开了："一人100，少点儿吧？现在出去打天工多少钱，最少200，以后再给100不给他干了。"

也该着祥子种这3亩地不清心，快过年了，庄里又走了一口。祥子雇人刨坟，人问："给多钱啊？"

祥子说："和上次一样，一人100不行吗？"

"不行，200，少了不干。"

祥子说："都成你的了，200太多，我拿不起。"

拿不起就雇不着人。

管事的就找祥子来了："今天出丧，眼看晌午了，你怎么还不找人刨坟啊？"

祥子说："他们要得太多，我拿不起。"

管事的说："拿不起也得找人刨坟啊，谁叫你应了这事呢。"

管事的说完走了。祥子急得像热锅上的蚂蚁，他抓耳挠腮地犯开了寻思，寻思来寻思去，终究没寻思出好法子。

蓦地，祥子疾步找了村干部去，找到村干部，祥子一推干净不负责任地说："俺不包了，退地。"

做　　证

　　他是小区的一霸，谁也不敢惹他。他说："我有神精病，杀死人不偿命。"

　　其实，他没有神精病，只不过是装疯卖傻。他仗着是拆迁户，对一些在这小区买楼的外来户，张嘴就是那句话："这是马庄的地盘，姓马！"外来户都怵他，都躲着他。就连原马庄人，也惧他三分："君子不跟牛置气，惹不起还躲不起吗？"

　　他骂人不扯人话，打人摸着什么家什动什么家什，半头砖、铁锨、马扎、刀，他都动过。不论谁惹着他，他六亲不认。

　　他在小区没人敢惹。

　　这天，一外来户女士提着录音机下了楼，想在小区小广场上跳舞。一看广场上晒满了玉米粒儿、豆子粒儿，还有喂狗的半边拉块的馒头包子，女士随口嘟哝说："这是谁啊，在这儿晒粮食，占公共场所。"

　　这话被躺在一旁连椅上用褂子蒙着头的他听见了，他"忽"地一下子坐了起来，开口骂道："就愿意占啊，这是马庄儿的地盘，妈的你管得着吗你！"

　　女士一见是他，心里已怵了，怯懦地说："占吧，别骂人啊你。"

　　"骂人？"他气昂昂地朝女士赶着，说，"我还打人呢，再犟犟你？"

　　女士以为他只是唬人，不可能真动手打人，不示弱地说："你打打试试？"

　　"啪！"他照女士脸上就是一巴掌，接着又一脚把女士的录音机踢出老远，摔坏了。这还不算，他还想对女士挥拳。

　　"住手！"就在他的拳将要打在女士身上的刹那，旁边坐着马扎休闲的一老者怒斥道："这点事就动手打人吗，无法无天了！"

　　"吧呵，"他转身冲老者立愣着眼，毫无理智地一拳打在老者脸上，接着抬腿对老者就是两脚："你是哪里的二万啊，狗拿耗子！"

　　老者被打倒在地，无力反抗，强忍羞痛掏出了手机："'110'吗……"

　　他不怕："打吧，就是'110'来了，我看谁给你当证人。"

　　不一会儿，警车来了，两名警察走到老者跟前问道："你报的警啊大爷？"

　　老者倒在地上，身不能动，痛苦地说："我报的。"

警察问："怎么回事啊？"

老者指着在一旁摊着玉米粒儿没事人似的他说："他打人。"

警察走到小霸王头跟前问："你为什么打人？"

他抡掌开两手，若无其事地说："谁打他了，他是自己摔倒的，不信你问问谁给他当证人？"

警察看看老者，老者指着一边在地上寻找录音机部件的女士说，"你问问她，他先打的她。"

警察走过去问女士："你看到他打老人家了吗？"

女士低着头，连看也不敢看小霸王，说："没看见，俺没看见。"

警察又问："他不是先打的你吗？"

女士说："没有，他没打俺。"

警察费解地望望老者，老者手发抖，嘴打哆嗦："你，你，这人啊……"

"我做证！"这时，一妇女抱着孩子跑到警察面前，指着小霸王说，"我做证，刚才，他先打的那女的，又打的上岁数的。我在楼上看得清清楚楚的，要不是孩子睡着，怕孩子醒了哭，我早想下来骂他。"

"骂他？"警察问妇女，"你是他什么人？"

妇女怒瞪着小霸王，对警察说："不怕你笑话，我是他老婆。"

亲　家

　　孙女大学毕业，自己谈了个对象，是在读研究生，小伙也不错，一米七八的个头，标准的帅男，条件没说的。可我不同意，原因是我和小伙的爷爷有过节。小伙的爷爷小名叫胜利，一提起胜利，我就犯恼，我恨他。

　　那是几十年前的事了。

　　小时候，我家穷，我爷爷生了五男二女，却只有两间小土房。爷爷是村里的贫协主席，人们都叫他斜贫主席。贫前加个斜字，意思是特别贫。父亲兄弟五个，爷爷给父辈们说不起媳妇，我父亲便倒插门，找了我的母亲，并且改了名换了姓。母亲家成分不好，是富农，母亲体弱多病，在我九岁时便去世了。没有了母亲的日子，父亲更难，我在学校里念书也不受待见，同学门常叫我小地主，我一还嘴就打仗。

　　有一天，放了学，胜利叫住我和几个同学说，咱们来学演小戏《出狗殡》啊。胜利说的小戏《出狗殡》，演的是从前有一个地主，叫王二爷，王二爷家有一条狗，咬着了一个穷人，穷人把王二爷的狗打死了。王二爷不让那穷人了，逼着穷人为他的狗披麻戴孝，出丧。

　　胜利分派角色说，他演王二爷，小军当穷人，让我当狗。我不愿意当狗，胜利说，你不愿意演就散，不续你了，你连看也别看。我不想离开伙伴儿群，只好同意了。

　　胜利让我趴在地上，朝小军学狗叫，我"汪汪"了几声，小军便拿棍子朝我身上抽，真把我抽疼了，我刚要反抗，胜利说好了好了，别动了，让我趴在地上装死。接着胜利上场了，他歪戴着帽子，趿拉着鞋，挂着一根扒了皮的柳棍，走路一摇三晃。胜利手拿柳棍儿，逼着小军趴在我身上，哭狗爹爹狗娘娘。

　　小军真照着做了。胜利说该斗地主了，换换角色。他又让我当王二爷，他当穷人。我说，我不当。胜利说，你家是地主，就该你当。我说，我就是不当。胜利说，小地主，还不老实，上来掐住了我的脖子，使劲往地上摁。直摁得我快趴到地上了，疼得我直叫。但他仍不撒手，我实在受不了了，便照他腿上咬了一口。他嗷的声撒开了我，哭了。

　　听到哭声，胜利她娘跑过来了，谁和俺孩子打仗？胜利哭着挽起裤子叫他娘看，又指着我说，他咬我。胜利他娘冲着我大声嚷道，怎着，你个地主羔子，还敢咬人啊，小私孩子！

我不服，你个小私孩子！胜利他娘赶过来，照我脸上就是一把，再骂骂，小私孩子。我被扭得疼痛难忍，大声哭了。但我誓不屈服，我还嘴，你个小私孩子。胜利他娘一把拧住我的耳朵，走，走走，找你爹去。我被拧着耳朵见到了我爹。胜利他娘搡了我个趔趄，对我父亲说，你还管你孩子吧，你要是不管我替你管管。说着又要朝我伸手。

父亲用身子挡住胜利他娘的手，照我腚上狠劲儿就是两巴掌，我一连打了两个趔趄，趴倒在地上。

冤屈，恼恨，万般感受一齐涌上心头，我恨，我恨胜利，我恨胜利他娘，他们欺人太甚，我恨我父亲，恨父亲不但不护着我，竟像别人一样打我。我想起了我的母亲，我的亲娘。我爬起来朝村外跑去，朝母亲的坟上跑去。我趴在娘的坟上号啕大哭。爹把我从娘的坟上抱回来。爹也哭了。

万般无奈，父亲撇下姥爷，带我回了老家。

我曾把我这幼时的经历对孙女说过，可孙女说，爷爷，都过去的事了，成历史了。孙女的婚事我挡不下，他爸妈也都支持，并答应孙女婿那头，两边大人见见面，到一起认识认识。孙女婿他爸妈都不在家，他爷爷胜利是全权代表，明天要来我家。

我想躲出去，胜利来时不照他的面。胜利说的是中午11点来到，谁知还不到10点他就进门了。我没来得及躲，正和他在门口迎个对面。他一眼就认出我来，嘿嘿地笑着，伸出手想和我握手。我乍一瞅，几乎认不出他来了，他胖了，太胖了，那时他是个干虾似的瘦猴。我极不热情地动了动嘴唇，没出声，也没往前伸手。胜利一度有些尴尬，但稍瞬便又笑了，老哥，还想着那事啊，一场儿戏，几十年了，你看我刚包了100亩地，是现代版的地主了，哈哈……

我心里强劝解着自己，回他话说，都这岁数了，还这么能干，身体没事啊？没事没事，能干能干，不能干也得干啊，哪像你，月月有工资。我说，托你的福，我回老家后是贫农，升学提干一路顺风。胜利笑着说，有钱你这体格不胖，演戏的话，还得演穷人。你呢？我望着他一米六多点儿的个头，一百六七十斤的块头，扑的一声笑了。我仍演地主啊，哈哈哈。胜利笑得更加爽朗起来，怎着，亲家老哥，你就打算挡在门口不让我进啊？

嗐，进屋进屋。我不好意思地上屋里让着他也笑了。我俩都笑了。

一笑泯恩仇。

窝 里 臭

他这一伙子，人不少，老兄弟四个，下辈小兄弟六个。这么一大家人家，却闹不上堆儿，窝里臭。老大天马行空，独来独往，和谁也不拉呱，和谁也不共事。老大说，俺这些兄弟们，他们小时候，哪一个我没看过，哪一个我没抱过，可谁拿我当大哥待了？老大满肚子怨气。

老二和老三不对脾气，一说话就抬杠，谁也看不上谁，谁也不服谁。老三和老四，生得形同路人。老三两个儿子，盖第一座房时，占的是老伙里的宅子，盖第二座房，还想占爹娘留下的最后一块宅基。老四不干了，老四说，老伙里的宅子你都占了，俺盖房在哪里盖啊。老三说，你盖什么房啊，两个闺女，早晚是人家的人。老四最不愿意听别人说他这话，闺女怎么了，闺女就不盖房了？老四挡着没让老三盖。兄弟俩为这个打了个火羹，从此不说话。老三娶儿媳妇贴对联时，老四不让上他门上贴，管事的给老四做了半宿的说和，强拧着往老四门上贴上了对联。可随着贴上，老四随着一把撕了下来。几年后，老四嫁闺女，嫁闺女得有娘家兄弟送。老四没儿子，闺女没兄弟，老大老二的儿子又都不在家，只有老三两个儿子在家。可老三不让两个儿子凑。管事的做通了老三俩儿的工作，俩儿子换了衣服打算前往送叔伯姐姐出嫁的了，又被老三挡下了。老四是叫和闺女同辈儿的庄乡兄弟送出嫁的。

老四闺女找的对象，是打工时自拉的。拉的女婿没结婚时看着行了，待老四闺女挺好，也买戒指也买项链儿的。叫老四爸爸连嗝都不打。可谁知一结了婚，就现出原形了，可不是好脾气了。好吃懒做，是个赌徒，黑白不着家。老四闺女管不了他，连说也不敢说他，一说就瞪眼，说急了连打带骂，老四闺女脸上身上常被打得青一块紫一块的。

这天，老四女婿又在外赌输了，回家和媳妇要钱，媳妇说俺没钱。女婿说，结婚时你小手巾里的钱呢？他知道媳妇小手巾里的钱没花，媳妇还自己放着。媳妇不给，女婿就翻箱倒柜找，两个人打起来了，媳妇打不过他，挨了一顿暴打，钱还是被女婿找着拿上走了。老四闺女哭了半宿，披头散发回了娘家。老四女人一见闺女这样，心疼地哭了，闺女啊，这是找了个什么女婿啊。娘儿俩哭了一阵后，老四女人气恼地对闺女说，和他离婚，不跟着他了！离婚？离离试试，她要和我离婚，我要你全家！老四女人话没落地，女婿进了门，扯着媳妇就往外走。走，回去！老四想上前阻挡，女婿一拨拉手，老四被搡了个趔趄。女婿扯着闺女走了。

老四又气又恼地说，咱这是摊了个什么女婿啊。

老四女人哭着说，谁叫咱没儿来啊，谁叫咱没人来啊，要是有个哥哥兄弟护着闺女，吓死他也不敢这样啊。

老四闺女被女婿扯到家，女婿威吓道，往你娘家跑，你往你娘家跑也白瞎，别看你娘家人多，我不怕！

"咣！"随着一声门响，一帮男女进了院，拿着刀的，举着锨的，挥着棍子的，进院对着老四闺女婆婆的两间房内的家具就是一顿狠砸，砸完又冲进老四女婿屋内，好几个身强力壮的男人齐呼啦揪住老四女婿的衣领，怒斥道，再打她试试，砸不烂你！欺负姓王的人不和是吧，搡他……

一男人上前揽起老四闺女，关切地说，别怕他闺女，有大爷、二大爷、三大爷呢。说话的是老四的三哥。

三大爷——老四闺女紧紧地依在老三怀里，满肚子委屈如开放的闸水，放声地哭了，三大爷啊——呜呜……

老三为侄女擦着眼泪，心疼地说，走，闺女，咱不跟着他了，跟大爷回家。

大爷大爷我错了，我错了，大爷……老四女婿匍匐在地，磕头如捣蒜，吓成一团了。

看　　望

镇教办乔主任病了，住进医院里。当护士铺好病床，乔主任躺下来挂上吊瓶后，一直跑前跑后、紧张忙碌的乔夫人才松了口气。稍歇了一会儿，夫人对乔主任说："我找护士要俩座杌去。"

乔主任说："要座杌干什么？"

夫人说："来人看你时好坐。"

乔主任说："谁来看我啊？"

夫人说："谁来看你啊，教育上那么多人，上次你住院时，来人接连不断，病房里都站不下。"

乔主任苦笑了一下，说："你想啥呢，我这次住院，和上次住院一样吗？上次时我在位上，这次是退了，谁还来看我？"

夫人说："我知道你退了来看你的人会少了，可不可能没人来了吧，起码江校长得来吧，汪主任得来吧，会计小张子得来吧。"

乔主任打了个叹声，说："唉，不一定了。"

夫人说："别人不来有情可原，他仨可都是你提拔起来的。"

乔主任看了夫人一眼，没回夫人话。乔主任提拔江校长、汪主任和会计小张，可不是白白提拔的，这内里的事，是天知地知你知我知啊。他对自己这次病了住院，谁来看他根本不抱什么希望了。不会有人来看他了，他想。

结果真如乔主任所想，他上次病了时，刚入了院就接二连三地有人来看他，一连几天，天天病房都挤不下。特别是江校长、汪主任，来了好几次，隔天跑一趟过来问问站站。可这次乔主任住院三天了，连一个人也没来看他的。

乔主任的病房里，好冷清。

夫人抱怨地说："现在这人啊，太浅薄，人走茶凉。"

夫人话没落地，病房门忽然响了："砰砰！"

夫人开开门一看，是教师李强。李老师提着一箱牛奶，一把子香蕉，一方便兜葡萄，给乔夫人接过后来到乔主任身边，李老师关切地问道："哪里不得劲儿啊乔主任，听说你病了，我来看看你。"

乔主任连忙紧紧握住李老师的手，激动地说："谢谢你李老师，大老远跑几十里地来看我，谢谢谢谢！"

李老师说："应该的应该的，要说谢，我得先谢谢你呀乔主任，上月报送地级优秀教师名额，你报了我。谢谢乔主任，谢谢！"

"不提那个了，不提那个了。"乔主任听了李老师这话，心里"咯噔"一下，他一迭连声地岔开话题说，"谢谢你了李老师，谢谢你来看我。"

"不客气乔主任。"李老师和乔主任说了一会儿话，道，"你好好养着吧乔主任，抽空我再来看你。"说着，离开了病房。

李老师走后，夫人心安理得地说："李强还算不孬，没白报了他地级优秀教师。"

"你别说了。"乔主任脸色羞愧地道。他想起上月上报地级优秀教师名额的事来，那时，他还没退下来，本来，他想上报的是和他有关系的和给他送了礼的人的名字，可他思来想去，拿不定报谁好，蓦地想到自己"提拔"的那几个人，想到了自己再有一个多月就退休了，他想安全着陆，心想，这次他不报关系户也不报给他送礼的人了，他把人给他送的礼退了回去，最后报了教学成绩连续三年全县第一的教师李强。

望着李强离去的背影，乔主任直觉得自己的病好了许多。

协　议

天才蒙蒙亮，她就起了床。其实，她一宿并没怎么睡着，她在考虑和他离婚的事。

她和他闹离婚，已有半年多的时间了，离婚协议书她早已写好了，就等他签字了。他却迟迟不肯，他是在拖她。她给他的期限是年前，可年已过了，他仍没签，这几天，他也真忙，这不，半夜里，他又上医院里去了。但执意要离婚的她，还是想问问他。

她拨通了他的电话："协议书你签了吗？"她知道离婚协议书就在他提兜里装着，是她给他塞进去的。

电话里传来他很疲惫的声音："对不起，我一宿没站脚，还没签呢。"

"你什么时候签啊？"她不满地说。

他说："好吧，你非要离婚的话，我签。签上字后我放在我的办公桌上，你来拿吧。"

"为什么让我去拿，你下班捎不回来啊。"她更不满他。

"啊，是这样，接医院调令，我要去武汉疫区支援，可能要离家一段时间。"

她一惊："什么，你要去武汉？"

"是，一会儿出发。"他接着说，"记着，这段时间少出门，出门戴口罩，千万别感冒了，啊。"

她心里一热，"出门戴口罩，千万别感冒了，"这是她好久又听到了他关心她的话，而这话，恰恰是在冠状病毒蔓延的时候，在他冒着生命危险去疫区的时刻，她不由想起了她初认识他时的一幕，那天，她在马路上边看手机边走，猛地被他推了个趔趄，她差点儿趴倒在路侧，而他，却被一面包车撞得腿骨骨折。

"记着，你来拿协议时，别直接进我办公室，科室病房里入了个发烧的病号，正待排查，你给护士小刘打电话，叫她送到医院外去，千万千万！"电话那头又传来他的话。

"不，"她的泪一下子涌了出来，"我等你平安回来，把离婚协议撕了。"

微薄之力

新冠肺炎闹的，小区封了门，这几天特别严。所有的车辆，严格出行，所有的外来人员，一律不准入内，所有的业主，按照门牌号，一家只允许一个人外出购买生活用品。

今年过年，我的孙子、孙女、外甥、外甥女都围着我，都在我楼上过的年。孩子们多，吃零嘴就多，特别是水果，年前我买了个全，像苹果、橘子、香蕉、猕猴桃、葡萄、柚子、火龙果，样样买了不少。但没吃几天，就倒出空箱子空方便袋来了。我想下楼去超市买点儿去，可一家只允许一个人外出，能提多少呢，现在这情况得多买下点儿水果，省得缺了货买不到了。好在楼下有一干买卖的大嫂，她年前从沂源进了一车"富硒"苹果，她准备过年时往外批发。"富硒果"十分好吃，脆甜，又香，大嫂卖的价格也不贵。年二十八我买了她一箱。我透窗朝楼下一望，见她在楼门旁出了摊，便穿戴整齐，戴好口罩下了楼。我来到她摊前，她穿着面包服，戴着口罩，戴着手套，旁边放着84消毒液，面前只摆着一箱苹果。

见我过来了，大嫂先拿起消毒液在我手上身上脚上喷了一遍，笑着。

我理解地问她道："就一箱了吗，还有吗？"

她说："有。"

我说："给我两箱。"

她说："不卖，一人只允许10块钱的。"

我不解道："怎么，涨钱啊？"

她说："不涨钱，和年前一样。"

我说："不涨钱怎么限量啊？"

她说："疫情当前，咱没别的本事，多卖给几个人苹果，就当为抗疫进一份儿微薄之力吧。"

我稍一愣神，恍然大悟，是啊，抗疫时刻，她多卖给一个人苹果，就少一个人外出，少一丝传染的风险。这是多么朴实的话语，炽热的爱国之情啊。我服从她道："好好，我要10块钱的。"我说着想俯身挑苹果，她立即制止我道："别动，我给你拿去。"她转身在储藏室提出一兜苹果，递给我说："早称好了，10块钱的。"

我笑着说："不让挑了？"

她说："你多担待点儿吧，乱动手摸苹果，这不符合抗疫要求，对吧？"

"对对。"我心悦诚服地接过苹果，付了钱，匆匆上了楼，没在下面久留。

作 品

又完成了一首杰作，老林放下笔，伸了伸懒腰，成功的表情挂在了脸上。他对自己刚写出的这首诗十分满意，他的诗感动了他。是啊，作品要感动读者，首先要感动作者自己，老林深知写作者的这一基本常识。

近日来，小区封门，老林不能外出，他憋在楼上只有写作，写作的题材是抗疫的。他每天都有新作完成，甚至一天能写出好几首诗来。他把一首首新作发到网上，发到平台上，接着就被采用了，发表了，而且引起不小的反响，点评的、赞赏的，他的"粉丝"在不断增加。

老林连日来收获颇丰。

哎，老林忽然想起来，他的好友老顾这几天忙什么呢，怎没见他发表作品啊。以往，老顾发表作品可比他老林多，老顾的写作水平，也比他老林强，可自从抗击新冠疫情以来，他不曾见过老顾的作品在网上发表。老顾在忙啥呢，写长篇？老林想问问老顾。他拨通了老顾的电话。电话响了好长时间，才传来老顾的回音："哎——"

"老顾你忙啥呢，才接电话？"老林问老顾说。

老顾说："睡觉呢。"

老林说："大白天睡觉睡得着吗，又开夜车来是吗？"

老顾说："嗯，一宿没睡觉。"

老林说："写的啥，小说？诗歌？"

老顾说："哪是啊，这几天什么也没写。"

老林说："什么也没写，宅在家里干啥呢，又不上班。"

老顾说："我一天班也没落过。"

老林说："上什么班啊，你单位假期没延长吗？"

老顾说："不是。我每天把全楼道里用84喷洒一遍，消毒。另外，当了名志愿者，协助门卫值勤，倒班儿。"

争　啥

蔫儿叔是个大老实人，啥事也不争不论的。有人说，老实和无能讷尻靠着，这户人往往吃亏。

也是，蔫儿叔一辈子，没少吃了亏。

蔫儿叔和他的发小金刚同岁，蔫儿叔和金刚念书的时代，升大学不兴考试，兴推荐。蔫儿叔学习比金刚好，品德也比金刚强，村里就推荐了蔫儿叔。可金刚急了眼地和蔫儿叔争，在村里争不过蔫儿叔，金刚就告到了公社里，说蔫儿叔社会关系复杂，蔫儿叔姥姥家是地主。公社里就把蔫儿叔的名额裁下来了，但金刚也没上了大学。后来，人们了解到，其实，蔫儿叔他娘是要的，生身父母是贫农。蔫儿叔也没去公社里说明。

蔫儿叔还有一大特点，不好记仇。

金刚比蔫儿叔走得早，是得肺结核死的，咽气时没人愿意给他穿送老的衣裳，怕传染。蔫儿叔说："这个碍么的，我给他穿。"金刚人生最后的着装，是蔫儿叔为他穿上的。

蔫儿叔一生就那一次最好的机遇，自后一直在家种地。

蔫儿叔的地邻，种地很欺，他靠着蔫儿叔的地种的是花生，蔫儿叔种的是玉米，花生棵矮，玉米棵高，地邻嫌蔫儿叔的玉米遮着他两趟花生的阳光，背喷雾器照蔫儿叔的两趟玉米打了灭草剂。蔫儿叔心疼得好几顿吃不下饭，真想找他说道说道去。但蔫儿叔又一想忍下了。

地邻和蔫儿叔一个群羊儿，也没活过蔫儿叔，地邻为人很臭，死后没一个为他守尸的，是蔫儿叔和地邻的儿子守了他一宿。

有人说蔫儿叔："他这户人，为他守尸，不值当的。"

蔫儿叔说："嘻，死者为大。"

蔫儿叔有一把大斧子，槐木把的，结实耐用，使起来又顺手。斧头大而锋利，对掐粗的小树，用蔫儿叔的大斧子，几斧子便能从根剁断。蔫儿叔的邻居也有一把大斧子，样子和蔫儿叔的差不多。有一天，邻居的斧子找不着了，他见蔫儿叔在门外抡斧子劈柴火，越看蔫儿叔手中的斧子越像他的，他和蔫儿叔要过斧子，说："这斧子是我的。"说着提着斧子走了。不管蔫儿叔再三说明，就是不给了。蔫儿叔的斧子，被邻居赖去好几年。直到邻居死了，有人说蔫儿叔："你邻居这个讹头死了，你的大斧子也该物归原主了。"

蔫儿叔却说："算了吧，争啥呢，有意思吗？"

人说："蔫儿叔你也太老实了吧，自己的东西，该争的为什么不争呢？"

蔫儿叔说："争啥，还争啥，咱村俺四个一样属相的，走了仨了，就还有我自个儿。"

村里来了个傻女人

村里来了个傻女人。

傻女人披散着一头乱蓬蓬的浓发，满脸脏兮兮的，就像抹了锅底灰。穿一双鞋帮和鞋底开了胶的高跟鞋，过时了的大红色的裤子。最惹人眼目的是，疯女人一对乳房特别大，胀鼓鼓的，把个前胸撑起老高。

傻女人低着头，毫无目的地在大街上一扭一扭地走着，引得好多大人孩子围着她看。

"这个女人打昨天就在咱庄里转。"有人说。

"晚上她在哪里过的夜呢？"有人担心地说。

"在我院外的草棚子里，早晨起来一看我把她撵了，死了赖着我啊。"

"这女人岁数不大。"

"嗯，也就40多吧。"

有人朝一男人一努嘴说："你死了老婆二年多了，不是着急成人吗，快领家去吧。"

男人不屑地看了一眼疯女人，说："这户女的，伺候她啊，我不要。"

又有人说："哎，邱叔一辈子没人，问问他要吗？孬好是个女人啊。"

就有人朝邱叔家跑去了。

邱叔是个老光棍儿，年轻时因为穷，说不起媳妇，邱叔30多岁的时候，见村里有人从四川往山东领媳妇，邱叔连凑带借，也花钱买了个外地媳妇。可晚上同房时，小媳妇"扑通"一声给邱叔跪下了："大哥哥饶了我吧，求求你了，我是被人拐骗出来的，呜呜……"

邱叔心软，见不得女人流泪，安慰她说："别哭别哭，你不愿意，我绝不会强求你。"邱叔不但白花了钱没娶成媳妇，还又搭上了200块钱，给女人做了路费。

打那，邱叔一直独身。

邱叔被人领到傻女人面前。邱叔看看傻女人，关切地问道："你叫什么名啊？"

傻女人头没抬，眼没睁，嘴没张，似乎没听见邱叔问话。

邱叔又问道："你家是哪里的啊？"

傻女人仍不答话。

有人打趣道："先别问这么详细了，先领家去再说吧。"

邱叔拉下脸道："你说啥呢，兴许人家是有家有户的，哪能随便往家领呢？"

就这样，人们围着傻女人看了一阵，说笑了一阵，都散去了。

第二天，傻女人仍在大街上转。大概是饿了，饿急了，傻女人见一小孩扔地上个吃剩的黄瓜把儿，一个跟头扑过去抓起来吃了。

当傻女人大口大口地吃上热汤热饭的时候，她已经是在邱叔家里了。

"邱叔把傻女人领家去了，走啊，上邱叔家看媳妇去啊。"大人孩伢都呼呼啦啦上邱叔家跑，跑来看邱叔领回的傻媳妇。有的还悄悄地约定说，到晚上听邱叔的房啊。

令好事的人失望的是，冷冷呵呵在窗外挨了半宿的冻，什么也没听见，什么奇趣也没发现。

天明后，庄人发现邱叔早早地去了超市，买了好多吃的，有苹果，有橘子，还有一块不小的猪脸子肉。

有人和邱叔说话道："好，真疼你的疯女人啊，买这么多好吃的。"

邱叔说："这人爱吃猪脸肉，昨晚我就还有一点儿，这人没吃够，还要。"

人说："吃得好，睡得也好吧？"

邱叔说："好，睡得挺好。"

"邱叔你昨晚睡的是硬板床啊，还是沙发床啊？哈哈……"

"你说的啥。"邱叔说着，匆匆地家走了。

接下来，每天邱叔都往超市跑，去超市买菜买好吃的。邱叔买着东西头里走，身后人议论说："这样的女人，你看邱叔拿着当宝似的。"

半月后的一天早晨，邱叔又早早地出了院门，人问他说："又给你的疯女人买东西去啊？"

邱叔说："我给个人拿点药去，昨晚又熬了半宿，感冒了。"

人说："这岁数了可得注意身体啊邱叔，那事别太勤了，嘿嘿……"

邱叔阴脸道："说啥呢，我说好的说歹的，又开导了半宿，总算开点儿窍了。"

"她是个疯子，你开导她什么，她听吗？"

邱叔说："听，这人大脑受过刺激，打扮和正常人不一样。"

"你说得不假，她要是和正常人一样，就不是傻子了。"

邱叔说："我是说这人的两个乳房是两块圆泡沫用乳罩兜起来的，头发是戴的头套。"

"噢，这个傻女人乳房小，还是个秃子啊？"

邱叔说："他是个男的。"

方　便

　　义仁叔的邻居盖房，邻居的男人不在家，只有一年轻的小媳妇，小媳妇院里的厕所很矮，一米多高，遮不住人。干活的民工大都不在院内解手，都是去外边，在义仁叔的房后里方便。义仁叔的房后就是漫洼地，但是春天地里麦苗才返青，一望老远，无遮无掩。义仁婶不让了，她找到邻居干活的民工说："你们这些干活的，解手不找茅子吗，再在俺房后里解手俺不让你。"义仁叔却说："谁出门还带着厕所啊。"义仁叔在自己房后里用秫秸玉米秸围了个简易厕所，里面挖了茅坑儿。义仁婶嗔怪地对义仁叔说："又不是咱盖房，你行这户方便干什么？"

　　义仁叔说："你忘了那年咱上城里，我找不着厕所，被人撵出来了吗？"

　　义仁婶说："忘了？那回叫人撵的那个窝囊，一辈子也忘不了啊。"

　　二十多年前，义仁叔和义仁婶进城办事，在公共汽车上义仁叔就憋了泡尿，好不容易下了车，他顺着大街两旁找厕所，那时还没这么多楼房，街两边的建设也没现在这么规范整洁。他左瞅右瞧，就是找不到厕所，在快憋不住的时候，忽然看见道旁一家墙外，紧贴着墙根儿用半头砖垒了个围墙，人数高，给人感觉是个厕所。义仁叔急步奔过去一看，是一个厕所，里面放着个马桶，马桶里已有半桶尿便。他慌急地解开了腰带，然而刚尿，一豁子嘴一只眼的男人跑了过来说："在哪里拉拉啊，这不是公厕，出去！"说着进了厕所要往外操他。义仁叔手没解完，只好羞涩地提上了裤子，在男的仍不依不饶骂骂咧咧声中出了厕所。

　　那次解手，义仁叔又羞涩又窝囊，义仁叔知道内急的滋味，他想，遇到有人内急有求于他，他一定行方便解人之痛。

　　比如有一换壶底的，每次来串乡拾掇燎壶换锅底，都在义仁叔的门前支摊，干着活想解手的时候，都是说："借光兄弟，开开你的院门，我上个厕所。"

　　"上吧。"义仁叔连寻思也不寻思，便让他到自己院里方便。

　　有一回，一戴着墨镜和口罩，开着三轮串乡卖化肥卖种子的，把车停在义仁叔的门前，叫卖化肥。卖了一会儿，忽然手捂着肚子很难受地问众人说："这一块儿哪有院外的厕所啊？"

　　有人说："没有。"

正想买化肥的义仁叔说："解手啊，上我院里来吧。"说着，抬脚领他进了自己的家，往西南角上一指说："上吧，在那。"

卖化肥的大概闹肚子，难受的他弯着腰低着头紧跟着义仁叔走，没等走到厕所茅坑，便解到外面一些。完事后很是过意不去地说："这是怎么说的，这是怎么说的，不好意思，我这两天跑茅子……"他又是找锹锄土垫，又是要扫帚打扫。义仁叔说："没事没事，谁没个闹肚子的时候啊，你别管了，忙你的去吧。"卖化肥的抬头看了义仁叔一眼，立刻低下了头，他递给义仁叔扫帚，惶恐地走了出去，对众人说："不卖了，不卖了。"说着快速摇着了三轮车，抬腿朝驾驶坐上跨，不小心被三轮车上的反光镜连眼镜带口罩一起挂了下来，他顾不得下来拾，猛踩油门疾驶而去。

义仁叔眼望着离去的三轮车安慰他说："嘻，没事啊，不怪你啊。"义仁叔看得清清楚楚的，他是个豁子嘴儿一只眼。

烧　火

在俺庄儿，找10个红总容易，找一个烧火的难。

红总是干啥的？就是管事儿的。无论谁家有红事或白事，户主自己啥也不管了，把当家的权交给管事的了，上烟、上酒、上茶、上菜、上饭，安排人干这忙那，都由管事的说了算。当红总高在，为人，好找。一般都是村干部或有头有脸的人当。

而烧火的就不同了，帮着厨长煎炸蒸煮，保证上百号甚至几百口子人吃饭，盘锅垒灶，烟熏火燎，灰头黑脸，又脏又累，这活都嫌，派谁谁不愿意干，支谁谁拧头。管事的在安排人手时，最怵头的就是找烧火的了。

大老孙，人老实，又㞞点，派到他，没说啥，就认了。一认，就是几十年。

烧火这活都不愿意干，还不好干。遇上心里有数的户家，还好办，提前把烧柴准备好了，将一些烂木头，不用的檩条子，该锯的锯，该劈的劈了，到时，老孙拿过来就烧，省事多了。可有些户家早无准备，现用着现抓瞎，什么枣木疙瘩、榆木墩子，全是囫囵个儿的，大老孙得现抡斧头劈。夏天还好说，把小褂子扒了，任汗水顺后脊梁直淌，大不了用毛巾擦一把。可冬天，不扒衣服，劈起火头来能把棉袄汗透了，扒了棉袄，完活一解汗，冷风吹得肩膀生疼。老孙的肩周炎挺厉害，就是这么落下的。

有的户家有火头舍不得让烧，让烧的是细树枝子，棉花柴，在院门外甚至在庄外堆放着，老孙得一趟趟地往锅灶前抱，一天下来，累得够呛。

大老孙这烧火的，他不被人重视，没人瞧得起他。管事的每次赏烟，一手里拿着好的，上席上用的，给厨长，一手拿着孬的，事上最次的，给老孙。吃饭时，别人都在屋里围着桌子，说说笑笑，嘻嘻哈哈，吃的喝的有人给端上去。老孙吃饭，不能离开锅头，只能舀碗菜，拿个馍，端着碗，蹲在锅头前，一边看着火，一边吃。有时，他把大块火头填进灶膛里，寻思端着碗到屋里凑凑热闹，刚迈进门，就有人发话了，你个烧火的，胡掺和什么？言外之意，不着他。管事的熊他说，你干着么来，做官掉印了，席面上是你来的地方吗？

席面上不是大老孙去的地方，也没大老孙的座位。

不过，这一切对大老孙来说，都算不得什么。大老孙想，他是来给人帮忙的，不是来争座位的。

　　再说了，有一句话说，孙上三辈儿出状元，这话虽不是真理，却有应验的时候。大老孙就是个实例。大老孙的儿子很有出息，大学毕业考上了公务员，不久，竟当上了镇上的书记，而且是本镇的一把手。大老孙的儿子当上本镇的书记后，村里再有事，就没人安排大老孙烧火了，就高看大老孙一眼了。

　　这年，一户家娶媳妇，管事的很是恭敬地对大老孙说："二爷爷，你在内柜上吧。"

　　大老孙说："我在内柜上干什么呢？"

　　管事的说："你管着给席上发个烟发个酒的，这活轻快，也为人。"

　　大老孙说："这活我干不了，什么上席用的下席用的烟酒的，我分不了。"

　　管事的说："那，二爷爷你就只管在屋里坐着，什么也不用干。"

　　大老孙说："人家有事，我来帮忙，光坐着像话吗？"

　　管事的说："二爷爷，只要你来事上坐着，就赏我们和户家的脸了。"

　　大老孙说："瞧你说的，我这脸比别人的大还是咋地，不行，你得给我安排个活。"

　　管事的为难地说："给你安排个什么活呢，二爷爷？"

　　大老孙说："雨行旧路，我还是烧火吧。"

　　管事的说："那可不行，哪能让你烧火呢。"

　　大老孙说："怎么不行啊，以前不都是我烧火吗。"

　　大老孙不等管事的再说什么，就去灶前烧火。

　　大老孙再烧火时，与以往就不同了，管事的主事的不时地过来帮着他抱抱柴火，劈劈火头。吃饭时，也不让大老孙自己在外面端着碗吃了，安排大老孙坐席，和管事的坐一席，上座给大老孙留着。但是管事的请大老孙好几趟，大老孙不去，仍自己舀了碗杂烩菜，拿个馍，在灶前坐着吃。管事的说："二爷爷，你怎么在这儿吃啊，席上给你留着正座呢。"

　　大老孙说："什么正座偏座的，我又不喝酒，你坐下去吧，别管我了。"

　　管事的说："走吧走吧二爷爷，你不坐下，让俺们怎么坐下啊？"

　　大老孙说："什么怎么坐下啊，该怎么坐还怎么坐。"

　　管事的见叫不动大老孙，就想伸手拽他，这时，大老孙的儿子忽然来了。大老孙当书记的儿子知道了村里有娶媳妇的，他想回来看看，看看他爹还在事上帮忙不，还在烧火不。进门一看爹还在烧火，俯身往灶膛里添了把柴说，爹，你光顾了说话了，锅底下的火都不旺了。

　　大老孙笑道，好小子，检查你爹的工作来了。

　　儿子笑道，爸，我是回来看看，看看你给当书记的儿子丢谱了不？

　　大老孙说，小子嘞，你在外不给爹丢谱，我就不挂心你了。

我的两次机遇

我这一辈子，没交过好运，光顾我的，只有两次不随心愿的机遇。

第一次机遇，是桃花运。

那是在我刚结了婚时，我的一个长得很漂亮的女同事说我："你是铁饭碗，小伙又帅，怎么找了个农村媳妇啊。"

我说："我家穷，有人跟着我就不错了。"

同事说："端铁饭碗的女的也有不嫌你穷的，要是你现在离了婚，我保证有跟着你的。"

我说："瞧你说的，就好像端铁饭碗的美女在一边放着似的。"

同事说："不是在一边放着，就在你眼前站着。"

我一激灵，抬头望了她一眼，见她水汪汪的两眼直望着我，我的心跳"咚咚"地加快起来。但加快了的心跳只是一刹，很快我就抑止住了，我立刻想到了陈世美，想到了世人对陈世美的倡骂。我平静地对同事说："就让我们做个好同事吧。"

就这样，我的桃花运与我失之交臂了。

第二次是官运。

我和我单位的领导是同学，同学很关心我，曾不止一次地说过，有机会一定提拔提拔我。领导在会上多次表扬我，说我有能力，工作成绩突出，是难得的人才。领导曾底面给我透过信息，说要提拔一名副主任。说这话过了几个月后，领导又把我叫到了他的办公室，问我说："我给你透过的话你还想着来吗？"

我说："想着呢。"

领导说："你知道这么长时间了，为什么副主任的位置一直空着吗？

我想说我不知道，但我不是傻瓜，我不想欺骗自己，便接领导的话说："我知道。"

领导说："知道就好，你考虑考虑，想好了上我家找我。"

我考虑这事考虑得失眠了，一宿没睡着觉。我明白领导要我上他家去的意思，我听说俺们主任在一被提为副主任时，是卖了家中的一头牛，上领导家去的。我家也有牛，但牛是我家的大半个家业，牛是父亲的命。父亲拿牛的命比他的命还金贵。

父亲每次使用牛干活，特别是套牛拉车，父亲都在车辕旁边拴一根绳，帮着牛拉套。

我能卖父亲的牛吗？

我没卖牛，没上领导家去，副主任的位置也没安排我。

我的官运就这样失去了。这一失就是几十年，运气再没有光顾过我。直到退休，告老还家。庆幸的是，我赶上了好时代，国家富强，普通人也过上了电灯电话楼上楼下的日子。我搬进了城里，成了城市人，领着退休金，和老伴儿逗着孙子，喜享天伦之乐。我和老伴儿每天送孙子上学后，主要的任务就是玩儿，逛逛超市，广场上遛弯。

一天，偶然在超市门口碰见了我的美女同事，同事很大脸儿，一点儿也不羞涩地和我打招呼，她谈笑风生，向我说了这样一件新闻："你知道吗？咱们领导进去了。"

我问："什么时候？"

她说："上星期。领导提拔起来的那几个人也都下来了，连领导提拔的王主任，退休了，纪检也调查他了。"

我听了，不由倒吸了一口凉气。

同事又和我寒暄了几句，走了。

老伴儿望着她的背影说："这个人不见老，还是这么漂亮。"

我说："你认识她？"

老伴儿说："认得，她不是你同事吗？"

见老伴儿认识她，我也不想隐瞒过去的事了，贼不打三年自招地对老伴儿说："当年，她想跟着我。"

老伴儿说："俺知道。你没动心。要不，这些年，俺在家种地、养牛、喂猪，伺候孩子，伺候老的，再苦再累也毫无怨言。俺为了你在外安心上班，晌午头里在地里打药，连热带药熏晕倒地里两回过，都没对你说。"

"老伴儿啊，"我一下子抱住了老伴儿，紧紧地，"你受苦了！"

望着老伴儿满头银发和累弯的腰身，我两眼模糊了。

一 个 字

刘小是庄里的一个祸害，他从小就有小偷小摸的毛病。念书时，不是偷同学一支铅笔，就是摸人家一块橡皮。老师没少熊了他，也没少罚了他站。但刘小秉性难改，气得他爹都说：俺哪辈子作了孽，生了个万人嫌。偷摸的毛病在人们心中是一大忌，刘小这名声传了出去，长大后媳妇一直不好说。直到小30了，他爹托亲求友，才从远处给他说上媳妇来。

有了媳妇的刘小，不是带着娘们儿好好过日子，而是专门领着媳妇赶集。这一带五天三个大集，刘小集集不落。他赶集也不是有目的地去买东西，摊前无顾客，买卖不兴隆的摊子，他从不凑前。哪里买东西的人多，卖主忙不过来的摊子，他却挤着往里钻。他挤进摊前，也并不急于买物品，蹲下来看看这个，摸摸那个，瞅卖主不注意，随手拿起一件物品往身后一递，递给他媳妇，让他媳妇悄没声息地走去。接下来刘小再拿起一物件和卖主打价，往死里打价，当然买卖不成了。刘小也就放下东西起身走了。

他这毛病媳妇不干，不愿意落这臭名，可刘小软硬兼施，逼迫娘们儿顺从他。因此，刘小的家里，什么锄镰镢锨、小锅子、小舀子、小勺子、马扎子、手电筒，日用家什皆全，就像小杂货店。

但常在河边走，哪有不湿鞋，刘小常有被人发现的时候，常挨人责骂，甚至惩罚。有一回，刘小刚把卖主摊子上的一小收音机往身后递给他娘们儿，他娘们儿拿着收音机没走几步，卖主蹿撵上来，抓住头发照脸上一连几巴掌。娘们儿羞得无地自容，也恼了，一气回了娘家，再也没回，和刘小离了婚。

刘小不但好偷，还有一恶习，好色。特别是娘们儿和他离了婚后，他寂寞难耐，专好往女人堆前凑。女人们都躲着他，不理他。一次，刘小见邻居的男人不在家，只有女人一个人在家，他进了邻居的门，提出要和邻居女人……

女人气黄了脸大声骂道："滚！你个畜生！"骂着跑出屋去给自己男人打了电话，男人接到电话，迅即叫上亲兄弟找了刘小去，一顿拳打脚踢还不饶他，刘小他爹拿出好几百块钱，给兄弟俩说了一大堆好话，赔了不是，才算了结。

经过这一场教训，按说刘小该改了，可他没有。一天，刘小看见村人李红的小媳妇一个人在地里干活，即起歹心，他用毛巾把李红媳妇的嘴塞住，绑了手脚，把李红媳妇抱上了他那辆破机动三轮，开着三轮冒着黑烟窜了，窜到外地去了。

李红找刘小找自己媳妇找了半年，音信皆无，心灰意冷，自己带着两个几岁的孩子和老母亲，忍受屈辱地艰难度日。多少个夜晚，李红夜不能寐，睡不着觉，想他心爱的妻子。多少个夜晚，两个孩子哭着喊着和爸爸要妈。李红的泪，孩子的泪，还有老母亲抱着孩子亲着流在孩子脸上的泪，不知流了多少回。

半年后的一天夜里，久久难以入睡的李红忽然听见院外急促的敲门声，他趿拉着鞋开门一看，只见一披头散发、衣衫不整的女人一头扑在他的怀里"嗷"的一声，大哭起来。

扑进李红怀里大哭的正是李红的媳妇小花，李红紧抱着小花，这突如其来的惊喜，竟使他有些蒙了，他只是紧紧地抱住媳妇站在院门，不动了。直到媳妇的哭声惊动了老母亲，在老母亲的催促下，李红才想起抱着媳妇进了屋。

"别哭了，孩子，回来就好，回来就好，咱一家人终于又团圆了。"母亲陪媳妇掉着眼泪说。

媳妇回来了，是千难万险历尽曲折逃脱了刘小的魔爪跑回来的，其半年多所受的屈辱，媳妇强忍着，不忍对丈夫说，她怕，她怕丈夫听了难以承受。其实妻子不说李红也知道，他从妻子的面容上能看得出，妻子是死里逃生。他发狠，如果再见到刘小，如果刘小回来，他非拿刀剁了他不可。这事在李红心底里埋下重重的阴影。李红只觉得头上有一顶重重的帽子压着，压得他抬不起头来，他怕见村人，他不愿见村人，他每天上地干活都是不天明，别人都还没起，他干活也都是在地邻不干活的地块干。

时间，是理疗伤疤的良方，大半年的时间过去了，李红才偶尔出现在人前。他为了挣钱养活跟着他受了屈辱的妻子，和她腰快成90度弯还在帮他料理家务的老母亲，还有他尚未成年的孩子，李红每天骑电动车去城里建筑工地干活，风雨不落。

这天，一大早，李红又骑车上路了。他起得早，公路上行人稀少，车辆也不多。李红骑得很快，骑着骑着，忽然看见前面路中央躺着一个人，离人老远有一行李卷。出车祸？李红下意识地慢了下来，他骑到躺在公路当中的那人一看，一眼认出来，是刘小。只见刘小仰面朝天，四肢大伸，嘴在流血。

世上恨有两大，一是杀父之仇，二是夺妻之恨。李红一见到刘小，而且是这模样的刘小，不由恨从心头起，默念了声："苍天有眼，报应，报应啊！"李红望了刘小一刹，骑上车走了。要是遇上庄里任何一个人，或任何一个陌生的人，李红会立即打"120"急救。这念头也在李红脑海一闪，消失了。他骑上车，上自己的班去了。

　　但李红没骑多远，又停了下来了，他回头又望了刘小一眼。这时，过来了两个骑车的，在刘小旁边站住了，一个人说："车祸，肇事者逃逸了，得打'120'啊。"

　　一个说："这种事还是少管，别赖上咱。"

　　一个人说："不打'120'，这人怕……"

　　另一个人说："你打吧，我走了。"

　　"哎哎，我给你说……"

　　接下来两个人说话的声音小了，李红没听清。

　　一会儿，"120"来了，刘小的家人也来了，把刘小抬上了救护车。

　　李红骑车也走了。

　　刘小罪不至死，因抢救及时，住了10天院，回来了。

　　刘小出院后的当天晚上，李红一家正吃着饭，刘小80多岁的老父亲突然来了，进门双膝给李红跪下了。

　　"大叔，你这是干什么？这么大岁数了，快起来，快起来。"李红往起扶着刘小老爹说。

　　刘小爹长跪不起，老泪纵横地说："大侄啊，我该怎么感谢你呀，俺那户'畜生'，我都恨他不死，你还打'120'，又给支书打电话通知我，我欠你的呀，大侄啊……"

　　李红听刘小爹一提刘小，心里像被刀扎了一下，但他强忍心痛地拽起刘小爹，一字一顿地说："大叔，我不想学畜生，我只想学好一个字，这个字很简单，只有一撇一捺。"

一个窝窝

在县委秘书科各办公桌上，大都有一个标志，有的是插着一面或两面鲜艳的五星小红旗，有的是毛泽东题词的"为人民服务"的语录牌。而崔海亮的办公桌上，却与众不同，崔海亮办公桌的左上角上，贴着一张红底黑字的字条，上书四个遒劲有力的大字："一个窝窝。"

对崔海亮办公桌上这与众不同的标志，众人不解，猜测各异，有的说："大概崔秘书为了不忘过去的苦日子，提示自己勤俭。"

有的说："他贴这个，是为给别人看，以示自己清廉，装门面而已。"

但不管怎么说，崔海亮秘书工作有能力，成绩出色，这却是真的。崔海亮是清华研究生，毕业时本来留校的了，可他要求回原籍工作，因为他忘不了他考上清华时，县委、县政府领导在母校专题为他召开的庆典大会，还奖励他30000元奖学金，他更忘不了，他上清华报到时，乡亲们送他出庄外："亮子啊，考上清华，一般的连小县城都回不来了，可别忘了庄乡兄弟爷们儿啊。"最主要的，是崔海亮他爹，他爹说话管事，吐唾沫是钉："小子啊，清华不缺人才，咱这偏远的穷县地方缺人才，你回来吧，回来爹看着你干，看你有出息没。"

就这样，崔海亮回来了，他凭着自己的学识，考上了公务员，进了县委工作，任县委办公室秘书。

崔海亮秘书，他起草的文件，他写的工作总结报告，数字精准，事例翔实，语言简练，很受书记的青睐。书记曾不止一次地在众人面前夸赞："小崔是咱县难得的人才。"人们也都心知肚明，下一届秘书长，非崔海亮莫属。

崔海亮虽然工作能力强，很得领导赏识，但崔海亮很低调。他所在的办公室，从不用清洁工打扫，崔海亮每天都是提前最早来到班上，扫地，拖地，然后将每一个办公桌都擦拭一遍。

崔海亮为人也不错，他人缘极好，无论大小官员，还是一般职工，谁家里有事，他都尽人情，无论谁病了住院，他都去看望。

然而，十几年过后，崔海亮已升为秘书长，遇到他自家有事了，他奶奶过世了，各科室都派代表拿着花圈前去吊唁，临走留下了信封里包着的人情钱。但崔海亮给奶奶出完丧后，竟把有的信封里装着的钱拿了回来，他找到书记说，要把这些人情钱退回去。

书记安慰崔海亮说："当官的也非圣贤，人之常情也应有的，这是礼尚往来，不是腐败。"

崔海亮说："可我随过的礼从没有大数过，都是一般，最多200块钱。而我奶奶过世，有随我2000的，还有一个5000的。我爹说我，小子哎，你要是收了这钱，你这一辈子就瞎了。"

书记顿悟道："你家崔老书记为官清廉，作风正派，这是全县有名的。"

崔海亮说："不瞒书记说，我爹为官几十年，也曾失足过。"

"噢？"书记一蒙，问道，"能否说来听听？"

"好吧。"崔海亮说，"我就对书记说说我爹的一个窝窝头的事吧，这一个窝窝头的故事，我念小学一年级时，我爹给我讲过，我考上清华时，我爹对我说过，我一进县委大院工作时，我爹向我叨叨了半宿。当年，我爹在公社任副书记，那时生活困难，书记和一般脱产干部吃的是同一大锅饭、大锅菜、大锅蒸笼窝窝。一天，我爹下乡回来晚了，伙房已开过饭去了。炊事员小王就在炉子上给我爹烤了个窝窝，我爹就着咸菜吃了。吃完后，我爹掏出饭票给小王，小王往外看了一眼，没人，接着把饭票掖进了我爹的衣兜里。我爹想，一个窝窝，一箸子咸菜，没拿当回事，没再让就离开了伙房。"

"次年，'四清'，要每一名干部主动坦白自己犯过啥错误。在强大的政策威力下，我爹带头交代了那一个窝窝头的事。"

"事后，经公社党委会议研究决定，给予我爹记大过处分。"

一杆红缨枪

我念高中的时候，所在的班不叫班，叫排；所在的学习小组，也不叫组，叫班。学校里分一排、二排、三排，排里分一班、二班、三班……一切按军事编制。不但按军事编制，而且配备的都有武器——一人一杆红缨枪。

上课间操时，每人手握红缨枪号声震天地喊"杀——"搞训练；上体育课时，更是整节课变换姿势地手握红缨枪喊"杀——"搞训练。

红缨枪的枪头子是学校里统一进的，每人需交一块钱。红缨枪的枪杆是自备的，只要是条直的木棍儿就行。但有规定，统一长度，一米半长，安上枪头子后，整个红缨枪长一米七三。

在老师布置下午带钱，发枪头子后，我回家和爷爷要钱，爷爷说手底下没钱。我母亲去世早，父亲去修河不在家。

一听爷爷说没钱，我很不悦，下午连学也不想上了，我怕交不上钱领不到枪头子，老师批评我，同学们笑话我。

爷爷说，你先上学吧，我给你自制一杆，明天让你带上红缨枪。

我很不情愿地上了学，在同学们都交上钱，领到枪头子时，我低头趴在了桌子上，无地自容似的，整整一下午没能抬起头来。

晚上我放学回来，进门爷爷就递给我一杆红缨枪。爷爷的红缨枪是用一根扒了皮的长柳棍儿自做的，你别说，爷爷做的红缨枪还真像，按照学校要求的长度，枪杆儿笔直，枪头子是用刀精雕细刮的，有尖儿有刃，枪上的红缨是用红麻皮梳成的细丝，紧箍在枪头子的下方，那红色，爷爷是跑到本村染坊铺里求人染的。

次日，我心满意足地扛着爷爷为我制作的红缨枪上学了。

可当我进了教室门，同学们看着我的红缨枪窃窃私语起来：

有的说，假的。

有的说，倒是挺像。

有的说，糊弄洋鬼子行了，这是小孩们闹着玩儿的玩意儿。

特别是我的同桌，手端着他的铁枪头子的红缨枪比画着说我，来来，咱俩战一回合。说着，他一使劲，打在了我的红缨枪上，我的红缨枪的枪头"啪"的一声折了。

我又羞又恼，愤怒地夺过他的红缨枪，一把把枪杆折断了。

我俩打了起来。

最后惊动了老师，老师在批评他的同时，也说我，你家连一块钱也没有吗？

我无言回答老师的话，抓起被同桌打折的红缨枪回了家。进门一下子摔在爷爷的脚下，倒在炕上蒙头大哭起来。

爷爷深叹了口气，安慰我说，别哭，我出去借借。

爷爷不知出去了多长时间，回来了，对我说，别哭了，你大姑说明天给送钱来。

明天送钱来？大姑有钱为什么明天才给我送来？我有所不相信爷爷的话，从炕上爬起来，倔倔地出了门，出了庄。毫无目的地在空旷的田野上心烦意乱地走着，我不知朝哪里走，只是不想回家。

我走着，徘徊着，太阳从正南开始偏西，又从偏西朝向正西，眼看往下落。

天就要黑了，我这才胆怯起来，可我仍不想回家。可往哪去呢？

不由自主地，我走进了一个村庄——我小姑的庄。我低着头，进了小姑的家。

小姑问我从哪来，怎么没上学啊？我没有回答。

小姑心疼我，留我住下来。晚上，小姑用仅有的一碗面，为我擀了面条。

第二天一早，小姑就做熟了饭，让我吃了赶紧回家上学。

我赖着不走。小姑问我有事啊？

我没说。幸亏没说，小姑也没钱。我是从小姑的话里听出来的。晌午，小姑出去在她庄做馍馍卖的户家拿回三个馍馍，对我说，寻思多赊他几个，人家就还有这仨，你吃上俩，不饱再吃个饼子，给你爷爷捎回一个。

在小姑的催促下，我带着那一个馍馍回了，小姑让我别耽误念书。

当我走至离村不远处时，远远地听见爷爷的呼喊声，河来——这孩子，上哪去了啊？爷爷的喊声带着哭音又喊道，河来——上哪去了啊……

我大步奔到了爷爷跟前，两眼湿润起来。

爷爷一手擦着眼，一手递给我一元钱，上哪去了，你这孩子，你大姑心疼你，急得都哭了，给我钱接着就找你去了。

我不领大姑情说，大姑心疼我，昨天怎么不给我钱啊。

爷爷说，你这孩子，你大姑哪有钱啊，为了给你凑这一块钱，你大姑给人借了一斤多棉絮，纺了一宿线，一宿纺了5个大线穗子，天不明就赶远集去卖，本来在集上多靠长点儿时间，一个线穗子能多卖5分钱，但又怕靠到晌午卖不了，一个线穗子比别人少卖1毛钱，早早地卖完回来了。

听了爷爷的叙述，我眼含泪水朝向远处高喊了声，大姑——紧接着我又可着嗓子大喊了一声：娘——

一　　句

记得我年轻那会儿，村里新娶了媳妇的头几天晚上，兴听房。听房就是晚上新郎新娘关门睡觉后，藏在人家新房的窗根下，偷偷地听里边人说悄悄话，窥新郎新娘的隐私。这事搁现在，是极不文明的事，也可能是电视手机看得多了，对于男人女人之间的那事已了解得多了，不足为奇了。但在那年月却是很多人喜好的事。据说，第一天晚上如果没听房的还不好，以后生了孩子会出哑巴，也有的说会没屁眼儿。

听房三天没大小，不分大小辈，就是叔公公大伯哥也不会被人说不是。

那时候，日子穷，家家几乎都没高院墙，有像样院门的也不多。有的院墙，一纵身能跳过去了，有的院门是用棍棒钉的，使使劲儿能挤进人去了，有的甚至也没院墙也没院门。这就给听房的提供了有利条件。

最爱听房的，要数三坏了。三坏的媳妇本不丑，但他就好这事，专爱听房。谁家新娶了媳妇，他都去听房。哪家新媳妇头一天晚上同男人说了什么话，谁拿的尿盆子谁吹灭的灯，他都能说上来了。他去了先是找新媳妇乱，和人家要烟要糖，而且新娘必须得给他把糖扒开，放到他嘴里，他借此连人家的手指也含上。他让新媳妇给他点烟，人家划着火柴刚凑到他嘴边上，他一口气吹灭了，说人家没给他点着，接着让人家再给他点。给他点一支烟，没十根八根火柴甭寻思给他点着。他变着法子地折腾新娘，如放上扁担凳让新郎新娘走独木桥，用线吊起个苹果叫新郎新娘对着嘴地啃，他借此把新郎新娘的头往一块儿碰。有时他联合几个人抬起新娘往床上扔，这叫架夯。甚至有时他还摸人家新娘的乳房。

这些，是听房的前奏。和新娘乱玩儿乱够了，时间也差不多大半夜了，他假装走了，不一会儿又偷偷地回来了。这时候新郎新娘认为没人了，开始吹灯脱衣睡觉了。三坏猫着腰踮着脚来到新房窗根下，轻轻地用手沾上唾沫，把窗户纸弄湿，然后抠个窟窿眼儿，贴在上面往里瞧。要是赶上月黑天，他会用手灯突然往里照，直照得屋里的男人和女人很尴尬，迭忙穿衣服往外撵。三坏嘿嘿着被撵跑了，时辰不大又回来了，再撵再回来，一宿折腾好几趟。

三坏听房听得最真切的一回，是他前邻家娶媳妇。那天晚上，他没大和新媳妇乱，只是让新娘给他点了支烟扒了块糖，就趁新娘在婆婆屋里吃着饭出来了，他推开新房的门，爬进新床底下，一趴就是大半晚上。等新郎新娘打发走了闹玩儿的人，插上门上了床，扒了衣裳刚钻进被窝，三坏便轻轻地从床底下爬出来，一下子掀开了男女合盖的被子并照亮了手灯。男的慌忙找衣服，女的羞得惊慌失措，而光溜的身子却被三坏照得无处躲藏。羞得新娘呜呜地哭了，急得新娘的婆婆进来拿巴掌抽着三坏说他，你个叔公公，有这样闹玩儿的吗？你这是作践俺。

三坏却发现新大陆似的，兴奋异常。白天再见了人家新媳妇，就立刻想起了人家那光溜的、白白的什么。

人们都怵三坏听房。

而三坏听房却越听越有瘾。他娶堂叔兄弟媳妇时，叔伯婶子说他，你个大伯哥大起公公伯，可别没正事来听房了。三坏说，瞧婶子你说的，我哪能听兄弟媳妇的房啊。

但是半夜里他远远地偷偷地瞅着兄弟媳妇两个人进了新房，刚吹灭了灯，便使劲儿从栅栏院门边上钻进来，贴在窗下又听起房来。

这是个月黑夜，又是腊月天，天冷得钻骨头疼，可三坏在兄弟媳妇窗外打着冷战仍听了半宿。

这一回听房，是最没意思的一次，三坏半宿多了回到家，对自己老婆说。他冻得全身上下没一点儿热乎地方了。

他老婆说他，你活该，你个大伯哥，兄弟媳妇的房也听，听见啥稀奇的了？

三坏说，嘻，啥稀奇也没听见，没意思，兄弟媳妇俩人的头一晚上没意思，就听见一句话。

老婆问，一句什么话？

三坏嘴贴在老婆耳上低语了一句，接着嘱咐老婆说，你可千万别向兄弟媳妇学舌啊。

老婆不信他似的，也是追问私密地问他说，你听了半宿，就听了这一句？谁信。没脸说是吧？

三坏仰脸对天，说了一句话，发了誓。

再说新娶的兄弟媳妇，是个小性儿的人，在娘家是小辈儿，最怕别人说她的不是。结婚当天晚上，她从丈夫嘴里知道，大伯哥会来听她的房，婚后，她一见到大伯哥就脸红。直到日子长了，她才试探地问三坏嫂子，打听大伯哥头天晚上都听了她啥？

嫂子一点儿也不拿当回事地说，听了啥？啥也没听见，就听见了一句话。

兄弟媳妇的脸就红了，一句什么话？

他说他听见你说，先别，咱家什么成分？俺兄弟说，贫农。

兄弟媳妇的脸像红布了，寻底似的接着问，还听见了啥？

嫂子说，没了，一点儿动静也没了。

兄弟媳妇不信，俺不信，嫂子你不好意思说是吧？

嫂子说，真没了，你哥那户人，我知道，嘴里藏不住话，他都发誓了，谁要是再听见半点儿动静，天打雷轰。

瞒

:

我在广场上遛弯，碰见了我的同事，同事附在我的耳边，悄声告诉我一个不幸的消息，同事说，你知道了吗，李春元病了。

我问，什么病啊？

同事说，癌症。

我一蒙，什么时候发现的？

同事说，刚查出来，晚期了。

我说，得去看看他啊。

同事说，我去了。

我说，我马上去。

同事说，你去时，别守着他家里问他有病啊。

我说，为什么？

同事说，他家里不让说这病。我一进门他家里就拿话挡在前头说我，没事八股的大哥哥你怎么来了，俺和你兄弟打算走亲戚去，正想出门呢。这是撵我啊。李春元是在送我出门时底面告诉我的，他说他已做了三次放疗了，他这病已不能手术了。

李春元老婆的脾气我是了解的，说话挺噎人，有一次俺们在李春元家喝酒，都还没喝多，他家里烦了，一把夺过酒瓶，把酒杯都撤了，弄得那场合很是尴尬。

但她是她，我和李春元是多年的同事，我俩曾对桌办公20年，共事大半辈子了，怎么着也得去看看他。

我起身要走，要去李春元家。

同事追着我嘱咐我说，你去了，可千万别说是我说的啊，再者，你守着他家里别问他有病。

同事这样一说，我有所作难起来，去看患者，在患者家不能谈病，如果是为了瞒着患者，这很能理解，但患者自己已知道了，家人不承认，不让提。那去干什么呢？

不能问病，问啥呢？再说，是带着礼去呢还是空着手去呢？现在看患者大多不拿东西，而是留钱。可留钱说什么理由呢？

况且，听同事去时所受的待见，李春元的老婆是不欢迎人去的。

想到这里，我想，先不去了，等过一阵再说吧。

等了半个多月后，我越想越觉得不去不对劲，同事一场，李春元又是晚期了，别说他病了，就是没病时，几日不见，就怪想念的。

去，去看看他去，无论他老婆欢迎不欢迎，大不了守着他老婆不问他病。

我打算空着手去，装不知道李春元病，如果谈到他病的话，给他留200块钱。

我来到了李春元的小区，刚想朝他楼前走，迎面碰上了李春元的叔兄弟媳妇。我认识李春元他叔兄弟媳妇，在乡下。

他兄弟媳妇一看到我，问我道，秦老师你干什么去啊？

我说，我想看看你大哥去。

李春元兄弟媳妇一摆手道，别去了别去了，你千万可别去了。

我说，怎么了？

李春元兄弟媳妇说，我刚去看他下楼，我好几十里地来看俺哥，可一进门俺嫂子就抢白我说，你怎么来了，有事啊？

我说，听说俺哥病了，我来看看他。

俺嫂子说，你听谁说你哥病了，你听谁说你哥病了，这不是胡扯吗？你哥好好的，多咱病了啊！

我挨了一顿抢白，连坐也没让，就下来了。

李春元兄弟媳妇说着，走了。

我站在李春元楼下愣住了。

怕遭同样的待见，我退出了李春元的小区。

没一个月，我接到了李春元儿子的电话，说他爸爸去世了，他爸爸弥留之际很想我们几个同事。

我很惋惜，也很自责，我责怪自己没能去看看他。他死了，我必须得去吊个丧。

我来到李春元的灵前，默哀一会儿，郑重地三鞠躬后，被接待到了客屋。李春元的儿子来客屋跪下磕头表示感谢后，李春元老婆满脸泪花也进屋表示感谢。

我心怀亏欠，但假装不知道地问道，嫂子，李哥什么病啊，这么快，说个走就……

李春元老婆抹了把鼻涕泪说，急病儿，昨天还好好的呢。

点　子

佟老头生前有一笔存款，8万。这钱，佟老头的两个儿子都知道。

一般为人父母的，在分配家产时，都是偏着日子差的，讷尻的。可佟老头却与众不同，他在临终前，把存的8万块钱全部给了他的小儿子佟老二，一分钱也没给大儿子佟老大。

佟老大，什么年代了，还住着结婚时他爹给他盖的三间土坯房，日子过得，可以说是家徒四壁。佟老二和大哥佟老大相比，就天上地下了，大起脊封厦的房，高大的院门楼，贴瓷砖的四和院。这还不算，佟老二又是村里第一户在城里买了楼的。佟老二干着买卖，都说佟老二起码趁个百八十万的。

佟老二这样的条件，按说对爹牙缝里攒下的8万块钱，应看不到眼里了，但当佟老头瞒着大儿子将存单交到他手里的时候，他默默地接了。

佟老头的钱，一分也不给大儿子，是有原因的。佟老大不过日子，好吃懒做，本来在媳妇的勤俭持家下，是有了两万块钱存款的，可佟老大听人买彩票中了大奖，500万，眼热地也买了几注想碰碰运气，没想到竟中奖了，中了3000。中了3000后佟老大便一发而不可收拾，一心再想中，中大的。中几百万几千万甚至几亿元。他提出了仅存的两万块钱，一下子全部买了彩票，谁知却只中了几注5元的七等奖。媳妇心疼地哭了。佟老大对媳妇说，哭啥，我就不信中不了大奖。卖彩票的小屋里明明写着"多买少买坚持买，早中晚中早晚中"。佟老大以搞养殖的名义向银行里贷了款，贷了三万，全部买了彩票，只买了几注，倍投。结果，竹篮打水一场空，一分没中。佟老大傻了，傻眼了，银行催贷他拿不出，在孩子哭老婆闹的情况下，佟老头只好拿出钱替儿子还了贷。

佟老大从此不买彩票了，又好上了赌。来扑克推拖拉机，搓麻将赢钱。娘们儿管不住他，佟老头也骂也拿巴掌抽他，但白瞎，他照赌，偷着赌。

佟老头对大儿子彻底失望了。他临终把存单交给二儿子时说，你哥这个熊行子，是扶不直的麻线，我挂心也白挂，爱么样么样吧。可，可我死后闭不上眼啊。

佟老头咽气后双目仍瞪着，是佟老二用手一抚才合上眼的。

再说佟老大没落着爹的存钱，急了，找到兄弟横闹，说爹的存钱起码兄弟俩得一人一半，起码得有他4万。

佟老二不承认爹有存钱，说，你听谁说爹有存钱，我没见。

佟老大见兄弟不承认爹有存钱，闹也白闹，恼了，仰脸长叹，爹呀，你是我亲爹吗？苍天呀，有眼呀——

兄弟只送给他一句话，路要自己走，而且还得走正道。

佟老大破口大骂道，你直着身子说话，不腰疼。

兄弟的话佟老大没听进去，他仍好赌，有人一叫他搓一把去，他半夜里就爬墙出去。

这天，佟老大赌没钱了，他把自家的几亩责任田押上了。媳妇一听急了，报了警。佟老大被拘留了半月。

佟老大被拘留半月回来后，媳妇说要带着儿子走人，不和他过了，离婚。

佟老大看看贤惠的妻子，再看看灵乖的儿子，扑通给媳妇跪下了，好老婆，再饶我这一回，我保证再不赌了。

媳妇不信他的，这话你说了多少回了，谁信。

佟老大一把抓起菜刀，挥臂就要朝自己手上剁，不信，不信我把手剁下来给你看看。

媳妇夺过菜刀，原谅了他。

佟老大真不赌了，他改了，他一心想过好日子，一心想让媳妇儿子享福。佟老大想，想过上富日子，光靠种好几亩地是不够的，必须得搞点儿副业，干什么呢？

佟老大忽然想到邻居刘青，刘青靠养鸭子发了家，早在城里买了楼了。刘青有三个养鸭大棚，好时一批能赚五六万呢。

佟老大就想养鸭子。可养鸭得有资金，他手里没钱。佟老大就托人去银行里贷款，银行一查他有不良信用，不贷给他。佟老大又想给人借，他首先想到了亲兄弟，想到了爹的存款。佟老大找到兄弟说，咱爹那钱当我借你的，只借我几万也行。

兄弟说，甭想，咱爹没有存钱，我也没钱借给你。

佟老大沮丧地出了兄弟的门，大有走投无路的滋味涌上心头。他对兄弟怨声载道，这是亲兄弟吗？这是一奶同胞吗？

正当佟老大为难的时候，邻居刘青来了，刘青对佟老大说，你真不赌了，有了钱也不再赌了？

佟老大说，真不赌了，有了钱也坚决不赌了，再赌就妻离子散了。

刘青说，好，你养鸭子，本钱我借给你。你想借多钱？

佟老大说，我想建两个大棚，连鸭苗和饲料钱，需要多少钱，这个你有数。

刘青说，这样的话，得10来万吧。

佟老大说，你，你能借给我10万吗？

刘青说，好，我借给你10万。

佟老大即刻建起了大棚，进了鸭苗。

养起鸭子后，佟老大和妻子白天黑夜都吃住在鸭棚里，给鸭子上料、上水，精心侍候，有不明白的地方，就去找邻居刘青请教。

佟老大第一批鸭子就赚了，赚了两万多。佟老大赚了钱后，首先想到的是邻居刘青。他又卖了当季的粮食，凑起了30000，他想先还刘青30000。

刘青说，这钱我不要了，你继续扩大养殖吧。

佟老大一愣，你，借给我的钱你不要了，逗我玩儿吧？

刘青说，不是逗你玩儿，真的，这话是你兄弟说的，我给你的那10万块钱，是你兄弟从银行里提的。连你老婆和你离婚，也是你兄弟出的点子。

聚　会

　　同学聚会，是常有的事。同学年年聚会，也是常有的事。但有的人，虽然也是同学，却落不着参加同学聚会，赵福路就属于这一类。

　　赵福路虽然和七八个同学都在县城里混，但年年同学聚会，都没他的事。聚会的那几个同学，都是带长字的，有黄副县长、李副部长、刘镇长、王副局长、严科长、齐校长。还有申二牛。申二牛虽不带长字，但申二牛他老婆是某局的副局长。而赵福路，一辈子在车间和机器打交道，普通工人一个，直到临退休了，才挂了个长字——门岗班长。

　　赵福路的那几个同学每年都聚会，从来没叫过他，他也不想参加，他很自卑，也很自尊。也有同学曾提议叫上赵福路，但同学们都看看黄副县长，黄副县长微微一笑，没说不同意也没说同意，同学们就都心领神会了，就不提赵福路了。

　　同学聚会聚了几十年，到都退休了，还是年年相聚。除了过年聚在一起外，退休了的几个同学几乎每天也都聚在一起，聚在一起闲拉，拉新闻，拉政策，拉涨工资。闲拉中，常有人对某些新规不赞成，就发表自己的见解，这事如果像当年我说了算，我保证会怎样怎样，等等。也有的对退休金攀比，凭什么我就不如谁谁。但说归说，都没了权了，都说了不算了，只有犒劳犒劳嘴，拉到晌午各自回家吃饭。

　　赵福路也退休了，赵福路退休后，除了接送孙子上学，就是玩儿，可轻松了，玩儿得可滋儿了。他每天下午都拿着马扎在广场上打扑克，和几个低薪阶层的其中也有每月领100多块钱的农民，一边打牌，一边说说笑笑，间或拉几句黄段子，都笑得哈哈的。赵福路打着牌，常见申二牛在广场上转圈儿遛弯。赵福路就和申二牛打招呼说，二牛，来呀，打一把。申二牛开始一笑而过，他不想掺和，申二牛觉得，和赵福路这些人在一起，有点儿掉价。但申二牛有时又觉得和那几个同学每天几乎重复同样的话题，没大有意思，拉得不怎么开心。看看赵福路有说有笑地打牌，蛮有乐趣儿，他每转到赵福路他们打扑克的身旁时，常不由自主地放慢了脚步。

　　赵福路见他想站住的意思，就再让道，来来二牛，打一把，申二牛心里想打一把，面上却放不下来，我不会我不会，你们打吧。

　　赵福路见他虽然这样说，却停下来不走了，就站起身拉了他一把，么不会呀，打一把，替我一把，我方便一下去。

申二牛就坐下了。他一连打了几把，打上了瘾，第二天，早早地来了，这回他和同学赵福路一起，一气打了一下午。

从此，申二牛参加同学闲拉少了，打扑克的时候多了。

过年，同学们再聚会时，申二牛就想到了赵福路，他提议也把赵福路叫来聚会。同学们都看看黄副县长，黄副县长很是同意地说，叫吧。退了休的黄副县长常想起同学的时光，想起同学的时光，就自然地想起同学赵福路，赵福路挺有意思，有一天，语文老师手上戴着表站在教室外等预备铃上课，赵福路看着语文老师手上的表说，老师，你戴的这叫马蹄表吧？老师"扑"地笑了，你才戴马蹄表呢。同学们笑得前仰后合，赵福路脸红得像紫茄子。赵福路从此落下话把儿，常有同学叫他马蹄表。

黄副县长道，叫上他吧，叫上他热闹。

黄副县长同意了，申二牛就给赵福路打电话，叫赵福路来参加同学聚会。赵福路不想参加，婉言推辞了。又有同学给赵福路打电话，赵福路又推辞了。最后，黄副县长给赵福路打电话说，赵福路你多大的架子啊，同学聚会请不动你。

赵福路推辞不过，就参加了。

聚会是在大酒店里，雅间。

同学们都到齐后，申二牛安排座说赵福路，坐吧，咱俩靠着。说着，在席口上坐了下来。

以前聚会，都是这样坐，都是按梁山一百单八将众英雄排坐次，黄副县长上座，李副部长和刘镇长靠黄副县长一边一个，其次是王副局长、严科长、齐校长、申二牛扒席口，管满酒。

可赵福路没坐，他冲着黄副县长说，我说黄吉成（黄副县长名），数咱俩岁数小，你比我还小仨月呢，这上座你不能坐，得大哥坐，申二牛坐。申二牛，你上座，我和黄吉成把席口。

赵福路这话一出口，众人皆惊。可赵福路不管别人脸色如何，一把推着申二牛坐到了正座上。自己坐在了席口上。申二牛身子弹簧似的弹了起来，他想奔回原位，想说赵福路什么，他眼瞪着赵福路，赵福路你——

这时，黄副县长说话道，坐吧坐吧，就按赵福路说的坐吧。

申二牛不坐，不行不行不行，哪能让县长把席口呢？

黄副县长面部表情虽不太受看，但还是认可地说，坐吧坐吧，咱们是同学聚会，再说又都退休了，以后都别叫我县长了。说着，靠赵福路坐了下来。

申二牛还想往下首里争，黄吉成一推他道，坐，咋这么些事啊。

同学们见此，只好入了座。

但申二牛在上座上，觉得那样的别扭，席上的人，也都觉得别扭。黄副县长一晚上也没喜欢模样。一晚上那酒喝的，都不尽兴，早早地散了。

第二年，确切地说是赵福路参加同学聚会的第二年，有人问黄副县长说，黄县长，今年聚会，还叫赵福路吗？

黄副县长稍一沉，说，啊——叫吧。

第二次聚会，仍然是赵福路和黄吉成坐下首里，赵福路对黄吉成说，吉成，我管满酒，你管满水，今儿劳驾算咱俩的。

——好吧。黄副县长答应赵福路说。

赵福路一晚上给同学们满了数次酒，黄副县长一晚上给同学们满了几次水——当然，多次是被他人夺过茶壶抢着满水的。

今年聚会，比去年气氛随和了一些。

第三年，聚会一到齐，黄副县长就先发话道，这回我管满酒，福路你管满水，劳驾还咱俩的。

好嘞，得令！赵福路说话声音放开了。

一晚上，黄副县长不时地给同学们满酒，赵福路不时地给同学们满水。同学们感激感谢不尽，没有一个酒不干的。

来，黄县长，福路，有劳你俩了，我敬你俩一个。

黄副县长透了。

吉成，福路，辛苦了！我敬你俩三杯！

黄吉成连干了仨。

申二牛举着杯，探身朝着黄副县长道，黄县长，不，老弟，不好意思，占你座了，我自罚两杯。

黄副县长也陪了两杯。

这晚，酒喝畅快了，连从未失态过的黄副县长也喝多了，醉了。但黄副县长很高兴，从未有过的放肆的笑声，直震得雅间里有回声：赵福路你——小子够意思，够意思，想当年咱同桌时，你身上的虱子爬到棉袄外面来了，同学们都笑你，女生笑得都肚子疼，你羞得要钻老鼠窟窿了。第二天，我身上的虱子也爬到棉袄外面来了，你偷偷地捏住摁死了，谁也没看见，哈哈——你小子够——意思，够意思你——小子……

早　教

妈妈第二胎分娩，进了产房。八岁的女儿云云和奶奶在产房外焦急而又担心地等待着。

久久地，听不到产房里的动静。只是护士不时地出出进进。护士出来吩咐云云奶奶说，孕妇缺少能量，去，去买两瓶"红牛"去。

哎哎。奶奶和云云赶紧跑着下楼去买"红牛"。好在病房楼下就有小卖部，祖孙俩很快便气喘吁吁地买回两瓶"红牛"来，递给护士拿进了产房。

又过了好长时间，产房仍没信息。护士出来再次吩咐道，再买两瓶去。

奶奶和云云很快又买回"红牛"来，多买了几瓶来，交给了护士拿进了产房。

可是，产房还是传不出喜讯，却隔着产房的门，听到了云云妈妈痛苦的呻吟声，呻吟声越来越大，云云妈妈疼痛得叫喊开了。

奶奶两眼潮潮地双手合十，默默地祈祷上天，苍天保佑，保佑俺大人孩子平安。

云云已呜呜地哭出了声，她怕，她怕妈妈痛苦，她怕妈妈有危险。

产房的门又开了，护士有些着急地对云云奶奶说，你就干等着你媳妇难产？你就不想找个熟人？要不就剖宫产了。

云云奶奶两眼无助地看着护士，求求大夫了，求求大夫了，俺哪有熟人啊，要不——要不就剖宫产吧，保大人要紧。

不，我不要妈妈剖宫产，我不要妈妈开刀拉肚子。云云不干，她接奶奶话说。

这时，一男子领着一和云云差不多高的小女孩来到产房外，男子止住脚，对小女孩道，去吧，你进去吧。

小女孩毫无顾忌地推开产房门进去了，一刹又出来了。

云云的眼神正和出来的小女孩的眼神应了个对着，是你，芮芮？

是你，云云？小女孩也认出了云云。

你来干什么？云云问芮芮说。

我爸忘拿钥匙了，我和爸来找我妈拿钥匙。你呢？在这儿干什么？

云云说，我妈在生……

噢，那你在这儿等着吧，我走了。芮芮说着，和爸爸朝楼下走去。

奶奶望着走去的小女孩的背影，问云云说，云云，你认识她？

云云说，她是我同学。

奶奶说，你问问她，她能叫她妈帮帮你妈吗？

云云上前跑着，大声招呼道，芮芮，回来。

芮芮立刻转身跑回来，问云云说，云云，你叫我有事啊？

云云说，你能给你妈说说，能帮帮我妈吗？

芮芮小手一甩，做了个大人动作，小菜一碟。说着一推门进了产房。一会儿芮芮出来了。

芮芮出来了一小会儿，产房里传出"哇"的声婴儿的啼哭。云云喜的，满脸泪花紧紧地抱住了芮芮，谢谢你，芮芮！谢谢你芮芮！

芮芮也紧搂着云云，不用谢，咱俩是最要好的同学。

产房的门开了，走出一位双手上带有血迹的医生，医生问云云奶奶说，你是家人啊？

云云奶奶赶紧上前一步应道，啊啊，我是。

胎儿太大了，我亲自动的手。医生说。

谢谢医生了，谢谢医生了。云云奶奶说着，从兜里掏出一沓钱，要朝医生递。

医生推让着云云奶奶递过来的钱，望着芮芮和云云，笑道，不用谢，大娘，你快把你的钱装起来吧。刚才不知道这关系，芮芮和云云是同学。

拾柴火

小时候，我除了上学，还有一主要任务，就是拾柴火。家里缺柴烧，我每天放了学和星期天，都得去拾柴火。

我一个人上地胆小，每次都叫着我的小伙伴儿丙元一起去。我俩都背着筐，拿着耙子，来到不长庄稼专长荒草的田地里，或沟头河沿儿上，拽着耙子划拉，划拉那些秋后干枯的柴草、凋零的树叶。一开始的时候，只划拉一小圈儿，便搂满了耙子，我俩都把耙子翻过来，贴着地面往后一倒一抿，一小堆柴草便堆在了筐前。如此往复数次，便搂满了筐，家里就有烧的了。

这是一开始时。拾柴火的很多，像我和丙元般大的孩子都拾柴火，还有的大人一早一晚也拾柴火。不长时间，村前庄后沟头河沿上的枯草树叶便被搂光了。只有一些还竖在地面上没有枯断根的柴草了，但再用耙子搂搂不下来了。我和丙元就每人弄了一根长树条儿，手抓树条儿贴着地面横着抽打那些没断根的枯草，抽打一会儿，再用耙子搂，这样，一头晌午也能搂大半筐柴火。

可是，这样的好景也不长，不断根的枯草也被我俩被人们耙干净了。再拾柴火不好拾了。但家里一日三餐是都要烧柴的。我和丙元仍然必须得去拾柴火。拾不着柴草树叶了，我俩就用砖头用棍子投树，投树上的枯枝。如果能投下半筐或一大筐头子树枝，那是很幸运的，因为就这些足够做顿饭的。然而树都是有家有户的，投谁家的谁见了谁都不让投，有的甚至骂。一次丙元因投人家的树枝子，被人把筐都踹坏了。

我俩再不敢投树枝了。

可再拾柴火拾什么呢？家里烧啥呢？特别是丙元家，丙元就爷儿俩过日子，他家的柴火是丙元现拾现烧，拾不回家柴火就不能做饭，丙元他爹下地回来会骂他的。

我和丙元背着筐，在冬天的旷野上，在上了冻的麦地里转啊，转啊，找寻种过玉米刨过玉米秸的茬子头（就是玉米秸地下部分的根）。而玉米秸都是按人口分到户家刨的，人们为了多弄点烧柴，大都将玉米秸连根刨出来，舍下茬子头的很少。我和丙元有时围着地转半圈儿，也拾不到一个茬子头。

丙元拾不到柴火，正急得没法子，他忽然看见地里有成块的干巴牛粪，便拾了半筐头子牛粪回了家。下午我问他，牛粪着吗，好烧吗？

丙元说，着，好烧，一拉风箱呼呼的。他就用那半筐头子牛粪，爷儿俩做了顿饭。

我就学丙元也拾牛粪。

但我和丙元拾牛粪被队长看见了，队长把我俩的筐给没收了。我爹和丙元他爹给队长说了顿好的，才把筐要了回来。

再拾柴火拾什么呢？丙元说，他爷儿俩早晨还有一点儿柴火，差点儿做不熟饭。晌午还等着他拾回家柴火做饭呢。

我和丙元在地里转了半头午了，也没拾到柴火。

当我和丙元转到一堆坟旁时，一眼看见，不知是谁家的坟，塌了，露出棺材板来。丙元朝四下里瞅瞅，没人，举起小镬子便朝棺材板剁起来，剁了好一会儿，累了一身汗，终于剁下一块棺材板来。丙元把那块棺材板横着放到筐头子上，说我，你也剁一块。我胆小，我不敢剁。我虽然没剁棺材板，但我心里扑通扑通的，我紧跟着他，背着空筐回了家。

好在我家晌午还有烧的。

我吃了饭，想上丙元家去看看，看看他真敢把棺材板往锅底下烧吗。我来到丙元家，他爷儿俩正吃着饭，吃的是地瓜干黏粥。

我前脚刚进了丙元的门，身后前街李家二大爷也进了丙元家。二大爷进门就骂上了，你个小熊孩子，缺德八辈子祖宗，剁我祖坟棺材……

丙元他爹一听，"啪"把饭碗一蹾，我说怎么闻着一股子霉烂味啊，你个孽种，说着飞起一脚端在丙元的腔上，丙元打了个趔趄赶紧往外跑，没跑溜，他爹又是一脚，丙元一下子绊趴在门槛子上，磕下两颗门牙来。丙元他爹不顾丙元满嘴出血，扑通给二大爷跪了下来，二哥哥二哥哥，恕我管教不严，我给你家祖上磕头赔不是了。丙元他爹说着，头"梆梆"地往地上磕。

二大爷气这才消了些。

写到这里，拾柴火的故事该结束了。

后来，我学了医，开了私人诊所，有钱了，用上天然气了，不缺烧的了，不用拾柴火了。

丙元包了几十亩地，日子也富了，也用上天然气了，也不缺烧的了，不拾柴火了。

我俩不同的是，我在城里，他在乡下。

这天，丙元忽然进城找到我说，让我给他看看。

我望着他说，你别看六十好几的人了，身板儿壮如牛似的，找我看什么病啊？

丙元说，你别揣着明白装糊涂，找你能看什么病啊。

我猛然醒悟道，是啊，我开的是牙医诊所，丙元是来找我看牙的吧？

丙元说，我这两个门牙，镶了两回了，用不住。我寻思找你，看看有好法子吗。

我说，我拜的是牙科名医，我给你镶镶，保正送你到老。并且，看在咱俩从小一起拾柴火的伙伴儿分儿上，一分钱不收你的。

丙元说，我不差钱。

我说，我知道你不差钱。我望着他除了少了的两颗门牙、满口健全的牙齿说，你爹那人，对你真够狠的。

丙元朝我一瞪眼一摆手道，你别说我爹啊，谁叫我作了孽呢。

见丙元想急，我赶紧改口道，好好，不说了，不说了，镶牙，镶牙。

镇 邪 符

哈哈活着时好吓人，哈哈死了后还是好吓人。

哈哈是属小龙的，但哈哈自己说，他是属长虫的。一听这属相，就怪吓人的。哈哈名叫夏长龙，哈哈是人们给他起的外号。这外号，是人们根据他常做的一个动作和他常说的一句话给他起的。夏长龙自年轻时，在庄里就不分大小辈，也不分男女，爱闹玩儿，他和人闹玩儿闹得有点过头，他常常趁人不注意，在人背后里大喊一声，哈哈——常把人吓一跳。

魏大婶子最怕长虫，有一次在地里割着麦子，夏长龙忽然在魏大婶子身后咋呼道，哈哈——长虫！

魏大婶子"奶呀"一声扔下镰蹿开了，蹿出老远，脸吓得焦黄焦黄的，直到蹿出了麦子地，蹿到大道上，才停下来，回头冲夏长龙骂道，你个缺德没正事的，可吓死俺了。

夏长龙喜得哈哈的。

魏大婶子从此不搭理夏长龙了。

虎林叔原本不胆小，虎林叔是有名的村医，常出夜诊，回来到半宿，就是月黑头子天，也不害怕。

但是有一回，铮明的月亮天，虎林叔出夜诊半宿多了，骑着车子回家，当虎林叔骑至道旁一堆坟旁时，突然站起一身白毛的无头怪物，贴着虎林叔只几步距离，在虎林叔一点儿也没觉察的情况下，那怪物冲虎林叔一声大喊，哈哈——我等你8年了！

虎林叔一激灵摔在地上，他顾不得摔疼了的身子，爬起来撒腿拼命地朝家跑去，跑到家一头趴在了床上，出了一身大汗，棉袄都汗湿了。

虎林叔卧床不起，大病了一场。直到夏长龙反穿着一件羊皮袄，推着虎林叔的自行车给虎林叔送车子，虎林叔才明白过来。但虎林叔从此不敢走夜道了，再有人请他出夜诊，必须得接他送他。

夏长龙好闹玩儿，好吓唬人，再加上他那模样，又粗又高的个黑大汉，牙虽是白的，但两个大龅牙把两腮撑起老高，给人一见瘆怵拉的。

谁家的小孩要是不听话，大人一说，听话，不听话哈哈来了，小孩就乖乖地听话了。

有人说哈哈有点儿损阴，真的，哈哈没得好死，他是突发急病死的。一个跟头倒地就不行了，嘴里淌出一洼血。

哈哈死了的当天晚上，村里有好多掌长明灯的，害怕。

魏大婶子掌着灯做了多半宿针线活，她睡不着。一躺下就想起哈哈吓唬她的话，哈哈——长虫！东边放亮了，魏大婶子才躺下打了个盹。

最害怕的，是虎林叔，虎林叔一宿没合眼。虎林叔闭上眼，夏长龙就站在他面前，哈哈——我等你8年了！虎林叔睁开眼，夏长龙还是站在他面前，哈哈——我等你8年了！

虎林叔害怕得又出现了那年夏长龙吓唬他的场景。

虎林叔害怕，夜里睡不着觉，白天就没精神。他白天也害怕，家人陪伴在身旁也不管用，还是怕，怕得不行。

一连好多天，虎林叔总是害怕，害怕得越来越厉害。直怕得食欲不振，人都见瘦了。

虎林叔的儿子见爹这样，也请医生看，给他吃镇静的药，也请信神的给他收给往外送，但都不管事，虎林叔还是害怕。

虎林叔的儿子很是着急，他四处打听，哪里有会看的道家仙人，哪里有会避邪驱邪的。

虎林叔的儿子终于打听着了，人说100里外的牛家湾有个道家仙人，驱邪捉邪是一绝。但那道家仙人不好请，就是能请得动，也得去轿车接送。虎林叔的儿子没有轿车，就雇了辆出租，轿车，一路走，一路打听道，找到了牛家湾，找到了道家仙人。道家仙人正例行每天的修炼，上香跪拜。等道家仙人上香跪拜完毕，虎林叔的儿子递上香烟，说明了来意。道家仙人竟痛快地答应了，好，我去。

虎林叔的儿子把道家仙人请来了。道家仙人是一干瘦的小老头，长髯到胸，两眼炯炯放光，给人一眼能看到人的骨头里去的感觉。

道家仙人来到虎林叔家后，问明了情况，诊了诊虎林叔的脉博，不是脉博，是摸了摸虎林叔的手心，说，放心，好治。不过，我得出去一下，出去观看一下这个哈哈的阴魂停在何方，死后不肯去西天极乐世界。

道家仙人出去了。出去了有一个时辰，回来了，手里拿着一用黄表纸包着的火柴盒般大的纸包，给虎林叔老伴儿要了一块红布，用红布将黄纸包里三层外三层包了又包，又和虎林叔老伴儿要了红线、针，亲手将红布包的接口缝了个严严实实。完后交给虎林叔说，你白天把这个装在贴身的衣兜里，晚上睡觉时把这个压在枕头底下。

虎林叔仍害怕地问道，这个管事吗？

　　道家仙人说，这是么话，你这户情况我看了多少的了。放心，当晚，我保你睡个好觉。你再害怕时，就在心里默念，什么黄鼠狼子大野贼，有镇邪符在此！保你就不害怕了。道家仙人说完，又给了虎林叔几粒小药丸，嘱咐虎林叔在睡前服两丸。

　　虎林叔的儿子在回送道家仙人的路上，道家仙人对虎林叔的儿子说，等你父亲好了，不害怕了，你需瞒着他，把那镇邪符交给哈哈的家人，让哈哈的家人处理。

　　道家仙人的镇邪符果然管事，晚上虎林叔吃了两粒小药丸，就躺下了。一开始睡不着，还是害怕，虎林叔就按道家仙人说的，心里默念道，什么黄鼠狼子大野贼啊，有镇邪符在此！虎林叔这样默念着默念着，就睡着了。一觉睡到了大天老明。

　　虎林叔起床后，不再那么害怕了，轻多了。只是全身疲乏得很，没劲儿。老伴儿给他下了两碗面条，荷包了两个鸡蛋，虎林叔全吃了，出了身大汗，好了。

　　接下来，白天，虎林叔出门，就把镇邪符带在身上；晚上睡觉，就把镇邪符压在枕头底下。一有点儿害怕，他就默念，什么黄鼠狼子大野贼啊，镇邪符在此！

　　半个多月后，虎林叔完全好了，他一点儿也不害怕了。出门，常忘了拿出压在枕头底下的镇邪符带在身上；睡觉，常忘了把装在衣兜里的镇邪符掏出来压在枕头底下。

　　虎林叔的儿子见爹好了，就瞒着爹把镇邪符给哈哈的家人送去。

　　哈哈的儿子接着镇邪符问道，什么啊？

　　虎林叔的儿子说，是道家仙人让交给你的。

　　哈哈的儿子打开了镇邪符，还未全部打开，就打了个愣怔道，那个老道就是用这给你爹看病的？

　　虎林叔儿子说，是啊。

　　哈哈儿子说，你爹真好了？

　　虎林叔儿子说，真好了。

　　哈哈儿子说，你爹一点儿也不害怕了？

　　虎林叔儿子说，一点儿也不害怕了，半点儿也不害怕了。

　　哈哈儿子惊叫道，哎呀——你我都叫那个老道耍了！

　　虎林叔儿子不解道，怎么了？

　　哈哈儿子说，这是我爹的照片儿。

　　啊——虎林叔儿子吓了一跳，你爹的照片儿怎么到了道家仙人手里的？

　　哈哈儿子说，那天，那个老道来到我家，说听说我父亲去世了，他和我爹是多年的相好，给我要张我爹的照片儿，说做个纪念。

丽　霞

　　丽霞是个好姑娘。

　　丽霞生到福窝里了，爸爸疼她，妈妈爱她，两个哥哥啥事也都依着她、惯着她。一家人拿她当宝贝似的，要星星不给月亮。丽霞刚会说话时，一天夜里要奶喝，不巧家里没有她要喝的酸奶了，十二点多了，爸爸一连跑了好几个村庄，一连砸了好几个超市的门，最后终于叫醒了一家超市的老板，老板娘说丽霞她爸，半宿拉夜的砸门，我还以为是神经病呢。甭管说啥吧，反正把奶买回来了，看着丽霞喝到奶，爸爸喜欢得了不得。丽霞三岁那年，和一帮小伙伴玩儿，玩儿着玩儿着恼了，丽霞哭了，两个哥哥以为是小朋友欺负丽霞，急了，一起把一个小伙伴儿打了一顿，把人家的鼻子都打破了，哥哥说，谁要欺负我妹妹，决不饶他。

　　都说娇着惯着的孩子自私任性，可丽霞不是这样的。丽霞两岁时，才会回走路，妈妈给她炸大虾，炸熟了端到丽霞面前，两个哥哥在一旁站着，看着，都依着丽霞先吃，丽霞一把抓起一只大虾，但虾太烫，丽霞嗷的声又放下了，妈妈和哥哥几乎异口同声地说，霞子，虾太烫，晾晾再吃，晾晾再吃，沉住气，没人和你抢，啊。可丽霞不听，她用手指捏起虾须，踮着小脚走到哥哥面前说，给，哥哥先吃。接着又捏起一只给妈妈，妈妈，你也吃。高兴得妈妈直说，俺霞真乖，真懂事。哥哥说，融四岁，能让梨，俺妹妹，两岁能让虾，比融强多了。

　　不光家人夸，外人也好羡慕丽霞，这小妮儿真讨人喜欢啊。

　　就在家人爱外人夸的环境下，丽霞长大了，长成大姑娘了。女大十八变，越变越好看，丽霞简直像朵花，苗条的身材，俊美的大眼，柔亮的秀发。好多人都说，这闺女找个什么样的婆家呢？

　　是啊，找个什么样的婆家呢？

　　自打丽霞18岁那年，就有不少给她提亲的，但是提了一家，妈妈问丽霞，行吗？丽霞摇摇头，没说话。又提了一家，还是没定下。丽霞不是要求条件太高，只是觉得，没合适的。在丽霞23岁那年，大姑给她介绍了邻庄的刚那，刚那小伙可以，就是家里穷。大姑说，她之所以看着刚那合适，就因为她和刚那是邻居家，刚那他妈脾气可好了，丽霞要是认她做婆婆，进了门准好过。妈妈不太满意地说丽霞，你姑介绍的这家行吗？也就光图个好婆婆。两个哥哥也插话说，好婆婆当么，家庭没么，进了门子受穷啊。可丽霞说，穷富的，日子在个人过。这话的意思是愿意啊。

没有要什么彩礼，没有铺红地毯，没有从红门里走过，因为刚那拿不出彩礼也雇不起红地毯红门，丽霞便成了刚那的媳妇了。刚那拿着媳妇可好了，一股劲儿地对丽霞说，你跟着我受委屈了，你放心，我就是上刀山下火海，也要让你过上好日子的。刚那在外忙活挣钱，丽霞在家不辞辛苦地劳作，开始日子虽苦，但恩爱和谐。丽霞的两个哥哥不愿意看着妹妹受罪受穷，也希望妹夫的日子过好了，就让刚那和他兄弟俩一起出外学着干装修的活。这装修的活他兄弟俩已干了多年了，他们的日子就是这么发起来的。刚那很愿意学，干起活来也舍得吃苦下力，并且刚那悟性很高，很快就把装修的活学会了，而且干的活很出色，许多客户都相中了他干的活，说比他两个大舅哥干得还强。有了技术的刚那不再满足跟着别人打下手了，他拜别了两个大舅哥，要自己找活。先是雇了几个人帮忙，以自己动手为主，活挨着手，这家还未干完，那家便急着找他，刚那有些忙不过来了，便成立了刚那装修公司，刚那的装修公司火了，发达了。他先买了楼，后买了车。有了楼有了车的刚那，不知怎的，就对自己的生活不满足了，也忘了对媳妇的海誓山盟了，他不满足丽霞太土，没文化，过起日子来不潇洒，因为有一个女大学生相中了他。人家那女大学生的气质，丽霞哪能比得上呢？有一天刚那突然对丽霞说，咱离婚吧。离婚？丽霞蒙了，这是哪里跟哪里呀，你可是说上刀山下火海让我过上好日子的呀，好日子才开始，怎么就变了呢？我是哪里做错了吗？

就在刚那外出干装修的日子里，丽霞在家可是也不轻闲啊，喂猪养鸭，扫扫打打，顶着烈日下地，背着喷雾器打药，小褂子漯的，水鸡子似的。谁不说这小媳妇真搁摔打，为闺女时那么娇气，到婆家下这个力，刚那摊上这样的好媳妇，哪辈子烧的高香啊。不光这个，丽霞是多么孝敬公婆了，碗端到脸前，筷子递到手里，就连公公的裤头，丽霞也常常洗啊。

丽霞不相信刚那说的是真的，问刚那，你说的是真的？刚那说，真的。丽霞说，为啥？刚那说，不为啥，好多有名的人出了名之后都和老婆离婚了。丽霞的泪已溢满眼眶，你竟是这样的人啊。刚那说，对不起，别怪我，楼可以给你，钱可以你分得多。别说了，丽霞强忍着没让泪水流下，我什么也不要，你好狠心啊……

丽霞净身出户，回了娘家。娘抱着闺女一场大哭就不用赘述了，两个哥哥一听肺都气炸了，什么？他刚那是吃了煤炭黑了心了，揍他！说着，就要抄家伙。丽霞上前死死地拽住了哥哥，哥啊，求你们了，没用的。哥哥望着丽霞，悔心死了，悔不该同意妹妹嫁给他，更悔恨不该把装修的技术教会他，妹妹好委屈，好命苦啊。

　　委屈的丽霞什么也不说，只是手不停歇地干活。六月的太阳似火，一出门烤得人脸生疼，丽霞上地除草，对热全然不觉似的。娘眼泪哗哗地劝阻丽霞说，闺女啊，这样的天下地干活，把娘急死啊。丽霞说，娘，你就让我下地吧，干起活来我心里好受些。

　　这天，丽霞刚想下地干活，迎面碰上了外出回家的哥哥，哥哥说，报应，报应啊丽霞，刚那他妈喝药死了。

　　原来刚那在闹着和丽霞离婚的时候，他妈是高低不同意的，也打也骂，也哭也叫说刚那，这么好的媳妇你要离婚，我死给你看。结果刚那真就离了，他妈也真不给他活了。

　　听到婆婆喝药死了的消息，丽霞哭了，多好的婆婆啊，待她就像亲闺女似的，娘儿俩不笑不说话。结婚好几年了，丽霞没孩子，觉得有所对不起婆婆，便对婆母说，妈，俺不争气。婆婆随即接话说，这是说的么话啊孩子，有多少一辈子没儿没女的，还不是一样过吗，俺不在乎这个。丽霞知道，婆婆这是在安慰她，实际上，婆婆是多么盼望她能为她生个一男半女的啊。

　　婆婆死了，丽霞的心都碎了。她对母亲和哥哥说，要去哭一场婆婆。但娘和哥哥都不同意，凭么啊咱还去哭她，咱和她已什么关系也没有了。但是丽霞还是去了，她趴在婆婆的灵前，那一场哭啊，在场的妇女连好多爷们儿家都掉泪了。可是也有人背后里说丽霞，不该来啊，这是她儿个人作的，瞧吧，刚那不会有好结果的。

　　有一句话叫作得紧死得快，刚那把亲娘气死半年后，准备同女大学生步入潇洒浪漫的新婚殿堂，一天和女大学生去领结婚证送女大学生回家的道上，出了车祸，住进了医院，两个月不省人事，钱像流水似的花，爹把楼卖了，把车卖了，又到处借，好歹命保住了，但是残疾了，不会走路，也不会说话，只会啊啊。老父亲原本就恨他不忠不孝，气得身体渐渐瘦小，这一折腾，刚那一出院爹便病倒了，食道癌晚期，查出来没一个月，就随老伴儿去了。

　　剩下了个人伺候不了个人的刚那，女大学生已不知去向，这是老天在给丽霞出气吗？

　　可是，丽霞这气却越加憋闷得慌似的。她吃不下饭，睡不着觉，越不愿意想他心里边越有他。刚那的影子老是在她眼前现来晃去的。丽霞想，他活该，他自找的，他不是要潇洒浪漫吗？他不是说好多名人出了名后都和老婆离婚了吗？他这套理论是哪来的？他已经和我离婚了，和我一点儿关系都没有了，我考虑他干什么呢？但毕竟和他曾经是夫妻呀，他毕竟曾经和我恩爱过，曾经疼过我。男人有钱就学坏，这是真的吗？我要是有了钱有了本事呢？绝不会的，绝不会像他一样，他是人吗？

这回，他一定想着了吧，一定会后悔了吧，后悔当什么呢，世上哪有卖后悔药的。当初离婚时，他把我赶出家门时，他知道我心里是啥滋味吗？刚那呀刚那，我曾最爱但也是我最恨的人哪，你怎么就走不出我的心去呢？个人伺候不了个人了，吃饭就难了吧，穿衣就难了吧，上厕所就难了吧。事到如今，你心里是想的那女大学生呢，还是……想我干什么，你有脸想我吗。但是，刚那啊刚那……

蓦地，丽霞闪现出一个念头，她要去伺候刚那。可是娘一听气坏了，死妮子，咋这么没出息呢？离了他嫁不出去了咋地，天底下三条腿的蛤蟆难找，两条腿的男人有的是。你去找他试试？哥哥说，你要这么低贱，不把腿给你砸折。

丽霞给娘给哥跪下了，哥，娘啊……

没经娘和哥同意，丽霞去了刚那家。

这哪里还是家啊，屋内灰尘老厚，一片狼藉，炕上被褥不叠，地上拉的尿的，那个味儿啊。丽霞整整拾掇了一天。

一见到丽霞的刚那，是傻了，还是呆了？他眼没看丽霞，嘴也没说话，虽然嘴不会说话，但也没啊啊，直到丽霞把屋子打扫完了，给他下了碗面条喂他，他哭了，用一只能动的手指了指自己的心口，又摇摇手，动作艰难地画了个人字，然后往外边推丽霞。丽霞知道他什么意思，但丽霞没听他的。

丽霞住下来了，在刚那家，不，在曾经也是她的家，现在，往后，这就是她的家了。为了刚那每天还得吃药，为了拽着刚那往前过日子，丽霞天一亮就出去干活挣钱。为了多挣钱，丽霞去了建筑工地，和男爷们儿一样干，搬砖、和灰，皮肤晒得脱皮，身上的衣服扯天汗湿得不干。虽累，可丽霞说，世上哪有白给钱的。丽霞一天工也不落，不论孬好天。再苦再累，到家赶紧给刚那做饭，有时，伺候完了刚那，自己端起碗还没吃，就困得睁不开眼了。

这是个大雨天，丽霞干活在回来的道上浑身淋得像水里捞出来似的，照顾完了刚那，没吃饭便躺下了，半夜里发起了高烧。刚那打不了电话，也不会走路，爬着出去村医那里买来药给丽霞，丽霞吃着药发现刚那的身上全成了泥巴，裤子也磨烂了，再一细看，膝盖竟磨出血来，心疼得给了刚那一巴掌，谁叫你给拿药去，谁叫你……

挨了一巴掌的刚那笑了，嘿嘿，啊啊，嘿嘿，啊啊，刚那笑得涕泪满面。

丽霞却哭了，放声地哭了，呜呜呜，呜呜呜呜……

这哭声，是对知错的丈夫的感激，还是内心酸楚的宣泄？

乔锅腰子

乔锅腰子那腰锅得，快成90度了。能不弯吗？累得。乔锅腰子干活又急又满眼是活。一年365天，天天起早五更，没赶上他起得早的。为了抢水浇地，我起过一回早五更，五点，我就打着哈欠拉着水泵来河头上安机器，可是乔锅腰子已经摇着机器浇出水来了。这工夫，得比我早起个数钟头。我常盼着阴天下雨，好睡个懒觉，或打把扑克。乔锅腰子阴天下雨也闲不着，也有干不完的活。雨点小还没下起来，他在地里照样干他的，淋不动他，哗哗下起来了，他才呱叽呱叽往家跑，到家擦擦头擦擦脸，换件干衣裳，一支烟没抽完便拿上小板机，拿上家伙儿，坐在角门子底下，不是编筐，就是绑笤帚，再不就是拾掇拾掇镘，拾掇拾掇锨，磨磨刀磨磨剪子磨磨镰。雨点儿一住，又扛起锨下地了。刚下完雨，地里湿，进不去人，不能干别的，乔锅腰子是上河沿儿上地头上去看看，看看下雨下得地头上河沿儿上被雨冲的有豁子吗？剜几锨土填填，再用锨拍打拍打。

乔锅腰子种地很欺，谁也不愿意和他靠着。就连不拿地当地种的刘二也和他吵过嚷过。刘二耩地比乔锅腰子早，暗地时原的地垄没动，只是往高里又涨了涨土，刘二耩上麦子好几天了，乔锅腰子才暗地，把多半个地垄一下子翻到了刘二那边去了。气得刘二费了一大早晨工夫，又给他撩过来了。撩过来乔锅腰子接着又给人撩过去了。两个人撩来撩去，差点儿动了铁锨，最后找来分地的小组长，拿米尺重新量了，中间下上灰钉，才消停了。

乔锅腰子耳朵也尖，他竖着耳朵地打听，谁不想种地了，谁想把地包出去，他立马接过来，他种他包。谁嫌分的地块孬、块儿小，不愿意费工夫种了，他不嫌，他拾起来，他说，你不种我种，我拾掇拾掇。沟头上河沿儿下，可别让乔锅腰子看见有闲着空着的地方，他全剜巴剜巴，平整平整，点上几棵豆子，安上几棵棉花。不能种庄稼的，就砍几根杨树棍子，或几根柳树枝子插上，几年就长成大树了。全庄数乔锅腰子种的地多，人均二亩地，乔锅腰子连分的、带包的、带拾的捡的，四口人，就有十八九亩。谁说指着种地发不了家，地多了就有了，多里捞么，乔锅腰子光凭种地，也早早地盖起了厦房。

乔锅腰子也是地狠子。他种的庄稼，一棵苗也不带缺的。下上种子刚露头，乔锅腰子便在地里头转，看看有掉窟窿吗，锅下腰用手扒扒，瞅瞅有种子吗？或是种子发霉了烂了吗？兜里装着呢，捏出两粒儿埋上，才放心了。小苗子老高了，要是发现有一棵两棵的缺的，乔锅腰子就挪，挪后浇上水再用麻叶或藕叶盖在上面，以防太阳毒晒死，挪不活。乔锅腰子说，他带着一小壶子水干活，看见一棵挪过的小苗子缺水，晒得打蔫了，就把水全给它倒上了，自己干活干到半过晌午，渴了，焦渴焦渴的，嗓子都快冒烟了。

乔锅腰子种地有一怕，他最怕村里调地重新分地。一调地他种的地就不这么多了，就少了。再说，他伺候的地，他舍得投本儿上肥料，别人要是接过去，二年点么也不上，一样高产，保证少打不了粮食。怕调地不愿意调地，就得和当官儿的套近乎，乔锅腰子与村干部很合拍，村干部说话他最听话。每年交提留他都是在最头里。村干部说他，老乔，交公粮你可得积极点儿啊，数你捞么的地多，光拾的捡的地打的粮食，交提留也用不了地用啊。乔锅腰子说，那是那是，你甭管了。乔锅腰子赶着驴车去交公粮，挨号挨过一宿半头晌午，挨上号了，粮仓里的粮食也收得多了，得爬跷跷板了，交公粮的人要自己扛着粮食往仓库里倒，跷跷板老高，摇摇晃晃的，乔锅腰子扛着一袋子麦子，麦子的重量快赶上乔锅腰子体重了，他扛着麦子在跷跷板上走，左右晃荡，三晃两晃连人带麦子摔了下来，摔得不轻，在床上躺了半月。乔锅腰子一个姑娘一个儿，都在外面上班，早就不愿让他种地了，心疼他累得慌，乔锅腰子却说，不让我抽烟不让我喝酒行了，不让我种地，谁也别挡，庄户人不种地干啥，地是庄户人家的命啊。他这一摔着，儿女说啥也不让他种了，不让他在家了。把地包给了邻居，把家里的压水井也掀，把电也掐了，不能照明，断了他在家的念想。乔锅腰子没法子了，只得跟儿女上城里住了。

乔锅腰子在城里住了不到一年，忽然又回来了，而且回来得很急，他听到一个好消息，一个极好极好的好消息，一个自秦始皇他老奶奶以来都没有过的好消息，明年开始，种地不纳公粮了，而且还给补贴，一亩地一百多块呢。自古种地纳粮，哪有这等好事啊，他有所不相信自己的耳朵，一连打听了好几遍，才相信了，这消息千真万确，是真的，是官方消息，知道的人还不多。乔锅腰子心里直扑通扑通的，他立刻想起自己的地来，包给别人太不上算了，太亏了，亏大发了。这一不要提留，还给补贴，一反一正多见一半子收入呢。不行，得把地要回来，赶紧要回来。乔锅腰子回到家就找邻居说，你收了这季子别种了，俺个人还种。邻居说，你不是包给俺一包三年，三年的钱俺一伙都给你了，才种了一年就变了？乔锅腰子说，我在城里住不惯，不种地像掉么似的，对不住了，我把剩余的钱退给你的，再多给你一百。邻居说，俺不在乎你多给俺一百，你说话不算话，么人啊你。乔锅腰子嘿嘿笑了，对不住了，对不住了，我请你一壶，算我求你了。邻居说，用得着求吗？你个人的小毛驴，爱骑脖儿颈，你的地，你要俺敢不给你吗？真是，你瞎长人一个。乔锅腰子嘿嘿笑着，在饭店里要了几个菜，买了瓶好酒，赔着不是让邻居，来来，别怪着我，我敬你了，透了。邻居端起杯一仰脖，你请我一壶就行了？你还得请我一壶，不能二乎，来，满上！哎哎，乔锅腰子给邻居满着酒，见邻居又干了，很是喜欢，他这喜是在心里偷偷地喜，脸上却不让邻居看出来，他怕邻居也知道了他听到的好消息。他把酒给邻居满得满满的，来，干！嘿嘿……

干！哈哈哈……

这正是：种地不再纳粮，亘古做梦难想。举杯感恩谢谁？万岁万岁共产党。

张 有 福

　　巧打算不如走滋儿，有福自来等。张付友就是这样的人，好事全叫他摊上了。难怪人们都叫他张有福。

　　其实，张有福相貌平平，也没啥出奇能耐。同别人一样，他高中毕业后，回村当了一名普通的民办教员，另种着十亩责任田。虽没跳出农门，但不上河，不下力，也有不少人羡慕。张付友在村里教书没几年，镇中学缺老师，领导看上了他。可当时教中学和教小学待遇一样，而且还要吃住在校，要舍家。因此，调到谁谁打退堂鼓。不少比张付友能力强的，都借口推辞，不是说家中父母年老，长年有病离不了人伺候，就是其他原因，有人甚至还给当官的送礼辞掉教中学，回家教小学。可是调到张付友时，张付友吭哧了半天就俩字儿，行啊。气的娘们儿摁他好一顿埋怨，你个死门子，不破花，人家别人傻啊，都有口回绝，你长那嘴光管吃饭的啊？张付友讷讷地说，调咱去，是看起咱了，好意思推。娘们儿带着哭腔说，你去教中学，家里的地咋办？舍给俺个人，忙得过来吗？张付友拿话哄娘们儿说，你放心，家里的活，我晚上回来干，咱打夜作。真事儿，打那，张付友真没少打了夜作。记得在一次全体教师会上，张付友作为优秀代表发言时说，他为了不耽误教学，曾晚上背着喷雾器打药。有人打趣问他，你晚上打药，管事吗？管事儿。啥药啊晚上打管事儿，夜打灵啊？哈哈。然而，张付友的夜打灵没白打，不久，上级对民办教师全员培训，所有的小学教师都参加中师函授，中学教师都参加大专函授。张付友轻轻松松取得了大专文凭。别小看这一纸文凭，却使得张付友又毫不费力地晋级为中学高级教师。而那些比张付友能力大的借故辞掉教中学的，取得的是中师文凭，最高只能晋级小高。这中高可比小高工资多多了，这是后话。

　　那些年，公办教师铁饭碗的工资，是民办教师望尘莫及的。有人曾这样算过账，六八四百八不及一人发。意思是六个民办教师的工资加起来，还不如一个公办教师的工资多。盼转正，想法转公办，是所有民办教师的共同心愿。但这事不是谁想办就能办的。当时的渠道，无外乎是通过考试，上师范，但有年龄限制。张付友起先没往这上边寻思，后来想考过年龄段了。那年最后一批民办教师考师范，好多人急眼了，有找人替考的，有办假身份证把岁数改小的。不少人劝张付友，你也想法子弄个假身份证考考吧，这可是最后一次机会了。张付友却说，假的犯法，查出来不是白折腾吗？结果也是，办假身份证的都原材料退回，被取消了考试资格。眼看着符合条件的同事被师范录取，欢天喜地成为师范生，不，成为公办教师了。张付友不急眼吗？急啥，咱开头说了，有福自来等。就在那些考上师范的，上学不到俩月，忽然下来文件，所有的民办教师全部转正。张付友——张有福不费吹灰之力，成了公办教师。还省了好几千块钱的学费。张有福真是让那些刚去念书的同事羡慕忌妒恨死了。

转个话题说，现如今，当官的都嫌自己年龄大，想多干几年。当兵的都嫌自己年龄小，想早点儿退休。不少人不到退休年龄，借故不上班了，工资照拿。张付友的娘们儿说张付友，你一辈子了在领导面前是红臣，从不调皮捣蛋，把眼都快熬瞎了，离不了高度花镜了，教办主任又是你的老同学，你也不去给他说说，请个病假不上了，家来看孩子算了。张付友说，不到年龄，回家看孩子，心里踏实吗？还是再坚持几年吧。但是没等他再坚持几年，好事找上门来了，这天，张有福正趴在办公桌上备课，教办一个电话找他，说是让他办退休手续。这都把他弄蒙了。原来，张付友的档案上，不知咋搞的，比他实际年龄大。

从此，比张付友小好几岁的，工资不比张付友多，还在抱着课本上讲台，而张有福每月领着中高工资，成天在家逗孙子乐。

有人说张有福，你小子，其貌不扬，全身砍不出个镙楔来，你说，你那福在哪里来哩？

张付友指指项上，说，在这儿，我这脑袋，不杂。

拉 小 车

那年，县里给各公社要拉小车的名额，公社给各大队要拉小车的名额。拉小车，就是运输。那时，汽车机动车辆少，就是用马、用毛驴拉车运输的也不多。大都是人力车，人拉着两个脚的小拉车，把物资从这地运到那地去。

拉小车是个力气活，不但要有力气，还得要有耐力。爹体格棒，干活又实在，队里每逢有下大力的活，队长都是派爹干。爹不挑不拣，让干啥干啥。一次，队长派爹挖圈，圈很大，很深，满圈的粪连同泥水，队长是给爹两天的活，爹一天就挖完了。第二天，爹又参加队里的别的活，会计记工分时，对爹说，你今天已记上工分了，今天干的活是给你记工分啊，还是不给你记工分啊？爹说，记也行，不记也行。队长说，记，今天又干的活必须记工分，不能让实在人吃亏。

下来招拉小车的活，队长第一个找到爹，爹欣然同意。小拉车是生产队里的，爹用生产队的小车去运输，运费百分之五十交队里，记工分，百分之五十归个人，算是补贴。

四大爷见拉小车这活能挣钱，也想去，队长没批准他。四大爷体格瘦弱，人们说四大爷像个翘翘鸡似的。四大爷给队长买了一盒一毛四分钱的大丰产香烟，又给队长说了一大晚上好话，队长才答应了他，给了他一辆小车。四大爷怕自己一个人拉车力气头不够，叫他大闺女春梅姐帮着他，在小拉车旁拴了根绳儿，帮着他拉车。

星期天，我不上学了，也想跟着爹去拉小车。我主要是想跟着爹出去玩儿，去城里玩儿。爹答应了我。

这天，爹和四大爷还有泉子、黑子村里的八九辆小拉车，拉的是地瓜干。是从禹城粮库往临邑粮库运。地瓜干是盛在打好包的麻袋里的，一麻袋100斤。爹先扛着麻袋装满了自己的车，又帮着四大爷扛麻袋装车。爹帮四大爷扛最后一麻袋地瓜干时，脚下一滑，跌在了地上，爹的膝盖上，生生磕进一粒石子，嵌进了肉里，爹疼出了汗。

爹用一小草棍儿把石子从肉里剜出来，忍着疼痛拉起了小车。

我在车旁拴了根小绳儿，帮爹拉车。

几十里地的路程，八九辆装满地瓜干的小拉车，十多个人，都把褂子扒了，都拉紧着车绳，都前倾着身子，迈着沉重的步子，吃力地向前走着。

本来，人们拉小车是都准备的有帆的，就是用两根竹竿撑起一幅与车差不多宽，一人多高的布，将竹竿的一头插在车扇子上，这样，一走，车借帆力，帆借风力，前行的速度就快了，就省力多了。可这天，是顶风，大北风，车往北去，帆不能用。

爹体格棒，爹打头阵，爹的车在最里头。但没走多远，爹头上的汗也频频的。

我在旁边帮着爹拉车，一开始还能使上点劲，肩上的绳子还能抻直了，但不一会儿，脚步就慢了，就跟不上了，肩上的绳子就耷拉了。

爹说，累了吧，你上车上去吧。

我爬到了爹用人力拉的小拉车上，坐在装地瓜干的麻袋上，我不由举目环顾，前望，路途远长；后看，车队一字排开，步履维艰。身旁，间或有马车驴车，叮当响着铃铛，蹄声"嘚嘚"地越过，偶尔，鸣着笛声的四个轮子的汽车，从爹身旁飞驰而过，扬起一片尘土，使爹睁不开眼。

有人说，休息休息吧，走不动了。

车辆停下来，有的一腚坐在了地上，瘫软得像散了架。有的坐在车旁，大口大口地吸烟。是旱烟，很呛。

歇了一会儿的身子，更疲乏，再也不愿意动弹。但不愿意动也得动啊，一咬牙，驾起车，顺开了腿，便又有了精神，又有了力气。

不知又走了多长时间，车队来到一紧靠公路的村头，四大爷招呼爹说，晌午了，该喂脑袋了。

爹停下来，我早就饿了。爹从破书包里拿出自己带的高粱面饼子，给我一个说，吃吧。

我接过饼子刚想啃，四大爷对爹说，高粱面子饼子，冰凉梆硬的，有法子啃吗？

爹说，没法啃，吃什么哩？

四大爷说，吃什么啊，守着馍馍，还饿死人吗？这车上的地瓜干，是一级地瓜干，清水里一煮，又甜又面，不比你那高粱面子饼子好吃。

爹不动声色地说，地瓜干是你的吗？亏你敢想。

四大爷说，在咱车上，就是咱的，甭管谁的，先吃了填饱肚子再说。咱闹出点儿来，找个户家添把柴火煮煮。

爹制止四大爷说，真是，皇上买马的钱你也敢动，你这是坑国家，害自己。

四大爷说，别穷耿直了，你没听说过那句老话吗，撑死胆大的，饿死胆小的。

爹说，你胆大，你干吧，我不干。

四大爷说，你不干散，来，泉子、黑子，咱们煮地瓜干吃。

泉子说，人家麻袋里的地瓜干都是过了秤的，咱一动，少了不挨罚吗？

四大爷说，挨什么罚啊，交库时只点麻袋包数，又不过秤。

黑子说，也是，这几天运的地瓜干，都没过磅，就入仓了。

四大爷他们就解开了缝麻袋的口，先从四大爷车上的一个麻袋里倒出好几斤地瓜干来，又从泉子车上的一麻袋里倒出好几斤地瓜干来。四大爷把倒出来的地瓜干用簸箕端着，走到路旁一户家，户家给四大爷煮地瓜干，条件是管着户家吃。

不一会儿，地瓜干煮熟了，四大爷还有春梅姐、泉子、黑子他们，都端着碗吃，都吃得蜜口香甜的。地瓜干香甜的味儿，飘进了我的嘴里嗓子里，我看着他们吃直咽唾沫。

看啥呢，爹说我，吃饼子。

我拿着外面熟里面夹生的高粱面饼子，难以下咽。

四大爷招呼爹说，别啃你那饼子了，过来吃点儿吧。

爹看了四大爷一眼，没动，也没说话。

四大爷又说，给孩子舀一碗。

我想过去舀碗地瓜干去，爹朝我一瞪眼说，敢动，我踹你。

我只闻到了地瓜干的香味儿，没尝到地瓜干的甘甜。我心里有些埋怨爹，埋怨爹太胆小。

四大爷他们吃饱了，也有了精神了，也有了劲了，拉起小车也快了。

车到了临邑粮库。

四大爷对爹说，你上后边靠靠，我在前头。四大爷和爹换了顺序，爹的车由最前头排在了最后头。

粮库的保管员打开了仓门，点了点四大爷车上的麻袋数，一挥手说，入库吧。

慢！这时，一高个子健步赶上来，制止四大爷说，先别入库，过过磅。

一过秤，四大爷车上的地瓜干有一麻袋少了三四斤。高个子让四大爷一边听候发落。

接着，泉子的车过磅。泉子车上的地瓜干，有一麻袋也少了三四斤。泉子也没被准许入仓。

接下来，黑子和其他几辆车，也都过了磅，都没少秤。都没少秤，高个子也没让黑子他们入库。

最后，爹的车挨过去后，高个子说，你这一车，可以入库。

黑子看着爹扛着麻袋入完了仓，心急地问高个子说，怎么就他一辆车能入库呢？

高个子说，因为只有他这一辆车没少秤。

黑子不服地说，我车上的地瓜干也没少秤啊。

高个子说，你车上的地瓜干没少秤，煮的地瓜干你吃了吗？

黑子脸"唰"地黄了，但他不承认地道，我没吃，你看见来吗？

高个子说，狡辩，我盯了你们一道了。

黑子脸耷拉了下来。

那次拉小车，只有爹领到了运费。事后，四大爷对爹说，那天你知道粮库的人盯着咱们啊，怪不得你不参加煮地瓜干吃啊。

爹说，我不知道粮库的人盯着咱们，但我知道，那地瓜干，吃了不好消化。

红杏飘香

项永远一条腿瘸，并且少了一只耳朵。

项永远不能干重活，生产队时，队长派他看守一片杏园。他大半年的时间都住在杏园里——那里有一间小土屋，一张小床。项永远做饭是用三块半头砖支着一个小铁锅，一天三顿，都是做黏粥。

每年初夏，杏还不熟，俺们一帮小孩们便呼呼啦啦围着杏园转。杏园的周围是篱笆墙，是用木桩和树枝围起来的。树枝很密，多数地方钻不进人去。只有一不大的栅栏门，项永远天天都坐在栅栏门口。俺们一靠近栅栏门，项永远就撵："去，去，小皮孩们，离杏园远点儿。"

从栅栏门里进不去，俺们就在篱笆墙的树枝稍稀的地方扒拉开一小缝隙，猫腰钻进杏园，接着猴急地伸手够杏。但刚伸手，项永远撵过来了："住手，小皮孩们，杏还不熟，别糟践了。"俺们便撒丫子跑，但越着急越害怕越难往外钻，篱笆墙上的棘针直往脸上手上扎。这时项永远大声呵住俺们道："别钻别钻，看扎着脸。你们只要听我讲一个故事，我就放了你们。"

一听不受惩罚，还听故事，俺们便不害怕了，不往外钻了，都围到项永远身边，听他讲故事。

头一回，他并没有讲故事，而是向我们提了一个问题。他说："我提问你们一个问题，谁答上来，我就放谁走。"

俺们都瞪着眼睛听他提问题。

项永远抬手摸了下他少了的那只耳朵的位置，说："你们说，冻僵了耳朵，用什么法子才能暖和过来呢？"

他提的这问题也太简单了，俺们都抢着回答说：

"用火烤。"

"用手捂。"

"蒙上被子。"

"不——对，不对！"项永远一摆手说，"你们说的都不对，特别是用火烤——像我这只耳朵，就是这样掉下来的。"

"告诉你们吧，千万不能用火烤，最好的办法，是用雪搓，我这只耳朵就是这样存下来的。"项永远摸了下他那只完好的耳朵说。

俺们对项永远的话似信非信——头一回听说耳朵冻僵了用雪搓。

虽然都没回答上来，项永远还是把俺们放了。

又有一回，俺们钻进杏园偷杏，被项永远逮住了。项永远仍没惩罚俺们。项永远说："我教给你们一首歌，谁先会唱了，我先放了谁。"项永远开始唱道："雄赳赳，气昂昂。"

俺们都跟着他唱道："雄赳赳，气昂昂。"

项永远接着教唱："跨过鸭绿江。"

俺们跟着唱："跨过鸭绿江。"

"保和平，卫祖国，就是保家乡。"

"保和平，卫祖国，就是保家乡。"

……

项永远教得认真，俺们学得也认真。很快，便都会唱了。项永远打着拍子，同俺们合唱了好几遍。

那次项永远很开心、很高兴，给了俺们每人一捧红杏。项永远说，是对俺们认真学唱歌的奖励。

那片杏园里的杏，又大又甜又面，特别好吃。俺们馋狗离不开腥锅台一样，几乎天天围着杏行转，瞅机会就进去偷杏。

那天，俺们见项永远在小屋里做饭，钻进杏行，都爬到树上去摘杏。

可项永远做着饭，也没忘了守护杏园。他锅底下着着火，出小屋四下里瞅，瞅见了我们，一瘸一拐地撵过来了。俺们在树上吓坏了，有的慌急地往树下溜，腿都划破了，这时项永远已来到俺们跟前。项永远说："别慌别慌，都慢慢下，别摔着。我也不打你们，也不骂你们，你们只要听我讲一段故事，我有赏。"

俺们这才放心了，从树上下来，围住项永远，听他讲故事，等着他"赏"。

项永远说："那次战斗，打得可激烈了，我们排为掩护大部队转移，遏制敌人，在雪地里趴了七天七夜。这七天七夜，身子都冻坏了，冻僵了。我年龄最小，紧挨着排长，排长把他的棉袄扒下来盖在了我的身上。我心疼排长，想把棉袄还给他。排长朝我一瞪眼，在我胳膊上狠扭了一把，没让我动。可是，战斗结束后，排长整个一个人，冻成直棍了。"

项永远讲到这里，哭了："排长啊，你曾对我说过，你家有一棵红杏树，结的杏可好吃了，等战争结束后，一定请我吃杏，可你没等到啊……"

排长没等到，我等到了。项永远给我们讲这个故事的第二年，去了敬老院，那片杏行，被我家承包了。每当我吃着又香又甜的大红杏时，我便想起项永远，项永远的故事就萦绕在耳边。

刘老三告状

老话说，民不与官斗，冤死不告官。可刘老三却不，刘老三是个倔子，刘老三拧起道来，死不回头。

刘老三一辈子有两次告官。头一次告官，是以他失败而告终。

那年，刘老三承包了村里的一个大湾养鱼，湾很大，有几十亩水面，村里初次向外承包，价格不贵，刘老三养鱼发了，三年就赚了好几万。村人都看着眼红，支书找到刘老三说："你今年把湾清了，不能再包了，大湾重包。"刘老三说："凭什么，订的合同是10年，我才包了三年，你这是违约。"支书说："订的合同不合理，村人有意见，这是村民的意愿。"

支书话说得挺死，下年大湾刘老三不能再包了，这事就这么定了。

刘老三是个犟眼子，他不服地说："不到十年头上，我就是不退。"

支书说："你退也得退，不退也得退。"

刘老三说："我告你去。"

支书笑了："你告去吧，我等着你。"

刘老三真就告支书去了。他是去镇上找书记告状。刘老三来到镇政府大院里，大院里各屋都关着门，刘老三不认得书记，不知道书记在哪个屋，他估摸着推开了一个门，一个干部派头的人问他："你找谁？"刘老三说："找书记。"那人说："找书记干啥？"刘老三说："解决问题。""打官司找老朱。"随着话音，门"嘭"地关死了。老朱是司法助理，那人太滑，找他白瞎。刘老三只好窝囊地往回走。不知谁在他身后说："笑话，书记是随便见的吗？"

刘老三没找到书记，官司没打赢，他承包的大湾没到期就被别人又包了。

刘老三一辈子种地，一辈子热爱土地，一辈子离不开土地。刘老三六十七八的年纪了，按说到了这岁数了，该不种地了，该逗孙子享天伦之乐了。可刘老三种地更种上劲了。儿子给他在城里买了楼，让他去住，他不去；闺女借让他帮着看外孙为由，想叫他去闺女的楼上住，他不去。他在家一下子承包了二百多亩地，别人包地300块钱一亩，他包地500块钱一亩，许多户家和他说好了，等下一季收了庄稼，也把地转包给他。

刘老三包的地多了，盛粮食的仓房小了，刘老三想盖一个大仓房。但刘老三自己没有地方盖，他寻思来寻思去，想到了邻居有一处旧院，邻居在别处盖了新院，在县城也买了楼，靠着他的旧院一直闲着，只有几间土房，也快倒了。刘老三找到邻居说："给你俩钱，把你这旧院让给我，我想盖个粮仓，行不？"邻居说："行，怎么不行啊，闲着也没用。"邻居又说："这事恐怕光我同意还不行，还得支书签字才行。"

刘老三就和邻居写了合同，立了字据，然后拿着合同找到支书。

支书一听，回绝说："不行，宅基是国家所有，不能随便买卖，这字我不能签。"

刘老三说："我不是买宅基，我是签合同临时使用。"

支书说："临时使用也不行，村里不允许村人随意建房。"

刘老三说："那，我到镇上问问。"

支书说："问去吧你。"

刘老三就去了镇上。他去镇上找书记。

刘老三骑电动三轮车进了镇政府大院。大院里的人都忙得很，就像忙过年似的。刘老三向人打听："同志，书记在哪屋啊？"

人说："你找哪个书记啊，大爷？"

刘老三说："哪个书记也行，只要是能主事的书记就行。"

人说："修书记和邱书记都下村了，你到镇大院前政务大厅找纪书记去吧，今天纪书记在政务大厅办公。"

刘老三来到镇政府政务大厅，大厅里一溜好几个办公桌，桌前都有人办公。刘老三一进大厅，一和蔼可亲的办公人便站起身礼貌地问他道："来办什么事啊，大爷？"

刘老三说："我来找书记。"

旁边一年轻女办公人说："他就是书记，纪书记。"

纪书记紧接着问刘老三道："你老人家要办什么事啊？"

刘老三就把想盖仓房的事说了一遍。

纪书记听了，像是对刘老三，又像是对身旁的工作人员道："土地流转，大面积承包，是大势所趋，是国家提倡的，盖粮仓这事，应大力支持。"纪书记对刘老三说："大爷，这事我知道了，我给你办。"

刘老三万分惊喜地说："书记你说话可算数，你什么时候给办？"

纪书记说："我马上给你办，放心吧，你回去吧，路上慢点儿啊，大爷。"纪书记站起身，往外目送着刘老三。

　　刘老三往回走着，心里痛快多了。尽管他还寻思，书记虽然说马上给办，不一定给办不办，不一定什么时候给办。

　　刘老三回到村里，老远瞅见自己院门前站着一个人，是支书。不等刘老三下车，支书便笑着迎上他说："三大爷，你在邻居宅子上盖粮仓，盖吧，我签上字了。"说着，把刘老三和邻居写的合同递给了他。

　　刘老三不太相信自己的耳朵似的，他刚从支书手里接过合同，支书的电话就响了："啊啊，是纪书记啊，我把合同签上字了，给他了，哦，他刚到家，不信你问问他。"支书说着，把手机给刘老三说："给你，纪书记电话。"

　　刘老三接过电话："喂。"电话那头传来纪书记和蔼可亲的话语："大爷，支书签上字了吗？"

　　刘老三说："签了，签了。"

　　纪书记说："好的，大爷，祝你粮仓早日建成。"

　　"谢谢书记，谢谢书记了。"刘老三满意地笑了，笑得眼里溢出了泪花。

烧　　饼

邱老大是个倔子。他有多么倔，举个例子，用事实说话，邱老大灭草，曾抡大镢头狠劲刨过，他连草下的毛细须根也一丝不剩地刨出来，再用手可劲抖了又抖，把草根上的泥土全部抖搂下来，自语地说："我叫你再长，再长啊你！"邱老大治棉铃虫，他背着喷雾器，却不喷药，他掰开棉桃的花瓣儿，仔细瞅，逮住小虫子捏着，拧开药瓶，把小虫子填进农药原液里，再晃晃药瓶，咬着牙说："咬啊，可劲咬啊你！"

也难怪邱老大这么倔，不倔不行啊，那灭了头茬随着长出二茬的满地的草，那逮不尽打不死的棉铃虫，庄稼人谁没受过其苦。

邱老大从小身有残疾，他有癫痫病，先天大脑迟钝，念书不行，小学没毕业，只能在家干活，整天和草啊，虫啊打交道。

邱老大的兄弟邱老二和他大不一样，天生聪明，脑袋瓜儿好使，大学毕业参加了工作。几年就进了领导班子，十几年后成了单位的"一把手"。

当上单位"一把手"的邱老二每年都同邱老大一起，一起陪父母过年。邱老二给父母带回的酒烟糖茶、油面肉蛋，父母用不了地用。也够邱老大用不了地用。但是邱老大一点儿也不领兄弟的情，兄弟给他的礼物他一点儿也不要。邱老大抽烟，是买了斤旱烟叶，另加把晒干了的茄子叶搓搓碎了，掺和成了的。他一抽烟，满屋里呛，满屋里茄棵叶子味儿。邱老二说他："哥，别抽你那个了，给你条好烟，抽没了我还有。"

邱老大却不要："我不要，不要，你那烟我抽不习惯。"

邱老大结婚多年了，还住着娶媳妇时爹娘给他盖的三间小土房，邱老二已有了好几套楼房了。邱老二说邱老大："哥，我几套楼依着你选，你愿意住哪套就住哪套。别住你那小土房了，看下大雨倒了砸着。"

邱老大说："甭的了，还是住我自个的土房踏实，冬暖夏凉。"

邱老二白给邱老大楼房邱老大不要，赶上拆迁了，邱老大和邱老二都有一处旧宅子，得分两套楼房。邱老二说邱老大："哥，分的两套楼都写在你的名下吧，我不要了。"

邱老大说："别价别价，要我个人孝敬爹娘我没意见，但继承爹娘的家产，该你的那份我半点不沾。"

拆迁后，邱老大也没了地了，没有活干了，他就拾废品贴补生活。他每天都围着大街围着公园转，拾矿泉水瓶子，捡人喝奶后扔了的小纸盒子。邱老大一天好多遍扒拉小区里的垃圾箱，从臭烘烘的垃圾箱里找寻可卖钱的废品。

有人对邱老大说："邱老大，你见天趴在拉圾箱上找废品，不给你当'一把手'的兄弟丢人吗？"

邱老大仍扒拉着垃圾桶说："丢什么人，我给他丢什么人？他走他的阳关道，我走我的独木桥。敲锣卖糖，各干一行。"

邱老二也对邱老大说："哥，我每月给你2000块钱，够你和嫂子花的，别再拾废品了，给我在人脸前留点儿面子好不？"

邱老大不以为然地朝兄弟一瞪眼道："你尾巴大护着你的腚啊，关我么事。"

邱老二叹了口气道："唉，哥啊，叫我说你什么好呢。"

邱老大的母亲去世，收了十来万的人情钱。邱老二说邱老大："哥，这十来万块钱我一分也不要了，够你和嫂子花几年的了，别再扒垃圾箱了。"

邱老大说："别价别价，咱娘死，收的亲戚随的人情钱，咱兄弟俩二一添作五，那些大人情钱，都是孝敬你的，我一分不要，别以后拉清单时挂拉上我。"

"哥，你这是什么话？"邱老二打了个激灵。

邱老大有先见之明似的，不久邱老二竟真的犯了事了——他被双规了。

邱老大去看他，买了两个烧饼，夹肉的。

邱老二接着烧饼，哭了："哥啊，你还想着我小时最爱吃烧饼啊。"

邱老大说："吃吧，兄弟，哥这烧饼，你吃再多也犯不了事，不够哥再给你买去。我昨天拾废品卖了20多块钱，再买俩烧饼也用不了。"

小　多

在小多16岁那年，小多娘得病死了。小多爹失了家，一心想再成个家。小多爹到处托媒人，给他说人。小多爹说："没娘们儿的家不叫个家，没娘们儿的日子没法过。"

终于，小多爹又成上人来了，比小多爹小10来岁。小多后妈脾气暴躁，又自私，眼里揉不得沙，黑眼白眼地看不上小多，招不得小多。

后妈吃饭，从不等着小多上学回来，都是催小多爹提前吃。而且把好吃的都吃了，剩下的就藏起来，给小多留的饭，是另一样的。为这，小多爹和她吵过嚷过，但说她不听。小多爹一说小多后妈，后妈就要走人，就不跟着他了。小多爹只好忍了，只好依着她，依着她的心眼儿行。

一天，小多后妈在小多的枕头旁，看到了小多亲妈的照片，是戴镜框的。后妈拿起来摔了，摔碎了。小多放学回来，和后妈急了，哭着喊着要她赔。后妈不但不说好话，反而大声呵斥小多说："你留着死了的照片，我上哪搁？淹膺我啊。那好，你和你爹和你死妈过吧，我走。"说着就要卷包袱走。小多爹害怕了，狠熊了小多一顿，拽住小多后妈不让她走。后妈不干，还是走，还是不和他过了。小多爹死死地拽住她，苦苦哀求她。小多后妈撒泼似的说："有小多没我，有我没小多，分家。"

分家？小多才10多岁，是个孩子啊，没出嫁的闺女，哪有和亲爹分家的啊。

可是，不分家后妈不干。小多爹只好依着她，和亲闺女分了家。

被分出去的小多，自己在一间半小西屋里。多亏了庄乡院中，多亏了婶子大娘的照顾，才长大成人。

小多找的婆家不孬，在城里有楼，小多是村里第一个成了城里人的。成了城里人的小多，没忘了在乡下的她的老爹，也没记恨她的后妈，隔几天就提着大包小兜地回老家一次。冬天上了暖，小多想让爹妈上她楼上来过冬，爹愿意，后妈不来，她说她住楼不随便。村人说，她是没脸。

小多爹80这年，突发心梗死了。

小多爹死了，小多后妈身体也不行了，扯天不是这儿不对劲儿，就是那儿不对劲儿的。小多挂心后妈，叫她进城，别一个人在乡下了。但后妈就是不来，小多几乎隔一天回老家一趟，给后妈买药，买吃头。

后妈的身体越来越差，吃药输水不管事了，小多赶紧陪后妈住了院。在医院里，后妈不配合治疗，又光着脚丫子往外跑，又拔输水的针头。

小多一点儿也不嫌烦，耐心地开导后妈，精心地伺候后妈。吃饭，变着样地买，一顿买好几样，后妈哪怕只吃一口，小多就特别欢喜。可是后妈不好伺候，说抢风儿就抢风儿，说要就要。小多买了一个肉丸儿的包子，递到后妈嘴上，后妈夺过去扔了。后妈说，这包子有毒，小多想害她。后妈解手，不等小多拿起便盆儿，就往病床上解。小多不嫌脏，也给后妈擦，也给后妈洗。

后妈折腾的，同病房里的两个病号都看不下去了，一个说："也就是亲闺女吧，要是媳妇，早烦她了。"

另一个说："哪是亲闺女啊，是个后妈。"

"后妈？后妈这是折腾啥，还有她折腾的吗？"

小多接话说："后妈也是妈啊。"

小多一声后妈也是妈，唤醒了后妈，后妈心里一热。她这病是装出来的，自从小多爹死了，她也不想活了。她知道以前怎么对待小多的，她没脸叫小多伺候她，她想让小多疏远她，她还想一死了之。

小多这样不记恨她，对她这样好，她羞愧得无地自容，她自责地对小多敞开了心扉说："闺女，你为什么对我这么好啊？我不是人，我对你一点儿好处也没有啊。"

小多说："妈，可别这么说，你怎么对俺没好处啊，你的恩，俺一辈子也报答不完啊。"

后妈不信："别安慰我了，闺女，我个人做的，个人知道。"

小多说："妈，这些年，有你在爹身边，爹才不孤单啊。"

炉　子

都数九了，天很冷了。

学校里还没点炉子，教室里没点炉子，办公室里也没点炉子。

"该点炉子了，冷得受不了了。"老师们议论说。

"你们学校里怎么还不点炉子呀，冻死人不偿命啊。"学生家长说到老师们脸上。也有的说："没蜂窝煤是咋的，没蜂窝煤上级给的取暖费干什么花了？"

不是没蜂窝煤，有的是蜂窝煤。镇教办早就统一送蜂窝煤来了。去年剩的蜂窝煤还不少呢，还有一两千块呢。可是在镇教办送新蜂窝煤的头一天晚上，一夜之间旧蜂窝煤不见了，不知哪去了。

有蜂窝煤不点炉子，老师挨冻是小事，伸不出手来备课批改作业，就不时地沏杯热茶，或倒杯热水（热水是"热得快"烧的），捧着杯子焐焐手，脚冷了就站起来，办公室里走走，跺跺脚。

小孩儿们就不行了，坐在冰屋子里凉板凳上，伸不出手来，也得写作业。有的学生的手和脸，都冻了，冻成疮了，结痂了。

在老师们学生们急需点炉子取暖的时刻，校长召开全体教师会，果决地说："今天下午放学以前，各教室各办公室里，必须把炉子安好，必须把烟囱安好。明天一早，必须都把炉子点着。"

张强老师是优秀教师，不但教学成绩名列前茅，学校里的各项工作，他都是争着抢着，干在头里。办公室里的卫生，十回有八回是张老师打扫的，各办公桌上，一尘不染，大都是张老师擦抹的。

校长布置了点炉子的任务，第二天，张强在家提前吃了早饭，早早来到了学校，他先是把教室里的炉子点着，又把办公室里的炉子点着。当老师们都来了的时候，炉火已烧旺了。

校长进了校，首先奔到教室里看了看，看了看炉火，看了看炉子上的烟囱，又奔到办公室里，看了看炉火，看了看烟囱，脸上露出了满意的笑容。

校长走进自己的办公室，还没坐下，一辆面包车进了校门。车上下来好几个人，是镇教办主任和县教育局的。

校长飞跑着上前迎接，握手寒暄着，往办公室领。

镇教办主任和县教育局的没跟着校长去他办公室，径直朝教室走去。进了教室，县教育局的探身看了看炉火，又仔细地看了看炉子通到室外的烟囱，有一个领导还伸手摸了摸烟囱，完后出了教室。又来到教师办公室，同样，看了看炉火，看了看炉子上的烟囱。县教育局的表扬镇教办主任和校长说："行，行，冬季取暖工作做得很好。"

言毕退出办公室，上车，走了。

校长长出了一口气，对张强说："没寻思县教育局的来得这么早，幸亏张强老师早早地把炉子点着了。"

张强受到了校长的表扬，工作更加积极了。

次日，张强又提前吃了早饭，早早来到了学校，他先是把教室里的炉子点着，又把办公室里的炉子点着了。

当老师们都来到的时候，炉火已烧旺了。

"谁点的炉子，哐——"随着一声巨响，校长进了门，一脚把炉子踹倒在地上，怒吼道，"谁点的炉子？谁让点炉子了！唵——"

老师们面面相觑，大眼瞪小眼，欲言不敢言。

张强手发抖，嘴发颤，就像一个罪犯。

"鲁提辖"

"鲁提辖"是老师们送给于明老师的雅号。

其实，于明老师的脾气性格，这雅号不大适合。于明是一个普通的中学教师，大老实人一个。他不言不语，不多事不惹事，每天就知道备课、上课、批改作业。

老师们说，于明智商高。于明引导学生分析课文，从字词句到篇章结构，从段落大意到中心思想，梳理得清清楚楚、透透彻彻、明明白白。他教的学生，考试做阅读理解题，常得满分，这在其他班的，几乎没有过。校长曾说："于明当个教导主任，能力也绰绰有余。"

也有老师说："于明智商高，情商低，于明的社会活动能力差。"和他一年参加工作的教师李春，早提了主任了，论能力，比于明差得远。

教导主任虽然官儿不大，但不大也是个官儿。是官儿就有权，就能给人办事。比如往哪个班里安插个学生，给学生开个转学证明，李春只是一句话的事，只是动动笔的事。

可是于明不行，他办不了。

办不了也有人找他，于明的朋友找于明，想让儿子来于明的学校里念书。

于明说："这个我主不了，我得问问校长。"

于明就找到校长，把这事说了。

校长说："你介绍的学生是哪里的？"

于明说："牟庄的。"

校长说："牟庄的不是咱县的，是外县的，外县的上咱校来读书，得拿借读费。"

于明："行，我给他说，让他拿借读费。"

校长想了想又说："看在你的面上，不收他借读费了，让他请一壶吧。"

于明说："行，我给他说，让他请一壶。"

于明对朋友说："校长说，让你请一壶。"

朋友说："行行，请他一壶。"于明朋友手底下没钱，现卖了几袋子粮食，为了儿子念书。

到了下午临放学的时候，于明问校长说："晚上上哪个饭店啊，街上哪家饭店实惠啊？"

校长说："不上街上的饭店，我领个饭店。"

放学后，于明就和朋友骑着自行车，跟着校长，校长骑摩托领路。校长领的这家饭店很远，校长骑摩托还骑了半个来小时呢。于明和朋友骑着自行车紧跟，骑了一身汗，快骑不动了的时候，才来到了饭店。

这是一家于明从未来过、从未听说过的饭店。饭店在前不着村、后不着店的地方。道旁，一个不起眼的小院，进院几间北屋，几间南屋，北屋大，南屋小，北屋是客房，南屋是厨房。于明和朋友跟着校长一进了院，立刻就有女的笑脸相迎，嘴甜得让人身上起鸡皮疙瘩："您好，欢迎光临，里边雅坐请，嘻嘻嘻。"

于明和朋友跟着校长，被领入雅间，还未落座，里间里出来一涂着胭脂抹着口红的妖艳小妮儿，年龄不大，也就二十出头。小妮儿染了指甲的红指盖手，捏着菜单，身子紧靠近校长，咪咪笑着，让校长点菜。

上着菜，小妮儿开始满酒。小妮儿先是给校长满酒，又给于明满酒，于明挡着说："我不喝酒。"

小妮儿又给于明朋友满酒，于明朋友捂着酒杯说："我也不喝酒。"

只有校长喝酒，小妮儿也陪着校长喝酒。

几杯酒下肚，管事了，校长上脸了，眼往小妮儿身上瞅。小妮儿笑得咪咪的："看电视不？"眼直勾校长的魂儿。

校长紧接着答："看。"

于明闻听看电视，不由抬头转身，左瞧右瞅，他想看看酒间里电视哪里有。

于明没瞅到电视，却看见小妮儿站起身，站在了校长对面，站在了他对面。

"看哪集啊？"小妮儿问校长。

"上集。"校长看着小妮儿不眨眼球。

小妮儿瞬时解开了上衣扣，露出了胸膛。

校长眼睛瞪得老大。

于明赶紧低下了头。

"下集。"校长的声音。

于明下意识地一抬头，只见小妮儿欲解腰带扣。

"住手！无耻！"于明断喝一声，接着"咣"一下子掀翻了桌子，拽着朋友就往外走，"这户地方，不是咱来的地方，走，咱走！"

小妮儿上前挡住去路："别走，别走，酒钱还有打碎的碗钱谁付？"

于明一拨拉小妮儿的手，甩给校长一声吼："你问问他谁付？"

　　于明朋友被于明拽着往外走着，埋怨于明说："你这样一闹，孩子上学的事不黄了吗？"

　　于明仍怒火中烧地说："这户校长，不求也罢。"

　　当晚，校长给于明打电话说："你介绍的学生，明天让他来上学吧。"

还　贷

多年前的事了。

老三是不良用户，他贷款没及时还上，拖了俩月，再贷款银行里不贷给他了。他儿子考上了大学，凑不齐学费，他借遍了亲戚朋友，还差1000块钱。

老三愁得吃饭不香，睡觉不眠。

娘们儿出主意说："找个人给贷点儿款不行吗？"

老三说："找谁给贷款啊，人家谁愿意给担这责任啊？"

娘们儿说："找他干爸，他干爸拿着咱儿比亲儿还亲，求到他，不可能白脸吧。"

老三说："不行，这事找他干爸，张开嘴万一合不上，以后这干亲家还走动吧。"但老三说是这么说，思来想去，想不出弄钱的法子。最后只好找到他干亲家。

干亲家一听替他贷款，沉了一会儿说："你贷多少？"

老三说："1000。"

干亲家说："贷多长时间？"

老三说："一年吧。"

干亲家说："到时你可得还上。"

老三说："到时一定及时还上。"

干亲家说："到时可别让我作难啊。"

老三说："放心，我保证不让你作难。"

干亲家就替老三贷了款，贷了1000块钱的款。

贷着容易，还着难。一年的期限，老三不知不觉就到时间了。干亲家捎信儿说："你贷的那1000块钱啊，到时间了，银行里通知了，还有三天期限。"

老三说："好，我马上准备钱还。"可是老三卖了一头羊，又卖了几袋子粮食，只凑起了700块钱，还差300没凑起来。说着两天的时间过去了，他离还贷的日期就还最后一天了。老三急得像热锅上的蚂蚁，300块钱难住了他，他再想不出变钱的法子来。

又是娘们儿出主意说："300块钱，让她干爸先出上，等咱有了钱再给他不行吗？"

老三不同意说："亏你想得出这点子，人家给贷了款，还款再让人家垫上，这嘴我张不开。"

娘们儿说："你不好意思张嘴，我去给他说，不就是300块钱吗，几天下来棉花了，卖了棉花钱就还他的。"

老三制止娘们儿说："不行，这叫什么事啊，没这么办事的。"

老三不同意娘们儿去找干亲家。

但老三愁住了，他晚饭也没吃，就躺下睡觉了。

娘们儿见老三愁得没法子，连夜去了干亲家家，把还差300块钱，寻思让干亲家先给垫上的想法说了。

干亲家一皱眉，不太情愿地说："——好吧，你实在凑不起来，这贷款我还也得还，我不能也落个不良用户啊。"

娘们儿回来一块石头落了地似的对老三说："我给他干爸说了，他干爸答应了，300块钱先给垫上。"

"什么？"老三冲娘们儿一瞪眼道，"真是头发长见识短，谁叫你找人家去了，你办的这叫什么事啊，这叫，这样，连干亲家也会说我靠不住的。"

娘们儿说："不这样办，有法子你可倒是使啊。"

老三说："明天我再出去想法，就是头拱地也要凑齐钱来还款。"

第二天，天不亮老三就出了门，直到下午才回来。老三愁眉舒展，向娘们儿报喜似的说："有了有了，300块钱凑起来了，我这就给干亲家送去。"说着飞身出了门。

老三气喘吁吁地进了干亲家家，掏出700块钱放到桌子上，又掏出300块钱放到桌子上，说："今天下午去还贷款，不超日期吧？"

干亲家说："不超，今天晚12点前还上就不超期限。"干亲家望着钱又说："不是还差300吗，怎么又有钱了？"

老三说："今天，我去了趟省城，卖了一磅血。"

扛　活

　　红子见人就说，我负担忒重了，不但拉家带口娘们儿孩子，还有两个傻哥哥，得管他们吃吧，得发送他俩老吧，我在为两个傻哥哥扛活。

　　红子说的两个傻哥哥，是他的大哥和二哥，两条老光棍儿。大哥叫铁子，二哥叫喜子。铁子和喜子岁数都不小了，铁子60挂零了，喜子也年过半百了。喜子确实傻，傻到见了女人就追起来没完。铁子并不傻，只是早年家穷，父母走得早，没能说上媳妇。后来分开地了，忙活的日子好了，但新盖的三间房和攒的积蓄，全用到给小兄弟红子娶媳妇上了，自己仍打光棍儿。这岁数了，也没成家的心了，铁子说。

　　铁子和喜子没别的本事，就知道干活，傻干。干活没个掉转，红子支派怎么干就怎么干。农家的活，有力气就行，红子家有两个能干的大劳力，地里的活一般用不着红子干，红子只支派支派就行。红子虽然不干，他家的活也都是干在别人家的头里。后来有了旋耕犁，有了大联合，农活机械化了，用人力的活少了，红子就买了一大群羊，有五六十只。买了羊红子叫铁子和喜子放。铁子和喜子放羊，地都是一家一户的，都把地种得可边到沿的，没草荒地，铁子只有沿河边放，或沿道边放羊。羊群在道边上吃草，道旁就是庄稼棵，铁子和喜子手里的鞭子一打不到，羊便大口地啃庄稼。羊啃人家的庄稼，铁子和喜子并不着急，而是四下里瞅瞅，瞅见有人，就鞭抽羊群往道上赶，瞅见没人，便任羊只管啃青。铁子和喜子兄弟俩这放羊的，常被人找家去。人一找家去红子就赔情说好话。

　　人们最担心的是冬天，铁子和喜子放羊没处放去了，就赶着羊群放麦苗。铁子和喜子放羊啃人家的麦苗是偷着放，哪片地离庄远上哪片地去放，哪处地里没人上哪处去放。铁子和喜子常起五更，半宿赶着羊下地，这两个傻人也不怕冷，大冬天赶羊在野外，天露头明了，赶着羊回家了。有人早起逮住过铁子和喜子，撵着羊群紧跟着追到家，气呼呼地对红子说，你还管你两个傻哥哥吧，放羊啃俺麦苗不是一回了。

　　红子赶紧赔不是说，对不起，对不起，两个傻子，你别怪他，别怪他。

　　人气难消地说，什么两个傻子啊，怎么不放你自己的麦苗啊。

　　红子连连作揖道，我熊他俩，我熊他俩。打发走了找上门的人，红子接着对铁子和喜子说，别怕别怕，有兄弟在，他不敢怎么着你。

铁子和喜子放的一群羊，一年能卖三四十只，一只能卖1000多块。哪只羊该卖，卖不卖，都是红子说了算，卖了钱红子掌管。赶上一次卖羊卖钱多了，红子会奖赏铁子和喜子，给他俩买斤白糖，铁子和喜子最爱喝白糖水了。红子还会给铁子和喜子一人买件处理的坎肩背心和大裤衩子。至于铁子身上的那件旧黄大衣，是铁子在别人扔了的废衣物里捡的。喜子穿的那件白羊皮袄，是邻家一死了的老头撇下的。

铁子和喜子白天放羊，晚上就和羊睡在一起。三间旧房当羊栏，两间盛羊，一间盛人。地上，是羊的卧铺，靠墙一盘小炕，是铁子和喜子下榻的地方。铁子和喜子吃饭，有时就在羊栏里吃。有羊快生小羊了，红子让铁子和喜子一时也不离开地看着，不看着不行啊，万一生下小羊被别的羊踩了怎么办。

羊栏里的气味不大好闻，特别是夏天，蚊子蝇子哄哄，膻气臭气烘烘。人一从红子的羊栏外走过，就熏得直捂鼻子。

有人说，铁子和喜子吃住在羊栏里，不落病吗？

有人说，落什么病啊，铁子和喜子的"别墅"里，细菌也怕，也不敢进。

铁子和喜子也有房，也有好房，是国家给他兄弟俩盖的，是砖瓦到顶的，瓷砖铺地面的，铝合金推拉门窗的。但交付后成了红子儿子的学习专用室了。红子对铁子和喜子说，咱老兄弟仨，就一条根儿，得给他创造个好的学习环境，要不，等你老兄弟俩老了，谁给你戴白孝帽子，谁给你发丧啊。

喜子对红子的话听不懂。铁子却服服帖帖的，铁子立刻就想到了，等自己死后，他有人戴白孝帽子，有人给他陪灵，他铁子后继有人，他比谁谁强。

国家不但给铁子和喜子盖了房，还给铁子和喜子办了低保，每人每月五六百，加上每月100多的养老保险，每人一月六七百块。但是这钱红子替他兄弟俩放着，铁子和喜子不一定知道有这钱。

铁子也有犯寻思的时候，也不愿意在羊栏里住，也有对红子不满的时候。红子已在城里买了楼了，铁子说红子，已经给那小玩意儿买了楼了，俺老兄弟俩还住羊栏里吗，还不把国家给盖的房让俺俩住吗？

红子说，哥，听话，再受几年累，再忙活几年，攒攒咱再买套楼，给你老兄弟俩住。

铁子一听，高兴了，就盼着再买套楼，就盼着住楼，铁子放羊就更带劲儿了。

晚上，红子老婆在枕头旁对红子说，你真打算再买套楼，给两个傻子住？

红子说，不拿话哄着点儿，他俩肯干吗？

邱 传 恩

一个成功男人的背后，一定有一个贤惠的女人相扶。这是邱传恩常说的一句话。

其实，邱传恩的妻子，相貌一般，个头一般，文化水平不高，对邱传恩的相扶不大。邱传恩是村里第一个开始干买卖的人，他是赶集卖布，青布、蓝布、白布、花布、的确凉布、条绒布、做衣服的布、做被子的布，各种各样的布都有。邱传恩赶集，一开始是用人拉着一辆小拉车载着布，妻子陪着他赶集，不是帮着他拉车，而是坐在车上押车。妻子说："拴上根绳儿，我也帮着你拉车不轻省吗？"邱传恩说："不用不用，只要有你在我身边，我就有使不完的力气，你坐到车上去吧，我管拉车，你管坐车。"妻子舍不得劳累他，不肯坐到车上去。邱传恩就抱起妻子，抱到车上，自己拉起车一路小跑。邱传恩拉着一车布，还拉着一个人，虽然汗流浃背的，但邱传恩一点儿也不觉得累，反而觉得无比幸福。

邱传恩是村里第一个富起来的人，在万元户这个名词刚有人提起时，邱传恩手里的存款已快达到六位数了。

邱传恩对自己挣得的红火日子，打心里喜欢。妻子心里却觉得对不住邱传恩，对不住拿他疼爱有加的好丈夫。结婚八九年了，他俩没孩子，妻子曾和邱传恩去省城看过，结果是妻子有问题，不能生育。妻子提出要个孩子。邱传恩说："我这辈子，不是为了要孩子活着，是为你而活着，什么孩子不孩子啊，有你，我就特知足了。"邱传恩越是这样说，妻子越是觉得对不住他。妻子说："咱离婚吧，离了你再说一个，好给你生个一男半女的。"邱传恩一把捂住妻子的嘴，紧紧地搂住妻子说："我不要孩子，只要你，爱妻啊，别再说了，我会好好疼你，绝不让你受半点儿难为。"

邱传恩对妻子的好，是发自心底的，每次赶集回来，邱传恩都是让妻子歇着，做饭是他的，刷锅洗碗是他的，烧洗脚水也是他的。

人们都说，邱传恩的妻子有福，邱传恩是模范丈夫。

邱传恩不但对妻子好，对丈母娘也特别好。丈母娘常年住在他家，邱传恩对丈母娘比对亲娘还好。丈母娘吃的穿的用的，邱传恩变着花样地孝顺。邱传恩给丈母娘舀碗端碗，给丈母娘洗脚，比妻子还勤快，比妻子态度还和蔼。邱传恩喊丈母娘叫娘，比妻子还亲。丈母娘心脏搭桥，花了十好几万，邱传恩一分也没让两个大舅哥出，都是他一个人花的。邱传恩下饭店和朋友吃饭，都带着丈母娘，丈母娘中风后遗症，嘴角流哈喇子，邱传恩及时地给丈母娘擦嘴，要是哪个朋友稍有嫌不洁，邱传恩会立刻挽丈母娘退席。邱传恩说，看不起他没啥，但看不起他丈母娘他不干。

邱传恩的丈母娘活到小九十，最后是在医院监护室里靠氧气管维持，医生已下了死亡通知，丈母娘的两个儿子也同意出院，可邱传恩不干，邱传恩说，只要输氧气还咽不了气，就不放弃治疗。

丈母娘死了，邱传恩万分悲痛，他比亲儿子还悲痛。邱传恩也当儿也当女婿，也拜祭也陪灵。都说当儿子的哭震天动地，闺女哭真心实意，女婿哭好比驴驹子放屁。而邱传恩哭丈母娘，哭得死去活来。出殡那天，邱传恩拜迎门祭，拜的是哭祭。邱传恩匍匐在地上，泪如泉涌："娘啊，亲娘啊——"一句亲娘出口，邱传恩差点儿背过气去。

丈母娘的灵柩就要往墓地上抬时，邱传恩手扶灵柩哭着唱了一首歌："啊这个人就是娘，这个人就是妈，这个人给了我生命，给我一个家……"

邱传恩的哭声歌声，振聋发聩。在场的人无不为之感动。好多人陪着他抹眼泪："啧啧，老太太这女婿，没白疼了。"

"能白疼吗？传恩从小没了娘，出身又不好，小伙伴儿们常叫他小地主，传恩常被叫哭了，只有他邻居杨大娘护着他。杨大娘大声呵斥小孩们，去去，别叫人家这个，谁知道谁下辈子托生在什么家庭。"

"杨大娘认传恩成了干儿子。"

"传恩大了，媳妇不好说。"

"可不，到了30多岁了，还没说上媳妇来，他寻死的心都有了。"

"是他干妈，把唯一的闺女嫁给了他。"

鞋油与旧衣

娘去世早，在我几岁时，娘就病故了。从此，再没有人给我做衣服做鞋穿了。我脚上的鞋，常露着脚指头，鞋底上常磨出鸡蛋般大的窟窿，脚后跟常咧开大嘴，一走一"呱嗒"。就是这样的鞋，我也不是每天都有穿的，我夏天光过脚丫子，冬天也光过脚丫子。我最大的心愿，就是有鞋穿，能穿上新鞋，是我的奢望。

那年，参军的姑父回家探亲，姑母给了我一双黄球鞋，我拿黄球鞋当宝贝，舍不得穿。只有过年时，走亲戚时，才拿出来穿穿。每穿一次黄球鞋，我都用笤帚扫扫鞋面上的尘土。尽管我这样仔细，穿的次数多了，黄球鞋也会脏的，我把鞋放到洗脸盆子里刷，却怎么也刷不干净。父亲说我，去买点儿鞋粉去，没鞋粉怎么能刷干净啊。

我跑到公社驻地的供销社里，这是全公社唯一的一处供销社，供销社分百货门市部和副食门市部。我进了百货门市部，在柜台前来回走着、看着。我朝货架上瞅鞋粉，但瞅了许久也没瞅见写有"鞋粉"的标签，只看到写有"鞋油"的标签。

"你转啥，买啥？"一个胖子售货员不耐烦地问我说。我认识他，他是我邻庄的，姓柳，叫柳发珠。柳发珠是我前后两庄少有的吃公家饭的，那时，能在供销社当一名售货员，领工资，是人人仰羡的事。柳发珠是那时少见的胖子，镶着金牙，穿着皮鞋，走道踏地"啪啪"的。

见柳发珠问我，我心里有些打怵，因为我没看见货架上有鞋粉，只看到有鞋油，我不知道我的黄球鞋能不能用鞋油刷。我试探地说："我，我想买鞋油。"

"你买鞋油？"柳发珠怪异地瞅着我问，"你买鞋油干啥？"

我说："刷鞋。"

"你也刷鞋？刷什么鞋？"

我说："刷球鞋。"

"哈哈哈哈，哈哈哈哈……"柳发珠笑了，放声地笑了，笑得前仰后合，笑过之后，不屑地朝供销社后院一指，说，"后边大缸里舀去，不要钱，有的是。"

我知道大缸里是水，柳发珠看不起我，耻笑我。我被羞辱得无地自容，红着脸跑回了家。

富日子好过，穷日子难挨。说难挨，也快。改革开放后，我家的日子好了，富了，再不缺鞋穿了。而且，我脚上的鞋，越来越上档次。我爱穿皮鞋，女儿每年都给我买皮鞋，单的棉的变着样式地给我买。我的皮鞋，有脚上穿着的，有鞋橱里放着的。

女儿开了家大超市，在全国有几十家连锁商场。女儿常做善事，每次募捐，都不少捐钱捐物。

我闲着没事，常到女儿的超市转转，超市里有空调，冬暖夏凉，是极好的休闲之处。

这天，我刚进了超市，一锅锅腰的白头发老头也进了超市。我一眼认出来，他正是当年在供销社当售货员的柳发珠。柳发珠由于供销社散了，他自己也没续交保险，又有病，他儿是个傻子，柳发珠的日子不好过，靠吃低保生活。

柳发珠进了超市，走到成衣区前，看看这件裤子，摸摸那件上衣，却没买的意思，没停步，接着走到一堆处理上衣柜台前止住了脚。他伸手挑了一件上衣，看了看，放下了。又拿起一件老年中山装，问售货员说："这裤子多钱啊？"

我抢话说："68。"

"68？"他说，"这么贵啊。"

我说："才几十块钱，还嫌贵，原价100多呢。有不要钱的，随便穿，你要吗？"

柳发珠望着我说："你这话，不是讥笑我吧？"

我朝旁边的回收箱一指说："那里头，是顾客买了新衣替下不要了的，随便拿。"

柳发珠真就朝回收箱走去。

"大爷——"这时，女儿走了过来，女儿手里拿着一件新款的上衣，这新款上衣是才进的，女儿首先让我穿在身上一件，我穿的这上衣好几百块钱呢。

女儿走到柳发珠跟前说："大爷，你穿穿这件上衣合适不？"

柳发珠望了一眼上衣，摇摇头说："闺女，这衣服一定很贵吧，我买不起啊。"

女儿说："大爷，你穿穿试试，我送你，不要钱。"

"不，我哪能不花钱白要衣服呢。"柳发珠不接。

"试试吧，大爷。"女儿亲手把上衣给柳发珠穿在了身上，"挺合身，挺合身。送你了，大爷。"

柳发珠想把试穿的上衣扒下来，女儿摁住了他的手，没让他往下脱。

柳发珠走后，我不赞成地对女儿说："这么贵的衣服，凭什么不要钱白送给他？"

女儿说："爸啊，看到这位大爷去回收箱捡衣服，我仿佛看到了当年你去大缸里舀鞋油啊。"

逛 新 城

这几天城里建筑工地上的活少，地里的麦子才上色，不到收割的时候，梁子在家没事，和邻居杨子喝了半宿酒，醉了。梁子和杨子都喝醉了。梁子和杨子，用现在尊称的说法，都是农民兄弟，是打工族。梁子和杨子最早打工，是去北京，上建筑工地上干活，盖楼。后来，梁子和杨子又去天津，去青岛，也都是干建筑盖楼。再后来，梁子和杨子就去县城盖楼。小小县城，有多少个小区，哪个小区有多少栋楼房，哪个小区的几号楼在什么位置，梁子和杨子几乎都能说上来了。因为哪个小区开盘盖楼，梁子和杨子大都参加盖过。

梁子和杨子打工盖楼，有二三十年了。他俩参加盖过的楼，可以说是数不清了。但梁子和杨子却都没住上楼。梁子和杨子也都想买楼。梁子这些年真没少忙活了钱，可是忙活的钱都随两个念书的大学生去了，梁子一直没买起楼。杨子买楼的首付本已凑够的了，娘一场大病，花了三十多万，杨子买楼的心愿就成了泡影了。

梁子和杨子在一起喝酒，都喝醉了，不能说与买不起楼没关。但醉归醉，买不起楼归买不起楼，盖楼的工地有了活，梁子和杨子还得去干，况且，梁子和杨子觉得，一天不出去打工也不行，在家里闲着更烦，还不如出去干点儿活舒坦。再说，不干不行啊，就这几亩地，年吃年穿也不够，不出去打工，怎么养家。看着在自己手下那一座座拔地而起的高楼，梁子和杨子心里头也有一种自豪感，那楼房的一砖一石一沙上，有梁子和杨子洒上的汗水。特别是梁子，对日新月异的县城，打心眼儿里有难以言状的情感。早年县城就浸透过他爷爷的鲜血。梁子的爷爷是为解放县城牺牲的。县城也浸润着梁子父亲的汗水，过去的县城十年九涝，排不出水去，为根治海河，梁子他父亲年年参加挖河修渠，县城内外的大小河沟，梁子的父亲都推小车挖过。如今的县城，比以前大得多了，美丽多了。崛起的新城，是几十年前的数倍之大，都说这小县城风景特别优美，比一些中等城市还美丽，还有看头。

梁子和杨子虽然常年在县城里打工，但县城的美丽景色却还从未欣赏过。他们没空儿，他们每天只是两点一线，家—建筑工地，建筑工地—家。

咱明天进城啊，喝着酒，梁子对杨子说。

杨子说，进城干啥，这几天没活。

梁子说，进城逛逛，玩儿玩儿，人家娘们儿孩子的都常进城逛逛，咱也到城里开开眼，看看县城的变化。

杨子说，说的是，明天进城。

第二天，梁子和杨子便进了城。梁子和杨子是骑着电动车进城，三十来里地的路程，时辰不大，便到了。

杨子说，咱先上哪里逛啊?

梁子说，先去湿地公园，湿地公园是沿河公园，是国家级风景区，修建得可好了。

先去湿地公园。杨子附和着，一拧车把，加快了车速，不一会儿，湿地公园国家级旅游风景区便出现在了梁子和杨子眼前。

湿地公园修建得着实不错，远看，徒骇水宽碧透，河中游船往来如梭，河面上圈圈涟漪荡漾。近观，河边垂柳依依，砂石小路弯弯，小桥流水潺潺，池池荷花映日斗艳。

梁子和杨子把电动车存放在河岸看车处，随游玩儿的人流走下河岸，踏上了砂石铺成的水边小路，微风吹拂，空气清新，从未有过的感受一下子袭上梁子心头。梁子不由张大嘴巴，深吸了一口清新的空气。这是梁子有生以来，感觉到的最美的享受。怪不得城里人早晨和吃了晚饭后，总要出来散步，都要出来散步，原来散步遛弯这么使人心旷神怡。

梁子和杨子边走边欣赏，欣赏着沿河风景。一肥大逼真的石猪跃入梁子的眼帘。梁子俯身抚摩了下石猪，格外亲切地对杨子说，七年前，建湿地公园时，这些石鼠、石牛、石虎、石兔，十二生肖像，由他亲手预制在这河水边上的。

杨子说，那年我在天津打工，建湿地公园这活没落着干。

游完了湿地公园，梁子和杨子又来到了泺清河，泺清河是县城风景河，是城中河，沿河绿树成荫，花草四季常青，人从河边走，如在画中游。最惹人眼目的，是高架在泺清河上的彩虹桥，彩虹桥是县城风景的一大亮点，桥跨泺清河两岸，桥体全部用红色的油漆粉刷得亮光闪闪，桥形如鱼跃中天。踏上彩虹桥，头上是蓝天白云，脚下有鱼儿撒欢。最美的是彩虹桥的夜景，霓虹闪烁，倒影林立，靓男倩女挽着手在桥上走，情爱绵绵。天上的牛郎和织女每年七月七在鹊桥相会，也不过如此吧。牛郎织女每年只一次，人间的"牛郎织女"，却天天能相约彩虹桥。

梁子手抚着彩虹桥栏，不由很遗憾地自语道，忘了，忘了，忘了让做饭的也跟着来逛新城了。要是来了，一块在彩虹桥上照个相多好。一个月前，梁子和妻子夜里在村外小河桥头上浇地，梁子对身旁的妻子说，来来，咱俩站在桥上用手机拍个照，留个纪念，咱这好比鹊桥相会。妻子白了他一眼，拿话抢白他道，丢人，你这村外野地里的小土桥，哪能和天上的鹊桥比呢，丢人。

梁子想，如果他和妻子站在这彩虹桥上合个影的话，妻子一定不会抢白他了吧。

梁子和杨子游了大半头上午了，只是看了湿地公园，转了浈清河，还没转城中的风景呢。

走，去城中转转。梁子说。

梁子和杨子沿大街边走边看，看街两旁的高楼大厦，看街两旁的参天大树。

走到一小区大门口处，梁子止住步，对杨子说，这个小区，从前到后，楼房一栋比一栋高。最后边是高层，最前边是别墅。

杨子问梁子说，只听说最贵的楼最好的楼是别墅，我还未见过别墅是什么样的呢。

梁子说，你想看别墅啊，这好办，我领你进去看。十年前盖这些别墅时，我曾从十米高的架子上摔下来过，摔断了三根肋骨。梁子说着，头前带路，领杨子来到了小区门口。梁子想推着电动车进小区。门卫拦住他道，有健康码吗？戴上口罩。

梁子说，健康码有，口罩忘戴了。

门卫说，不戴口罩不能进，这是防疫规定。

梁子和杨子被挡在了门外，不让进。

梁子悄悄对杨子说，不让进，我有法子。梁子领杨子转到小区前面，小区前面是新湖，湖北边就是别墅群，只隔着一人多高的铁栅栏墙。站在墙外望别墅，看得真真切切、清清楚楚。

梁子指着一三层高的小楼说，这就是别墅，一栋一门梯，一栋一小院，一栋一花园。正说着，别墅内出来一披肩长发、光着膀子只戴一胸罩的女人，提着水壶给花浇水。女人浇花，女人更像花。不知是女人脸前的花，还是如花的女人，把杨子直看呆了。

忽然，一阵风起，上来天了，刚还大晴的天，狂风席卷着黑云，树摇枝头摔打着地面，砂石草屑乱飞，天黑得像倒扣下一只锅来。梁子和杨子来不及躲闪，密集的大雨点子便扫落下来。浇花的女人一闪身进了别墅。梁子和杨子无处躲雨，他俩顶着风疾步奔到新湖边上的小凉亭下，凉亭太小，雨太急，风太大，连风带雨，可劲往梁子和杨子身上倾泻。

梁子和杨子，霎时成了落水鸡。

好在雨下的时间不长，只一阵，便随着出太阳了。

梁子和杨子本打算来逛城里，晌午在城里饭店里撮一顿，这一挨淋，衣服全湿了，再不能也无心情下饭店了，沮丧地往家走。

公路上，雨水还未淌干，随处坑坑洼洼积有泥水。

梁子正骑电动车往家行驶着，前面一辆黑色轿车风驰电掣般迎面飞来，梁子赶紧往旁边一拧车把，电动车躲过了轿车，却没躲过轿车飞溅起的泥水，"唰"的一声，轿车轮子溅起的泥水滋了梁子一身一脸，泥水滋进了梁子的眼里，梁子睁不开眼，只得停下车擦眼。

杨子担心地问梁子说，没事吧。

梁子说，没事。梁子挂心的，不是他眼里溅进的泥水，而是刚才一阵大风急雨，地里的麦子可别倒了啊。

梁子带着满身泥水上了电动车，猛拧车把往家急赶，梁子恨不能一步赶回家，赶回家去麦田里看看。

逆　转

　　老马正在写作，电话忽然响了。搁往日，老马在写作时，都是把手机调到静音上，就是不把手机调到静音上，电话响，他一般也是先不接的，等写完一段或一节后，才看手机，看谁来的电话，必要的他再给对方打回去。

　　可这回，老马忘了把手机调到静音上了，并且电话一响，他立刻接了："喂，哪里啊？"

　　"我是老修。"打电话的是老马的邻乡，在老家时，老马的庄和老修的庄靠着。

　　老马回话道："有事啊，修大哥？"

　　老修说："有，你有骆春成的电话吗？"

　　老马说："有啊。"老马和骆春成是一个村的，在老家时，老马和骆春成是前后院。

　　老修说："你赶紧给骆春成打电话，他老伴儿头晕，站不住了，吐了。"

　　老马打了个激灵："在哪里啊？"

　　老修说："在泺清河小桥上。"

　　老马说："好好，我这就给骆春成打电话。"老马挂了老修的电话，接着就给骆春成打电话。老马很是着急地找骆春成的号码，但越着急越找不着了，他翻来覆去地找了好几遍，就是找不着骆春成的号码了。老马忽地想起来，他刚换了新手机，忘了把骆春成的号码输到新手机上了。

　　这可怎么办呢？老马急得什么似的。急中生智，他忽然想起女儿来，女儿和骆春成的儿子是同学，前几天一帮同学还在一起聚过餐呢。老马迅速地拨通了女儿的电话。

　　女儿一听，说，她没有骆春成儿子的电话。她对象有，那天聚餐时，她对象把骆春成儿子的号码输手机上了。

　　老马对女儿说："给你对象打电话，让他给骆春成的儿子打电话，快！"

　　女儿马上给对象打了电话，对象马上给骆春成的儿子打了电话。

　　打通了骆春成儿子的电话，老马飞身下了楼，大步跑着来到泺清河小桥上。只见老修正一手扶着骆春成老伴儿，一手举着电话大声喊着："'120'来了吗？"

　　骆春成老伴儿闭着眼，身子半倚半躺在老修怀里，腿在不住地打战。

　　老修一看见老马，劈头就问："给骆春成打了电话了吗？"

　　老马说："打了打了。"接着问老修，"打'120'了？"说着，上前和老修一起扶着骆春成老伴儿，骆春成老伴儿腿抖得越来越厉害，身子死沉死沉的，直往下坠。

骆春成的儿子来了，是开着车来的。骆春成儿子一看母亲这个样子，吓得手直打哆嗦，过来要抱着母亲上车去医院。但刚一动手，骆春成老伴儿"哇"地一口又吐了，有气无力地摆摆手，不睁眼，也不说话。那意思她不能动。

老马对骆春成儿子说："不行，先别动她了，等'120'吧，马上来了。"

这时，"120"来了。老马、老修和骆春成儿子一起，把骆春成老伴儿慢慢地抬到担架上，上了救护车。

进医院一查，骆春成老伴儿是脑出血，幸亏送医及时，也没摔倒，如果跌跟头的话，后果就不堪设想了。

骆春成老伴儿住了十天院，康复得很好，也没落下后遗症。

老伴儿出院后，骆春成给老马打电话说："非常非常感谢你俩，过两天，我请你俩一壶。"

老马说："咱前邻后舍半辈子，用得着这个吗，请么一壶啊？"

骆春成说："不是你俩，我老伴儿可能早出完丧了，一定请你俩一壶。"

骆春成又给老马要了老修的号码，给老修打电话说："特别特别感谢你俩，过两天，我请你俩一壶。"

老修说："咱前后两庄的，请么一壶啊，再说，这事谁遇见也会这么做的。"

骆春成说："不是你俩，我老伴儿可能早出完丧了，过两天我一定请你俩一壶。"

过了两天，骆春成没请老马、老修一壶。

过了三天，骆春成没请老马、老修一壶。

过了数天，骆春成没请老马、老修一壶。

老修见了老马说："骆春成不是说请咱俩一壶吗，怎么没动静了啊？"

老马说："是啊，他不是说请咱俩一壶吗，怎么没动静了。"

老马见了骆春成关心地问道："你老伴儿好利索了吧，没事了吧？"

骆春成说："好利索了，没事了。"

老马逗笑地说："好利索了，没事了，那一壶就算了吧，嘻嘻。"

骆春成脸一红，说："这一阵子我没空儿，等过两天请你俩。"

又过了几天，老修见了骆春成问道："你家里全好了吧，没事了吧？"

骆春成说："全好了，没事了。"

老修笑着说："好了，没事了，那一壶就别请了，算了吧，哈哈。"

骆春成一阴脸道："事情都过去多长时间了，你俩还拿话刺儿我。"骆春成老大不悦。

老修的脸，也变了色。

爱笑的女人

丈夫出了车祸，住进医院里。是重创，断了三根肋条，大腿骨骨折。三天花了30000多，光手术费就花了20000。开车的司机撞人这么厉害，却争辩说不是他的全责，最多他只负百分之三十的责任。交警也似乎偏向着开车的司机。司机大概和交警熟悉，可能司机托了人了吧，她想。她急得想哭。

"在那桃花盛开的地方……"隔壁病房里传来女人唱歌的声音。歌声很优美，很动听。听声音，唱歌的女人年龄不大。一曲终了，女人又接着唱了一曲："天边有一对双星……"女人的歌声虽然很好听，但她听着却不怎么入耳似的，唱么啊唱，医院里是唱歌的地方吗？声虽然不大，是小声唱，小声唱也是唱啊，你的患者不严重是吧。她对唱歌的女人有些反感，要饭的牵着猴，穷滋儿，不知愁得慌。

下午输完了水没事，她的主要任务就是等饭时，到外面给丈夫买饭。七点天黑，才六点多点儿，她就出去买了饭往回走。

"买饭去了啊，嫂子，嘻嘻。"是隔壁唱歌的女人的声音。她回头一看，女人也买了饭往回走。女人说话带着笑。

"哦，买饭去了。"她回女人话说。

"给病号买的什么饭啊，嘻嘻。"女人又笑着问她。

"稀饭，鸡蛋，排骨汤。你呢，你给病号买的什么饭啊？"她礼节性地问女人说。

"小米粥，花卷儿，茄子炖肉。变着花样儿地给患者吃吧。嘻嘻。"女人的笑声很脆。

笑啥呢笑，伺候患者有什么可笑的呢？她再次对女人没好感地想。

她伺候丈夫吃饭也没欢喜模样，她在心里甚至还埋怨丈夫——你说你骑着电动车看什么手机呢，再说又是逆行，怨人家撞着你吗？怨。她刚喂丈夫吃饱了饭，护士忽然进了病房，吩咐她说："十九床欠费了，再交点儿钱去吧。"

"前天不是刚交了吗？"她不太相信地问护士说。

护士说："前天交的钱余额不足了，欠费了。"说着递给她一张欠费单子，走了。

她追着护士问："再交多少钱啊？"

"交5000吧。"护士回头冲她笑了笑。

她摸了摸随身挎着的挎包，挎包里有银行卡。她嘱咐丈夫一个人在病床上待一会儿，她出去提钱。

"出去有事啊，嫂子，嘻嘻。"又是隔壁女人的声音，在走廊里，女人从身后和她说话。

"唉，前天刚交了款，今天又让交钱，我出去提钱去。"她很是心烦地回女人话道，"你也出去啊？"

女人甜甜地笑着说道："一个活，我也是让交钱。"

"你上哪个银行去提钱啊，咱一块儿去啊。"她想和女人做伴儿去提钱。

"嘻嘻嘻……"女人银铃般的笑声传得很远，"我银行里没钱，我是出去借钱去。"

"你交多少？"她问女人道。

"10000。"女人笑着说。

"10000？"她一惊，"你的病号比俺的病号严重啊。"

女人说："别提严重了，被撞成植物人了。"

"啊——"她关切地问女人说，"撞人的司机得负全责吧？"

"嘻嘻，"女人又笑了，"个人负全责，肇事的司机窜了。"

她心里咯噔一下："我还以为你整天不愁不忧，也唱也笑的，没多大事呢。"

"事摊身上了，笑也得过，哭也得过，你说是不，嫂子。嘻嘻嘻。"

"也是，也是。"她长出了一口气，露出一丝笑意，虽不太自然，但比刚才的脸子好看多了。

我爱这一行

王树生别看文化程度不高，他只是个"文革"时期的高中生，王树生教学生成绩却很好。他虽然能力不大，但他舍得下力，舍得工夫，手把手地教学生。王树生家的早饭晚，他为了不耽误到校给学生上课，每天晚上睡觉之前，他就做熟了黏粥，盛到暖瓶里，第二天早晨，从暖瓶里倒出黏粥，泡上块干粮，吃了就往学校跑。每天放学，为了学生在道上不打仗、不出事，他都是紧盯着学生回家。王树生是镇教育界最早的县级教学能手、最早的优秀教师。但有一点，王树生在家却吃不开，每逢放学回到家。他妻子不是嘟囔就是埋怨他。他妻子一个人在家种着地，还带着孩子，里里外外一把儿手，常累得吃不下饭。有时累恼了，就朝王树生撒气，埋怨他甚至动手捶他。每逢此时，王树生也不还嘴，也不还手，赶紧抄起农具跑到地里，借着大热的晌午头大干一阵子活。尽管这样，他家地里的庄稼长得还是不如别人家，常出现草荒。

王树生的妻子是个过日子心切的人，干活又是个急性子，没黑没白地靠在地里，累急了就朝王树生出气，埋怨自己找了王树生这样的男人，算是倒了八辈子大霉了。

妻子嘟囔烦了，王树生也还嘴："谁叫咱干着这个来呢。"

"你干这个，个破民办，挣不了钱，又顾不了家，干脆别干了，回家种地。"

王树生说："不干不行，我爱这一行。"

妻子见说不动他，急了，也恼了，抢起巴掌要抽他，王树生撒丫子跑开了。妻子在后面追，王树生在头里跑，大街上好多人看起了热闹。

王树生被娘们儿追着打，成了庄里的笑谈。

20年后，王树生的妻子看着王树生，爱恨有加。

王树生安慰妻子说："贤妻呀，这些年，你受累了，以后好了，我转正了，你老来有保障了。"

妻子两眼潮潮地说："俺不图老来保障，只疼你积劳成疾，是晚期了。"说着，泪哗哗的。

常　　规

起床穿衣服，喝粥先舀碗，这些，都是生活常规。

无论是工作或学习，按照常规来，事情就会毫不费力，就会容易做好。若是不按常规做，可能就不好办，办不好，甚至把事情办砸了、办瞎了。

徐吉春办事就常不按常规。

徐吉春小时候曾自己煎过鸡蛋。煎鸡蛋首先得放油，但徐吉春家里穷，吃饭就咸菜连一滴油也没有，别说煎鸡蛋了。徐吉春煎的一个鸡蛋，是他趁娘不在家，从粮食瓮子里偷出来的。没油，徐吉春就不放油，他把鸡蛋打到锅里，然后点着了火，等炉火旺起来了的时候，锅里的鸡蛋也煳到锅底上了。徐吉春用铲子使劲铲，也没把鸡蛋全铲起来，煳到锅里一层鸡蛋。鸡蛋熟了，也变了颜色了，成黑的了。徐吉春煎的鸡蛋不好吃，但比高粱面子饼子好吃，徐吉春说。

徐吉春曾帮人办过贷款。他邻居想贷款干买卖，让徐吉春给当担保人。徐吉春想了老半天，才答应邻居说："好吧，我给你担保贷款。"

到了银行里，徐吉春在邻居贷款单子上签了字后，银行的人说："手戳呢，盖上手戳。"

徐吉春说："还盖手戳吗？"

银行的人说："你说呢？"

徐吉春说："手戳我忘带了。"

邻居说："你回去拿去吧。"

徐吉春说："我还没个手戳呢。"

没手戳不行，徐吉春没给邻居当成保人。但徐吉春不是没手戳，他是不愿意给邻居担保，嘴上不直接说出来。徐吉春这回办事，是故意不按常规。

徐吉春还给人当过陪娶。那年，徐吉春院中的小子结婚，院中让徐吉春当陪娶，徐吉春还没当过陪娶，以前村里有娶媳妇的，都是村干部当陪娶，这次院中娶媳妇，是因徐吉春和女家那头有亲戚。院中想，让徐吉春当陪娶，事情会好办些，娶亲会痛快些。

徐吉春陪着院中的小子前去娶亲，临走，院中给了徐吉春一个红包，说："你装着这个，这是刀钱，给那头厨长的刀钱。当上菜上了大鱼时，你把红包让端盘子的给厨长带过去，要不，厨长就会不给上吃饭的菜了，上不了吃饭的菜，吃不了饭就不能往回走。记着，别忘了。另外，主要的，一定要10点前娶回来。"

徐吉春说："什么刀钱火钱的，我去了，什么钱也不拿，保证把媳妇娶回来，料知无妨。"他没接红包，上车走了。

到了女家那头，上着菜喝着酒，徐吉春不时地催陪席的人说："时间不早了，回去定的时间是10点前，现在9点半多了，催催厨长，上吃饭的菜吧。"

可是陪席的催着厨长上了大鱼了，徐吉春却不掏红包。他仍催陪席的人抓紧上饭："行了行了，不能再喝了，到时间了，拿馒头，吃饭。"

徐吉春说第一遍时，陪席的人没答什么话，只是拿眼看着他。

徐吉春又说了一遍："坚决不喝了，拿馒头，拿馒头，吃饭，吃饭。"

陪席的人试探地说话了："十里地不同风俗，你那里不兴给厨长红包吗？"

徐吉春说："俺那里不兴。"

陪席的说："俺这里兴，不给厨长红包，不上吃饭的菜，吃不了饭，娶的就别想走。"

徐吉春不掏红包，厨长真的就是不给他上吃饭的菜了。眼看10点过了，急得女家说："要不刀钱俺给他出上吧。"

陪席的说："不行，刀钱必须他拿，不掏红包，不发闺女。"

徐吉春慌了，看来不掏红包是不行了。可他没带红包来，如果身上装着钱也行啊，有经验的陪娶的，兜里都装着钱，防备女家临上轿了，又提出有不足的事情来。可徐吉春头一回当陪娶，不懂得这里边的事，他身上一分钱也没带，再说，他以为他和女家有亲戚，他来当陪娶，料知无妨。他没料到事情会是这样。

徐吉春脸窘得汗频频的。

急中生智，徐吉春忽然想到了陪席的有他一个熟人，他悄声对熟人说："你装着钱了吗？"

熟人说："装着呢。"

徐吉春说："借我100，包个红包。"

熟人就掏出100块钱装了个红包，带给了厨长。

可是这一耽误，娶回早过了点了。徐吉春当的这陪娶，要不是新郎新娘是自由恋爱，要不是男头和女头都心投意投这门亲事，就凭他这陪娶，发闺女也痛快不了。

过后，人们常拿话刺儿徐吉春说："老徐啊老徐，你给人当的这陪娶，真是料知无妨啊。"

徐吉春说："打人别打脸，揭人别揭短，这话谁再提，我和谁急啊。"

　　徐吉春料知无妨这话，至今还有应验的时候。这天，徐吉春去超市买菜，他装上钱，提着兜，早早来到了超市门口。超市里的菜比菜市场的菜便宜，来超市买菜的人很多，排队。徐吉春排着队跟着人流往超市里进，别人都痛痛快快地进去了，当徐吉春刚想迈进门口时，保安一把拦住了他："你不能进。"

　　徐吉春打了个愣道："我为什么不能进？"

　　保安说："你知道你为什么不能进。"

　　徐吉春仍不解地说："我拿钱来买菜，又不是贼，我不知道我为什么不能进。"

　　保安指指别人的嘴，又指指徐吉春的嘴说："口罩呢？"

　　"嗐！"徐吉春说，"忘戴了。"